일타강사 백사부

일러두기

・이 책은 네이버 시리즈에서 연재된 《일타강사 백사부》를 바탕으로 편집, 제작 되었습니다.

일편강산 벽사부

1권

간짜장 지음

arte POP

목차

1화 사부님! ◆7
2화 이걸 어째야 하나 ◆17
3화 에이, 아니죠? ◆26
4화 살인멸구(殺人滅口) ◆37
5화 우리 사부님 최고! ◆44
6화 뭔가 이상해 ◆52
7화 일타강사가 뭡니까? ◆62
8화 입학이 아니라 입사 ◆71
9화 심봤다! ◆79
10화 녹림투왕의 유산 ◆89
11화 녹림십팔식 ◆100
12화 약빨이 넘쳐서 그만 ◆110
13화 내가 졌다 ◆119
14화 새장가는 무슨 ◆128
15화 술부터 시킬까? ◆138
16화 마공일지도 ◆146
17화 용의자들 ◆155
18화 유언장은 찾았소? ◆165
19화 왜 죽였습니까? ◆174
20화 나한테 주는 건 어때 ◆184
21화 전문가의 도움 ◆194
22화 청룡학관 신입 강사 채용 공고 ◆204
23화 합격이라구요! ◆213
24화 세상의 절반이 우리 편 ◆222
25화 증명해 볼까? ◆234

26화 실기시험에 대해서 ◆243
27화 네놈이 그놈이냐? ◆252
28화 광마? ◆262
29화 불편한 저녁 식사 ◆273
30화 단속 나왔습니다 ◆284
31화 여깁니다! ◆293
32화 찾았습니다 ◆302
33화 낭인 시장 ◆312
34화 월영(月影) ◆321
35화 어쩌다 여기까지 온 겁니까? ◆330
36화 알다마다 ◆339
37화 스승이 필요한 이유 ◆348
38화 갈 데 없으면 저랑 같이 가시죠? ◆358
39화 늦어서 죄송합니다 ◆367
40화 없다니까 그러네 ◆380
41화 신검합일(身劍合一) ◆391
42화 하고 싶은 말 있나? ◆402
43화 주워들은 이야기 ◆412
44화 제갈소영 ◆423
45화 이기고 싶냐? ◆433
46화 여기서 해 버려? ◆443
47화 다음 차례요! ◆452
48화 역린 ◆462
49화 선전포고 ◆473

1화
사부님!

"역시 처음부터……. 쿨럭!"

입을 열 때마다 죽은피가 울컥울컥 흘러나온다.

내상이 심한 상태에선 입을 여는 것 자체가 위험하다는 걸 알지만, 속에서 끓어오르는 이 분노를 토해 내지 않고는 도저히 견딜 수 없었다.

"다 죽일 생각이었군."

으득. 나는 이를 악물며 찢어 죽여도 시원치 않을 눈앞의 늙은이를 노려보았다.

"클클. 철혈교관이라 불리던 네가 그런 표정을 짓는 날도 오는구나."

혈마신교의 이장로 마뇌(魔腦)가 누런 이를 드러내며 히죽거렸다. 흑살조법을 극성으로 익혀 유독 굵은 그의 손가락에 피가 흥건했다. 내 피다. 나는 배 밖으로 흘러나오려는 내장을 손바닥으로 틀어막으며 이를 갈았다.

"날 속인 네놈만은…… 반드시 지옥으로 데려가 주지."

"내가 널 속였다고 했느냐?"

마뇌는 허탈한 표정으로 웃더니, 이내 미간을 흉신악살처럼 일그러뜨리며 말했다.

"우리 솔직해지자꾸나."

"뭘 말이냐?"

"너는 나를 믿은 적이 없었다. 그러니 지금 네 뒤에, 이미 죽었어야 할 폐기물들이 서 있는 것 아니냐?"

고오오오오오!

등 뒤에서 가공할 기세가 피어오른다. 방금 '폐기물'이라는 말을 듣고 네 명의 절대고수가 일으킨 기세였다. 지금 내 뒤에는, 천하제일을 다툴 수 있는 절대고수가 넷이나 서 있었다.

녹림투왕(綠林鬪王) 맹호악. 광마(狂魔) 헌원후. 빙월신녀(氷月神女) 은예린. 검존(劍尊) 모용혼.

무림에서는 수십 년 전부터 행방불명되었다고 알려진 고수들.

하지만 그 진실은, 혈마신교의 모략과 기습에 납치당해 수십 년간 어두운 지하 뇌옥에 갇혀서 죽은 것만도 못한 삶을 살아온 비운의 무인들이었다. 그리고 나는, 그들의 무공을 연구하고 분석해 혈마신교의 후기지수들에게 가르쳐 온 무공 교관이었다.

쿠웅! 거대한 호랑이를 연상시키는 사내가 앞으로 나서며 일갈했다.

"갈! 오늘 네놈들을 모두 쳐 죽이고 혈교를 멸할 것이다!"

녹림투왕 맹호악. 뇌옥에서 오랫동안 제대로 된 식사도, 운동도 하지 못한 탓에 피골이 상접했지만 타고난 체격과 산악을 울리던 쩌렁쩌렁한 목소리는 여전했다.

스르릉. 산발을 한 날카로운 인상의 사내가 녹림투왕의 옆에 서며 도를 뽑아 들었다.

"……오늘 혈교는 무림에서 사라진다."

광마 헌원후. 한때는 정파 최고의 후기지수였으나, 무공에 미쳐 가문마저 저버리고 백 번의 비무행에 나선 기인. 결국 백 번의 비무에서 모두 승리했으나, 그 과정에서 지나치게 잔혹한 손속으로 무림 공적이 되어 무림맹에 쫓기던 중 실종된 것으로 알려진 사내.

싸아아아아아! 북풍한설과 같은 냉기가 여인의 몸 주위에 몰아쳤다.

"드디어…… 이 치욕을 갚을 날이 왔구나."

빙월신녀 은예린. 수십 년 전 실종된 북해빙궁의 소궁주로, 그녀의 실종으로 무림은 북해빙궁과 전면전까지 각오했었다.

"……묻겠다. 내 아들은…… 정말로 죽은 것이냐?"

마지막으로 입을 연 노인. 앞선 세 무인도 서로 천하제일을 양보하지 않을 자존심 강한 이들이었지만, 노인이 나서자 자연스럽게 한 걸음씩 뒤로 물러났다.

검존 모용혼. 천하제일검을 넘어 고금제일검의 경지를 넘보던 무인이 분노와 슬픔, 광기가 뒤섞인 눈으로 마뇌를 바라보았다.

"……지금이라도 내 아들이 살아 있음을 증명한다면, 그 아이를 내게 데려온다면, 내 너희에게 죄를 묻지 않고 조용히 떠나겠다. 하지만 그 아이가 정말 죽은 것이라면……."

촤아아아아아악. 검존이 발산한 무형의 검기에, 우리를 포위한 마뇌와 혈마신교의 수백 고수들의 안색이 창백하게 변했다.

'과연 검존…….'

뇌옥에서의 오랜 고초로 네 절대고수의 몸은 정상이 아니었지만, 그들의 기세만은 전성기를 상회하고 있었다. 그러나 그들을 바라보는 마뇌의 입가에는 싸늘한 비웃음이 맺혔다.

"클클. 폐기물들이 아주 발악을 하는구나."

마뇌의 시선은 네 명의 절대고수를 차례대로 훑은 후, 마지막으로 내게 향했다.

"언젠가 네놈이 교를 배신할 줄 알고 있었다."

지난 수십 년 동안 지하 뇌옥에 갇혀 있었던 절대고수들이 풀려난 이유. 바로 내가 그들을 지하 뇌옥에서 풀어 줬기 때문이었다. 왜냐면 저 늙은이의 손에 순순히 죽게 놔둘 수는 없었으니까.

"배신이라고? 개소리. 나를 먼저 토사구팽하려고 한 건 네놈이다."

나는 고아 출신으로, 기억도 나지 않는 어린 시절에 혈마신교로 납치 당해 강제로 무사로 키워졌다. 다행히 무공에 제법 재능이 있었는지, 나는 꽤 빠르게 실력과 지위를 쌓아 나갔다.

'단전만 다치지 않았다면 지금쯤 한자리 차지하고 있었을지도 모르지.'

하지만 빌어먹을 사고로 단전을 다친 후 나는 내공을 쓸 수 없는 몸이 되었다. 내공을 쓸 수 없는 무인이, 그것도 혈마신교에서 살아남기 위해 서는 무슨 발악이라도 해야 했다.

결국 내가 선택한 것은 무공 연구, 그리고 무공을 가르치는 교관이었다. 혈마신교의 기본 무공부터 시작해 다양한 무공들을 연구하기 시작 했고, 과거의 나처럼 교에서 납치해 온 아이들을 가르치는 무공 교관이 되었다.

'어떻게든 살아남기 위해서 시작한 일이었는데…… 그것이 나를 죽이 게 될 줄이야.'

약 10년 전, 무공 교관들을 유심히 지켜보던 마뇌가 은밀히 날 불렀다. 그는 내게 지하 뇌옥에 갇힌 절대고수 넷의 무공 연구를 맡겼다. 그리고 그것을 마교의 선별된 후기지수들에게 가르치는 것까지 전담시켰다.

오직 나 한 명에게만 말이다.

"그때부터 짐작하고 있었다. 쓸모가 다하면 네가 우리를 모두 죽여 입을 막으리라는 것을."

"그래서 작당하고 저 폐기물들의 무공을 회복시킨 게냐?"

정확히 말하면 완전히 회복시킨 것은 아니다. 절대고수 넷의 단전은 파괴됐고, 기혈 또한 막혀 있었다. 사지의 근맥도 끊어져 있었다. 이들 을 잠시나마 회복시킬 수 있었던 것은 무공 서고에서 우연히 발견한 한 권의 서적 덕분이었다.

'하지만 이것도 잠시뿐이지.'

운이 좋아 오늘 살아남는다고 해도, 네 절대고수는 오래 살지 못할 것이다. 그리고…… 그것은 나 역시 마찬가지였다.

나는 비릿한 미소를 지었다.

"주인이 죽으란다고 그냥 죽기에는 억울해서 말이야. 적어도 한 번은 제대로 물어뜯어야 직성이 풀릴 것 같았거든."

"……곰처럼 우직한 사내인 줄 알았더니 교활한 여우였을 줄이야."

마뇌는 허탈하게 웃더니 고개를 끄덕였다. 우리는 더 이상 서로에게 숨길 것이 없었다.

"네 말이 맞다. 아무리 내공을 쌓지 못하는 몸이라고 해도, 천하제일을 다툴 수 있는 무공을 넷이나 아는 자를 살려 두는 건 위험하지. 어차피 네가 연구한 무공도 전부 비급으로 남겼으니 말이다."

이 빌어먹을 늙은이야. 그럴 것 같아서, 비급에서 가장 중요한 부분은 슬쩍슬쩍 바꿔 적었다. 앞으로 그거 익히는 놈들은 다 주화입마에 걸려 뒈질 거다.

큭큭. 나는 비릿한 미소를 지으며 말했다.

"미리 처리하지 않은 게 후회되나?"

"후회하고말고. 내가 사람을 잘못 본 탓에 이리도 거하게 대가를 치르지 않았더냐."

마뇌는 씁쓸한 표정으로 주변을 둘러보았다. 시산혈해(屍山血海). 언덕을 이룰 만큼 시체가 쌓였고, 땅이 붉어질 만큼 피가 흘렀다. 뇌옥에서 탈출한 우리를 막기 위해 혈마신교가 흘린 피였다.

나는 비죽이 웃으며 말했다.

"오늘은 혈마신교 역사상 최악의 혈사로 기록되겠군."

"……기록되지 않을 것이다. 너희는 이곳에서 모두 죽을 것이고, 본교는 패배를 기록하지 않을 터이니. 그래, 내상을 회복할 시간은 충분했나?"

"시간이 필요한 건 피차 마찬가지 아니었나."

나는 마뇌와 마주 보며 히죽 웃었다.

빌어먹을. 인정하긴 싫지만 저 늙은이와 나는 닮았다. 마뇌도 같은 생각을 했는지 피식 웃으며 말했다.

"마침 잘되었군. 네 작품들을 시험해 볼 무대가 필요했으니 말이야."

우리를 둘러싼 포위망 한쪽이 갈라지고, 익숙한 얼굴들이 앞으로 나섰다.

"……."

앞으로 나선 네 명의 남녀를 본 순간, 나와 내 뒤 고수들의 얼굴이 일그러졌다.

"설마……."

"……허. 제대로 가르쳤군."

"말도 안 돼."

"……."

마뇌의 앞으로 나선 네 명의 무표정한 남녀는, 내 뒤에 있는 네 명의 절대고수와 놀랍도록 비슷한 기운을 풍겼다. 그럴 수밖에. 저들은 네 사람의 무공을 연구하고 분석한 후, 더욱 개량시켜서 가르친 내 최고의 '작품들'이니까. 또한 인성이 완벽하게 말살된 전투 병기이기에, 스승을 죽이는 데도 거리낌이 없을 것이다.

'하지만 저 녀석들이 나설 것을 예상 못 한 건 아니다.'

저 넷은 혈마신교의 비밀 병기. 저들이 완성되었기에, 마뇌는 우리를 제거하기로 결정한 것이다. 우리가 죽으면 혈교는 본격적으로 무림 정복 전쟁을 일으킬 것이다.

마뇌가 비죽 웃으며 말했다.

"무인에게 있어 자신을 뛰어넘는 제자에게 죽는 것 이상으로 기쁜 죽음이 있을까?"

"미친 늙은이."

"클클클."

마치 운명처럼, 네 명의 절대고수는 같은 무공을 익힌 상대와 싸우기 위해 마주 섰다.

고오오오오오! 일대를 장악한 그들의 기세만으로도 숨이 턱턱 막히는 기분이었다. 하지만 그들의 등을 바라보는 내 표정은 어두웠다.

'이대로 싸운다면 필패다.'

반대편의 네 명은 기존의 무공을 완벽하게 알고 있는 데다, 전보다 더욱 개량된 무공을 익혔다. 반면 이쪽의 절대고수들은 몸이 정상이 아닌 데다, 뇌옥을 탈출하면서 지칠 대로 지친 상황. 이대로 부딪친다면 결과는 뻔했다.

'끝까지 쓰지 않길 바랐지만…….'

하지만 내게도 아직 비장의 한 수가 남아 있었다. 나는 겨우 지혈이 끝난 복부에서 손을 뗐다. 아직 피가 줄줄 흘렀지만 어쩔 수 없었다.

"이봐, 마뇌. 아까 내가 익힌 네 개의 무공이 천하제일을 다툰다고 했나?"

마뇌는 내 질문의 의도를 이해하지 못하겠는지 고개를 갸웃했지만, 이내 순순히 대답했다.

"물론이다. 익히는 자의 자질에 따라 차이는 있을지언정, 네 개의 무공 모두 능히 천하를 호령할……."

"다섯이라면 어때?"

"……무슨 소리지?"

"너 몰래 하나 더 익혔거든."

씨익 웃은 나는 망가진 단전에서 단숨에 내공을 끌어올렸다.

푸화아아아아악!

일대의 공간을 장악한 여덟 절대고수의 기운을, 순간이지만 나의 기운이 압도했다.

"컥……."

"허억……!"

우리를 넓게 포위한 혈마신교의 고수들은 풍이라도 걸린 듯 덜덜 몸을 떨었다. 그들 중 일부는 입과 코에서 피를 흘렸고, 내상이 심해 무릎을 꿇는 자들도 있었다.

"이, 이 기운은……!"

마뇌 역시 부릅뜬 눈으로 나를 바라봤다. 단순히 내가 익힌 무공이 강하기 때문이 아니다. 내 무공이 저들이 익힌 모든 무공의 정점에 있는 무공이기 때문이었다.

"어, 어떻게 역천신공을……!"

역천신공(逆天神功). 대대로 혈마신교의 교주만이 익힐 수 있는 최강의 무공. 나는 그것을 익혔다. 그것도 당대의 혈마조차 알지 못하는 고대의 전인이 남긴 무공을.

하지만 완전하지는 않았다.

'시간이 조금만 더 있었더라면…….'

아쉬운 마음이 들었지만 이내 털어 버렸다. 시간이 조금 더 있다고 완성할 수 있는 무공은 아니었으니까. 만약 다음 생이란 것이 있다면 익힐 수 있을지도 모르지만…….

'쓸데없는 생각을 할 때가 아니지. 곧 놈이 온다.'

"어, 어, 어떻게 네가……!"

나는 푸들푸들 몸을 떠는 마뇌를 향해 걸어가며, 네 명의 절대고수들에게 말했다.

"시간이 얼마 없습니다. 혈마가 오기 전에 포위망을 뚫고 탈출해야 합니다."

 혈마. 혈마신교의 지존이자, 이곳에 있는 절대고수들조차 움찔하게 만드는 이름.

 내 역천신공의 기운을 느낀 놈이 폐관수련동을 부수고 이곳으로 날아오는 것이 느껴졌다. 놈이 이곳에 도착하면 다 끝장이다.

 "……꼭 살아서 나갑시다. 다들 죽기 전에 풀어야 할 한이 있잖아요?"

 나는 역천신공을 극성으로 끌어올리며 마뇌에게 달려들었다. 고개를 끄덕인 네 명의 절대고수들 또한 각자의 상대를 향해 출수했다.

 우리는 전력을 다해 싸웠고 결국 모두 죽었다.
 무림사에는 기록되지 않은 이야기였다.

◆ ◈ ◆

 "사부님!"
 "……."
 "사부님! 사부님! 또 여기서 멍때리고 있어요?"
 "……."
 나는 천천히 고개를 돌렸다. 조막만 한 손이 내 손을 잡고 흔들고 있었다. 열 살쯤 되었을까. 밤톨 머리를 한 사내아이가 순진한 눈망울로 나를 올려다보고 있었다.
 "사부님! 사부니임!"
 "……무슨 일이냐?"
 "애들이 사부님 언제 오냐고 기다려요! 연무장에 다 모여 있다고요!"
 "오늘은 자습해라. 저기 공 있으니까 가져가서 차고 놀아."
 "어제도 자습했는데! 그제도! 맨날 놀면 무공은 언제 배워요?"

"배워 봤자 쓸모도 없는 거……."
내 대답에, 날 데리러 온 꼬마 녀석의 볼이 심술궂게 퉁퉁 부었다.
"자꾸 이러시면 대사부님한테 이를 거예요!"
이 밤톨만 한 녀석이…….
나는 녀석을 한 대 쥐어박으려다가 참았다.
'혈마신교에서 하던 버릇대로 하면 안 되지.'
그때와는 시절도, 장소도 많이 바뀌었으니까.
"알았다. 가자."
"빨리요!"
내 손을 잡아당기며 걸음을 재촉하는 녀석을 따라 소연무장으로 향했다. 그곳에는 무관에서 지급한 수련용 무복을 차려입은 코흘리개들이 초롱초롱한 눈으로 나를 기다리고 있었다.
"사부님! 무공 가르쳐 주세요!"
"거참……."
나는 코흘리개들을 바라보며 머리를 긁적였다. 그리고 고개를 들어 내가 서 있는 무관의 간판을 바라보았다.

백무관(百武館)

백 가지 무공을 가르친다고 해서 백무관이란 이름을 지었다는데…….
글쎄. 허풍이 좀 심한 것 같은데.
'이 몸으로 깨어난 지도 벌써 한 달이 지났군.'
약 한 달 전.
혈마신교의 무공 교관이었던 나는 시골의 작은 무관 무공 사부의 몸에서 깨어났다.
혈마신교는 수십 년 전에 망해 버렸다고 한다.

2화
이걸 어째야 하나

한 달. 짧다면 짧고 길다면 긴 시간.

죽은 줄 알았던 자신이 다른 몸뚱이에서 깨어났다는 사실을 납득하고, 그럭저럭 새 몸뚱이와 환경에 적응하기에는 충분한 시간이었다.

"……어디 한번 변명이라도 해 봐라."

"뭘 말입니까?"

내가 눈을 멀뚱히 뜨고 되묻자, 내 앞에 앉은 미중년의 눈썹이 크게 꿈틀거렸다. 그가 바로 이 몸의 아버지이자 백무관의 관장인 백무흔이었다.

"정말 몰라서 묻는 거냐?"

"예. 모르겠습니다."

당당한 내 대답에 백무흔이 뒷골을 잡았다. 나는 허리를 꼿꼿이 세우고 바른 자세로 앉아 그를 빤히 바라봤다. 나는 당당했다. 적어도 변명할 만큼 잘못한 일이 한 기억은 없…….

"아까 포목점 장 씨가 찾아왔었다. 무관에 보낸 둘째가 초주검이 되어서 돌아왔다고 말이다."

"……."
"이래도 할 말이 없어?"
"그게 뭐가 문제입니까?"
 나는 오히려 적반하장으로 목소리를 높여 말했다.
"무공을 배우는 데는 응당 뼈와 살을 깎는 자세와 노력이 수반되기 마련입니다. 그래야 들인 시간과 돈과 노력이 아깝지 않지요. 오히려 고맙다며 질 좋은 비단이라도 갖다 바치진 못할망정……."
"이놈이!"
 따악! 한순간 별이 번쩍이고 내 머리에서 경쾌한 소리가 났다. 별로 아프지는 않았지만 기분이 나쁜 건 어쩔 수 없었다.
'끄응. 눈에는 보이는데 피할 수가 없군.'
 하기야, 피할 능력이 있었다 해도 피하지 않는 게 신상에 이로웠을 것이다. 눈에 핏발이 잔뜩 선 부친이 길길이 날뛰는 꼴을 보고 싶지 않다면 말이다.
"열 살도 안 된 아이들한테 마보를 한 시진이나 시켜 놓고, 뭐? 고마워해? 세상에 그런 미련한 수련을 시키는 사부가 어디 있느냐!"
 백무흔은 당장이라도 내 머리통을 내리칠 듯, 한 손에 든 교편을 위협적으로 허공에 휘둘러 댔다.
'아니, 혈교에서는 매일 하던 건데…….'
 그마저도 두 시진인 것을 반으로 줄인 것이다. 혈교에서 하던 것처럼 못 버티고 중간에 쓰러진다고 손톱을 뽑지도 않았고, 주저앉는 놈에게 오늘 저녁은 없다고 윽박지르지도 않았다. 요 며칠 코흘리개들이 하도 제대로 무공을 배우고 싶다기에, 조금 본격적으로 가르쳐 줬을 뿐이다.
'겨우 그거 힘들다고 부모한테 쪼르르 달려가서 고자질을 해? 하여튼 요즘 어린것들은…….'
"너 내 말 듣고는 있는 거냐?"

"옛날 같았으면……. 예. 듣고 있습니다."

딴생각을 하고 있던 내가 뻔뻔하게 고개를 끄덕이자, 백무흔이 기가 막힌다는 표정으로 나를 바라봤다.

"한 귀로 듣고 한 귀로 흘리는 것을 모를 줄 아느냐? 한번 죽다가 살아나더니 대체 무슨 생각을 하는지 모르겠구나. 어떨 땐 정말 내 아들이 맞나 싶고……."

이 양반 이거 귀신이네. 나는 한숨을 푹푹 내쉬는 이 몸의 부친에게 고개를 꾸벅 숙였다.

"소자가 생각이 짧았습니다. 다시는 이런 일이 없도록 하겠습니다."

"수룡아."

갑자기 그가 진지해진 표정으로 내 이름을 불렀다.

백수룡. 이 몸의 원래 주인 이름이다. 올해 스물일곱. 촌구석에서 작은 무관을 하는 변변한 별호도 없는 아버지 밑에서, 역시 변변한 실력도 없이 동네 코흘리개들이나 가르치던 녀석. 무림의 날고 기는 고수들과는 거리가 멀어도 너무 먼 인생. 무인으로는 삼류도 못 되는 녀석이다.

"예."

담백한 내 대답에 백무흔의 표정이 조금 흐려졌다. 그가 조금 머뭇거리다 말을 이었다.

"깨어난 이후로 자주 멍하니 있는 것을 안다. 너도 네 나름대로 고민이 있겠지. 얼마 전에 큰일을 겪기도 했으니……."

한 달 전. 백수룡은 죽다 살아났다.

정확히 말하면 백수룡은 죽었고, 내가 그 몸에서 깨어났다.

"뭔가 고민이 있다면 솔직하게 말해도 된다. 그래도 이 아비가 하나뿐인 피붙이 아니냐."

하나뿐인 피붙이. 그렇기 때문에 나는 솔직하게 말할 수 없었다.

'당신 아들 백수룡은 죽었소.'

백수룡은 태어날 때부터 몸이 약했다. 이름도 알 수 없는 희귀한 절맥증(絕脈症)을 가지고 태어났다고 한다. 몸이 약했던 모친 또한 아들을 낳고 얼마 못 가 죽었다.

백무흔은 어린 아들이라도 살리려 용하다는 의원을 찾아다니고, 온갖 약초를 달여 먹였지만…….

'아무 소용도 없었지.'

하지만 그의 아들이란 놈은…….

"아직도 무림에 뜻이 있느냐?"

"……."

타고난 체질에도 불구하고, 백수룡은 무림인이 되고 싶었던 모양이다. 절맥증 탓에 제대로 된 내공심법을 익힐 수 없는데도 매일 육체를 수련하고, 어떻게든 병을 고칠 방법을 백방으로 수소문했다고 한다. 그리고 몇 달 전, 백수룡은 마침내 한 권의 내공심법을 손에 넣었다.

'멍청하게 마공에 손을 대다니.'

마공(魔功). 모든 마공이 위험하고 부작용이 큰 것은 아니지만, 백수룡이 손을 댄 것은 그중에서도 질이 나쁜 종류였다.

결국 백수룡은 무리한 운공을 하다가 각혈을 하고 쓰러졌다.

아니, 죽었다. 스스로도 각오했던 죽음이었다.

평생 꿈을 포기하고 사느니 꿈흉내기라도 해 보고 죽겠습니다.

백수룡이 쓰러진 자리엔 그렇게 적힌 피 묻은 유서가 남겨져 있었다.

그 후 그의 몸에서 내가 깨어났고, 한 달이 지났다. 낯선 몸에서 깨어난 나는 기억을 잃은 척하며, 내 몸뚱이의 주인이었던 녀석의 사연을 조금씩 알게 되었다.

"아직도…… 포기가 안 되는 거냐."

"……."

내가 대답을 하지 않자 백무흔의 표정이 어두워졌다. 하나뿐인 아들이 죽을 고비를 넘기고도 헛된 꿈을 버리지 못했다고 생각한 것이다.

나는 천천히 입을 열었다.

"잘 모르겠습니다."

백무흔을 안심시키기 위해서가 아닌, 진심으로 한 말이었다.

'무림에 뜻이 있냐고?'

지난 생, 나는 혈마신교에서 오로지 살아남기 위해 매일 사선을 넘나들었다. 무공을 익힌 것도, 사람을 죽인 것도, 단전을 다친 후 무공을 연구하고 가르치는 교관이 된 것도 전부 살아남기 위해서였다. 하지만 지금은 어떤가?

'굳이 무림인이 될 필요가 있나?'

지금 내 머릿속에는 다섯이나 되는 절세신공이 있다. 하지만 무림인이 된다는 것은 필연적으로 목숨이 위험해질 일이 많아질 거라는 뜻이기도 하다.

'또 그렇게 살라고?'

죽는 날까지 하루하루 칼날 위를 걷는 삶을 살았던 내게, 그건 썩 내키는 일은 아니었다.

진무관이 있는 이 마을은 정말 평화롭고 조용한 시골이었다.

'이대로 코흘리개들이나 가르치며 느긋하게 사는 것도 나쁘지 않지.'

그럼에도 나는 "무림에 뜻이 없습니다."라고 말하지 않고 "잘 모르겠습니다."라고 말했다. 내 대답이 백무흔에겐 의외인 모양이었다.

그가 눈을 크게 뜨고 되물었다.

"……잘 모르겠다고 했느냐?"

"네."

지금이야 휴양이라도 온 것처럼 이곳이 편하지만, 나중에는 또 어떻게 될지 모르는 일이니까. 새로운 삶이다. 조급하게 결정할 필요는 없다.

"제가 앞으로 뭘 하고 싶은지 좀 더 고민해 보겠습니다."

"……."

백무흔은 안심한 것 같기도 하고, 결국 꿈을 포기하려는 아들이 안타까운 것 같기도 한 복잡한 표정으로 나를 바라봤다. 나는 그의 시선을 피하지 않고 마주 봤다.

"……알았다."

결국 그가 무겁게 고개를 끄덕였다.

"아직 몸이 성치 않으니 조금이라도 이상이 있으면 바로 말해라."

"예."

"앞으로 애들 마보를 시킬 거면 차라리 공이나 주고 차라고 하고."

"……다시 말씀드리지만, 무공을 배우려면 응당 뼈와 살을 깎는 자세와 노력이……."

"여기가 무슨 소림사인 줄 아느냐? 그러다 몇 안 되는 관생들 마저 다 떠난다."

백무흔은 듣기 싫다며 손을 홰홰 저었다. 나는 입맛을 쩝 다시며 자리에서 일어났다.

"그럼, 나가 보겠습니다."

"그래."

몸을 돌려 방을 나서는데, 뒤에서 한숨 소리와 함께 넋두리 같은 혼잣말이 들려왔다.

"미안하구나. 아비가 해 줄 수 있는 게 없어서……."

나는 못 들은 척, 빠르게 걸어 내 방으로 돌아왔다.

• ❖ •

방으로 돌아온 나는 윗옷을 벗고 거울 앞에 섰다. 매일 몸 상태를 확인하기 위해 하는 일과였다.

'영락없이 고생 한 번 안 해 본 기생오라비로군.'

부친을 닮아 큰 키에 팔다리가 시원시원하게 뻗었다. 사내치고 마르긴 했지만 얼굴도 무척 잘생겼다. 깨어난 후로 꾸준히 운동을 해서 지금은 몸 상태도 나쁘지 않았다.

'절맥만 고치면 훌륭한 근골인데.'

문제는 몸 내부다. 안 그래도 절맥증으로 내공을 제대로 운기 할 수 없는 몸인데, 마공의 후유증으로 혈도에 탁기가 가득했다. 그나마도 지난 한 달 동안 요양을 해서 나아진 것이 이 정도다. 썩은 것이나 다름없는 몸 내부에 절로 혀를 찼다.

"쯧. 삼류 무인만도 못하구나."

지금으로서는 삼류도 좋게 봐준 것이다. 삼류 무인은 쥐똥만 한 내공이라도 사용할 수 있으니 말이다. 게다가 이대로 방치하면, 이 몸은 삼 년 안에 죽을 것이다.

'이게 우연인지 필연인지……. 하필이면 천음절맥이라니.'

나는 백수룡이 앓고 있는 절맥증의 이름을 알고 있었다.

천음절맥(天陰絶脈). 천하의 용하다는 의원들도 대부분 이름조차 들어 보지 못했거나, 알아도 손쓸 수 없는 끔찍한 천형. 천음절맥을 가지고 태어난 자는 보통 서른을 넘기지 못하고 죽는다.

나는 거울 속 청년을 바라보며 혀를 찼다.

'어차피 오래 살지 못할 운명이었구나. 너도 그걸 알고 발버둥을 친 거냐?'

어쩌면 백수룡은 자신의 생이 얼마 남지 않았다는 것을 본능적으로 느끼고 극단적인 도박을 했을지도 모른다. 그러나 그 도박은 실패했고, 대신 내 혼이 이 몸으로 들어왔다.

'이 몸은 앞으로 내가 잘 쓰마.'

죽은 사람은 죽은 사람이고, 산 사람은 살아야 한다. 다행히 나는 천음절맥의 치료법을 알고 있었다.

역천신공(逆天神功). 대대로 혈마신교의 교주에게만 전해지는 절세의 무공으로, 내 머릿속에 있는 다섯 무공 중에서도 수위를 다투는 신공.

내가 혈교의 무공 서고에서 찾아낸 역천신공의 비급에는 이렇게 적혀 있었다.

천음절맥(天陰絶脈)은 하늘의 저주를 받은 몸이고,
역천신공(逆天神功)은 하늘을 거스르는 무공이다.
이 둘이 만나니 절맥(絶脈)은 신맥(神脈)이 되고, 하늘을 부수는 파천(破天)의 힘을 얻으리라.

거창하지만 본론만 딱 말하면, 천음절맥이야말로 역천신공을 익힐 수 있는 최고의 체질이라는 의미였다. 애초에 혈마신교의 초대 혈마가 천음절맥이었으니 말이다.

'혹시 죽기 전에 역천신공을 사용한 것과 이 몸으로 깨어난 것이 연관이 있을까?'

추측만 해 볼 뿐, 그것까지는 알 수 없었다. 중요한 것은 내게 천음절맥을 천음신맥으로 바꿀 무공과 지식이 있다는 것이다. 다만 한 가지 문제가 있는데…….

쩝. 나는 입맛을 다시며 중얼거렸다.

"돈이 없는데."

역천신공을 익히는 데는 돈이 많이 든다. 그냥 많다 정도가 아니라, 어마어마하게 많이 든다. 이름만 들어도 알 법한 영약들과 중원에서 한 손에 꼽을 정도로 뛰어난 의원. 여기에 각종 대법에 사용될 재료들도 필요하다. 한 지방의 이름난 가문도 기둥뿌리가 뽑힐 만한 수준. 시골에서 코딱지만 한 무관을 운영하는 부친에게 그만한 돈이 있을 리 없었다.

"이걸 어째야 하나……."

거울 속 잘생긴 얼굴이 근심으로 찌푸려질 때였다.

"사부님!"

밖에서 비명 같은 외침이 들려왔다.

3화
에이, 아니죠?

나는 윗옷을 대충 걸치고 곧장 밖으로 뛰쳐나갔다.
"사부님! 도와주세요!"
절박한 외침은 이 몸의 아버지, 백무흔의 처소가 있는 방향에서 들려오고 있었다. 익숙한 목소리다.
'이 늦은 시간에 무슨 일이지?'
사람들 대부분이 잠자리에 들었을 야심한 시각. 이런 깊은 밤에 무관에 찾아와 아버지를 찾는 것 자체가 보통 일이 아니었다. 잠시 후 아버지의 처소 앞에 도착하자, 등불 아래에서 아버지 앞에 무릎을 꿇고 엉엉 우는 어린 소년이 보였다.
'저 녀석은?'
장이라는 아이다. 포목점 장 씨네 둘째, 내가 가르치는 코흘리개들의 대장. 오늘 아침에도 내게 와서 부루퉁한 표정으로 빨리 무공 가르쳐 달라고 조르던 녀석이다.
순간, 머릿속으로 조금 전에 아버지가 했던 말이 떠올랐다.

―아까 포목점 장 씨가 찾아왔었다. 무관에 보낸 아들이 초주검이 되어서 돌아왔다고 말이다.

설마…… 마보 좀 시켰다고 그게 억울해서 따지러 온 건가?
"이런 치사한……."
내가 울컥해서 한마디 하려는 순간, 코흘리개가 훌쩍이며 소리쳤다.
"저희 형님 좀 살려 주세요!"
"백사부님! 저희 아들 좀 살려 주십시오!"
다시 보니 코흘리개의 뒤쪽에, 포목점 장 씨가 피투성이가 된 소년을 업고 있었다.
"대체 무슨 일입니까?"
피투성이가 된 소년을 상태를 확인한 아버지의 표정이 딱딱하게 굳었다. 포목점 장 씨에게 소년을 받아 마루 위에 눕히고 상태를 살폈다.
'무공에 당한 상처다.'
나는 조용히 아버지 옆으로 가서 소년의 상태를 살폈다. 어설프긴 해도 분명 무공에 당한 상처였다.
"으윽……."
아버지가 몸 여기저기를 만지고 주무르자 소년이 꿈틀대며 신음을 흘렸다. 그 모습을 본 코흘리개가 형 옆에서 눈물 콧물을 줄줄 흘렸다. 소년의 아버지인 장 씨도 절박한 표정이었다.
"제발 저희 첫째 좀 살려 주십시오!"
피투성이가 된 소년은 포목점 장 씨네 첫째 아들로, 내가 가르치는 코흘리개 장이의 다섯 살 터울 형 장일이었다.
소년의 몸을 살펴본 아버지가 안도의 한숨을 쉬었다.
"뼈가 몇 군데 부러졌습니다만 내장은 상하지 않았습니다. 생명에 지장은 없을 겁니다. 일단 응급 처치를 할 터이니 오늘은 여기서 재우고,

내일 의원에 데려가 제대로 보이십시오."

아버지가 소년의 혈도를 몇 군데 짚자, 소년의 표정이 편안해지더니 스르르 잠이 들었다.

병약한 아내와 아들을 위해 백방으로 의원을 만나고, 약초를 찾아다닌 덕에 내 아버지는 의학에 해박했다. 특히 외상에 대해서는 웬만한 의원보다 나아서, 마을 사람들도 다치면 의원보다 아버지를 먼저 찾아올 정도였다.

"아이고, 감사합니다! 정말 감사합니다!"

"대사부님! 우리 형 죽는 거 아니죠? 정말 괜찮은 거죠?"

포목점 장 씨가 연신 고개를 숙였고, 코흘리개 장이는 여전히 불안한 얼굴로 아버지의 옷을 붙잡고 늘어졌다.

"걱정 마라. 며칠 푹 쉬면 괜찮을 게다."

아버지는 장이를 안아 들고 머리를 쓰다듬었다. 녀석은 그 품에서 엉엉 울다가 잠이 들었다. 아버지는 잠든 코흘리개를 내게 넘기고는 나직한 목소리로 장 씨에게 물었다. 표정이 방금과 달리 얼음처럼 차가웠다.

"대체 누가 이런 겁니까?"

처음 느껴보는 아버지의 살기에 내 팔뚝의 솜털이 곤두섰다.

'예상은 했지만……'

본인 입으로 별호도 없는 변변찮은 무인이라고 했지만, 내가 보기엔 결코 그렇지 않았다.

"그게……"

포목점 장 씨는 대답을 못 하고 어물쩍거렸다. 자신의 말 한마디 때문에 뭔가 큰 사달이 날까 봐 걱정하는 모습이었다. 아버지가 그런 장 씨를 안심시켰다.

"염려 마십시오. 어찌 된 일인지 알아보려는 것뿐입니다."

"친구들끼리 어울리다가 다쳤다고……"

"제가 이런 이야기는 잘 하지 않지만, 장일이는 이 마을에서 제게 무공을 배운 또래 아이 중에서도 실력으로는 한 손에 꼽습니다. 그리고 장일이가 입은 상처…… 그건 제가 가르친 무공에 당한 것이 아니더군요."
"그게……."
포목점 장 씨가 여전히 대답을 못 하고 머뭇거릴 때였다.
"진무관 놈들 짓이에요!"
어느새 잠에서 깼는지, 내 품에 안겨 있던 장이가 앙칼진 표정으로 외쳤다.
"놈들이 먼저 형한테 시비를 걸었어요! 백무관에서 가르치는 무술이 싸구려라고 무시했다고요!"
"진무관?"
진무관은 몇 달 전 옆 마을에 들어선 무관이었다. 소문으로 진무관주가 남궁세가의 먼 방계라고 들었다.
'허풍이겠지. 아무리 방계라도 오대세가 출신이 뭐가 아쉬워서 이런 촌구석까지 와서 무관을 차려.'
어쨌든 아버지는 옆 마을에 새로 생긴 무관에 관심도 없었고, 신경도 쓰지 않았다. 백무관은 이미 이곳에서 20년 넘게 무술을 가르쳐 온 터줏대감이었으니까.
하지만 그런 무관심도 오늘까지였다. 놈들은 명백히 선을 넘었다.
"놈들이 정말 그리 말했느냐?"
싸늘한 눈빛을 한 아버지의 질문에 장이가 고개를 힘껏 끄덕였다.
"네! 백무관 무공은 형편없다고, 자기네 무공이 훨씬 강하다고 했어요!"
"진무관 제자 여럿이서 장일이를 공격한 것이냐?"
"그건 아니고…… 한 명이었는데……."
장이는 우물거리다가 빽 소리쳤다.
"그래도 비겁했어요! 양삼은 우리 무공을 다 알고 있잖아요!"

"……양삼, 그놈 짓이었구나."

비록 살림이 쪼들리는 무관이긴 해도, 아버지는 인성이 글러 먹었다 싶은 녀석에겐 무공을 가르치지 않는다는 신념이 있었다. 양삼이라는 녀석은 그런 녀석 중 하나로, 어릴 땐 착하고 성실했지만 나이가 들면서 싹수가 노래져 크게 혼을 낸 후 무관에서 쫓아냈다고 했다. 그 양삼이 최근 진무관에서 무공을 배운 모양이다.

"그 나쁜 놈이 우리 형한테 시비를 걸었어요! 형은 안 싸우려고 했는데, 사부님이랑 우리 부모님까지 욕해서…….”

그래. 성인군자라도 부모 욕까지 듣고 참을 순 없지. 들어 보니, 양삼이라는 놈이 자신을 쫓아낸 백무관에 앙심을 품고 백무관 제자들을 괴롭힌 모양이었다.

그런데 나는 여기서 한 가지 의문이 들었다.

'양삼 혼자서 저지른 짓일까?'

피투성이가 된 장일의 몸에 난 상처들. 아버지 옆에서 장일의 상처를 보며 눈치챈 것이 있었다.

'살초를 썼어.'

만약 양삼이라는 녀석의 손속이 조금 더 잔인했다면, 포목점 장 씨네 첫째 아들은 영영 불구가 될 수도 있었다. 시골 무관에서 가르치기엔 지나치게 악랄한 수법이었다.

"으음…….”

아버지도 나와 비슷한 생각이 들었는지, 잘생긴 이마에 주름을 깊게 새긴 채 고민하고 있었다.

"애, 애들끼리 싸우다 그런 겁니다. 아들이 무사하니 저는 그걸로 됐습니다."

아버지의 표정이 심각하게 굳어 있자, 일이 커질 것 같은 예감이 들었는지 장 씨가 손사래를 쳤다.

그는 순박한 시골 사람이었다. 아들이 피투성이가 될 정도로 얻어맞은 것만으로도 심장이 벌렁거릴 지경인데, 진짜 무림인들 간에 싸움이 붙어서 자신에게 불똥이라도 튈까 두려운 것이다.

"오늘 일은."

가만히 생각에 잠겨 있던 아버지가 고개를 들어 장 씨에게 말했다.

"내일 아침 제가 직접 진무관주를 만나 매듭짓겠습니다."

"괜히 일만 더 커지는 거 아닌지……."

걱정이 가득한 표정의 장 씨에게 아버지가 웃으며 말했다.

"걱정하지 마십시오. 말로 잘 충고하는 선에서 끝낼 겁니다."

"예에. 저는 대사부님만 믿겠습니다……."

"시간이 늦었으니 오늘은 이만 들어가시지요. 장일이는 오늘 밤까지 제가 돌보겠습니다."

"아이고, 감사합니다! 정말 감사합니다!"

장 씨는 연신 감사하다며 고개를 숙였고, 코흘리개 장이는 형의 복수를 해 달라고 떼를 쓰다가 장 씨에게 귀를 잡혀 끌려갔다.

나는 아버지를 대신해 두 사람을 문밖까지 배웅했다. 내 머릿속에는 진무관이 제자들에게 가르친 살초가 떠나지 않고 있었다.

'과연 충고로 끝날까?'

아버지는 대화로 잘 풀겠다고 말했지만, 나는 일이 그리 쉽게 풀리지 않을 거라는 예감이 들었다.

불길한 예감은 적중했다.

"거, 아침부터 웬 소란이요?"

거들먹거리는 태도로 말하는 사내는 아버지보다 한 뼘은 커다란 거한

이었다.

'이 산도적같이 생긴 놈이 남궁세가의 방계라고?'

발걸음만 봐도 대충 안다. 상대가 어떤 종류의 무공을 익혔는지, 어떤 체질인지, 싸울 때 어떤 버릇이 있으며, 어느 정도의 그릇인지.

내게는 혈마신교에서 수없이 많은 훈련생을 가르치고, 고수들을 관찰하면서 쌓은 경험이 있었다. 그 경험에 비추어 볼 때, 눈앞의 산적처럼 생긴 남궁욱이라는 놈은 기껏해야 이류의 경지였다.

무엇보다 이놈…….

"어젯밤 우리 무관의 제자가 진무관의 제자와 싸워 많이 다쳤습니다."

"애들 싸움으로 왜 예민하게 굴고 그러시나 모르겠군."

아버지는 정중하게 용건을 꺼냈으나 남궁욱은 귀를 후비며 껄렁한 태도를 보였다.

"……애들 싸움이라기엔 장일의 몸에 상처가 심하더군요."

"사내놈들이 크면서 싸우고 다치고 그러는 거지. 사내가 계집애처럼 다치는 것을 무서워해서야 어디 대장부가 되겠소?"

남궁욱은 대놓고 무시하는 태도로 백무흔을 대했다. 겨우 그런 일로 따지러 왔냐는 의미였다. 그 웃음의 의미를 모를 리 없었지만, 아버지의 표정에는 별다른 변화가 없었다. 아버지는 뒷짐을 진 채로 차분하게 말했다.

"진무관주는 아이들을 대장부로 만들기 위해 무공을 가르치는지 모르겠으나, 나는 아이들이 건강하게 자라고 도적에게서 제 한 몸 호신할 수 있게 하려고 가르칩니다. 해서, 사람을 심하게 해할 수 있는 방법은 가르치지 않습니다."

아버지는 고개를 돌려 남궁욱 뒤편에 서 있는 청년 중 한 명에게 말을 걸었다.

"양삼. 너는 지난밤에 친구를 죽일 뻔했다. 알고 있느냐?"

청년은 아버지의 서늘한 시선을 감히 마주치지 못하고 피하더니, 이내 이를 악물며 말했다.

"정당한 비무였습니다!"

"정말 그리 생각하느냐?"

"그, 그게……."

"이봐. 우리 수강생한테 뭐 하는 짓이야?"

남궁욱이 거대한 덩치로 아버지와 양삼 사이를 가로막았다. 그는 험악하게 인상을 쓰며 아버지를 노려봤다.

"억울하면 더 강하게 가르칠 것이지. 어디 애새끼가 좀 처맞은 것 가지고 남의 영업장에 와서 행패요?"

"이보시오."

"하긴, 가르치는 자가 무공이 시원찮으니 그 제자도 얻어터지는 것이겠지."

"허……."

남궁욱은 대놓고 아버지에게 시비를 걸었다.

어느새 우리 주변으로 구경꾼들이 우르르 몰려와 있었다. 나는 주위를 둘러보며 생각했다.

'함정이었군.'

이로써 확실해졌다. 진무관은 이 상황을 노리고 양삼을 시켜 장일을 공격했다. 그리고 아버지가 찾아오자 기다렸다는 듯 사람들 앞에서 망신을 주며 시비를 걸고 있었다. 여기서 아버지가 그냥 물러선다면, 그는 겁쟁이로 소문이 나고 앞으로 백무관에는 수강생이 뚝 끊길 것이다.

그럼 아버지가 이 녀석을 무공으로 눌러 버리면 되는 것 아니냐고?

"이보쇼, 백무관주. 애들 싸움이 어른 싸움이 되어서야 쓰겠소? 이만 돌아가시오. 앞으로 우리 수강생들에게 약한 애들은 괴롭히지 말라고 일러두겠소."

남궁욱은 말로 살살 긁어대며 아버지를 약 올리고 있었지만, 직접 싸움을 걸지는 않았다. 여기서 흥분한 아버지가 먼저 비무를 신청한다?

 '애들 싸움에 져서 복수하러 온 쫌생이밖에 안 되는 거지.'

 설령 아버지가 비무에서 이기더라도 절대 좋은 소문이 날 리 없는 상황이었다.

 '산적 같은 놈이 꽤 교활하게 머리를 썼어. 아니, 머리는 다른 놈이 쓴 건가?'

 진무관은 아직 자리를 잡지 못한 탓에 수강생도 얼마 되지 않았다. 하지만 오늘 벌어진 일은 어떤 식으로든 소문이 날 것이다. 아마…… 백무관에 대한 평가가 내려가는 만큼 진무관에 대한 평가가 올라가겠지.

 "어흠! 다들 잘 모르시나 본데."

 기회다 싶었는지, 그때까지 남궁욱 옆에 얌전히 서 있던 염소수염의 사내가 구경꾼들도 들으란 듯이 큰 목소리로 말했다.

 "여기 계신 남궁욱 대협께선 천무학관에 일타강사로 계신 창천검왕 남궁제학 대협의 팔촌이시오. 대(大)남궁세가의 핏줄이란 말이외다!"

 천무학관, 그리고 남궁세가란 이름에 구경꾼들이 술렁였다. 이 시골에서도 놀랄 만큼, 오대세가의 이름은 대단했다.

 남궁욱은 헛기침을 유독 크게 하며 손사래를 쳤다.

 "크흠! 그저 먼 방계에 불과할 뿐이오. 남궁의 이름에 부끄럽지 않기 위해 열심히 살아갈 뿐이지."

 저 새끼 남궁 씨 아니라는 데 내 손모가지를 건다. 아무튼, 여기선 아버지가 어떤 선택을 해도 손해를 볼 수밖에 없었다.

 내가 나서지 않았다면 말이지.

 "이야. 그럼, 진무관주께서 수강생들에게 가르치는 무공도 남궁세가의 무공인가요?"

 "음?"

남궁욱은 너 같은 애송이도 있었냐는 시선으로 아버지 옆에 서 있던 나를 바라봤다. 나는 겁먹은 듯 목을 움츠리며 말했다.

"오대세가의 무공을 본 것이 처음이라……. 정말 진무관은 남궁세가의 무공을 가르치는 겁니까?"

내 촌스러운 표정과 말투에 피식 웃은 그가 어깨에 힘을 잔뜩 주며 말했다.

"따지고 보면 그렇다고 볼 수 있지. 물론 본산절기라고 할 수는 없지만, 그 뿌리를 따지고 보면 같은 무공……."

구경꾼들이 "오오오!" 하고 탄성을 내질렀다.

뭔가 이상한 낌새를 느꼈는지 염소수염 사내의 표정이 살짝 구겨졌지만, 그보다 먼저 내가 말을 꺼냈다.

"허어! 그래서 그런지 위력이 정말 대단하군요. 양삼의 실력이 몇 달 만에 일취월장했지 뭡니까!"

"너……."

아버지가 무슨 짓이냐는 표정으로 나를 바라봤지만, 나는 눈짓으로 그의 입을 막은 후 말을 이었다.

"살다 보니 오대세가의 신공을 다 구경하고! 이 백모가 개안을 하였습니다!"

"크하하! 제법 보는 눈이 있구나. 원한다면 너도 가르쳐 주마!"

피식. 더 이상 참지 못한 내 입가에 가느다란 미소가 맺혔다.

"예. 남궁세가의 무공에 그런 살초가 있을 줄은 정말 상상도 못 했습니다. 저는 살기가 너무 짙어서 사파 무공인 줄 알았거든요."

"……뭐?"

내 말에 의기양양하던 남궁욱과 염소수염의 표정이 굳고, 은근히 우리를 비웃던 진무관 수강생들의 웃음이 뚝 멈췄다. 남궁욱의 얼굴이 서서히 흉신악살처럼 일그러졌다.

"방금 뭐라고 했느냐? 주둥이를 함부로 놀리다간……."

"사파 무공 같다고 했습니다. 왜, 그런 것 있잖습니까. 초반에 익히는 속도는 매우 빠른데, 계속 익히다 보면 병신이 되기 딱 좋은 그런 무공 말입니다."

"무, 무, 무슨!"

얼마나 당황을 했는지, 긴가민가한 표정으로 우리를 보고 있던 구경꾼들마저 경악한 표정을 지었다. 남궁욱 옆에 있는 염소수염은 얼굴이 시뻘게진 채로 부르르 떨었다.

그리고 놈들이 당황할수록 내 입가에 맺힌 미소는 짙어졌다.

"에이. 아니죠? 설마 대남궁세가의 이름을 걸고 사파 무공 따위를 가르쳤을 리 없잖아요?"

참고로 사파의 무공이 전부 사악하고 위험한 것은 아니다. 그중에는 정파 무공 못지않게 심후한 것도, 부작용이 거의 없는 것도 있었다. 하지만 세간의 인식에는 어마어마한 차이가 있지.

예를 들면…….

"앞으로 만나는 사람마다 남궁세가의 신공을 구경했다고 자랑해도 되겠죠? 겸사겸사 무림맹에도 연통 하나 넣고요."

남궁욱의 얼굴에서 핏기가 싹 가셨다.

4화
살인멸구(殺人滅口)

명문세가의 이름을 사칭하는 것.
'사실 그 정도야 흔한 일이지.'
남궁세가를 포함한 오대세가는 거대한 세력만큼 수많은 방계를 거느리고 있었고, 그들은 명문의 이름을 이용해 온갖 이득을 취했다. 그중에는 사기꾼도 많았다. 막말로, 저잣거리의 약장수들도 종종 구파일방이나 오대세가를 들먹이며 약을 팔았다.
'그걸 무림맹이 일일이 찾아다니며 죄를 묻지는 않아.'
무림맹이 그리 한가한 단체도 아니고, 다 조사할 수도 없으며, 그럴 필요도 없다. 그 정도는 사소한 일이니까. 하지만 누군가가 남궁세가의 이름을 사칭해 사파의 무공을 가르친다면?
"어라? 남궁욱 대협? 왜 아까부터 표정이 안 좋으십니까? 뒷간에라도 가고 싶으신 표정인데요."
"너 이 새끼……."
내 빈정거림에 남궁욱이 이를 갈았다. 그는 당황함을 숨기지 못하고 식은땀을 뻘뻘 흘리고 있었다.

"무, 무림맹에 연통을 넣는다? 그런 짓 한다고 뭐가 바뀔 줄……."

"뭔가 오해가 있으신 모양인데, 저는 그저 자랑하고 싶을 뿐입니다. 이 마을에 남궁세가의 신공절학을 가르치는 무관이 있다고요. 그 위력이 얼마나 대단한지 사람 하나를 반 죽여 놓을 정도 아닙니까. 사파의 무공 같다는 건 농담이었습니다, 농담."

농담이 아니라는 건 나도 알고, 남궁욱도 알고, 저기 있는 염소수염도 알고, 내 옆에서 묘한 표정을 짓고 있는 내 아버지 백무흔도 안다.

'명문세가일수록 사파와 이름이 엮이는 걸 병적으로 싫어하지.'

명예와 위신. 정파는 그 두 가지에 목숨까지 건다. 물론 뒤에서야 온갖 호박씨를 다 까는 놈들이지만, 최소한 겉으로는 의(義)와 협(俠)을 행하는 자들이니까. 그렇기에 자신들의 정의에 대한 모욕 또한 절대로 참지 않는다.

"농담이 너무 심하지 않나!"

"에이. 설마 농담 좀 했다고 무림맹에서 널, 아니 절 죽이기라도 하겠습니까."

"헙……!"

내가 손으로 목을 슥 긋는 시늉을 해 보이자 남궁욱의 얼굴로 창백하게 질렸다.

거, 덩치에 안 어울리게 순진한 놈일세.

[대체 무슨 생각인 거냐?]

아버지의 전음이 들려온 것은 그때였다. 눈동자만 굴려 힐끗 옆을 보자, 그가 미간을 찌푸린 채로 나를 바라보고 있었다.

[저들이 가르친 게 사파의 무공이라고? 확신이 있어서 그런 말을 한

거냐?]

아직 전음을 사용할 수 없는 나는 살짝 고개를 끄덕였다.
'제가 알아서 할 테니 가만히 계십시오.'
뜻이 제대로 전달되었는지는 모르지만, 아버지는 내가 주도하기 시작한 이 상황을 일단은 지켜보기로 한 모양이었다.
나는 주위를 둘러싼 구경꾼들을 돌아보며 입을 열었다.
"혹시라도 오해가 있을지 모르니 확실히 할까요? 무림맹에 연통을 넣는 김에 남궁세가에도 연통을 넣는 겁니다. 남궁세가의 이름 높은 대협이신 남궁욱 대협께서 이곳에 무관을 여셨으니 축하 화환이라도 보내 달라고요. 겸사겸사 양삼이 배운 절세신공도 검증해 주시면 더 좋고······."
"주둥아리 닥쳐라!"
이제는 대놓고 빈정대는 내 말투에 남궁욱의 얼굴이 시뻘게졌다. 눈빛으로 사람을 죽일 수 있다면, 그는 이미 수십 번이나 날 죽였을 것이다.
나는 비죽 웃었다.
"왜요? 쫄리십니까?"
"이놈이 정말 죽고 싶어서······!"
그는 당장이라도 출수하고 싶은지 몸을 움찔거렸지만, 주변의 많은 시선 때문에 그러지도 못했다. 제가 불러 모았으니 다 자업자득이다.
웅성웅성.
"아까부터 도대체 무슨 말이야?"
"남궁 대협이 사기꾼이라는 거 같은데?"
"에잉. 무인들이 무슨 혓바닥이 저리들 긴지. 싸우려면 싸우고, 말리면 말지."
"내 말이. 싸움 구경하려고 왔는데 말이야."
"조금만 더 기다려 봅세. 곧 한판 붙을 것 같긴 한데······."

구경꾼들도 눈치가 있다면 이 상황이 심상치 않게 돌아간다는 것쯤은 알고 있을 것이다. 여론마저 불리하게 돌아가자, 남궁욱의 표정이 똥 마려운 강아지처럼 변했다. 그는 자기도 모르게 옆을 힐끗거렸다. 남궁욱의 시선이 향한 곳엔 염소수염이 미간을 좁히고 있었다.

'역시 저쪽이 진짜였군.'

처음부터 이상했다. 이 산적처럼 생긴 놈은 아무리 봐도 머리를 굴릴 것처럼 보이진 않았으니까.

아니나 다를까, 염소수염이 한 걸음 앞으로 나섰다.

"이보시오, 소협."

나는 태연한 표정으로 염소수염의 사내를 응시했다. 그는 부드러운 웃음을 지으며 나를 바라보고 있었다. 그러나 나는 그 미소 뒤에 숨겨진 살기를 느낄 수 있었다.

"지금 한 말, 책임질 수 있겠소?"

"책임이라니요?"

"우리가 남궁가의 이름을 팔아서 사파의 무공을 가르쳤다고 주장하지 않았소. 증거도 없이 함부로 그런 말을 했다가, 나중에 어떤 꼴을 당할지 생각해 본 거요?"

이 일이 커져 소문이 돌면, 무림맹의 조사 정도로 끝나지 않을 것이다. 남궁세가의 무사들이 이곳에 직접 들이닥칠 수도 있었다. 남궁욱(자칭)이 정말 사파의 무공을 가르쳤다면, 그는 남궁세가의 검에 목이 잘릴 것이다.

하지만 아니라면?

"소협이 지금 얼마나 위험한 짓을 하는지 알고 있소? 사파 무공. 남궁세가는 지저분한 소문에 얽히는 것만으로도 소협을 결코 가만두지 않을 거요."

그래. 오히려 내가 역풍을 맞겠지. 근거도 없이 남궁세가와 관련된 지저분한 소문을 퍼트린 것이니 말이다.

염소수염이 몸을 돌려 아버지에게 포권을 했다.

"백무관주님. 오늘은 양쪽의 감정이 크게 격앙된 듯합니다. 괜한 말로 큰일을 치를 수 있으니⋯⋯ 이 자리에서 나온 이야기는 함구하고, 차후에 날을 잡는 것이 어떠하신지요?"

그러니까 염소수염은 지금 이렇게 말하고 있었다.

'우리가 사파 무공을 가르쳤다고? 증거도 없이 함부로 떠들다간 너희도 뒈지는 수가 있다. 그러니 적당히 하고 물러나라.'

무공이라는 것이 흔적만 보고 정파냐 사파냐 쉽게 나눌 수 있는 것이 아니다. 정파의 무공에도 손속이 잔인한 초식이 있고, 사파의 무공에도 정파 못지않게 고지식한 것이 있다. 구결을 알고 초식을 직접 보지 않는 한, 무공의 종류를 구분하는 것은 거의 불가능하다. 하지만 '거의'라는 건 누군가는 가능하다는 얘기지.

피식.

"그렇게 말하면 내가 겁먹을 것 같나?"

"이보시오, 소협⋯⋯."

"사파 나부랭이 새끼들이 어디서 개수작이야?"

나도 사파의 정점이었던 혈교 출신이지만, 사소한 건 일단 넘어가도록 하자.

"!"

내 말에 염소수염의 표정이 돌처럼 굳었다. 나는 이대로 물러날 생각이 없었다. 진무관이 제자들에게 사파 무공을 가르쳤다는 데 분명한 확신이 있었으니까.

무공을 직접 보지도 않고 어떻게 확신하냐고?

'그야, 내가 사파 무공을 십 년 넘게 가르친 교관 출신이니까.'

남궁욱과 염소수염이 움직일 때마다 자기도 모르게 보이는 움직임. 그들 뒤에 서 있는 제자들의 긴장된 몸의 자세 등등. 내게는 그 모든 것이 증거였다.

"너희들 어디 파냐? 꼴을 보니 동네 무관으로 위장한 후에 세력을 확장하려고 한 것 같은데."

이것도 예전부터 있었던, 사파들의 흔한 수법이다.

"……하."

염소수염이 허탈한 표정으로 나를 바라봤다. 그러더니 갑자기 소리 내 웃기 시작했다.

"하하…… 푸하하하하!"

따가운 살기에 피부가 간지러웠다. 웃음에 내공이 실렸는지 귀가 아프다. 염소수염의 기세가 변하고 자세가 변하기 시작했다.

우둑, 우두둑! 구부정했던 허리가 펴지고, 서생처럼 얄상했던 몸이 근육질로 변했다.

'어쩐지 자세가 부자연스럽다 했더니 역골공을 사용한 거였군.'

건장한 사내로 변신한 그가 나를 잡아먹을 듯 노려봤다. 거의 다른 사람으로 변했지만, 염소수염은 여전했다. 나는 상대의 경지를 가늠해 보았다.

'일류 초입쯤 되겠군.'

이런 촌구석에서는 산삼보다 더 찾기 힘든 고수. 더 이상 정체를 숨길 생각이 없는지, 놈은 살기를 풀풀 풍기며 나를 노려봤다.

"보통내기가 아니로군. 어떻게 우리 정체를 알았지?"

"그건 영업 비밀인데."

내 장난스러운 말투에 그의 눈썹이 크게 꿈틀댔다.

"아직 상황 파악이 안 되나 보군. 그래. 언제까지 그렇게 까불 수 있는지 보지."

쿠웅! 그가 발을 크게 구르자 돌로 된 연무장 바닥에 커다란 족적이 남앉다.

"갈! 지금부터 한 발자국이라도 움직이는 놈은 죽는다!"

자욱한 살기가 연무장을 뒤덮었다. 어느새 염소수염의 뒤에 서 있던 진무관의 제자 중 일부가 몸을 날려 진무관의 대문을 막아섰다. 분위기가 심상치 않다는 걸 느끼고 발을 빼려던 구경꾼들의 낯빛이 새하얗게 질렸다.

"사, 살려 주십시오."

"저희는 아무것도 못 봤습니다!"

"아무 말도 않겠습니다요!"

살기를 감당하지 못해 주저앉은 사람들이 오들오들 떨며 살려 달라고 빌었다. 우리를 따라온 포목점 장 씨도 장이를 꼭 껴안고 있었다. 장이가 아비의 품에서 버둥거리며 소리쳤다.

"이 나쁜 놈들! 니들 백사부님한테 다 죽을 줄 알아!"

"이놈아! 얌전히 있어, 좀!"

그들을 힐끗 본 염소수염이 고개를 돌려 다시 나를 바라봤다. 그의 입가에 비열한 미소가 맺혔다.

"애송이. 너 때문에 이 자리에 있는 모두가 죽게 될 거다."

살인멸구(殺人滅口). 정체를 들킨 놈들은 목격자를 모두 죽여 버릴 작정이었다.

"똑똑히 보여 주지. 힘없는 자가 만용을 부리면 어떤 꼴을 당하는지 말이야."

염소수염이 히죽 웃으며 나를 향해 성큼성큼 걸어왔다.

5화
우리 사부님 최고!

 일류고수. 평범한 장정 수십 명이 달려들어도 상처 하나 입지 않고 모두 도륙할 수 있는 존재.
 중원에 고수가 별처럼 많다지만, 일류고수 정도면 어디 가서도 어깨에 힘을 주고 다닐 수 있다. 그래서인지 염소수염은 자신감이 넘쳤다.
 "애송이. 어디 그 주둥이만큼 실력도 있나 볼까?"
 "수룡아! 뒤로 물러나라!"
 채앵! 어느새 검을 뽑아 든 아버지가 내 앞을 막아서며 염소수염을 상대하려 했다. 그러나 저쪽에서도 도를 뽑아 든 남궁욱이 아버지에게 덤벼들었다.
 "어이! 형씨는 나랑 얘기 좀 하자고!"
 까아앙! 남궁욱의 힘에 뒤로 밀려난 아버지의 얼굴에 낭패한 기색이 떠올랐다.
 "크하하하! 관주는 관주하고 붙어야지!"
 "이놈! 비켜라! 수룡아!"
 내가 걱정된 탓인지, 아버지는 제대로 실력을 발휘하지 못하고 손발이

어지러워졌다. 남궁욱이 아버지의 발을 묶어 놓는 동안, 염소수염이 히죽 웃으며 내게 덤벼들었다.

"크크크. 어디 한번 발악해 보거라!"

나는 뒷걸음질 치며 잔뜩 겁먹은 표정을 지었다. 그러자 놈의 웃음이 더욱 짙어졌다.

"크하하하! 꼭 꼬리에 불붙은 쥐새끼 같구나!"

'대놓고 날 무시하는군.'

몸의 동작이 불필요하게 크다. 과시하듯이 두 팔을 크게 벌리고, 보란 듯이 화려하게 보법을 밟는다. 놈의 입가에는 여유만만한 미소가 가득하다.

'나로서는 고맙지.'

놈은 내가 자신에게 상대조차 되지 않는다는 것을 알기에 여유를 부리고 있었다. 그래. 방심하는 것이 당연하지. 일류고수와 삼류 수준의 내공도 쓸 수 없는 애송이. 백 번 싸워도 백 번 이기는 게 당연한 상대일 테니까.

하지만 놈이 결코 알 수 없는 사실이 하나 있었다.

'이 몸은 내공 없이 살아온 게 처음이 아니란다.'

그 거친 혈교에서, 나는 내공을 쓸 수 없는 몸으로 20년 이상 후기지수들에게 무공을 가르쳤다.

내게 배운 놈들이 전부 스승 말을 잘 듣는 착실한 놈들이었을까?

그중 몇 명쯤, 내공이 없는 교관의 말을 무시한 놈들이 없었을까?

어릴 때는 말을 잘 듣다가, 대가리가 커지고 무공 수위가 높아지면서 대든 놈이 없었을까?

천만의 말씀. 날 무시한 놈들은 수없이 많았다. 그럼에도 마뇌가 나를 지하 뇌옥으로 부를 때까지, 나는 혈마신교 최고이자 최악의 교관이었다.

'보여 주지. 내공 없이 일류고수를 잡는 방법을.'

"너무 겁먹을 것 없다. 천천히 즐기다 죽여 줄 테니!"

휘익! 염소수염이 손을 매의 발톱처럼 만들어 내 가슴을 할퀴려 들었다. 위협적이지만 동작이 너무 컸다. 나는 뒤로 쓰러지듯 몸을 눕히며 발을 차올렸다.

찌이익! 놈의 손톱이 내 옷을 찢고 지나갔다. 동시에 내가 차올린 발이 놈의 배를 때렸다.

퍽! 불의의 일격을 당한 염소수염이 몇 걸음 뒤로 물러났다.

"이놈이?"

놈의 눈이 조금 커졌다. 타격은 거의 효과가 없었다. 하지만 놈의 표정에는 당혹과 불쾌감이 떠올랐다.

"흥. 한 번은 운이 좋아서……."

놈은 말을 끝맺지 못했다. 그 순간 내가 암기처럼 쏘아 낸 동전을 막기 위해 황급히 팔로 얼굴을 가려야 했으니까.

퍼버버벅!

나는 품 안에 미리 숨겨 두었던 작은 동전들을 놈의 머리와 눈을 노리고 잔뜩 뿌렸다.

"이딴 잔재주가 통할 것 같으냐!"

워낙 가까운 거리였던 터라, 놈은 머리를 보호하기 위해 자연스럽게 두 팔을 들어 올려야만 했다.

그 순간 놈의 팔꿈치가 훤히 드러났다.

'걸렸다.'

회심의 미소를 지은 나는 마지막까지 숨겨 뒀던 동전으로 놈의 팔꿈치에 드러난 곡지혈(曲池穴)을 정확히 맞혔다.

퍽! 곡지혈은 팔의 기가 모이는 중요한 혈 자리로, 강한 힘으로 정확히 점혈을 당하면 팔이 마비되는 곳이다.

"큭……!"

지금 내 힘이 미약하기에, 일류고수인 놈의 팔을 마비시킬 수 있는 시간은 그야말로 찰나에 불과했다.

'그 잠깐이면 승패를 가르기엔 충분하지.'

나는 팔이 굳은 놈에게 곧바로 달려들었다. 당황한 놈의 눈이 커졌다.

"큭!"

어떻게든 피해 보려 하지만, 아직 팔의 마비가 풀리지 않아 반응 자체가 느렸다. 나는 검지와 중지를 세워 검결지를 만든 후 놈의 어깨 부근, 견정혈(肩井穴)을 찍었다.

푹! 견정혈은 몸 안의 탁한 기운이 가장 많이 쌓이는 혈도로, 적당한 강도로 자극하면 전신을 마비시킬 수 있었다.

"끄으……!"

찌릿한 통증이 느껴지는지 놈이 몸을 부들부들 떨었다. 나는 두 손으로 놈의 뒤통수를 단단히 잡으며 씩 웃었다.

"넌 뒈졌다, 이 새끼야."

두 팔로 놈의 뒤통수를 잡아 힘껏 당기고, 동시에 무릎을 강하게 차올려 놈의 얼굴을 찍었다.

빠악! 한 번으로 끝내기엔 아쉽지.

빠악! 빠아악! 두 번은 너무 정 없고.

빠악! 빠아악! 빠아아악! 세 번, 네 번, 나는 끝장을 낼 기세로 무릎으로 놈의 얼굴을 연달아 찍어 댔다.

"끄윽……. 이…… 개자식……!"

놈도 일류고수답게 맷집이 좋았다. 휘청거리면서도 나를 떼어내기 위해 팔을 휘둘렀다.

후웅! 초식도 없이 대충 휘두른 몸짓이지만, 지금 몸으로는 스치기만 해도 위험했다.

나는 아슬아슬하게 그 공격을 피한 후 놈의 왼쪽으로 돌았다.

검결지로 놈의 마혈을 연달아 눌러 댔지만, 반응은 그 전보다 훨씬 약했다.

'점혈은 더 이상 안 통하겠군.'

염소수염이 본격적으로 내공을 끌어올려 혈도를 보호하기 시작했다. 내공도, 근력도 부족한 이 몸으론 더 이상의 점혈은 불가능. 나는 미련 없이 뒤로 크게 물러났다.

"크악! 죽여 버리겠다!"

광분한 염소수염이 나를 향해 달려들었다. 하지만 그 기세는 처음보다 한참 약했다. 머리를 연달아 얻어맞은 탓에 골이 휘청거리고, 제대로 중심을 잡는 것조차 쉽지 않을 것이다. 그저 나를 죽이고 싶다는 분노에 몸을 맡길 뿐.

'저런 공격에 맞으면 병신이지.'

나는 움직임을 최소화해 놈의 공격을 전부 한 치 차이로 피했다.

"너 같은 놈이 여럿 있었지."

"끄아아아악!"

놈은 내 말을 전혀 듣고 있지 않았지만 상관없었다.

"꼴에 내공 좀 익혔다고, 배울 만큼 배웠다고, 대가리 좀 컸다고 날 무시하던 놈들."

"죽여 버리겠다!"

혈교의 무공 교관 시절. 나는 내가 키운 수많은 교육생, 심지어 동료 교관들에게까지도 내공을 쓸 수 없다는 이유로 멸시를 받았다.

"……단전이 멀쩡하다는 이유 하나로 날 자신보다 열등한 인간이라고 생각하던 놈들."

"죽어! 죽어! 죽어어!"

"전부 어떻게 된 줄 알아?"

일부러 빈틈을 보이자, 놈이 피 냄새를 맡은 짐승처럼 달려들었다. 나는 그 순간에 맞춰 한 걸음 앞으로 내디뎠다.

"헙!"

자신이 내디뎌야 할 보법의 자리에 내 발이 들어오자 상대의 발이 꼬인다. 발이 꼬이자 호흡이 턱 막힌다. 호흡이 막히자 몸이 잠깐 굳는다. 이번에도 역시, 그 '잠깐'이면 충분했다.

"이렇게 돼."

휘릭! 나는 놈의 공격을 피해 옆으로 돌아섰다. 잠시 후, 내 팔꿈치가 놈의 후두부에 닿아 있었다.

빠아악!! 통렬한 타격음과 함께 염소수염이 개구리처럼 바닥에 뻗었다.

"크윽……."

나는 가슴을 움켜쥐고 가쁜 호흡을 정리했다. 허약한 몸으로 무리한 탓인지, 한쪽 코에서 코피가 흘러내리고 있었다. 코피를 손등으로 슥 닦아 내는데 옆에서 기척이 느껴졌다.

"끄으으윽……!"

염소수염이 비틀거리며 몸을 일으키고 있었다.

이 몸으로 깨어난 지 이제 고작 한 달. 제대로 단련하기엔 아무래도 부족한 기간이었다.

'젠장. 천음절맥만 고치면…….'

머릿속에 있는 절세신공들을 모두 익힐 수 있을 텐데. 그럼 이런 꼼수 같은 것 안 쓰고도 저런 녀석들, 수백이 몰려와도 문제없을 텐데.

"죽 여 주 마!"

비틀거리며 몸을 일으킨 염소수염이 살기를 폭사하며 달려들었다. 완전히 이성을 잃었는지 눈도 돌아간 상태였다.

"후우……."

하지만 나는 피하지 않았다. 이 정도면 시간은 충분히 끌었으니까. 나는 힐긋 뒤를 돌아보며 물었다.

"이제 끝났어요?"

"……오랜만의 실전이라 좀 걸렸다."

그 순간, 내 등 뒤에서 튀어나온 인영이 세차게 검을 휘둘렀다.

푸화아아아악!

내게 달려들던 염소수염의 두 팔이 잘려 허공으로 날아가고, 그 절단면에서 피가 분수처럼 터져 나왔다.

"끄아아아아악!"

비명을 지르며 울부짖는 염소수염 앞에, 두 손으로 검을 든 아버지가 단호한 표정으로 서 있었다.

"괜찮은 거냐?"

"그럭저럭요."

뒤쪽을 보자 자칭 남궁욱이 난자된 채 쓰러져 있었다. 반면 아버지의 몸에는 상처 하나 없었다.

'역시 일류 수준이었군. 그것도 제대로 된 일류.'

정확한 이유는 모르지만, 내 아버지 백무흔은 실력을 숨기고 있었다. 물론 나는 그 사실을 이미 알고 있었다. 한 달 동안이나 부대끼면서 살았으니까. 애초에 싸움이 벌어져도 우리가 충분히 이길 수 있다고 판단해서 놈들을 도발한 것이었다.

나는 힘겹게 숨을 몰아쉬며 말했다.

"자백도 받았고 증인도 이렇게 많으니, 잡아서 무림맹 지부에 넘기면 나머진 그쪽에서 알아서 하겠죠."

"돌아가서 할 이야기가 많을 것 같다만……."

그때 열렬한 환호성이 아버지의 말을 가로막았다.

"우와아아아!"

"사악한 사파 놈들을 무찔렀다!"

"만세! 백무흔 대협 만세!"

"백수룡 대협 만세! 백무관 만세!"

우리 덕분에 목숨을 구한 사람들이, 우리 주변에 우르르 몰려와 환호하며 눈물 콧물을 흘렸다. 그중에서도 포목점 장 씨네 코흘리개, 장이의 표정이 가장 볼 만했다.

"백사부님! 우리 사부님 최고!"

저거 저거, 내일이면 또 무공을 가르쳐 달라고 귀찮게 졸라대겠네.

"아, 다른 놈들은……."

"전부 도망쳤다."

대문을 막고 있던 염소수염의 졸개들, 양삼을 비롯한 진무관의 제자들은 이미 도망친 후였다. 상황이 정리되자 짙은 피로가 한 번에 몰려왔다.

"대충 끝난 건가……."

휘청.

"수룡아!"

어지럽다. 긴장이 풀리자 무릎에 힘이 빠지고 몸이 옆으로 기운다. 눈이 천천히 감긴다. 약해 빠진 몸뚱이 같으니……. 나는 옆으로 기우는 시선으로 아버지를 바라봤다. 어느새 나를 안은 아버지가 걱정스러운 눈으로 나를 바라보고 있었다.

"……좀 잘게요. 뒤처리 좀 부탁드려요."

사방에서 쏟아지는 사람들의 환호성 속에서, 나는 그대로 정신을 잃었다.

6화
뭔가 이상해

진무관 사건이 있고 며칠이 지났다.
"힘들어……."
"마보 싫어……."
"힝. 엄마 보고 싶어……."
백무관 소연무장.
땡볕 아래 코흘리개들이 마보를 취한 채 구슬땀을 흘리고 있었다. 분명 시선은 정면을 유지하라고 일렀거늘, 몇 녀석이 힐끔힐끔 이쪽을 돌아보는 것이 느껴졌다.
"사부니임. 다리 아파요……."
"쉬고 싶어요……."
"…… 야. 사부님 자는데?"
"몰래 도망칠까?"
마보 좀 했다고 눈물이 그렁그렁한 놈. 눈치를 보며 슬금슬금 요령 부리려는 놈. 벌써부터 싹수가 노란, 도망칠 생각을 하는 놈까지. 나는 평상에 비스듬히 누워 눈을 반개한 채(사실 잠이 덜 깬 상태였다.) 코흘리개들이 마보 수련하는 걸 지켜보는 중이었다.

"사부 안 잔다."

"히익!"

내 한마디에 코흘리개들이 허벅지에 다시 힘을 바짝 주고 자세를 낮췄다. 그 모습을 확인한 나는 몸을 뒤집어 반대로 누웠다.

따끔따끔. 등 뒤에서 새총처럼 따가운 원망의 시선들이 느껴졌지만 가볍게 무시했다.

바람은 선선하고 햇볕은 따뜻한 오후. 거 낮잠 자기 정말 좋은 날씨네…….

"흐아암."

며칠 전만 같았어도 저 코흘리개 중 하나가 진작 아버지한테 쪼르르 달려가 일러바치고도 남았을 상황. 하지만 지금은 이야기가 좀 다르다.

"너희들! 이것도 못 참아? 그래서 고수가 될 수 있겠어?"

등 뒤에서 익숙한 목소리가 들려왔다. 포목점 장 씨네 둘째 아들, 장이의 목소리였다.

며칠 전 진무관에서 형의 복수를 대신해 준 후로, 날 보는 장이의 눈빛이 이전과는 아주 딴판이다.

"사부님께서 말씀하시길! 몸을 움직이는 모든 동작의 기본은 하체에 중심이 잘 잡혀 있어야 나올 수 있다고 하셨어!"

아암, 내가 그리 가르쳤지. 내가 가르치는 코흘리개 반의 대장이기도 한 장이가 나를 대신해 반의 기강을 잡았다.

"하체를 단련하는 마보가 그만큼 중요하다는 뜻이야!"

저 녀석이 얼마 전에 마보하기 싫다고 자기 아버지한테 꼰지른 녀석인데. 뭐, 사소한 과거는 묻기로 하자.

"하지만 계속 마보만 하니까 재미없고 힘든걸…….."

다른 코흘리개 중 하나가 찡찡대자, 장이의 목소리가 높아졌다.

"바보야! 힘들다고 피하면 평생 고수가 될 수 없어! 그러니까 힘들어도 참아!"

옳거니, 그 말이 맞다. 고수가 되고 싶으면 마보 두 시진 정도는 기본으로 할 줄 알아야지. 나 때는 말이야, 뒷간 갈 때도 마보 자세로 엉거주춤하게 걸어 다녔거늘.

그때 또 다른 불신의 목소리가 들려왔다.

"근데 사부님이 정말 그렇게 세? 솔직히 약해 보이는데……."

"엄청 세! 사부님이 사파 악당을 단칼에 날려 버렸다니까!"

정확히는 내 아버지가 날려 버렸지만, 그전에 내가 다 이겨 놓은 것이나 다름없었다. 장이의 백사부 찬양은 계속됐다.

"사부님은 사실 엄청난 고수야. 한 번 손을 휘두르면 장풍이 파바박 나가고! 발을 구르면 땅이 콰콰쾅! 터져 나가고……."

아니, 그건 좀 과장이 심한데……. 귀찮아서 가만히 듣고 있으려니 장이의 허풍이 점점 심해졌다. 주변 코흘리개들이 흥미진진하게 듣자 더 흥이 나는 모양이다.

"사부님은 주먹 한 방에 바위도 쪼갤 수 있고!"

쪼개지는 건 이 하얗고 고운 주먹일걸.

"그리고 사부님은 하늘도 날아!"

아직 변변한 내공이 없어서 경공도 못 펼친다, 이놈아.

"또 사부님은…… 아마도 은둔한 천하제일 고수일 거야!"

"정말? 정말이야?"

"우와아!"

저 코흘리개가 허위 과대광고가 얼마나 무서운 건 줄도 모르고……. 옆 마을 진무관도 사파 무공으로 사기 치다가 훅 갔거늘.

"응! 그러니까 조금만 참으면 사부님이 우리한테 절세신공을 가르쳐 줄 거야!"

……어쩌다 하나는 맞혔군.

내 머릿속에는 절세신공이 다섯 개나 들어 있다. 물론 저 코흘리개들에게 그걸 가르칠 생각은 없다. 나 혼자 익힐 거다. 훗날 기회가 된다면 네 사람의 유언에 따라 전인을 찾아 줄 수도 있지만…….

'인연이 닿으면 좋고, 아니면 마는 거지.'

딱히 그러겠다고 약속한 것도 아니니, 편하게 생각하기로 했다.

"그리고 또 사부님은……!"

장이가 나를 피비린내 나는 무림에 염증을 느끼고 수백 년 전 은거한 고금제일고수로 둔갑시키기 전에, 나는 평상에서 몸을 반쯤 일으켰다.

"수련 중에 왜 이리 시끄러워?"

내 한마디에 코흘리개들이 입을 "흡!" 하고 다물며 허벅지에 힘을 바짝 주었다. 방금까지 천하제일 사부님에 대한 장이의 허풍을 들어서인지 다들 기가 바짝 들었다.

피식. 내 눈치를 보는 코흘리개들이 가당찮아서 웃음이 나왔다. 옛날 같았으면 이 상황을 이용해 더욱 혹독한 훈련을 시켰겠지만,

'여긴 혈교가 아니지. 나 또한 혈교의 교관이 아니고.'

이 아이들은 무공을 못 한다고 매를 맞거나 굶지 않는다. 나 또한 성과를 내지 못한다고 자리에서 밀려나거나 도태되지 않는다. 여긴 강호의 피비린내와는 상관없는, 물 좋고 공기 좋은 시골 마을이니까.

'그래도 마보는 꾸준히 시켜야지. 체력 단련에 이만한 훈련이 없으니.'

천음절맥을 치료할 거금을 벌 방법을 찾을 때까지는, 이곳에서 몸을 단련하며 코흘리개들이나 괴롭힐 생각이다.

'대체 뭘 해서 그 많은 돈을 구해야 하나……. 장사는 해 본 적도 없고, 무공 말고는 아는 것도 없는데.'

머릿속에 있는 절세신공을 판다? 팔 생각도 없지만, 만약 그랬다간 당장에 목숨이 간당간당해질 것이다. 혼자 이런저런 생각을 하는데, 장이

가 내게 쪼르르 달려와 한쪽 무릎을 꿇었다.

"사부님! 수제자 장이, 여기 대령했습니다! 하명하십시오!"

어디서 본 건 있어 가지고, 무릎을 꿇고 어설프게 포권을 따라했다. 어림도 없다. 어디 밤톨만 한 코흘리개가 내 수제자 자리를 노려?

"손 반대로 했다."

"아앗!"

나는 허둥지둥 손을 반대로 하는 장이의 머리를 꽁 쥐어박으며 평상에서 완전히 몸을 일으켰다. 그리고 간절한 눈으로 나를 바라보는 코흘리개들에게 말했다.

"반 각 동안 휴식."

"우와!"

"좋아할 것 없다. 그다음에는……."

"미안하지만 오늘 훈련은 여기까지 해야겠구나."

뒤쪽에서 들려온 목소리에 나는 고개를 돌렸다. 아버지가 꽤 심경이 복잡해 보이는 표정으로 나를 향해 걸어오고 있었다.

"무슨 일 있어요?"

내가 고개를 갸웃하며 묻자, 아버지가 난감한 표정으로 한숨을 내쉬며 대답했다.

"무림맹에서 사람이 왔다."

무림맹. 정파 무림의 최대 연합이자 구심점으로 호북에 본부를 두고 있다. 하지만 중원은 드넓고 정파에 속한 문파만 해도 수백 수천이 넘어가니, 본부에서 모든 일을 처리할 수는 없었다.

때문에 무림맹은 지역마다 지부를 두고 운영한다.

지금 우리 앞에 서서 포권을 취하는 중년의 사내, 그리고 그 뒤에 도열한 무인들은 무림맹 강서 지부 소속이었다.
"무림맹 강서 지부 조사단 제2단주 고주열입니다."
쉰 가까이 되어 보이는 고주열은 서글서글한 게 꼭 옆집 아저씨 같은 인상이었다. 몸이 마르고 팔다리, 특히 다리가 학처럼 길었다. 발걸음이 가벼워 보였고, 신발도 보통 사람들이 신는 것과는 달랐다. 신발 앞쪽이 더 많이 닳아 있는 것이 눈에 들어왔다.
'경공이나 퇴법의 고수겠군.'
그런 생각을 하고 있는데, 아버지가 사내에게 마주 포권을 취했다.
"비응객 대협이시군요. 위명은 익히 들었습니다."
여기 오기 전부터 굳어 있던 아버지는 표정은, 고주열과 마주하자 조금 더 딱딱해졌다. 마치 만나고 싶지 않은 상대를 만난 것처럼. 아버지가 자신을 알아보자 사내의 웃는 얼굴에 더 흐뭇한 웃음이 피었다.
"하하. 강호의 동도들이 너무 과분한 별호를 붙여 줘서 얼굴이 간지럽습니다."
'비응객(飛鷹客)이라……. 역시 경공의 고수였군.'
아버지는 시종일관 공손한 태도로 고주열을 대했다.
"백무관에서 무공을 가르치는 백모입니다. 부끄럽게도 가진 무공이 워낙 변변치 않아 별호는 없습니다."
나도 아버지를 따라 그에게 인사했다.
"백수룡입니다. 옆에 계신 분의 아들로, 마찬가지로 배운 무공이 변변찮아서 별호가 없습니다."
비슷하게 인사를 했는데 어째선지 아버지가 날 째려본다.
아니, 그럼 뭐라고 소개해?
"두 분 겸손이 과하십니다. 간악한 사파의 음모를 알아내고 직접 물리치기까지 하신 분들 아닙니까. 월봉이나 축내는 저희보다 훨씬 나으십니다."

"얼굴에 금칠을 해 주시니 몸 둘 바를 모르겠습니다. 운이 좋았을 뿐입니다."

고주열은 아버지의 체면을 세워 주려고 하는 말이겠지만, 실제로 고주열보다 아버지의 무공 수위가 더 높았다. 물론 그걸 정확히 아는 건 나뿐이겠지만.

"저, 그런데⋯⋯."

고주열이 고개를 갸웃거리며 아버지에게 물었다.

"혹시 예전에 저와 뵌 적이 있으십니까?"

"⋯⋯글쎄요. 제가 기억력이 별로 좋지 않아서⋯⋯. 아마 없는 것 같습니다."

이거 봐라? 이 양반 이거, 시선을 슬쩍 피하는 거 보니 왠지 수상한데. 아까부터 표정이 굳은 것도 그렇고.

아버지는 빠르게 화제를 전환했다.

"안으로 드셔서 이야기 나누시지요. 작은 무관이지만 차 정도는 대접할 수 있습니다."

"하하. 냉수만 주셔도 감사합니다. 마침 먼 길을 달려온 터라."

"관주실로 안내하겠습니다."

"그럼 염치 불고하고 얻어 마시겠습니다. 나는 잠시 이야기를 나누고 갈 터이니, 너희는 창고로 가서 마두들을 확보해라."

"예!"

조사단은 사파 놈들을 가둬 둔 창고로 향했고, 아버지와 고주열은 두런두런 대화를 나누며 관주실로 향했다. 나는 한 걸음 뒤에서 그들을 따라갔다. 습관적으로 고주열을 관찰하면서.

"흠흠. 다시 인사드리겠습니다."

아버지와 마주 앉은 고주열이 자세를 바로잡으며 말했다.

"무림맹을 대표해 백무관에 감사드립니다. 백무관주님과 아드님이 아니었다면, 이 고을에 간악한 사파의 세력이 뿌리내려 백성들이 큰 고초를 겪을 뻔했습니다."

"당연히 해야 할 일을 했을 뿐입니다."

혈교 출신인 나는 서로의 얼굴에 금칠을 주고받는 정파 무림인들의 모습에 피부가 다 간지러웠다.

잠시 잡다한 대화가 오간 후 아버지가 물었다.

"헌데 진무관에서 사로잡은 자들은 어떻게 되는 겁니까?"

"우선은 강서 지부로 연행한 뒤, 심문을 해서 배후 세력을 밝혀 내는 것이 순서겠지요."

심문?

'고문을 잘못 말한 거겠지.'

무림맹의 고문이 악독하기로는 혈교 못지않았다. 오히려 더하면 더했지. 예전에 한번 포로를 교환할 때 돌아온 동료들에게 듣기로는…….

"크흠. 사실 이건 외부에는 유출해선 안 되는 기밀입니다만."

갑자기 고주열이 목소리를 낮췄다. 나는 딴생각을 멈추고 그의 말에 귀를 기울였다. 고주열은 우리 부자의 반응이 만족스러웠는지, 의미심장하게 웃으며 말했다.

"그자들, 어쩌면 혈교의 끄나풀일지도 모릅니다."

"혈교요?"

"……."

나는 간신히 동요하지 않고 침착한 표정을 유지하는 데 성공했다. 만약 "헉!" 하고 숨을 들이마시거나 눈을 부릅떴으면, 고주열이 나를 꽤나 이상하게 봤을 테니까.

'여기서 혈교가 왜 나와?'

나만큼 놀라지는 않았겠지만 비슷한 의문이 들었는지, 아버지가 나를 대신해 물었다.

"혈교는 이미 수십 년 전에 사라지지 않았습니까?"

내 말이!

고주열이 무겁게 고개를 끄덕였다. 아주 잠깐이지만, 그의 눈빛이 스산한 빛이 비쳤다.

"맞습니다. 수십 년 전, 혈교는 저희가 알지 못하는 내분으로 사분오열됐지요. 맹주께서 그 기회를 놓치지 않고 혈교를 공격해 그들의 본거지를 쓸어 버릴 수 있었습니다."

혈교가 어떻게 망했는지, 나도 대충 들어서 알고 있었다. 뿐만 아니라, 나는 이 두 사람은 절대 알 수 없는 진실도 예상해 볼 수 있었다.

'알 수 없는 내분이라면 아마도…….'

나와 네 명의 절대고수가 죽은 그날. 무림의 역사에는 기록되지 않았지만, 혈교는 최악의 혈사를 경험했다.

"최근 혈교의 후예로 추정되는 자들의 움직임이 포착되었습니다."

"허……."

"그럼 혈교가 부활할 수 있다는 말인가요?"

질문을 한 것은 나였다. 찰나의 순간 고주열이 예리한 눈으로 나를 보더니, 순식간에 다시 서글서글한 표정으로 돌아왔다.

……이거 봐라?

"물론 확실한 것은 아닙니다. 어디까지나 그럴 가능성이 있다는 것이지요. 혹 두 분께서는 그자들에게 따로 들으신 것이 있으십니까?"

"글쎄요. 묶어서 창고에 가둬 둔 후로는 가끔 밥만 가져다줬지, 자세히 말을 섞지는 않았습니다."

"저도 딱히…….";

우리의 반응에 고주열이 한숨을 길게 쉬었다.

"여하튼 맹에서도 최근 사파의 움직임을 예의주시하고 있습니다. 뭔가 제보할 일이 있으시면 바로 연통을 주시면 감사하겠습니다."
"물론 협조해야지요."
"감사합니다. 이번 일에 대해 추후 무림맹의 보상이 있을 것입니다."
"보상이라니요. 그런 것을 바라고 한 일이 아닌……."
나는 예상치 못했던 혈교의 이야기에 여러모로 생각이 깊어졌다.
그리고 동시에 한 가지 의문이 들었다.
'아무리 우리가 수상한 사파 놈들을 잡았다고 해도…… 시골 무관의 무공 사부에게 혈교 이야기를 꺼낸다고?'
나는 눈을 가늘게 뜨고 아버지와 대화 중인 고주열을 관찰했다.
'뭔가 이상해.'
그렇게 느낀 순간, 고주열의 발끝이 은밀히 움직이는 것이 내 시야에 들어왔다.

7화
일타강사가 뭡니까?

　혈교에 관한 정보. 비응객 고주열은 무림맹에서 기밀로 취급될 수 있는 이야기를 우리에게 말했다. 그래서 나는 그를 의심하기 시작했다.
　'단순히 입이 가벼운 사람인가?'
　그렇게 생각해 버리면 편하다. 하지만 무림맹의 조사단 단주쯤 되는 사람이 이렇게 쉽게 정보를 흘린다는 것은 아무래도 부자연스럽다.
　'일부러 정보를 흘린 거라면?'
　온갖 권모술수가 난무하는 무림. 상대의 말 한마디, 사소한 몸짓, 행동 하나까지 의심해 보고 그 뜻을 헤아려야 오래 살아남을 수 있었다.
　나는 고주열을 더 자세히 관찰하며 한 가지 사실을 깨달았다.
　'우릴 경계하고 있다.'
　그는 언제라도 출수할 수 있도록 손을 무릎 위에 가지런히 올려놓았으며, 시선은 자연스럽게 두는 척하며 방 안 이곳저곳을 살폈다.
　'그리고 발.'
　그는 언제라도 자신의 장기인 경공(혹은 퇴법)을 펼칠 수 있도록 발을 풀어 두고 있었다.

'어째서 우리를 의심하는 거지?'

생각해 보니 이유야 충분했다.

별호도 없다는 시골 무관의 무공 사부가 사파의 고수를 제압했다. 또한, 직접 보지도 않고 그들이 제자들에게 사파 무공을 가르치는 것을 알아냈다.

'무엇보다…….'

아버지가 아무리 숨기려고 해도, 상대도 일류고수쯤 되면 아버지가 상당한 실력의 무인이라는 것을 어느 정도 눈치챌 수밖에 없었다.

'아버지가 뭔가 숨기고 있다고 확신하고 있군. 그게 사실이기도 하고.'

그렇다면 고주열이 우리에게 혈교 이야기를 꺼낸 건, 우리의 반응을 떠보기 위한 것일 확률이 높다.

어쩌면…….

'우리가 혈교의 끄나풀일지도 모른다고 의심하고 있나?'

다소 비약일 수도 있지만, 고주열이 우리를 의심하고 있다는 사실만은 분명했다.

툭. 고주열은 찻잔을 내려놓으며 부드럽게 웃었다. 그 웃음이 내겐 꽤 의미심장하게 보였다.

"좋은 차군요."

"입맛에 맞으시다니 다행입니다."

평범한 대화 속에 흐르는 미묘한 기류. 두 사람 다 부드럽게 웃고 있었지만, 고주열의 눈빛은 처음 인사를 나눌 때보다 훨씬 서늘했다.

"백 대협의 목소리. 듣다 보니 점점 익숙한 기분이 드는군요."

"하하. 워낙 흔한 목소리라 그런가 봅니다."

"그렇습니까…….."

말만 부드럽지, 취조나 다름없는 질문. 아버지는 그와 눈을 마주치지 않고 대답을 피했다. 고주열은 여전히 미소를 잃지 않고 있었다.

"저희가 정말 구면이 아닙니까?"

"하하. 살면서 어쩌다 스치듯 뵀을 수도 있지요."

나는 아버지의 이마에 식은땀이 한 방울 맺힌 것을 보았다. 동시에, 아까 아버지가 보인 복잡한 표정과 한숨을 떠올렸다.

'무림맹에서 사람이 왔다고 했을 때부터 표정이 좋지 않았어.'

아버지는 분명 뭔가를 숨기고 있었다. 그게 뭔지 나로서도 알지 못했기에, 상상력을 동원할 수밖에 없었다.

일류고수가 별호를 숨기고 시골에 숨어 살아야 할 만한 과거라면?

'무림 공적?'

……아무리 그래도 그건 너무 갔다. 일류고수 수준으로 무림 공적이 되는 건 사실상 불가능하니까. 뭐, 기껏해야 무림맹에 수배된 잡범 정도겠지. 어쨌든 곤란한 것은 마찬가지다.

"백 대협. 실례지만 사문을 여쭤봐도 되겠습니까?"

"말씀드려도 잘 모르실 작은 곳입니다."

"허허."

"……."

서서히 방 안의 긴장감이 높아졌다.

꾸욱. 손바닥에서 살짝 땀이 흐른다. 최악의 경우, 고주열과 싸우게 될 수도 있다.

'아직 염소수염과 싸운 피로가 덜 회복됐지만…….'

나는 머릿속으로 싸움이 벌어질 경우의 동선과 경우의 수를 계산했다. 상대는 비응객 고주열 한 명이 아니다.

'저 밖에 있는 조사단 무인들도 상대해야 한다.'

무림맹 강서 지부에서 파견된 조사단 무인들. 그들이 들이닥치기 전에 고주열을 최대한 빨리 제압한다. 그 후 밖으로 뛰쳐나가 조사단을 제압한다. 나는 고개를 숙여 혹시 눈에 드러날지도 모르는 살기를 감췄다.

'만약 아버지가 정말 무림맹의 수배범이고 이 자리에서 그게 발각된다면…… 한 놈도 살려 둬선 안 된다.'

나는 항상 최악의 경우를 상정하면서 살아왔다. 머릿속에서 증거를 인멸할 방법과 도주 방법, 이후의 계획을 세워 나갈 때였다.

"분명 어디서 본 얼굴인데……. 흐음……. 서, 설마?"

한순간, 고주열의 눈동자가 확 커졌다. 뭔가 기억을 떠올렸는지 그가 손바닥으로 자신의 허벅지를 찰싹 쳤다.

"옳거니!"

나는 몸을 바짝 긴장시켰다. 즉시 최적의 경로로 출수할 수 있도록 엉덩이를 바닥에서 살짝 뗐다.

그러나 내가 예상한 최악의 상황은 벌어지지 않았다. 오히려 상황이 이상하게 흘러가기 시작했다.

"어쩐지 낯이 익다 싶더라니!"

모든 의문이 풀렸다는 듯 고주열이 환하게 웃는 게 아닌가. 방금까지 경계했던 것이 거짓말이라는 듯, 그의 근육에서 긴장이 풀렸다. 그에 대비해서 점점 어두워지는 아버지의 표정.

결국 아버지가 체념한 듯 한숨을 쉬었다.

'대체 어떻게 돌아가는 상황이야?'

곧 고주열이 내 의문을 해결해 주었다. 마치 고향 친구라도 만난 듯, 그가 환하게 웃으며 외쳤다.

"누군가 했더니 옥면공자가 아닌가!"

……옥면공자(玉面公子)?

처음 들어 보는 유치찬란한 별호에 옆을 돌아보자, 아버지가 얼굴이 벌겋게 물든 채로 대답했다.

"오랜만입니다. 형님."

• ◈ •

두 중년 사내는 술상에 마주 앉아 술잔을 주거니 받거니 했다.

"하하하! 이 친구야 이게 얼마만이야!"

"……30년 가까이 되었지요. 설마 형님께서 맹의 조사단으로 오실 줄은 상상도 못 했습니다."

"대체 아까는 왜 모른 척했나?"

"그렇게 도망치듯 학관을 나와서 지금껏 연락도 않다가…… 먼저 아는 척하는 것도 염치가 없고……."

"염치는 무슨! 우리가 그런 사이였나! 그렇게 말하면 내가 섭섭하네!"

"예. 죄송합니다."

아버지가 멋쩍게 웃으며 뒤통수를 긁었다.

두 사람에게서 조금 떨어진 곳에서, 나는 황당하다는 표정으로 아버지를 바라보고 있었다. 한 번에 너무 여러 가지 정보가 들어와서 정신이 없었다.

'어쨌든 싸울 일은 없어서 다행이긴 한데…….'

아버지가 나를 돌아보며 말했다.

"다시 인사드려라. 이분은 나와 청룡학관 입관 동기로, 친형제처럼 막역했던 분이시다."

"네가 이 친구 아들이구나. 허허! 누가 옥면공자 아들 아니랄까 봐 훤칠하니 잘생겼군!"

"……형님. 저도 나이가 쉰 가까이 됩니다. 그 옛날 별호는 좀……."

"크하하! 우리 때 청룡학관에서 옥면공자를 모르면 간첩이었지!"

"…….''

고주열이 민망해하는 아버지를 놀리며 껄껄 웃어 댔다.

……어쨌든 다행이다. 나는 한결 편해진 마음으로 그에게 다시 인사를

올렸다.

"백수룡입니다."

"그래그래. 이리와 편하게 앉아라. 내 술 한잔 따라 주마!"

이야기를 들어 보니, 두 사람은 20년도 더 전에 함께 청룡학관에 입관한 동기였다고 한다. 청룡학관은 무림맹이 직접 운영하는 오대 무림 학관 중 하나다.

호북의 천무학관.

섬서의 현무학관.

사천의 백호학관.

호남의 주작학관.

강서의 청룡학관.

오대학관은 정파 무림의 후기지수라면 누구나 입관을 꿈꾸는 곳이라고 했다. 물론 이 다섯 학관에서도 다시 서열이 나뉘는 모양이긴 했지만.

'나 때는 천무학관 하나였는데. 그 사이에 이것저것 늘었군.'

오랜만에 옛 추억을 떠올리는 고주열의 입가에는 미소가 떠나지 않았다.

"청룡학관에서 네 애비가 얼마나 많은 소저들의 가슴에 불을 지른 줄 아느냐? 지금도 잘생겼지만, 그때 오죽 잘생겼으면 별호가 옥면공자였을까!"

"크흠흠! 형님……."

저렇게 부끄러워하는 모습의 아버지는 처음 본다. 하긴, 쉰 가까운 나이에 어디 가서 말하기 부끄러운 별호긴 하지.

나는 불쑥 생각이 들어, 아버지에게 물어보았다.

"혹시 부끄러워서 지금까지 별호가 없었다고 한 거예요?"

"흠흠. 어릴 적에 학관 동기들이 장난삼아 붙인 별호다. 제대로 된 별호가 아니니 없다고 한 거고."

핑계는. 홍시처럼 붉어진 얼굴로 그렇게 말해 봤자 설득력이 없다.

"참 나……."

긴장이 풀리면서 헛웃음이 새어 나왔다. 내가 피식 웃자, 아버지가 붉게 익은 얼굴로 술잔을 연거푸 들이켰다.

그렇게 밤이 깊어졌다.

고주열이 데려온 조사단이 사파 녀석들을 무림맹으로 이송했지만, 그는 아직 조사할 게 더 있다는 핑계로 이곳에 남았다. 술이 여러 병 비워지고, 두 무인의 자세도 자연스럽게 흐트러졌다.

그때 고주열이 조금 머뭇거리며 물었다.

"헌데……."

아버지가 아닌 술잔에 담긴 술을 빤히 바라보면서.

"……약빙은 어찌 되었나?"

매약빙. 내 어머니의 이름이다.

아버지가 씁쓸하게 웃으며 대답했다.

"사별한 지 오래되었습니다."

"……결국 그리되었는가. 그래. 몸이 워낙에 약했지."

"예."

잠시 어색한 침묵이 흘렀다.

분위기를 전환할 생각인지, 고주열이 크게 웃으며 말했다.

"하하! 아까는 크게 오해했지 뭔가! 분명 아는 얼굴인데 도통 누군지 기억이 나질 않으니, 수배 전단에서 본 놈 중 하나인 줄 알았다니까."

실제로 고주열은 우리를 제압할 생각까지 했다고 했다.

……만약 그랬다면 나는 그에게 살초를 썼을 텐데. 그리되지 않아 천만다행이다.

"제가 크게 혼쭐이 날 뻔했군요."

"하하하! 나야말로 오랜만에 자네 검법의 매운맛을 볼 뻔했지!"

옛 추억을 되새기며 시작된 대화는 점점 주제가 다양해졌다. 사람 사는 이야기는 무림인이라고 별다를 것 없었다. 무엇보다 먹고사는 일이 가장 중요한 법.

"무관은 돈이 좀 되나? 형편이 썩 좋아 보이지는 않던데."

"두 식구가 그럭저럭 먹고살 정도는 됩니다."

솔직히 말해서 빠듯했다. 이런 시골에서 수강료를 많이 받을 수도 없고, 코흘리개들 간식을 챙겨 주면 남는 것도 별로 없었다. 아버지가 가르치는 청년-성인반이 그나마 돈이 된다.

"꼭 이런 데서 무공을 가르쳐야 하나? 자네 실력이면 청룡학관에서도 충분히 가르칠 수 있을 텐데 말이야."

'청룡학관'이라는 말에 아버지의 표정이 잠깐 굳었다가 풀어졌다.

"이곳도 괜찮습니다."

"이 친구야. 젊을 때와는 달라. 절세무공이 있어도 돈이 없으면 굶어야 한다네."

고 아저씨 말씀이 백번 옳소!

"게다가 요즘은 학관 강사들 몸값도 보통이 아니야. 오대학관 일타강사가 되면 돈을 쓸어 담는다는 이야기도 못 들어 봤나?"

"제가 어디 그만한 실력이 되겠습니까."

아버지의 겸손에 고주열은 답답하다는 듯 가슴을 쳤다.

"옥면공자 실력이 어디 무뎌졌겠나? 게다가 자네 얼굴이면 지금도 여학생들이 줄을 설걸?"

"형님도 참……."

농담 반, 진담 반이 섞인 이야기에 아버지는 그저 난감하게 웃을 뿐이었다. 하지만 나는 더 이상 가만히 듣고만 있을 수 없었다.

"저, 말씀 중에 죄송한데."

방금, 그냥 지나칠 수 없는 말을 들었기 때문이었다. 그러고 보니 예전에도 비슷한 말을 들었던 것 같은데…….

"일타강사가 뭡니까?"

8화

입학이 아니라 입사

"끄으윽……."

밤새 고주망태가 되도록 술을 마신 고주열은 다음 날 오후가 돼서야 깨어났다.

"죽겠군."

지끈거리는 머리를 부여잡는 그에게, 나는 미리 준비해 둔 꿀물을 두 손으로 공손히 갖다드렸다.

"백부님. 여기 꿀물 좀 드십시오. 이 고을 양봉업자가 직접 딴 꿀이라 숙취에 아주 그만입니다."

"오오. 룡아. 고맙구나."

꿀물을 벌컥벌컥 들이켜는 고주열의 옆에서, 그보다 더 초췌한 몰골의 아버지가 흐릿한 눈으로 나를 바라봤다.

아버지가 술 냄새를 풀풀 풍기며 입을 열었다.

"내 꿀물은……?"

"방금 백부님께 타 드린 꿀물이 마지막인데요? 마침 꿀이 다 떨어졌더라고요."

"……반으로 나눠서 두 잔을 타 오는 방법도 있지 않았을까?"
"에이. 그러면 효과가 떨어지죠. 그럴 바에야 손님께 한잔 제대로 타 드리는 게 낫지. 설마 30년 만에 만난 형님에게 드리는 꿀이 아까우신 건 아니죠?"
"……."
아버지가 차마 화는 못 내고 가자미눈을 뜬 채로 나를 째려볼 때, 꿀물을 단숨에 비운 고주열이 자리에서 벌떡 일어났다.
"크으! 이제야 좀 살겠구나."
그는 방 안에 아무렇게나 벗어 놓은 외투를 주워 입었다.
"끄응. 벌써 해가 중천에 떴군. 더 늦었다간 시말서를 써야 할지도 모르겠어."
말로는 죽겠다고 엄살을 부리지만, 고주열의 표정은 밝았다. 그깟 시말서, 30년 만에 만난 친우와 밤새 회포를 푼 값이라고 치면 아무것도 아니라며 어젯밤에도 술에 취해 중얼거렸었다.
'보기 드문 호인이다.'
나는 비응객 고주열을 그렇게 평가했다. 무림맹 강서 지부 조사단주면 결코 낮은 위치가 아니다. 이런 시골에서라면 말 한마디로 사람들을 벌벌 떨게 만들 수 있는 무인.
하지만 그는 아버지를 알아보지 못했을 때부터 예의를 갖췄고, 자신의 권위를 내세우지도 않았다.
또한 30년 전 일방적으로 인연을 끊고 잠적한 아버지를 만났음에도 저토록 반갑게 대하는 것만 봐도, 그가 얼마나 정이 많은 사람인지 알 수 있었다.
내 아버지 백무흔이 크게 성공한 사람도 아니고, 볼품없는 시골의 무공 사부일 뿐인데도 말이다.
'깊게 사귀어 두면 좋을 사람이야.'

"후우. 이제 그만 가 봐야겠군."

떠날 채비를 마친 고주열이 우리 부자를 돌아보았다.

그가 짓궂은 미소를 지으며 아버지에게 말했다.

"동생. 내 다음엔 좋은 술을 들고 찾아오겠네. 그땐 정말 코가 삐뚤어지게 마셔 보자고."

"끄응. 저희도 이젠 나이를 생각해야지요."

"어허! 강서의 유흥가를 주름잡던 옥면공자가 그렇게 약한 소리나 할 텐가?"

"혀, 형님!"

아버지가 눈을 부릅뜨더니 억울한 표정으로 항변했다.

"농담이 지나치시잖습니까! 제 아들이 오해할까 봐 무섭습니다!"

"호오? 아버지?"

"내 말이 농담이라고? 천지신명께 맹세코?"

천지신명까지 걸고 나오자 아버지의 표정에 난감한 기색이 어렸다.

……진짜였어?

"크흠. 그래도 약빙과 교제한 이후로는 개과천선해서……."

"낄낄낄!"

"푸하하!"

고주열과 나는 함께 아버지를 놀리는 데 맛을 들였다. 한참 웃어 대던 고주열이 고개를 돌려 흐뭇한 표정으로 나를 바라봤다.

"룡아. 지난밤에 이야기해 준 것에 대해서는 생각해 보았느냐?"

지난밤, 나는 그에게 무림맹과 오대학관에 관한 여러 이야기를 들었다. 특히 30년 전 아버지와 고주열이 함께 수학했다는 청룡학관, 그곳의 학생과 강사들에 대해서 가장 많은 이야기를 들었다.

강서의 청룡학관.

동쪽 무림의 후기지수들이 모여 교류하고 함께 무예를 갈고 닦아, 미래에 정파를 책임질 고수들을 양성하는 기관.

비록 무림 오대학관 중 가장 떨어진다는 평가를 받긴 하지만, 매년 수많은 소년들과 소녀들이 청룡학관에 입학하기 위해 지금도 구슬땀을 흘리고 있다고 했다.

"아직 고민 중입니다."

사실 거의 결정을 내렸지만, 옆에서 걱정스럽게 쳐다보는 아버지를 생각해 조금 애매하게 대답했다. 고주열은 그러냐, 하며 고개를 끄덕였다.

"아직 기한은 석 달이나 남았으니 당장 결정할 것 없다. 만약 하겠다고 마음먹으면 그때 날 찾아오너라. 추천장 정도는 언제든지 써 줄 수 있으니."

"예. 감사합니다."

"감사는 무슨."

날 보는 고주열의 흐뭇한 눈빛 속에는 안타까움, 그리고 다른 복잡한 여러 감정이 섞여 있었다.

나는 그것을 눈치챘지만 모른 척 부드럽게 웃었다.

"……헤어짐이 길어지면 구차해지는 법이지. 이만 가 봐야겠다."

"형님. 조심히 가십시오."

"백부님. 살펴 가십시오."

"그래. 둘 다 또 보자꾸나."

고주열은 마지막으로 내 어깨를 툭툭 두드려 준 후 몸을 돌렸다.

휘익! 그는 표홀한 신법을 펼쳐 순식간에 우리의 시야에서 멀어졌다. '비응객'이라는 별호에 어울리는 가벼운 몸놀림이었다.

"허어. 이놈 뻔뻔한 것 좀 보게."

고주열의 뒷모습이 사라지기 무섭게, 아버지가 눈을 가늘게 뜨고 나를 돌아봤다.

"언제 봤다고 백부님, 백부님. 아주 옆에 딱 달라붙어서 아양을 떨더구나?"

아까 꿀물 좀 안 타 줬다고 삐친 모양이다. 그러나 나 역시 아버지에게 할 말이 많았다.

"두 분이 친형제나 다름없다면서요? 어제는 의형제까지 맺으시던데."

술에 취해서 둘이 한날한시에 죽자고 혈서까지 쓰려는 것을 간신히 뜯어말린 사람이 나였다. 나는 몸이 허약하다는 이유로 술을 거의 안 마셨으니까.

지난밤의 추태를 떠올렸는지 아버지의 얼굴이 붉어졌다.

"흠흠……. 30년 만에 지인을 만나니 좀처럼 감정이 주체되지 않더구나."

"알았으니 다음부턴 술 좀 적당히 드세요."

"거 효자 노릇 하고 싶으면 옆집 가서 꿀물부터 좀 얻어 오지 그러냐?"

퉁명스러운 표정으로 어린애처럼 표정으로 꿍얼대던 아버지의 표정이 갑자기 어두워졌다.

그러고는 나직한 목소리로 내게 물었다.

"……정말 청룡학관에 갈 생각이냐?"

나는 뭐라고 대답할까 하다가 아버지에게 되물었다.

"간다고 하면 말리시려고요?"

"……말려 봤자 안 들을 거지?"

나는 씩 웃으며 고개를 끄덕였다.

이 몸. 백수룡은 그전에도 무공을 익히고 싶어 마공까지 손에 댔던 독종이다. 그래서 죽을 뻔했던(사실은 죽었지만) 아들이기에, 백무흔의 얼굴에는 걱정이 한가득할 수밖에 없었다.

그는 한숨을 길게 내쉬며 말했다.

"역시…… 포기를 못 한 거로구나."

하늘의 저주인 천음절맥을 타고났지만, 목숨을 걸어서라도 무림인이 되고 싶어 했던 아들. 죽다 살아난 후로는 한동안은 얌전히 있던 아들이, 또다시 무림인이 되겠다고 발버둥 치려는 모습에 아버지 된 입장에선 긴 한숨을 내쉴 수밖에 없으리라.

"룡아. 무림은 네가 생각하는 것만큼 동경할 만한 세계가 아니다."

"예. 저도 압니다."

무림이 힘없는 자에게 얼마나 비정한지, 나보다 잘 아는 사람도 없을 것이다. 내 태연한 대답에 아버지가 발끈해서 나를 쏘아봤다.

"네가 알긴 뭘 안단 말이냐! 운이 좋아 사파 무림인 하나 이겼다고 고수라고 된 줄 아느냐! 그때 그자가 방심하지 않았다면 어림도 없었을 싸움이다!"

"그것도 다 계산한 건데……."

덥석. 아버지가 내 어깨를 단단히 붙잡으며 말했다.

"네 단전은 태어날 때부터 망가져 있었다. 내가 온갖 수단을 써 봤지만 고치지 못했다."

"……예. 압니다."

"안다고?"

그의 두 눈에서 불길이 치솟는 것 같았다.

"안다는 놈이 청룡학관에 입학하겠단 말이냐? 그런다고 뾰족한 수가 생길 것 같아? 그랬으면 내 손으로 벌써 입학시켰을 거다!"

"……예? 입학이요?"

청룡학관에 갈 계획인 건 맞지만, 입학할 생각은 없는데?

그러나 아버지는 내가 말할 기회조차 주지 않았다. 두 눈에 불안과 걱정을 가득 담은 채로 빠르게 쏘아붙였다.

"내공이 없다는 이유로 다른 학생들에게 모욕만 당할 것이 뻔하다. 시비를 걸어오는 놈도 여럿이겠지. 이렇게 허약한 몸으로는 보름도 못 견딜 거다!"

"아니, 잠깐만요. 지금 뭔가 오해하고 계시는 것 같은데……."

"아비 말부터 들어!"

아버지가 내 어깨를 잡고 앞뒤로 정신없이 마구 흔들어 댔다.

"네 단전은 내가 아는 어떤 명의도 고치지 못했다! 고치기는커녕 병명조차 알아내지 못했어!"

"알았으니까…… 그만……."

내가 알아! 병명도 알고! 고치는 방법도 안다고! 그러니까 머리 좀 그만 흔들어! 이러다 목 부러지겠네!

"으으…….'

"제발 이번 한 번만 애비 말을 들어다오. 네 나이 올해 스물일곱이다. 청룡학관 입학 나이가 열다섯부터인데, 열다섯짜리한테 맞고 다니면 기분이 어떻겠느냐? 그냥 동네에서 참한 처자 만나 혼인부터 하고……."

"……아, 쫌! 일단 놔 봐요!"

나는 간신히 아버지의 팔을 떼어 내는 데 성공했다. 으. 여전히 머리가 뱅뱅 도는 기분이다. 나는 아버지가 또 달려들기 전에 빽 소리쳤다.

"대체 뭔 소립니까! 전 청룡학관에 입학할 생각 없어요!"

"떡두꺼비 같은 자식도 낳고……. 뭐? 없어?"

떡두꺼비 같은 소리 하네. 나는 한숨을 푹 쉬었다.

"그러니까 술 좀 적당히 마시라니까. 어제 내가 하는 말 하나도 안 들었네."

"입학…… 안 한다고? 정말로?"

아버지는 눈을 깜빡이며 이해할 수 없다는 표정으로 나를 바라봤다.

"입학 안 해요! 정말 안 해!"

"……그럼 청룡학관에는 왜 가려는 건데?"

나는 여전히 미심쩍은 표정으로 나를 바라보는 아버지에게, 당당하게 나의 포부를 밝혔다.

"돈 벌려고 갑니다!"

"……무슨 돈?"

"마침 그곳에 적성을 살릴 수 있는 일자리가 있다고 해서요."

씩 웃은 나는 뒤를 돌아봤다. 마침 오후반 코흘리개들이 대문을 넘어 연무장에 하나둘 모습을 드러내고 있었다.

"어? 사부님이다!"

"사부님! 대사부님! 안녕하세요!"

"빨리 저희도 절세신공 가르쳐 주세요!"

우리를 발견한 코흘리개들이 먼지를 일으키며 우다다 몰려왔다.

나는 녀석들에게서 고개를 돌려, 아직도 의문투성이인 표정의 아버지에게 말했다.

"입학(入學)이 아니라 입사(入社)하러 갈 겁니다."

저 코흘리개들이나 청룡학관 애송이들이나 별다를 거 있겠어?

"……뭘 한다고?"

"취직할 거라고요."

하지만 그 전에 한 가지 준비해야 할 것이 있다. 슬슬 몸도 어느 정도 회복됐겠다…….

"그래서 말인데요, 아버지. 등산 좋아하세요?"

마침 이 근처에 녹림투왕이 생전에 만들어 둔 안가가 하나 있다.

'거기에 꿍쳐 둔 영약이 좀 있다고 했지.'

"등산은 또 왜?"

왜긴. 혼자 가긴 힘드니까 데려가서 일 좀 시키려고 그러지.

9화
심봤다!

 다음 날 아침. 나는 아버지와 함께 백운산(白雲山)에 올랐다. 백운산은 험준한 산세와 가파른 기암절벽, 그리고 사시사철 산을 둘러싸고 있는 안개로 유명했다. 때문에 실종되거나 실족사하는 사람도 매년 수십 명이 넘기로 악명이 높았다.
 '오죽하면 녹림에서도 산채를 만들지 않을 정도라지.'
 녹림투왕 맹호악이 이곳에 자신의 비밀 거처를 만든 이유이기도 했다. 수십 년이 흐르는 동안 다른 곳은 털렸을 수도 있지만, 이곳만은 멀쩡할 확률이 높았다.
 '우선 맹호악이 꿍쳐 둔 영약을 얻자. 그걸로 역천신공의 토대를 다지면 앞으로 운신하는 것도 한결 나아질 거다.'
 그러한 계획하에 나는 보무도 당당히 산에 올랐다. 그리고 한 시진 후……
 "끄헉……. 끄흐윽……."
 온몸에서 땀이 비 오듯 쏟아진다. 숨이 턱 끝까지 차올라서 폐가 찢어질 것만 같다. 다리는 후들거리고, 팔다리에 쇳덩어리라도 달아 놓은 듯 몸이 천근만근이다. 당장이라도 쓰러져 쉬고 싶다.

하지만 그럴 때마다 등 뒤에서 들려오는 혀 차는 소리가 이를 악물게 했다.

"쯧쯧. 벌써 지친 거냐?"

꾹꾹. 뒤에서 아버지가 교편으로 내 등허리를 찔러 대며 잔소리를 했다.

"그러게, 그 몸으로 무슨 등산을 한다고. 지금이라도 내려가는 게 낫지 않겠냐?"

대체 걱정을 해 주는 건지 약을 올리는 건지. 어쨌든 이 양반 덕분에 이만큼이나 산을 오를 수 있었던 것도 사실이었다.

"할 만…… 끄윽…… 하거, 든요?"

빌어먹을 몸뚱이. 내공을 못 쓰면 몸이라도 좀 튼튼하게 태어나든가. 아주 겉과 속이 공평하게 비루하기 짝이 없다. 한 달이 넘도록 육체를 단련했는데도 이 모양이니, 천음절맥이 왜 하늘의 저주라고 불리는지 알 것 같았다.

'두고 보라지! 내 언젠가 천음절맥을 천음신맥으로 바꾸고 말 테니! 이게 그 첫걸음이다!'

처음에는 그렇게 다짐하면서 열심히 산을 올랐으나…….

털썩. 결국 평평한 바위에 주저앉은 나는 하늘을 올려봤다. 황사가 꼈나? 하늘이 샛노랗다.

"……제기랄. 어느 세월에."

아니, 인간적으로 너무 허약하잖아. 무림인이 되겠다는 놈이 산 좀 올랐다고 헉헉대? 심지어 아버지랑 같이 안 왔으면 몇 번이고 발을 헛디뎌서 실족사할 뻔했다.

"그래도 거의 다 왔구나. 저기가 네가 말한 봉우리인 것 같은데."

내 옆으로 다가온 아버지가 교편을 들어 한 방향을 가리켰다. 구름 위로 삐죽이 솟은 높은 봉우리가 보였다. 봉우리를 올려다본 나는 끙, 하고 앓는 소리를 냈다.

"거의 다 오긴 개뿔……."

검무봉(劍舞峰). 맹호악은 저 봉우리를 그렇게 불렀다. 정말 우라지게 높고 산세가 험하게 생겼다. 저곳에 녹림투왕 맹호악이 영약을 숨겨 둔 안가가 있을 것이다.

"후우. 조금만 쉬었다 가요."

"물부터 좀 마셔라."

내게 수통을 건넨 아버지가 혀를 차며, 시체처럼 창백할 것이 분명한 내 안색을 살폈다.

그러다 불쑥 말했다.

"너 정말 내 아들 맞냐?"

"콜록! 콜록콜록!"

나는 마시던 물을 그대로 아버지에게 뿜었다. 예상치 못한 기습이었음에도 불구하고, 아버지는 완숙한 경지의 일류고수답게 나의 수공을 쉽게 피했다. 한참 콜록댄 내가 입가를 닦으며 물었다. 속으로 조마조마한 마음을 겨우 숨기면서.

"콜록! 갑자기 무슨 뚱딴지같은 소리예요?"

아버지는 묘한 표정으로 나를 바라보더니 뺨을 긁적였다.

"옛날 같았으면 허약하게 태어난 몸을 저주하면서 나를 원망했을 텐데…… 이제는 군말 없이 산을 오르는 게 대견해서 말이다."

……이 자식, 부모 가슴에 아주 대못을 박아 댔구나.

"게다가 무공이 아니라 돈을 벌고 싶다고 하질 않나……. 원래 돈에는 관심도 없고, 아이들에게 무공 가르치는 것도 싫어하지 않았더냐."

나는 잠시 고민하는 척하다가, 전부터 생각해 둔 대답을 했다.

"죽었다 살아나니 세상이 다르게 보이더라고요."

"어떻게 다르더냐?"

"제가 한 달 가까이 누워 있으면서 곰곰이 생각해 봤거든요. 대체 내가 목숨 걸고 무공을 배워서 어디에 쓰려고 했을까?"

"……천하제일 고수가 되어서 강호를 주유하고 싶은 것 아니었냐?"

"그땐 그랬죠."

나는 이마에 흥건한 땀을 소매로 닦아 내며 한숨을 쉬었다.

"고수가 되어 남들에게 인정받고, 부와 명예를 누리고, 눈이 번쩍 뜨일 정도로 예쁜 마누라도 얻고……"

"흐음."

"그런데 다시 생각해 보니까, 그게 꼭 무공만으로 얻을 수 있는 것들은 아니잖아요?"

"돈으로도 할 수 있다?"

나는 씩 웃으며 아버지를 바라봤다.

"바로 그거죠."

나는 백수룡을 모른다. 녀석이 얼마나 무공을 배우고 싶었는지, 그럼에도 내공을 쌓을 수 없어 얼마나 좌절했는지 모른다. 그래서 어설프게 변명하기보단, 그냥 내 생각을 밀어붙이기로 했다.

"그리고."

나는 장난스럽게 웃으며 말을 이었다.

"돈이 많아야 단전을 고치고, 무공을 배울 방법도 찾을 수 있지 않겠어요?"

사실 당장은 그 이유가 가장 크다. 천음절맥을 천음신맥으로 바꾸고 역천신공을 익히려면, 정말 어마어마한 돈이 든다. 하지만 평생 혈교에서 무공을 배우고 가르쳐 온 내가 할 줄 아는 것이라곤, 무공을 가르치는 것뿐이었다.

'어떻게 그 많은 돈을 벌까 했는데…….'

마침 고주열에게 '일타강사가 되면 돈을 쓸어 담는다.'라는 이야기를 들었다.
 그다음은 자연스러운 결론이었다.
 '일단은 청룡학관에 강사로 취업해서 돈을 벌자. 나중에 장사를 하더라도 밑천이 있어야 하니까.'
 그러한 이유로, 나는 석 달 후 있을 청룡학관 입사 시험에 응시하기로 했다. 아버지는 한동안 날 지그시 바라보며 내 말의 진의를 가늠하는 듯하더니, 이내 피식 웃으며 고개를 끄덕였다.
 "무공밖에 모르던 내 아들이 이제 철이 좀 들었나 보구나. 그래. 돈 많이 벌어서 애비 호강도 시켜 주고 그래라."
 "하시는 거 봐서요."
 "이놈이?"
 찰싹! 교편으로 내 등짝을 후려친 아버지가 유쾌하게 웃으며 말했다.
 "다 쉬었으면 일어나자. 돈 벌러 가야지."
 "예예……."
 나는 한숨을 푹 내쉰 뒤 후들거리는 무릎을 잡고 일어났다. 우리는 앞서거니 뒤서거니 하며 검무봉을 올랐다. 중간중간 내가 입에 거품을 몇 번 문 것 빼면, 다른 큰일은 없었다.
 "끄으윽……. 끄어어……!"
 "다 왔다! 조금만 더 힘내라!"
 솔직히 이 몸의 아버지, 백무흔에게는 조금 미안한 마음이 있다. 내가 원해서 빼앗은 것은 아니라지만, 그의 아들의 몸을 차지해 아들인 척 연기하고 있으니 말이다.
 '그렇다고 사실대로 말할 수도 없고.'
 어쨌든 '이 몸'을 낳아 준 부모이니, 언젠가 그에게 나름의 도리를 다 할 생각이었다.

"끄으으······어어! 다 왔다아아아아! 허억! 헉!"

기어이 검무봉 꼭대기에 오른 나는 헉헉대며 주위를 둘러보았다.

스스스슷. 온통 짙은 안개가 깔려서 시야가 제한되었다.

아버지가 주위를 경계하며 내게 물었다.

"묘한 기운이 느껴지긴 한다만, 이곳에 정말 영약 같은 것이 있긴 한 거냐?"

"허억······. 헉······. 저쪽으로."

주변이 온통 희뿌연 가운데, 나는 맹호악이 알려 준 대로 호랑이 이빨이 새겨진 바위를 찾아다녔다.

'저기로군.'

저 바위가 바로 진법이 시작되는 장소였다. 우리가 접근하자 바위 주변의 안개가 흩어지고 뭉치기를 반복하며 형태를 바꿨다. 그 모습을 본 나는 안심했다.

'아직 진법이 남아 있는 걸 보니, 영약도 그대로 있을 확률이 높겠어.'

"잘 따라오세요."

옆을 힐긋 돌아보며 말하자, 아버지가 크게 당황한 표정을 짓고 있었다. 아버지 역시 주변에 심상치 않은 기의 흐름을 느낀 것이다.

"또 떠돌이 약장수한테 사기를 당한 줄 알았는데······. 정말 이런 데 영약이 있다고?"

"속고만 사셨나. 진짜라니까."

백수룡은 예전부터 무공을 배우겠다는 집념으로 이런저런 기행(마공서를 구하는 등)을 많이 한 탓에, 내가 백운산에 영약을 찾으러 가자고 할 때도 아버지는 '이번에도 그러려니.' 하는 얼굴로 따라나섰다. 말로는 이러니저러니 해도, 그는 병약한 아들에게 약한 아버지였으니까.

"길 잃기 싫으면 정신 똑바로 차리고 따라오세요."

"······거참. 귀신에 홀린 기분이구나."

다행히 진법 자체는 파훼하기 그리 어려운 것이 아니었다. 방향 감각을 잃게 해서 길을 잃도록 하는 종류였는데, 나는 어렵지 않게 맹호악에게 들은 대로 생문을 찾아 들어갔다.

'맹 사부가 남긴 영약은 내가 요긴하게 쓰겠소.'

진법의 안쪽으로 향하며, 맹호악의 수염 덥수룩한 얼굴을 떠올렸다.

―크흐흐. 세상 곳곳에 내 안가를 숨겨 놓았다. 녹림에 도둑놈이 얼마나 많은 줄 아느냐? 내가 실종되고 다들 내 보물들을 훔치려고 했겠지만……. 흐흐. 가장 귀한 것들은 미리 꼭꼭 숨겨 두었지.

곰처럼 거대한 덩치와 달리, 맹호악은 머리가 잘 돌아가고 영리한 사내였다. 하기야 멍청해서는 절대 절세고수가 될 수 없지만.

맹호악에게는 한 가지 원대한 목표가 있었다.

―녹림을 구파일방 못지않은 명문으로 만들 것이다!

다들 헛소리로 치부했다. 상대가 타고난 신력으로 열여섯에 녹림칠십이채(綠林七十二寨) 중 하나를 차지한 최연소 채주가 되고, 스물다섯에 녹림을 통일해 녹림투왕이라는 별호를 얻은 절세고수가 아니었다면, 수많은 사람들이 그의 면전에서 비웃었을 것이다.

실제로 맹호악의 선언에 불쾌감을 느낀 명문 정파의 고수들이 그에게 비무첩을 보내 단단히 응징하고자 했으나…….

―흥. 나는 그놈들을 모두 살려 보냈다. 실력도 안 되는 놈들에게 수준 차이를 보여 주고 이 어르신의 자비로움을 알리게 했지.

하지만 그의 예상과 반대로 녹림투왕의 악명은 나날이 높아졌다. 도전자들을 살려 준 대신, 팔다리를 하나씩 꺾어서 불구로 만들어 버렸기 때문이다.

―왜 그랬냐고? 그래야 나가서 지들이 이겼다는 헛소문을 내지 못할 것 아니냐. 그러니 확실하게 내가 이겼다는 증거를 남겨야지.

녹림투왕이라는 별호 앞에 천하십대고수(天下十大高手)라는 칭호가 붙기 시작한 것이 그즈음이었다.
내가 그 얘길 하자, 맹호악은 귀를 후비며 이렇게 말했다.

―십대고수? 나한테 뒈지게 맞고 도망친 놈 중 하나가 그렇게 불렀던 것 같은데?

훗날 믿었던 부하에게 배신당하지 않았더라면, 맹호악은 언젠가 산에서 내려와 녹림문을 세웠을지도 모른다. 혈교의 뇌옥에 갇히지 않았다면 말이다.

―어이. 애송아.

맹호악은 나를 애송이라고 불렀다.

―왜요. 맹 사부.

나는 그를 맹 사부라고 불렀다. 맹호악만 그렇게 부른 것이 아니었다. 나는 네 명의 절대고수를 모두 '사부'라고 불렀다. 물론 그건 일반적인 사제지간이라고 할 수는 없는 관계였다.
 '혈교에서 함께 탈출하기 위해 맺은 일시적인 동맹이었지.'
 나와 그들 사이에는 계약이 있었고, 그 계약 때문에 그들은 모든 무공을 아낌없이 내게 전수했다.
 그 세월이 10년이었다. 10년 동안, 나는 네 사람이 어떤 인생을 살았는지 듣게 되었다. 뇌옥에 갇힌 그들에겐 이야기를 나눌 사람이 그들 서로와 나밖에 없었으니까.

 ─……만약, 아주 만약에 내가 죽고 너만 여기서 탈출하게 되면 말이다.

 어느 날, 맹호악은 나를 불러 중원의 여러 산에 만들어 둔 자신의 비밀 거처에 대해 알려 주었다.
 나는 퉁명스레 되물었다.

 ─갑자기 그걸 나한테 왜 알려 주는 거요?
 ─흐흐. 아끼다 똥 되는 것보다는 그래도 네놈이 먹는 게 낫지 않겠냐.
 ─음. 오늘 고기반찬은 이게 전부인데?
 ─이런 우라질 놈이! 내가 그깟 고기반찬 더 달라고 이러는 줄 아느냐!
 ─생각해 보니 고기가 좀 더 있었던 것도 같고…….
 ─하나 더 알려 주랴?

 "오두막이구나."
 놀란 아버지의 목소리가 과거에서 나를 현실로 끄집어냈다. 짙은 안개를 헤치고 나온 우리 앞에 나타난 것은, 당장이라도 쓰러질 듯 오래된 오두막이었다. 오두막 옆에는 작은 온천이 수증기를 뿜어내고 있었다.

"저기 어딘가에 영약을 꿍쳐…… 영약이 숨겨져 있을 거예요."

"정말 뭐가 뭔지 모르겠구나. 떠돌이 약장수한테 들은 소문이 진짜라니……."

고개를 절레절레 저은 아버지가 검을 빼 들고 앞으로 나섰다. 아버지는 주위를 경계하며 천천히 오두막을 향해 나아갔다.

"무림의 기연은 항상 마지막 순간까지 방심해선 안 되는 법이다. 어떤 함정이 있을지 몰라."

"함정은 없어요. 대신……."

내 말이 채 끝나기도 전이었다.

크허어어어엉! 산천초목을 쩌렁쩌렁하게 울리는 짐승의 포효와 함께, 거대한 그림자가 우리를 덮쳤다.

10화
녹림투왕의 유산

"물러서라!"

나를 뒤로 밀어낸 아버지는 벼락처럼 달려든 그림자를 향해 검을 찔러 넣었다.

까아앙! 검과 발톱이 부딪치며 불꽃이 튀었다.

"크윽!"

뒤로 주르륵 밀려난 아버지는 곧바로 자세를 바로잡으며 우리를 기습한 적을 노려보았다.

크르르르르…….

집채만 한 덩치의 대호(大虎). 놈이 우리를 기습한 그림자의 정체였다. 대호는 천천히 우리 주위를 돌며 날카로운 이빨을 드러냈다.

"……함정은 없는데, 대신 맹수가 있을지 모른다고 약장수가 그러더라고요."

"아들아. 말하는 게 한참 늦었다고 생각하지 않냐?"

아버지는 대호를 경계하느라 얼굴은 돌리지 않은 채, 눈동자만 살짝 굴려서 나를 째려봤다. 나는 머리를 긁적였다.

"설마하니 정말 있을 줄은 몰랐죠."

나는 뇌옥에서 맹호악이 해 준 말을 떠올렸다.

―아, 오두막 주변에 쬐깐한 범 한 마리가 살고 있었는데 말이다.
―범?
―감히 이 어르신께 덤비기에 혼쭐을 내줬지. 잡아먹을까 하다가 배도 부르고, 오두막 주변에 다른 짐승들도 못 오게 할 겸 내버려 뒀다.
―그 범이 아직 살아 있을까요?
―글쎄다. 보통은 범이 그렇게 오래 못 살지만, 옆에 온천도 있고 영기가 흐르는 땅이니까……. 흐. 지금까지 살아 있다면 꽤나 커졌겠군. 여기서 나가면 잡아먹어야겠다. 몸보신에 그만이겠어.
―쯧. 그 나이가 되도록 식탐도 주체를 못 하는군.
―뭣이? 광마 이 새끼! 뒈지고 싶냐!

……그 말을 들은 것도 이제는 수십 년 전의 과거가 되었다. 만약 저 대호가 녹림투왕이 말한 그 쬐깐(?)했던 범이라고 한다면.

"……완전 영물이 다 됐네."

"너 지금 애비 약 올리는 거냐?"

"그런 건 아니고요."

나는 아버지의 따가운 시선을 슬쩍 피하며, 웬만한 호랑이 두셋은 합쳐 놓은 것처럼 거대한 내호를 바라봤다.

크르르르……. 녀석은 자신의 영역이 침범당한 것이 불쾌한지, 발톱으로 땅을 긁어 댔다. 그럴 때마다 땅이 쟁기질 당한 논밭처럼 푹푹 파였다. 첫 공격이 실패한 후 곧바로 다시 공격하지 않고 우릴 경계하는 것만 보아도, 놈이 보통 짐승보다 훨씬 똑똑하다는 것을 알 수 있었다.

"아들아. 여기서 물러나면 저놈도 우릴 쫓아오진 않을 것 같구나."

"아버지. 저놈 호피만 내다 팔아도 올겨울은 끄떡없겠는데요?"

"……가난이 죄구나."

한 가정의 생계를 짊어진 가장의 무거운 어깨를 바라보며, 나는 슬금슬금 뒤로 물러났다.

크르르르…….

대호의 시선은 아버지에게 계속 못 박혀 있었다. 놈은 나는 아예 위협조차 되지 않는다고 판단한 것이다. 실제로도 거의 그렇고. 하지만 아무리 범이 똑똑해도, 나를 인질로 삼을 생각 같은 건 못할 것이다.

'즉, 나는 여기서 안전하게 관전할 수 있다 이 말이지.'

나는 적당한 곳까지 물러나 자리를 잡은 후, 대호를 자극하지 않을 정도의 목소리로 아버지에게 외쳤다.

"아버님! 소자 멀리서나마 아버님의 승리를 기원하겠습니다!"

"고얀 놈. 어디 끝나고 두고 보자."

아버지는 나를 한번 흘긴 후 보법을 밟아 대호에게 달려들었다.

크허어어엉! 그에 맞춰 포효를 터트린 대호도 훌쩍 뛰어 아버지를 덮쳤다. 나는 일류의 검수와 짐승이 한 폭의 그림처럼 어우러지는 모습을 보며 나직이 감탄했다.

'제법이군. 둘 다.'

대호는 백 년 가까이 살아온 영물답게 몸이 날래고 근육이 억셌다. 어지간한 일류 무인이라도 방심했다간 뒤를 잡힐 수 있는 속도. 그리고 가볍게 휘두른 앞발에 두꺼운 나무가 그대로 꺾여 나갈 정도의 힘.

콰드득!

'저 정도 힘이면 쇠로 만든 갑옷도 간단히 우그러뜨리겠는데.'

능숙한 호랑이 사냥꾼 열 명이 달라붙어도 저 대호를 잡지 못할 것이 분명했다. 뿐만 아니라 웬만한 일류 무인이라도 해도 당해 내기 어려우리라. 하지만 다행스럽게도, 내 아버지는 완숙한 경지에 이른 일류고수였다.

"타하앗!"

나는 처음으로 아버지가 전력을 다하는 모습을 보았다. 지난번 진무관 사건 때 상대했던 가짜 남궁욱은 제대로 된 실력을 발휘하기엔 부족한 상대였으니까.

수십 년간 숙달된 동작이 물 흐르듯 부드러웠다. 보법에는 제대로 힘이 실려 있고, 검 끝의 예기는 날카롭게 살아 있었다.

'움직임만 보면 절정고수라고 해도 부족하지 않을 수준인데.'

혈교 교관 시절의 나였다고 해도, 아버지의 초식과 보법은 지적할 부분이 거의 없을 정도로 깨끗했다. 시골로 낙향한 후에도 하루도 수련을 게을리하지 않았다는 증거겠지.

"그런데 왜……."

나는 미간을 가늘게 좁힌 채, 아버지가 무공을 펼치는 모습을 지켜보았다.

"……이렇게 답답하지?"

"저놈이? 답답하면 네가 와서 싸우든가!"

내 말을 들었는지 아버지가 버럭 소리를 질렀다. ……호랑이랑 싸우는 와중에 귀도 좋다. 아무튼, 지금 아버지가 싸우는 모습을 보고 뭐라고 딱 집어 말하기는 어려웠다.

'확실한 건…….'

그는 지금 일류에서 절정의 경지로 넘어가는 벽 앞에 단단히 막혀 있다는 것이었다. 과거에도 이런 경우를 몇 번 본 적이 있었다.

'대부분은 몸의 문제가 아니라 정신의 문제였었지.'

그리고 몇 번인가 쓸 만한 도움을 준 경험도 있었다. 어디 한번…….

"도와드릴까요?"

"됐다 이놈아! 네가 끼어들면 방해만 된다!"

일갈한 아버지는 내가 끼어들세라 더욱 빠르게 대호를 몰아붙였다. 검격이 점점 빨라지고 공세가 맹렬해졌다.

크허어엉! 하지만 대호도 만만치 않은 상대였다. 몸이 날랜 데다 근육이 어찌나 질긴지, 운 좋게 공격이 성공해도 대부분 겉에 가죽만 베어낼 뿐 검이 깊게 파고들지는 못했다.

아버지의 표정 위로 점점 조급함이 어렸다.

"어디 미물 따위가……. 하압!"

기합을 넣은 아버지의 검 끝에서 푸르스름한 검기가 피어나기 시작했다. 하지만 그의 검기를 본 순간 내 표정은 일그러졌다.

"아버지! 서두르지 마세요!"

일류와 절정을 나누는 가장 큰 기준은 검기의 자유로운 수발이다. 검기(劍氣)는 무인들이 바라 마지않는 경지 중 하나로, 내공을 눈에 보일 정도로 검 위에 실어 외부로 발하는 것을 말한다. 검에 검기를 싣는 것과 싣지 않는 것은 위력부터 천지 차이다. 웬만한 보검이 아닌 한, 검기를 두른 검과 부딪히면 몇 번도 견뎌 내지 못한다. 게다가 검기를 다룬다는 것은 기를 외부로 발출해 다양한 방식으로 다룰 수 있다는 의미이기도 해서, 상황에 따라 한 명의 절정고수가 열 명의 일류고수를 상대하는 것도 가능하다. 진정한 초인으로 가는 경지가 열리는 것이다.

'하지만 저건…….'

더욱 강한 위력을 내기 위해 검기를 싣느라 보법이 흐트러지거나, 호흡이 엉켜 초식이 어설퍼지는 경우가 종종 있다. 나는 그런 무인을 절정고수라고 부르지 않는다.

바로 지금처럼.

촤아아악! 검기가 실린 검이 대호의 옆구리를 훑었다. 대호의 허리에서 피가 터져 나오며 대호가 괴성을 질렀다.

크허어엉!

그러나 아버지 역시 어설프게 성공시킨 공격의 대가를 치러야 했다.

퍼어억! 대호가 고통 속에 몸부림치면서도 야생의 본능에 따라 휘두른 앞발 공격. 아버지가 급히 검을 들어서 막았으나, 그 힘에 십여 장이나 튕겨 날아갔다. 그리고 그곳엔, 하필이면 커다란 바위가 있었다.

"커허억!"

"아버지!"

아버지는 등이 부서지는 듯한 격통에 비명을 터트렸다. 울컥 터져 나온 피가 앞섶을 적셨다. 둘 다 심각한 중상.

하지만 먼저 정신을 차린 쪽은 대호였다.

크허어엉! 녀석이 포효를 터트리며 아버지를 덮쳤다. 남은 힘을 모두 짜낸 듯, 그 속도가 전광석화와 같았다.

"크윽……."

아직 정신을 못 차린 아버지가 그 공격을 피하기엔 조금 힘들어 보였다. 그 순간, 나는 들고 있던 짱돌을 전력을 다해 던졌다.

퍼어억! 내가 던진 큼직한 짱돌은 정확히 대호의 옆구리에 맞았다. 대호가 펄쩍 뛰며 고통스러워했다. 그사이 나는 아버지에게 달려가 부축했다.

"괜찮으세요?"

짱돌에 맞은 건 대호인데, 어째선지 아버지가 더 화를 냈다. 소매로 입가에 피를 닦아 낸 아버지가 나를 노려봤다.

"위험하니 넌 끼어들지 마라. 저놈은 내가……."

"피 줄줄 흘리면서 그런 말 해 봐야 별로 믿음 안 가요. 그리고 아버지 죽으면 저도 죽어요."

"그럼 너라도 지금 도망쳐……."

"말도 안 되는 소리 그만하시고."

크아아아앙! 분노한 대호가 옆구리에서 피를 흘리며 다가오고 있었다.

놈의 커다란 두 눈에 시뻘겋게 핏발이 섰다. 나는 잽싸게 아버지 뒤로 숨은 뒤 그의 등을 밀었다.

"가서 싸우세요. 제가 뒤에서 확실하게 엄호할 테니까."

"너……?"

나는 또 다른 짱돌을 위로 던졌다 받았다 하며 말했다.

"그래야 우리 둘 다 살 확률이 높잖아요?"

"……얄미운 놈."

한숨을 내쉰 아버지는 다시 대호를 향해 달려들었다. 나는 그에 등에 대고 소리쳤다.

"이제 필요 없으니까 검기 쓰지 말고! 옆구리만 노려요!"

"나도 안다, 이놈아!"

"안다는 양반이 아깐 왜 그랬대."

"……집에 가서 보자."

이젠 할 말만 없으면 집에 가서 보재. 아버지와 대호가 다시 뒤엉켜 싸움을 벌였다. 둘 다 큰 상처를 입어 움직임은 처음보다 느려졌지만, 피 냄새를 짙게 풍기며 살기를 피워 대니 싸움은 한층 더 흉험했다.

붕붕붕! 나는 열심히 어깨를 돌리며 언제라도 대호에게 돌팔매질할 수 있도록 준비했다. 대호 놈이 이쪽을 힐끗거리며 나를 경계하는 것이 느껴진다. 나는 씩 웃으며 놈을 마주 봐 주었다.

퍼억! 짱돌에 한쪽 눈탱이를 얻어맞은 대호가 내게 덤벼들려고 했다. 그러나 내게는 든든한 호위 무사가 있었다.

"이놈! 네 상대는 나다!"

아버지가 대호를 끈질기게 물고 늘어지고, 나는 그 틈에 돌팔매질로 놈의 몸에 멍을 여럿 만들어 주었다.

'저 정도 영물이면 당연히 내단도 있겠지?'

벌써부터 입안에 침이 고였다.

◆ ◈ ◆

쿠우웅! 집채만 한 놈답게 쓰러지는 소리도 요란했다. 아버지는 놈의 목에 구멍을 뚫어 확실하게 죽은 것을 확인한 후, 그 거대한 몸에 기대 누웠다.

"허억……. 헉……. 산 두 번만 올랐다가는 백무관 문 닫겠다."

"문을 왜 닫아요? 제가 이어받으면 되지."

"너 집에 가서……. 후우……. 말할 힘도 없다."

"좀 쉬고 계세요."

대호의 배를 갈라 내단을 꺼내는 일은 내가 했다. 이미 아버지가 충분히 상처를 만들어 놨기에 별로 어렵지는 않았다.

"내단이 생각만큼 크지는 않구나."

"이만하면 크죠. 제대로 된 영물을 잡으려면 우리 실력으로는 어림도 없어요."

대호의 내단은 내 엄지손톱보다 조금 더 큰 정도였다.

'이거야 어차피 덤이니까.'

호랑이는 가죽, 뼈, 고기, 내장까지 전부 돈이 된다. 이만한 대호를 잡았으니, 백무관의 올해 겨울은 충분히 따뜻할 것이다.

"대충 정리하고 오두막에 가 보죠."

우리는 진짜 목적지였던 오두막으로 향했다. 그러나 오두막 안을 다 뒤져도 영약은 보이지 않았다.

"대체 어디다 꿍쳐 둔……."

"아들아! 이리 좀 와 봐라!"

아버지의 부름에 나는 오두막 뒤편으로 향했다. 오두막과 온천 사이의 작은 밭. 그곳에 세 뿌리의 하수오가 심어져 있었다. 하수오의 상태를 살핀 아버지가 감탄하며 말했다.

"적어도 수백 년씩은 묵은 것 같구나."

백수룡이 어릴 때부터 여러 의원을 만나며 치료할 방법을 찾아다닌 덕분에, 아버지는 영약에 대해서도 해박했다. 그렇기 때문에 아버지의 표정은 미묘했다.

"구하기 힘든 영약이긴 하다만⋯⋯."

나는 아버지가 무슨 말을 할지 알고 있었다. 천음절맥을 고치기에 하수오 세 뿌리는 턱없이 부족하다는 것. 그가 지금껏 아들에게 먹인 영약만 해도 여기 있는 세 뿌리보다 훨씬 많을 테니까.

'하지만 그땐 방법을 몰랐을 때고.'

천음절맥을 치료하고 더 나아가 천음신맥으로 바꾸는 것. 방법을 모르면 소림사의 대환단이 있어도 불가능하다. 하지만 나는 방법을 안다. 이런 하수오 수백 뿌리를 내다 팔아도 부족할 만큼 돈이 무지막지하게 든다는 것이 문제긴 하지만. 나는 하수오를 조심스럽게 캐낸 후 아버지에게 물었다.

"이거 제가 다 먹어도 되죠?"

너만 입이냐고 한마디 들을 줄 알았는데(한 뿌리 정도는 줄 생각도 있었는데), 아버지는 의외로 순순히 고개를 끄덕였다.

"어차피 이 나이에 영약 같은 걸 먹어 봐야 쓸 데도 없다."

"하긴 독수공방하는 홀아비가 이런 거 먹어 봐야 괜히 헛바람만⋯⋯."

따악! 까불다가 괜히 한 대 얻어맞았다.

'어쨌든 이거면 기반을 다질 정도는 되겠어.'

천 리 길도 한 걸음부터다. 여기 있는 하수오 세 뿌리는, 앞으로 내 체질을 바꾸는 데 기반이 될 것이다. 밭에서 몸을 일으킨 나는 아버지에게 말했다.

"온 김에 온천욕이라도 좀 하고 갈까요?"

오두막 옆에는 작은 온천이 있었다. 온천에서 흘러나오는 희뿌연 수증기가 이곳의 분위기를 한층 신비롭게 만들었다.

맹 사부는 이 온천에 관해서도 이야기했었다.

-그리고 오두막 옆에 끝내주는 온천이 있다. 내가 그 온천 때문에 그곳에 안가를 지었지.

-혹시 뭐 그런 거요? 온천 속에 앉아서 운기행공을 하면 내공이 몇 배로 빨리 쌓인다든가, 근육의 피로가 바로바로 풀려서 쉬지 않고 훈련을 할 수 있는…….

-쯧쯧. 기대할 걸 기대해야지. 기연이 뭐 산속에 널려 있는 줄 아냐? 이놈아! 그랬으면 무림은 산적 놈들이 진작 통일했겠다!

-……아니면 아니지 왜 면박을 주고 그래? 오늘 맹 사부는 고기반찬 없을 줄 아쇼.

-아, 아니 이 치사한 놈이!

'이젠 그것도 다 추억이군.'

나는 맹 사부와 나눈 대화를 떠올리며 피식 웃었다. 그리고 별생각 없이 온천을 향해 걸어갔다. 할 일도 다 끝났고, 피로도 꽤 쌓였으니 온천에서 느긋하게 몸을 풀다 갈 생각이었다.

스윽. 나는 얼마나 뜨거운지 확인해 볼 겸 손가락을 넣고 물속을 들여다보았다. 그리고 잠시 후, 나는 그대로 굳어 버렸다.

"너 왜 그러냐?"

"……맹 사부. 이 멍청한 놈."

"맹 사부가 누군데?"

"……이 아니지, 이…… 천하의 고마운 놈."

"아들아. 너 괜찮은 게냐?"

뭐? 산속에 기연이 널려 있는 줄 아냐고? 그럼 내 눈앞에 있는 건 뭐데?

 천하의 녹림투왕이 기연을 눈앞에 두고도 못 알아보는 동태눈깔을 가지고 있었을 줄이야.

 '하긴. 평생 자기 몸뚱이만 믿었지, 무기 따위에는 관심조차 가지지 않은 인간한테 뭘 바라겠어.'

 나는 간신히 고개를 돌려 아버지를 바라봤다.

 "아버지. 지금 하수오가 문제가 아니에요."

 "대체 뭔 소리야?"

 "저것 좀 보세요."

 내 시선은 온천 중앙의 바닥에서 은은한 푸른빛을 내는, 주먹 두 개를 합친 것만 한 크기의 검푸른 돌을 향해 있었다. 지난 생에서 딱 한 번, 나는 저것과 같은 색을 내는 금속을 본 적 있었다.

 '……잠깐이었지만 저걸 어떻게 잊겠어.'

 바로 내 가슴에 꽂힌 금속을 말이다. 혈마교주의 검을 만들 때 사용된 전설 속의 금속.

 '확실해. 저건 운철(隕石)이다.'

11화
녹림십팔식

 운철(隕石). 별똥별이 떨어진 곳에서 아주 드물게 얻을 수 있는 광물로, 천운이 닿아야만 구할 수 있는 기물이다. 운철을 제련해 만든 병기는 절정고수의 검기는 물론이고, 대장장이의 실력에 따라 강기마저도 버텨 내는 신병(神兵)이 된다.
 지난 생에서, 나는 단 한 번이지만 운철로 만든 무기를 본 적 있었다.
 '혈마검…….'
 나도 모르게 가슴을 움켜쥐었다. 내 가슴을 파고들었던 서늘한 감촉이 아직도 잊히지 않는다. 혈마의 가공할 내력을 견뎌내는 것은 물론, 그가 펼치던 초식의 위력을 더욱 증폭시켜 주던 신병. 이 몸에서 깨어난 후로, 나는 가끔 멍하니 의미 없는 가정을 해 봤다.
 그때 혈마의 손에 들린 검이 운철검이 아니었다면…….
 아니, 최소한 내게도 같은 검이 들려 있었다면…….
 '다 의미 없는 가정일 뿐이지.'
 어쨌든, 지금 내 눈앞에 있는 것은 혈마검을 만드는 데 사용된 것과 같은 금속이라는 것이다.

'아주 같은 것은 아니지만…….'

혈마검에 사용된 운철은 은은한 붉은빛이 돌았는데, 온천 속에 있는 운철은 은은한 푸른빛이었다. 하지만 나는 저것이 운철이라고 확신했다. 운철 이외에 저런 신묘한 기운을 내는 광물이 있다고는 상상할 수 없었으니까.

"이 돌이 뭔데 아까부터 넋이 빠진 거냐?"

아버지가 내 눈앞에 손바닥을 흔들며 물었다. 의술과 영약 등에 해박한 아버지였지만, 운철에 관해서는 전혀 알지 못하는 눈치였다.

"이건……."

나는 잠시 고민하다 솔직하게 말하기로 했다. 괜히 어설프게 알고 있다가, 어디 가서 특이한 돌을 봤다고 이야기라도 꺼내면 큰일이니까.

"운철이요."

"운…… 뭣?"

아버지의 눈이 경악으로 부릅떠졌다. 본 적은 없어도, 무림인이라면 운철이 어떤 기물인지는 충분히 알고 있을 테니까.

"운철이라니. 이 녀석아. 무슨 말도 안 되는……."

"제 말이 농담 같아요?"

내 심각한 표정을 본 아버지의 표정도 서서히 굳었다. 아버지는 내가 어떻게 운철을 알아볼 수 있는지 묻지 않았다. 백수룡이야 워낙 어릴 때부터 이것저것 닥치는 대로 무림 관련 서적을 읽고, 기행도 많이 한 녀석이니까.

잠시 말이 없던 아버지가 낮은 목소리로 입을 열었다.

"……감당할 수 없는 보물은 화를 부르는 법이다. 이게 정말 운철이라면, 절대 우리가 감당할 물건이 아니다."

보물은 화를 부른다. 절대고수의 비급, 바위를 두부처럼 자르는 창칼, 그런 창칼을 튕겨 내는 호신갑, 백 년의 공력을 향상시켜 주는 영물의 내단 등.

보물이 나타날 때마다 무림은 많은 피를 흘렸다. 운철 역시 그런 보물에 속했다.

"이게 세상에 나간다면…… 수많은 무인이 운철을 차지하기 위해 피를 흘릴 것이다. 이걸 발견한 우리도 무사하지 못하겠지."

"암시장 같은 곳에서 조용히 처분할 수 있지 않을까요?"

내 말에 아버지는 단호하게 고개를 저었다.

"어중간한 장물이라면 가능하겠지. 하지만 이 정도 되는 보물이라면 구매자가 분명 우리를 찾을 것이다. 살인멸구를 해야 할 테니 말이다."

"……그렇겠죠."

나도 혹시나 해서 해 본 말일 뿐, 아버지의 생각에 동의했다. 운철을 팔러 암시장에 갔다간 쥐도 새도 모르게 죽을 확률이 높았다. 내가 고개를 끄덕이자 아버지도 조금 안심한 반응이었다.

"이곳을 만드신 기인께서도 그것을 알기에 운철을 건드리지 않고 그대로 두신 것일 거다. 그리고 진법으로 이 장소를 아예 숨기신 거겠지."

……아니, 그건 아닌데.

맹사부가 운철을 알아볼 안목이 없을 정도로 멍청해서 그런 건데. 아무리 그래도 그렇게 말할 수는 없으니, 나는 다르게 말했다.

"제 생각은 좀 달라요."

"설마 이걸 가지고 나가잔 거냐? 네가 정녕 무림에 피바람을 일으키려고……!"

"안 팔고 갖고만 있으면 되죠."

"위험하게 그런 짓을 왜 해!"

아버지는 절대로 용납할 수 없다는 표정으로 나를 노려봤다. 나는 머릿속으로 떠올린 생각을 논리정연하게 펼쳤다.

"……우리가 그냥 가더라도 결국 누군가는 이걸 발견할 거예요. 마침 백운산은 저희 마을에서 멀지도 않으니, 운철의 소문을 들은 무림인들이 우르르 몰려오겠죠. 그들은 이렇게 생각하지 않을까요? 백운산을 뒤지면 운철이 더 나올지도 몰라. 그러니 산을 샅샅이 뒤져 보자. 오호, 마침 가까운 데 마을이 있으니 한동안 여기서 묵어야겠군!"

"무슨……."

아버지의 낯빛이 굳었다. 나는 빠르게 말을 이었다.

"그중에는 정파인도 있겠지만 패악을 부리는 사파 놈들도 있겠죠. 부녀자들을 희롱하고, 조금만 화가 나도 칼을 빼 들고 싸움을 벌이는 놈들. 그거 아버지가 다 막으실 수 있어요?"

"……."

나는 표정은 굳는 아버지를 바라보며 씁쓸한 미소를 지었다.

"아시겠어요? 이걸 발견하고 외면한다면, 이 이후에 벌어질 혈사에 우리의 책임도 있다고요."

"허. 궤변이 정말 그럴듯하구나."

"정말 궤변이라고 생각하셨다면 그런 표정을 짓지 않으셨겠죠."

아버지가 길게 한숨을 내쉬었다. 비록 지금은 시골 마을에서 호신술이나 가르치고 있지만, 한때는 무림 오대학관에서 수학했을 정도로 뛰어난 정파의 후기지수였던 아버지.

그가 학관에서 배운 의와 협은 이런 상황에서 고개를 돌리라는 것이 아니었을 것이다.

아니나 다를까. 아버지가 힘겹게 입을 열었다.

"……그래서?"

"저희가 가져가서 잘 숨겨 두자고요. 이런 신비로운 분위기만 아니면, 촌구석에서 이걸 알아볼 사람이 대체 누가 있겠어요? 실제로 아버지도 이게 뭔지 모르셨잖아요."

과장은 있을지언정, 내 말에 틀린 부분은 하나도 없었다. 나는 눈빛이 흔들리는 아버지에게 쐐기를 박았다.

"저희 둘만 입 다물고 있으면, 아버지 방에 장식해 놔도 아무도 몰라요. 그냥 사부님이 예쁜 돌 하나 가져다 놨구나 하겠지. 그러니까……."

"알았다."

조금 더 설득해야 할 줄 알았는데, 의외로 아버지는 순순히 고개를 끄덕였다. 체념한 표정의 그가 날 보며 피식 웃었다.

"네 성격에 안 된다고 하면 그대로 바닥에 드러누울 것 아니냐."

……진작 그렇게 할걸. 입 아프게 괜히 떠들었잖아.

아버지가 힘없이 웃으며 말했다.

"가져가자꾸나. 네 말대로 잘 숨겨 두면 되겠지."

"네!"

나는 물속에서 운철을 꺼내 행낭에 넣고 단단히 여몄다.

운철을 정말 집 안에 숨겨만 둘 거냐고?

'미쳤어? 청룡학관 갈 때 슬쩍 챙겨가야지.'

내 머릿속에는 벌써부터 운철을 활용할 여러 방법이 떠오르고 있었다. 통째로 녹여서 무기를 만들기에 충분한 양은 아니었다. 하지만 다른 쇠와 섞으면 무기 몇 개는 충분히 만들 수 있는 양이다. 그 혈마검도 검신 전체가 운철이 아니라 한철(寒鐵)을 섞어 만든 것이었다.

'아니면 조금 작은 무기 하나를 통째로 만들어도 되지. 남은 거로는……'

이런저런 상상을 해 보는 것만으로도 내 입꼬리가 히죽 올라갔다.

"그럼 돌아갈까요."

운철과 대호의 내단은 행낭에 넣어 내가 메고, 하수오 세 뿌리는 천으로 곱게 싸서 품 안에 넣었다.

내가 셋 다 챙기니 아버지는 빈손이 되었다. 이게 다 자식 된 배려였다. 큰 거 딱 하나만 들고 가시라는 배려 말이다.

"아버지는 저것만 들어주세요."

내 손가락이 가리킨 곳에는 집채만 한 대호가 축 늘어져 있었다. 대번에 아버지의 표정이 일그러졌다.

"나 혼자 저걸 들라고?"

"저도 같이 들까요?"

나는 객관적으로 봐도 주관적으로 봐도 허약한 내 몸을 내려다보며 말했다.

"상관은 없는데. 같이 들고 내려가다가 기절이라도 하면 아버지가 저까지 업으셔야 할 텐데……."

"끄으응!"

결국, 아버지가 집채만 한 대호를 어깨에 둘러멨다. 덩치가 워낙 큰 놈이라서 그런지 뒷다리가 질질 끌렸다.

"끄응. 진짜 아들놈만 아니었으면……. 아니, 몸만 건강한 놈이었어도……. 끄응!"

궁시렁궁시렁. 산을 내려오는 내내 아버지는 힘들다며 궁시렁댔다.

반면 내 발걸음은 날아갈 듯 가볍기만 했다.

'원했던 영약도 얻었고, 대호 잡아서 한동안 풍족하게 보낼 돈도 벌었고, 운철까지 얻다니…….'

어째 덤을 더 많이 얻은 기분이다.

"이놈……아! 천천히 좀 가……자!"

그러게 평소에 하체 단련 좀 열심히 하시라니까.

집으로 돌아오자마자 하수오 세 뿌리를 깨끗이 씻은 후 햇볕에 말렸다. 그리고 조심스럽게 껍질을 벗긴 후 가루로 만드는 데 꼬박 이틀.

"드디어……."

지금 내 눈앞에는 약력이 응축된 하수오 가루와 따뜻한 물을 받아 놓은 대접이 놓여 있었다. 나는 하수오 가루를 물에 타서 잘 섞이도록 휘휘 저었다.

"후우……."

영약을 복용하기 전에 잠시 심호흡을 했다. 아버지는 호피 등을 처분하기 위해 멀리 시장에 나갔다. 즉, 지금 백무관에는 나 혼자였다.

─절대! 내가 돌아올 때까지는 함부로 영약을 복용하면 안 된다. 내가 옆에서 도와줄 테니…….

─제가 뭐 바보인 줄 아세요? 가서 호피나 비싼 값에 팔고 오세요.

라고 아버지에겐 말했지만,

"죄송하지만 거짓말이었습니다."

신신당부하고 떠난 아버지에게 잠깐 사죄의 묵념을 했다.

어쩔 수 없었다. 지금부터 내가 하려는 것은, 일반적으로 내공심법을 운공하는 것과는 전혀 다르니까.

역천신공(逆天神功). 하늘의 이치를 거스르는 이 무공은 일반 무인의 눈에는 마공이나 다를 바가 없기에, 아버지가 보면 결코 내버려 둘 리가 없었다.

"나중에 좀 혼나는 게 낫지."

꿀꺽꿀꺽. 나는 하수오 가루를 미지근한 물에 타서 단숨에 들이켰다.

'크윽!'

곧바로 뱃속에서 뜨거운 기운이 일어났다. 나는 가부좌를 튼 채, 눈을 감고 뱃속의 기운에 집중했다. 그리고 역천신공의 구결을 떠올렸다.

'움직여라.'

배 속에서 일어난 하수오의 약력(藥力)이 내 의지를 따라 움직인다. 무공에 입문하는 자들은 이 기운을 느끼는 데만도 몇 달씩 걸리기도 하지만, 내게는 해당이 없는 이야기였다.

하수오의 약력이 역천신공의 인도에 따라 천천히 혈도를 타고 돌았다.

'여기까지는 예전에도 해 본 것이지만…….'

과거에 역천신공을 익혔던 나는 천음절맥의 체질이 아니었다. 그때, 곧바로 벽에 부딪혔다.

"큽……!"

이마에서 식은땀이 흐르기 시작한다.

'예상은 했지만…….'

기경팔맥의 주요 혈도들이 대부분 막혀 있고, 그 자리에는 탁기가 어마어마하게 쌓여 있다.

하늘의 저주를 받은 육체. 그저 살아가는 것만으로 몸 안에 탁기가 쌓이고 쌓여, 서른이 되기 전에 혈도가 전부 막혀 죽을 운명.

'어디 한번 해 보자!'

나는 그런 운명을 겸허히 받아들일 생각이 추호도 없었다. 역천신공을 창안한 초대 혈마신교 교주도 마찬가지였다. 그 역시 천음절맥을 타고났다. 그리고 그가 천음절맥의 저주에서 벗어난 방법은…….

'몸 안의 탁기를 단전으로 모은다.'

한마디로 미친 짓이었다.

츠츠츳……. 하수오의 약력이 역천신공의 구결에 따라 바늘처럼 가느다랗게 변했다. 그것이 내 막힌 혈도의 틈새를 날카롭게 파고들었다. 그 고통을 말로 표현할 수 없을 정도.

'크읔……!'

이를 악물고 고통을 참았다. 탁기가 약력에 엉겨 붙고, 나의 인도에 따라 단전으로 조금씩 모였다.

모이고 또 모인다. 뭉치고 뭉친다.

단전에 독을 쌓는 것과 다름이 없는 과정이다.

부르르……. 고통으로 떨리는 육신을 겨우 억누르며 정신을 집중한다. 악문 이 사이로 피가 흘렀다.

'여기서 정신을 놓으면 끝장이다.'

이제 가장 중요한 과정이 남았다. 역천신공의 구결이 단전 안에 모이고 모인 탁기의 결정체를 한 겹 감싸 보호막을 만드는 것. 그리하여 내단으로 만드는 것!

'끄으으윽……!'

실제로는 짧지만 내게는 억겁과도 같은 시간이 지난 후, 내 몸 안에는 좁쌀보다도 작은 내단이 완성되었다.

역천신공이 1성 경지에 도달한 것이다.

"후우……."

눈을 뜬 나는 가부좌를 풀고 천천히 자리에서 일어났다. 어지러워 잠시 휘청거리긴 했지만 몸을 일으킬 수 있었다. 온몸이 땀범벅에 오물이라도 뒤집어쓴 듯 몸에서 악취가 진동했다. 하지만 내 입가에는 뿌듯한 미소가 맺혔다.

"성공이군."

몸이 날아갈 듯 가벼웠다. 전신에 퍼져 있던 탁기가 단전에 모이면서 몸이 가벼워지고, 오감도 훨씬 예민해졌다. 나는 달라진 감각을 느끼며 주먹을 꽉 쥐었다.

'이제 시작이다.'

약력의 도움을 받아 역천신공을 익힐 기본 토대를 만드는 데 성공했다. 경지를 더 올리려면 이후에도 수많은 영약과 대법의 도움이 필요하지만, 1성의 경지에 도달한 것만으로도 이 몸의 수명이 최소 3년은 늘어났을 것이다. 게다가 좁쌀만 해도 내공이 생겼으니 본격적으로 무공 초식을 수련할 수 있게 되었다. 하지만 역천신공을 바로 수련할 수는 없었다.

'수련해 봤자 의미가 없지. 초식 하나하나가 최소 강기를 다룰 수 있어야 펼칠 수 있는 미친 것들뿐이니.'

감당할 수 없는 무공을 익혀 봤자 몸을 상하게 할 뿐이다. 우선 이 연약한 몸부터 단단하게 만들어야 한다. 마침, 나는 몸을 단련하는 데 딱 좋은 무공을 알고 있었다.

"녹림십팔식(綠林十八式)."

금강불괴에 경지에 도달했던 녹림투왕 맹호악의 독문 무공.

일단 그것으로 몸부터 만들어야겠다.

12화
약빨이 넘쳐서 그만

텅 빈 연무장. 평소 코흘리개들의 기합 소리로 가득하던 이곳에 지금은 나 혼자뿐이었다. 아버지가 호피를 팔러 가면서 백무관을 며칠 쉬기로 했기 때문이었다.

"후우……."

나는 숨을 깊게 들이쉬었다 내쉬며 가볍게 몸을 풀었다. 팔다리를 녹림십팔식(綠林十八式) 중 전 육식(六式)의 투로를 따라 천천히, 부드럽게 움직이기 시작했다.

―크하하하! 내 무공 말이냐?

내가 그의 무공을 물을 때마다, 맹호악은 가슴을 활짝 펴고 뿌듯하다는 듯이 말했다.

―내 무공은 말이지. 하나부터 열까지 내 손으로 직접 만들었다, 이거야!

―온갖 잡스러운 무공을 갖다 붙여 만든 주제에 뻔뻔하긴.
―광마, 이 새끼. 여기서 나가면 너부터 때려죽일 줄 알아!
―흥. 누가 할 소릴.

"……이 양반들은 추억 속에서도 싸워 대네."
녹림투왕 맹호악과 광마 헌원후는 견원지간이었다. 무림에서 활동할 때는 한 번도(놀랍게도) 부딪친 적이 없었지만, 뇌옥에 들어온 이후로 그렇게 되었다. 처음에는 둘이 추구하는 무공의 궁극적인 목표나 성격 차이 때문에 벌어진 사소한 언쟁이었는데, 언제부턴가 그냥 입만 열면 서로 시비를 거는 것이 일상이 되었다.

―무공에 깊이라고는 없는 무식한 파락호!
―개 풀 뜯어 먹는 소리만 해 대는 칼잽이!

대체로 이런 식이었는데, 둘이 다른 방(바로 옆방이었다)에 갇혀 있어서 실제로 무공을 겨루거나 한 적은 없었다.
'둘이 제대로 붙으면 어떻게 될지 궁금했는데…….'
……결국 둘의 대결은 성사되지 못했다. 뇌옥에서 탈출한 직후, 우리는 곧장 혈교에서 벗어나기 위해 수많은 혈교의 무인들을 쓰러뜨리며 움직여야 했으니까.
등을 맞대고 함께 싸우던 두 사람의 손발이 수십 년 맞춰 본 사형제처럼 잘 맞았던 기억이 난다.
'매일 언쟁을 벌이면서 서로의 무공에 대해서 누구보다 잘 알게 되었을 테니까.'
뭐, 어쨌든 본론으로 돌아오면, 맹 사부가 창안한 녹림십팔식은 기존에 녹림에서 전해지던 온갖 무공을 집대성해 하나로 만든 무공이었다.

녹림의 역사는 깊다. 하지만 아무도 그 역사를 인정하지 않는다. 명문대파나 세가들은(심지어 사파마저도) 녹림을 양민이나 수탈하는 도적으로 취급하고, 종종 후기지수들을 보내 심리적으로 편안한 첫 살인의 경험을 쌓게 한다.

-개 같은 정파 놈들. 우리를 아주 아무 때나 잡아 죽여도 되는 벌레 취급을 하지. 누군 산적이 되고 싶어서 된 줄 알아?
-흥. 그게 싫으면 나가서 농사라도 지었어야지. 성실하게 일하기 싫어서 도적이 된 주제에.
-……성실?

어느 날이었다. 평소와 다름없는 시비였지만, 맹호악은 평소와는 다른 싸늘한 목소리로 광마에게 대꾸했다. 그때만큼 차가운 맹 사부의 모습은 본 적이 없었다.

-네놈은 한 번이라도 농사를 지어 보고 그딴 소리를 하는 거냐? 잘난 집안에서 태어나 벌모세수에 영약에 온갖 특혜는 다 받고 자란 놈이, 똥구멍이 찢어지게 가난한 집에서 태어나 탐관오리에게 수탈당하는 삶을 아느냐? 아비는 포졸들에게 매 맞고, 어미와 누이는 겁탈당하고, 흉작이면 온 가족이 굶어 죽는 삶을 아느냔 말이다. 그런 인생이 성실하게 살면 바뀔 것 같으냐?

씩씩대며 따지고 드는 맹 사부의 말에, 광마는 평소보다 대답이 늦었다.

-……네 이야기인가?

-아니. 전부 지어낸 얘기다. 크하하하하!
-미친놈. 궤변 잘 들었다.

지어낸 이야기든 아니든. 궤변이든 아니든. 녹림이란 갈 곳 없는 밑바닥 인생들이 모여 도적질을 하는 단체였고, 관부와 정파 무림은 그들을 세상에서 없애야 할 악으로 취급했다. 녹림의 무공은 그들에게서 살아남기 위해 철저히 실용적으로, 그리고 빠르게 익힐 수 있도록 발전해 왔다.

-당장 먹고 살아야 하는데 속 편하게 앉아서 내공을 쌓아? 그럴 시간이 어디 있냐. 일단 주먹부터 휘두르고 봐야지!

산적들에겐 오랜 시간을 들여서 내공을 쌓을 시간이 부족했다. 그들의 무공이 신체를 단련하는 외공 위주로 발달한 이유다. 내공은 단전에 기를 느끼는 데만 해도 늦으면 몇 달씩 걸리지만, 외공은 비교적 빠르게 성과가 눈에 보이니까. 그래서 외공 위주인 녹림의 무공은 타고난 신체 조건에 크게 좌우되고, 깊이가 얕다고 무시당해 왔다.
하지만 우리 맹 사부께서 이르길,

-그건 신체를 극한까지 단련해 보지 않는 놈들이 지껄이는 헛소리다. 고수란 놈들도 어느 순간부터 신체 단련을 게을리하지. 초식만 좀 연습하고, 대부분 시간을 내공 늘리는 데만 쓰려고 해! 우선 가부좌를 오래 하면 허리와 무릎에 얼마나 나쁜지 알려 주랴?

평생 외공을 수련해 온 맹호악은(그렇다고 내공이 없지도 않았다. 다른 세 사람에 비해 적었을 뿐.) 인간의 신체에 대해서 일장 연설을 한 후 이렇게 정리했다.

―외공의 가능성은 결코 내공에 밀리지 않는다! 극과 극은 통하는 법! 경지에 이른 신체에는 저절로 기가 깃들고, 그것만으로도 충분히 절대지경에 이를 수 있다!

미안하지만 나는 거기서 분위기를 좀 깰 수밖에 없었다.

―그런데 맹 사부. 예전에 영약 많이 먹었다고 하지 않았어요?

사실 넷 중에 누구보다 영약을 좋아하는 사람이 맹 사부였다. 어릴 때 못 먹고 자란 게 한이 됐다며, 녹림을 통일한 후로는 닥치는 대로 구해다 먹었다나? 뱀, 지네, 호랑이, 거북이, 개구리 등등…….
광마가 눈을 가늘게 뜨고 자신의 옆방에 있는 거한을 바라봤다.

―신체에 저절로 기가 깃들어? 그렇게 처먹어 대니 안 깃들 수가 있나.
―크흐음! 이론이 그렇다 이거지, 이론이! 두고 봐라. 내, 심법이 필요 없는 천하제일의 외공을 만들어 낼 테니!

그렇게, 맹호악은 뇌옥에서 자신이 정립한 녹림십팔식을 새롭게 만들기 시작했다.
뇌옥에서 자신의 무공을 돌이켜보고 재정립한 것은 다른 사부들 역시 마찬가지였지만, 맹 사부는 그중에서도 가장 열심이었다.
'결과는 절반의 성공이었지.'
비록 자신은 익히지 못했지만, 새로운 녹림십팔식을 완성한 맹 사부는 내게 신신당부했다.

―애송이, 네가 증명해라! 가장 비실비실한 놈을 골라서 내 무공을 가르치는 거다! 크하하! 그래서 신체 조건과 상관없이 외공으로 천하제일이 될 수 있다는 걸 증명해라!

'……죄송한데 가장 튼튼한 놈으로 골라서 가르쳤습니다.'
그때는 마뇌의 눈치를 안 볼 수 없었다. 또한 아무리 맹호악이 누구든지 익힐 수 있는 무공을 만들었다고 해도, 타고난 신체 조건이 외공을 익히는 데 유리하다는 것은 불변의 진리였다.
어쨌든…….
'그걸 여기서 써먹게 될 줄은 몰랐군.'
신체가 허약한 자도 얼마든지 익힐 수 있는 외공. 즉, 이 몸으로 익히기에도 무리가 없다는 의미였다.
"후우……."
나는 잠시 수련을 멈추고 호흡을 정리했다. 온몸에서 땀이 줄줄 흘러내리고 있었지만, 기분은 더할 나위 없이 상쾌했다.
"언제 이렇게 시간이 지난 거야?"
아침부터 수련을 시작했는데, 정신을 차려보니 붉게 노을이 지고 있었다. 귓가에 맹 사부의 호탕한 웃음소리가 들리는 듯했다.

―녹림십팔식은 전, 중, 후 육식(六式)씩 나뉜다!

전반 육식을 익히면 몸의 기운이 북돋워지고 고양이처럼 유연해진다.
중반 육식을 익히면 몸이 쇠처럼 단단해지고 신력을 얻게 된다.
마지막 후반 육식을 완전히 익히면 수화불침(水火不侵)의 신체가 되고 금강불괴를 이루며, 불로장생한다고 한다.
'……불로장생까지는 솔직히 못 믿겠지만."

맹 사부도 어디까지나 그렇게 될 수 있다고 예상했을 뿐이니까. 사실 네 사부의 무공을 냉정하게 평가했을 때, 녹림투왕의 무공이 미미하지만 넷 중에 가장 떨어졌다.

하지만 나는 단언할 수 있었다. 권각술과 외공만을 놓고 본다면, 녹림투왕의 무공이야말로 천하제일이라고.

—갈! 모조리 때려죽여 주마!

나는 뇌옥을 탈출한 후 일행의 선두에서 혈교의 고수들을 때려죽이며 전진하던 맹호악의 신위를 떠올렸다. 산사태나 다름없는 재앙을 일으키던 그를 막아서기 위해, 혈교는 어마어마한 피를 흘려야 했다.

"만약 맹 사부가 명문세가에서 태어났거나, 어릴 때 구파일방에 눈에 띄었다면……."

나는 가정을 해 보다가 이내 고개를 저었다. 녹림투왕이 대단하긴 하지만, 광마나 빙월신녀, 검존의 재능도 결코 녹림투왕에 비해 모자라지 않았으니까.

나는 그만큼 대단한 절대고수의 무공을 알고 있었다. 그것도 하나가 아니라 넷씩이나.

"후우……. 후우……."

나는 노을이 저물고 별이 뜰 때까지 녹림십팔식의 전반 육식을 수련했다. 중간에 두 번 밥을 먹은 것을 제외하고는 쉬지 않고 계속했다. 아주 천천히, 부드럽게 오랫동안 할 수 있도록 내 체력에 맞춰 계산해서. 그럼에도 팔이 떨려오고 몇 번이나 다리에 힘이 풀려 주저앉을 뻔했다.

'조금만 더. 아직 더 할 수 있어.'

부들부들 떨리는 팔을 억지로 움직였다. 주저앉으려는 다리에 바짝 힘을 줬다.

아직 전반 육식만을 수련하고 있지만, 머지않아 중반 육식을 익힐 것이고, 언젠가 후반까지 익혀 낼 수 있다면. 나는 외공에 있어 녹림투왕도 이르지 못한 경지에 이를 것이다.

그뿐인가? 내게는 광마의 무공과 빙월신녀의 무공, 검존의 무공, 그리고 역천신공이 있었다.

'이걸 다 익히면 대체 얼마나 강해지는 거지?'

터무니없는 오만일지도 모른다. 이 중 하나라도 대성하는 게 가능할까 싶을 정도로 익히기 쉽지 않은 무공들이니까. 또한 강호에는 내가 모르는 수많은 고수와 기인이사들이 즐비할 것이다.

하지만 내게 그런 가능성이 열려 있는 것만은 사실이다.

'나는 천하제일인이 될 수 있다.'

이런저런 생각을 하는 와중에도 내 팔다리는 멈추지 않고 움직였다. 어느새 시간도 잊고, 이제는 몸이 저절로 투로를 따라 움직일 지경이 되었을 무렵.

콰앙! 대문이 활짝 열리고 얼큰하게 취한 얼굴의 아버지가 성큼성큼 걸어 들어왔다.

"아들아! 애비가 돌아왔다! 하하하! 그 호피를 얼마에 판 줄 아냐? 알면 너도 깜짝 놀랄……."

"……후우. 벌써 오셨어요?"

"아니 이게 다 뭐냐? 너, 너 설마 밤새 이러고 있었던 거냐?"

"아니 그게…… 약빨이 받아서 체력이 넘쳐 가지고 그만."

급하게 변명을 한다고 했는데 역효과만 났다.

"약빨? 너 설마…… 하수오를 복용한 게냐? 너 혼자서? 위험하니 내가 돌아올 때까지 기다리라고 그렇게 신신당부를 했는데!"

"아, 아니 그게요."

아버지는 연무장을 휙휙 둘러보더니, 한쪽 구석에 놓여 있는 대빗자루를 단단히 움켜쥐었다.

"이놈의 자식……. 너 이리 안 와!"

"말로 합시다! 말로!"

나는 대빗자루를 들고 쫓아오는 아버지를 피해 한동안 추격전을 벌였다. 그래도 1각 가까이 도망 다녔으니, 체력이 꽤 늘기는 한 모양이었다.

그날 이후에도 내 일과에는 큰 변함이 없었다. 안으로는 아침저녁으로 역천신공을 운기조식해 몸 안의 탁기를 단전에 생긴 내단에 모았고, 밖으로는 녹림십팔식의 전 육식을 수련해 체력을 키우고 몸의 유연성을 길렀다. 그렇게 한 달 정도가 지났을 무렵, 비응객 고주열에게서 기다렸던 연통이 왔다.

청룡학관의 신입 강사 입사 지원 공고가 나붙었다는 소식이었다.

13화
내가 졌다

"짐은 그게 전부냐?"

"예."

나는 가벼운 봇짐을 흔들어 보였다. 그 안에는 옷 몇 벌과 약간의 벽곡단, 금창약, 서책 몇 권 정도를 챙겼다. 전낭은 품 안에 따로 챙겼고, 허리춤에는 검을 찼다. 딱히 무기를 가리는 편은 아니지만, 검이 여러모로 사용하기 편하기에 검을 골라 들었다. 떠나기 전에 검으로 해야 할 일도 있고.

"넉넉히 한 달이면 도착하는 거리니까요."

합승 마차를 타고 간다면 기간을 절반으로 줄일 수 있겠지만, 체력도 단련할 겸 두 다리로 갈 생각이었다.

"사부님! 가서 꼭 출세하셔야 해요!"

내가 떠난다는 소식을 들은 코흘리개들이 연무장에 잔뜩 배웅을 나와 있었다.

'자칭 수제자' 장이가 내 팔에 매달려서 말했다.

"열다섯 살이 되면 청룡학관에 입학시험 치르러 갈게요! 그땐 꼭 절세신공 가르쳐 주셔야 해요! 사내대장부 대 사내대장부의 약속이에요!"

어이구. 사내대장부라는 녀석이 눈물이 그렁그렁하다.

나는 녀석의 볼을 꼬집으며 피식 웃었다.

"오냐."

왜 열다섯이냐면, 청룡학관의 최소 입학 연령이 열다섯이기 때문이었다. 간혹 구파일방이나 명문세가의 뛰어난 기재가 추천서를 받아 입학하는 예외가 있지만, 그건 정말 가끔 있는 일이었다.

나는 장이의 찹쌀떡 같은 볼을 쭉 잡아당기며 말했다.

"그런데 5년 뒤엔 이 사부님은 청룡학관이 아니라 천무학관에 가 있을지도 모르는데?"

똑같은 무림 오대학관이지만 청룡학관과 천무학관에는 큰 차이가 있다. 당연히 월봉에도 큰 차이가 있다. 내 계획은 일단 청룡학관에서 신입으로 경력을 쌓은 후, 천무학관에 경력직으로 이직하는 것이었다.

"그럼 저도 천무학관으로 갈게요. 꼭 사부님한테 절세신공을 배울 거예요!"

장이는 여전히 내가 천하제일 고수라고 믿고 있었다. 무림인이라곤 제대로 본 적도 없는 시골 아이니까 할 수 있는 생각이었다.

'이 나이대 애들이야 매일 아침 장래희망이 바뀌는 법이니…….'

내가 떠나고 며칠만 지나면 무공에 흥미를 잃어버릴지도 모른다. 나는 별생각 없이 녀석의 머리를 쓰다듬어 주었다.

"그래. 천무학관 입학시험은 힘들기로 유명하니 그동안 열심히 수련해야 한다."

"네!"

평소 가르치던 무공에 녹림십팔식을 슬쩍 섞어 가르쳤으니, 그것만 꾸준히 수련해도 튼튼해지고 앞으로 잔병치레는 하지 않게 될 것이다.

"수룡이. 조심해서 가게."

"갈 때 먹으라고 전병 좀 챙겼어."
"날도 더운데 이거 챙겨서 가. 우리 가게에서 제일 좋은 흑립이야."
"멀리 가는데 신발이 그걸로 되겠어?"

장이와 코흘리개들 말고도 마을 사람들이 여럿 배웅을 나왔다. 사람들은 간식이며 신발, 흑립, 심심할 때 읽으라고 서책(슬쩍 펴 보니 춘화였다.)까지 내게 안겨 줬다.

"아니 뭘 이렇게까지……."

평소 아버지의 평판이 좋기 때문인지 마을 사람들이 선물이 쏟아졌다. 나는 살짝 감동해서 마중 나온 사람들을 둘러봤다.

정말 많이도 왔다. 이 동네 유지 아들이 장원급제를 해도 이렇게는 안 모일 것 같은데…….

'아니, 이건 좀 이상할 정도로 많은데?'

게다가 뭔가 기대하는 듯한 저 눈빛들은 뭐야?

"대체 비무는 언제 시작하누? 아들이 지면 못 간다며?"

팔십 먹은 노구를 이끌고 온 곽 노인의 눈치 없는 한마디에, 마을 사람들이 입을 합죽이처럼 다물고 내 시선을 외면했다.

'그럼 그렇지. 이 인간들…….'

나는 홱 고개를 돌려 아버지를 째려봤다.

"아주 동네방네 소문을 내셨나 봐요?"
"싫으면 지금이라도 안 가겠다고 하든가."
"그럴 순 없죠."

나는 마을 사람들에게 받은 선물을 한쪽에 내려놓고 아버지와 마주 섰다. 나를 못마땅한 표정으로 바라보던 아버지가 작게 한숨을 쉬었다.

"정말 준비는 끝난 거냐?"
"예."

대략 한 달 전. 하수오 세 뿌리를 다 털어 먹고 아버지에게 대빗자루로

먼지 나게 두들겨 맞은 그날 밤, 나는 아버지와 진지한 대화를 나눴다.

―정말 청룡학관에 갈 생각이란 말이냐? 그것도 학생이 아니라 강사가 되겠다고?
―벌써 몇 번이나 말씀드렸잖아요.
―……그 학생들 중에는 벌써 일류의 경지를 넘보거나 넘은 아이들도 있다. 네게 그 아이들을 가르칠 만한 실력이 있다고 생각하는 거냐?
―지금이야 좀 부족하겠죠. 하지만 한 달 후엔 달라질 겁니다. 아버지가 놀랄 정도로요.
―도대체가…….
―제가 단순히 객기 부리는 거로 보이세요?

나와 아버지는 한동안 눈싸움을 벌였고, 결국 먼저 한숨을 내쉰 쪽은 내가 아니었다. 역시나 아들에게 약한 아버지였다.

―좋다. 그럼 떠나기 전에 날 납득시켜라. 그럼 보내 주마.

그리고 한 달이 지났다. 며칠 전 고주열에게서 연통이 왔고, 나는 청룡학관으로 갈 준비를 마쳤다.
"공평하게 내공은 쓰지 않으마."
스릉. 아버지가 먼저 검을 뽑아 들었다. 연습용 목검이나 가검이 아닌, 날이 제대로 서 있는 진검이었다. 하지만 더 바짝 날이 서 있는 것은 아버지의 눈빛이었다.
"그동안 얼마나 달라졌는지 한번 보자."
독문 무공이자 가전 무공인 회풍검법(回風劍法)의 기수식을 취하며 나를 똑바로 응시하는 아버지.

그 자세는 내가 본 그 어느 때보다 신중하고 빈틈이 없었다.

'쉽지는 않겠군.'

물론 질 생각은 없었다. 나는 검을 뽑아 들며 아버지와 똑같은 기수식을 취했다.

"후우······."

"후······."

지난 몇 달 동안, 나는 매일 새벽 아버지가 수련하는 검법을 보았다. 회풍검법은 충분히 일류라고 불릴 수 있는 무공으로 환검과 변검의 묘리가 깃든 검법이었다. 하지만 지금까지 지켜본 아버지의 검법에는 항상 무언가 중요한 것이 빠져 있는 느낌이 들었다.

"무림의 선배답게 삼 초만 양보해 주시면 안 됩니까?"

아버지가 부드럽게 웃으며 검 끝을 슬쩍 움직였다.

"어림없는 소리."

그가 경쾌한 보법을 밟으며 순식간에 거리를 좁혀 왔다. 나는 몸을 옆으로 슬쩍 틀며 검을 사선으로 그었다.

채앵! 날카로운 쇳소리. 나는 두 걸음 물러나며 손목의 충격을 해소했다. 아버지는 선공의 기세를 타고 나를 거칠게 몰아붙였다.

채채채채챙! 폭풍이 몰아치듯 검이 몰아친다. 수많은 검의 잔상에 정신을 빼앗겼다간 요혈을 찔릴 것이다. 나는 정신을 바짝 차리고 검을 휘둘러 방어에 집중했다. 어깨를 노리던 검 끝이 낭창하게 휘어 허리를 노리고, 무릎을 노리는가 싶다가도 어느새 허벅지를 찔러왔다.

"우와아아!"

"엄청나다!"

수준 높은 검법이 펼쳐지자 구경꾼들이 환호가 터져 나왔다.

'나만 죽을 맛이군.'

일류의 끝, 절정의 경지를 눈앞에 둔 무인이 펼치는 검법이다. 내공을 담지 않아도 그 속도와 힘은 감당하기 어려운 수준이었다.

"지금이라도 포기해라! 더 하다간 다친다!"

대답할 여력도 없다. 나는 검을 휘둘러 아버지의 공세를 막는 데 온 신경을 집중했다. 겨우 버티는 것조차 쉽지 않다. 당장이라도 검을 놓칠 것 같다. 하지만 버틴다. 버티고 버티다 보면…….

'보인다!'

어떤 초식이든 눈에 익게 된다. 더욱이 그 초식들이 지난 한 달간 수련하는 모습을 자세히 봐 둔 검법이라면.

채애앵! 지금까지와는 다른 소리. 초식과 초식이 이어지는 틈새를 정확히 찌른 내 반격에, 훌쩍 뒤로 물러나 피한 아버지가 놀란 눈으로 나를 바라봤다.

"너……."

어떻게 반격할 수 있었냐는 의문이 담긴 눈빛. 나는 잠깐의 여유에 호흡을 정리하며 씩 웃었다.

"설마 이게 전부는 아니죠?"

"하."

내 도발에 아버지는 황당하다는 듯 웃었다. 하지만 내 반격이 시작된 순간 그 웃음은 굳어 버렸다.

"이번엔 제가 갑니다."

나는 폭풍 속으로 성큼 뛰어들었다. 사방에서 검이 쏟아지지만 내 몸에 직접 닿는 것은 없었다.

하나씩, 나는 내게 쏟아지는 검을 걷어 내고 반격하기 시작했다.

"……!"

놀라 부릅떠진 아버지의 눈. 내 검에 의해 흐름이 깨지자, 검이 어지러워지고 몰아치던 폭풍은 힘을 잃기 시작했다.

"하압!"

당황한 아버지가 기합을 넣으며 억지로 몸에 힘을 넣는다. 패착이다. 회풍검법은 자유로운 변검과 환검의 묘리가 담긴 검법이지, 힘을 중시하는 검법이 아니다.

 후우웅! 억지로 힘을 준 초식에 빈틈이 커졌고, 나는 그것을 놓칠 만큼 어수룩한 사람이 아니었다.

 "어머니가 죽은 건 아버지 탓이 아닙니다."

 "……!"

 찰나의 순간 아버지의 몸이 굳었다. 그의 검이 내 어깨를 스쳐 지나가고, 나는 과감히 안으로 파고들었다. 맞다. 이건 심리전이다. 하지만 반드시 지금 해야 할 이야기이기도 하다.

 "제가 약하게 태어난 것도, 아버지 탓이 아닙니다."

 "너……!"

 내가 본 백무흔은 충분히 절정을 넘어, 어쩌면 초절정의 경지에 이를 수도 있는 재능을 가진 남자였다. 하지만 무언가가 그를 벽에 단단히 가둬 두고 있었다. 나는 예전에 고주열의 말에서 그 '무언가'에 대한 단서를 얻었다.

 ─네 아비의 검 말이냐? 정말 대단했지!

 잔뜩 취한 그는 과거를 회상하며 몽롱한 얼굴로 말을 이었다.

 ─또래 중에 청룡학관에서는 백 아우를 당해 낼 사내가 없었다. 뿐인 줄 아느냐? 매년 천무학관에서 열린 용봉비무에서 네 애비가 무려 4강에 들었지!

 ─형님. 민망하게 다 지난 이야기를…….

 ─그때 다른 천무학관 놈들 표정을 표정이 어땠는 줄 아느냐? 크하하!

그때 이 친구 덕에 우리도 덕 좀 봤지. 호북 시내에 나가면 옥면공자를 연호하던 아리따운 처자들이…….

-형니이임!

-크하하하! 그만큼 멋졌단 말일세. 그때 자네는 정말이지 자유로워 보였다네. 형식에 얽매이지 않고 하고 싶은 걸 다 하는 것이 어찌나 부러웠던지…….

자유로운 영혼. 하지만 내가 본 백무흔의 모습은 그렇지 않았다. 늘 안타까운 표정으로 나를 바라보았고, 투덜대면서도 항상 내가 고집을 부리면 결국은 들어주던 마음 약한 아버지.

'아들에게 진 부채감이 일종의 심마(心魔)를 만들어 낸 거야.'

새벽마다 지켜본 그의 회풍검법은 완벽에 가까웠지만, 그 안에 자유로움은 찾을 수 없었다.

그 이유는 바로 나, 백수룡 때문이었다.

"저는 아버지가 평생 안고 살아가야 할 짐 덩어리가 아닙니다."

"대체 무슨 소리를 하는 거냐! 누가 네가 짐이래!"

후우웅! 후우웅! 마음이 어지러워지자 정밀했던 검법이 무너지고 동작이 커졌다. 더 이상 검법이라고도 할 수 없는 몸부림. 그런 것에 내가 당할 리 없었다.

"끝입니다."

툭. 어느새 내 검이 아버지의 가슴에 닿아 있었다.

"저는 오늘 아버지를 떠나겠습니다."

"너……."

"더 이상 저한테 미안해하지 마세요."

"…….'

나와 죽은 내 어머니에 대한 부채감이 그의 마음을 짓누르고 있었다.

그로 인해 한 명의 무인이 생기를 잃고 자유를 잃었다. 스스로를 벽에 가두고, 날아오를 가능성을 잃어버렸다. 나는 그가 진심으로 다시 자유를 찾아 날아오르기를 바랐다.
'당신은 훨씬 더 높은 단계로 갈 수 있는 재능을 지녔으니까.'
"나는……."
아버지가 검을 쥔 손에 힘을 주었다.
설마? 만약 그가 여기서 승복하지 않는다면 나는 무척 곤란해진다. 내가 이기긴 했지만, 어찌 보면 나는 비무 도중에 비열하게 말로 심리전을 걸었으니까.
그때 잠시 입술을 달싹이던 아버지가 천천히 검을 내렸다.
"그래. 내가 졌다. 가거라."
아버지는 한숨을 푹 내쉬었다. 갑자기 몇 년은 늙은 듯 지쳐 보이면서도, 어딘가 후련해 보이는 표정이었다.

14화
새장가는 무슨

"……안 보내 줄 생각이었다."

비무가 끝난 후 나는 아버지와 평상에 마주 앉았다. 구경꾼들도 모두 돌아가고, 넓은 백무관 안에는 우리 둘뿐이었다. 아버지는 팔짱을 낀 채 자신의 앞에 놓인 찻잔을 노려보며 말했다.

"가면 어떤 꼴을 당할지 뻔히 아니냐. 팔다리를 부러뜨려서라도 붙잡으려고 했지."

"그래도 끝까지 가겠다고 했으면요?"

"……못 이긴 척 따라갔겠지."

사실 알고 있었다. 며칠 전부터 아버지가 몰래 짐을 싸 놓는 것을 봤으니까. 역시 아들에게 약한 남자라니까.

나는 태연하게 찻잔을 홀짝이며 말했다.

"제가 이겼으니 이제 말리지도 못하고, 따라오지도 못하게 됐네요."

"……따라가면 안 되냐?"

"안 됩니다."

나는 단호하게 고개를 저었다. 개인적으로는 그에게 고맙게 생각한다.

하지만 앞으로는 나를 위해서도, 그리고 그의 앞날을 위해서도 나 혼자서 움직이는 것이 나았다.

"돈 많이 벌어서 출세해서 돌아올게요. 그때까지 백무관 안 망하게 잘 지키고 계세요."

"고얀 놈."

아버지가 나이답지 않게 입술을 삐죽였다. 이 마을 과부들이 봤으면 끔뻑 넘어갔겠지만, 내 앞에선 어림도 없었다.

"청룡학관에 가면……."

잠시 머뭇거리던 아버지가 한숨을 길게 내쉬며 말했다.

"네 외조부께서 계실 거다."

"예?"

외조부라면 내 어머니의 아버지, 즉 외할아버지란 소리였다. 나로선 처음 들어 보는 이야기였다.

생각해 보니 외가 쪽에 관한 이야기는 거의 들어 보지 못했다.

아버지가 머뭇거리며 말을 이었다.

"그…… 청룡학관 학생 주임이시다."

"예?"

"네 외조부 말이다."

"……아니, 그걸 왜 이제야 말해 주는데요!"

내가 황당하다는 표정으로 되묻자, 아버지가 내 시선을 슬쩍 피하며 말했다.

"말하지 않았냐. 안 보낼 생각이었다고. 설마 정말로 네가 날 이길 줄은 몰랐지. 솔직히 내공만 썼어도 내가 그냥 이기는 건데……."

"이제 와서 핑계 대지 마시고. 그런 인맥이 있으면 빨리 얘기해 주셨어야죠. 그럼 입사 시험도 더 수월하게……."

나는 신이 나서 말하다 말고 아버지의 표정이 썩어 가는 것을 보았다.

설마?

"······외조부랑 사이가 안 좋아요?"

"나도 그렇지만, 약빙도 장인어른과 의절한 지 좀 됐다."

매약빙. 내 어머니의 이름이었다. 나는 불안감을 담아 물었다.

"왜요? 얼마나요?"

"······약빙과 내가 혼인한 이후로 쭉?"

"아, 한 30년쯤 됐구나. 그걸 좀 됐다고 하신 거구나. 그쯤 되면 그냥 남이라고 부르지, 왜 장인어른이라고 불러요?"

아버지는 아예 내 말은 못 들은 척하기로 한 모양이었다.

"장인어른이 널 어떻게 보실지 모르겠다. 약빙을 닮았다고 예뻐하실 것 같기도 하고······ 아니면."

"아니면?"

"날 닮았다고 죽이려고 들 수도 있고."

"······."

아버지는 표정을 찌푸린 채 "워낙 꼬장꼬장한 양반이라 말이지, 그렇다고 정말 죽이기야 하겠냐만." 하고 중얼거렸다. 나는 지끈거리는 이마를 짚으며 한숨을 쉬었다.

"아무튼 조심해라. 매 씨 성에 극(極) 자, 렴(廉) 자를 쓰시는 양반을 만나면 일단 백 장 밖으로 도망······."

"거기까지만 들을게요."

미리 걱정해 봤자 도움 될 것이 하나도 없는 이야기였다. 차라리 직접 가서 부딪쳐 보는 게 나았다.

'······설마 정말 죽이기야 하겠어?'

"역시 같이 가 주랴? 그래도 너랑 나랑 같이 가면 나부터 죽이려고 하실 테니까. 너라도 그때 도망을······."

'당신 대체 장인한테 얼마나 미움받고 있는 거야?!'

한숨을 푹 내쉰 나는 자리를 털고 일어났다. 헤어짐이 길어지면 미련만 커질 뿐. 적당히 아쉬울 때 떠나는 것이 맞았다. 더 늑장을 부리다간 이러다 해가 질 것도 같고.

"그럼 아버지. 소자 이만 길을 떠나겠습니다. 출세해서 돌아올 때까지 보중하십시오."

"안 어울리게 절은 무슨. 됐으니 얼른 가라."

나는 아버지께 큰절을 올린 후, 일어나서 고개를 한번 꾸벅 숙이고선 몸을 돌렸다.

"……."

봇짐을 어깨에 짊어지고 주위를 한번 둘러봤다. 마지막으로 백무관의 모습을 눈에 담았다. 몇 달 동안 정이 든 연무장과 낡은 건물, 오래돼 글씨가 누렇게 바랜 현판, 코흘리개들이 연무장 한쪽에 두고 간 공과 장난감들.

혈교 교관 시절에 살던 숙소와 건물이 훨씬 더 크고 웅장하지만, 나는 이곳의 흙냄새 나는 연무장이 더 좋았다. 아마 살면서 처음으로 가져 본 '집'이기 때문일 것이다.

'역시 돌아와야겠어.'

몇 년 혹은 그보다 긴 시간이 필요할지도 모르지만, 언젠가 나는 이곳으로 돌아오리라 다짐했다. 이제 이곳이 내 고향이니까.

"한 달에 한 번씩 꼭 편지 부쳐라! 연락 없으면 쫓아갈 테니 그리 알아, 이놈아!"

"예예."

등 뒤에서 들려오는 아버지의 외침을 뒤로하고, 나는 백무관의 대문을 넘었다. 그리고 청룡학관을 향해 한 걸음을 내디뎠다.

• ❖ •

"……."

백무흔은 작아지는 아들의 뒷모습을 하염없이 바라보았다. 작은 점이 되어 사라질 때까지, 그는 제자리에서 미동도 하지 않고 서 있었다.

"……매정한 놈 같으니. 끝까지 뒤도 한 번 안 돌아보는구나."

죽었다 살아난 후로 몰라보게 달라진 아들이지만, 여전히 걱정이 앞섰다. 강호를 동경할 줄만 알았지, 그 비정함에 대해서는 전혀 모르는 녀석이니까.

"특히 여자를 조심해야 할 텐데……."

사내 녀석이라 자신을 더 닮긴 했지만, 오똑한 코와 긴 속눈썹은 죽은 아내를 쏙 빼닮은 아들. 청룡학관에 가면 그 얼굴 때문에라도 난리가 날 것이다. 옛날에 자신도 그랬으니까.

백무흔은 청룡학관에서 아내와 처음 만났던 순간을 떠올렸다.

─당신이 옥면공자인가요? 흠……. 그렇게 잘생긴 것 같진 않은데.

─댁은 뭐요? 왜 기분 좋게 술 마시는데 나타나서 남의 이목구비에 대고 시비요?

─그래도 이왕 이렇게 만났으니 술 한 잔 사 줄래요?

─뭐래…….

첫 만남은 썩 좋지 않았던 것으로 기억한다. 툭 치면 부러질 것처럼 병약하게 생겨서는, 당돌하게 눈을 치켜뜨고 자신을 바라보며 술을 달라니. 하지만 어느샌가, 자신은 그 툭 치면 부러질 것 같은 여인을 사랑하고 있었다.

―약빙. 나와 혼인해 주시오. 내 지금까지의 행실은 개과천선하고 평생 그대만 바라보며 살겠소!
―……난 몸이 약해서 오래 살지 못할지도 몰라요. 그래도 좋아요?
―상관없소!
―……어차피 나 죽고 새장가가 가면 된다는 계산인 거죠?
―무, 무슨! 그런 마음은 추호도 없소!

두 사람은 달빛이 비치는 호수 앞에서 혼인을 맹세했다. 하지만 딸 사랑이 지극했던 장인의 반대에 부딪혔다.

―이 도둑놈의 새끼! 감히 누구와 교제를 허락해 달라고?
―자, 장인어른…….
―누가 네놈 장인이냐! 내 너를 단매에 쳐 죽일 것이다!
―그만하세요, 아버지! 이 사람 죽이면 저도 따라서 죽을 거예요!
―너, 너 너! 네가 어떻게!

그 당시의 장인어른을 떠올린 백무흔이 몸을 부르르 떨었다.
"……정말 용케 살아남았지."
결국 장인어른은 아내와 의절을 선언했고, 두 사람은 내쫓기듯 청룡학관에서 도망쳤다.

―약빙! 내가 반드시 당신을 행복하게 해 주겠소! 당신의 병을 고칠 방법을 찾을 것이오!
―괜한 소리 말고 강호 유람이나 실컷 해요. 사랑하는 남자가 생기면 꼭 해 보고 싶었거든요.

백무흔은 아내와 함께 강호를 떠돌았다. 힘들었지만 가장 행복한 시절이었다.

그리고 몇 년 후, 두 사람 사이에 아이가 태어났다.

-응애 응애애애애!
-약빙! 약빙! 정신 차리시오!
-……사내예요? 딸이에요?
-사내아이요! 당신을 꼭 닮은 사내아이요!

"약빙. 그 갓난쟁이가 저렇게 컸소."

백수룡의 모습은 이미 한참 전부터 보이지 않았다. 하지만 백무흔은 아들이 떠난 방향을 하염없이 바라보았다.

"내가 죽을 때까지 평생 품고 살려고 했는데…… 이젠 필요 없다고 하더군. 그래서 보내 줬소."

어딘가에서 아내의 목소리가 들리는 듯했다.

-당신을 닮아서 여자 꽤나 울리고 다닐 거예요.

"하하. 아무래도 그렇겠지."

홀로 웃음을 터트리던 백무흔의 표정이 천천히 굳었다.

"……지금이라도 쫓아갈까?"

아내가 남기고 떠난 하나뿐인 선물이다. 그녀를 꼭 닮아 눈에 넣어도 안 아프고, 당돌하고, 자주 말썽을 부렸지만……. 병을 고칠 수만 있다면, 자신의 목숨이라도 내어줄 수 있는 혈육이다.

"몰래 따라가서 멀리서 지켜보기만 하는 거라면……."

―관둬요. 모양 빠지게 뭐 하는 짓이에요. 비무에서도 졌으면서.

아내의 한마디에 백무흔은 멋쩍게 웃었다.
"하하. 그렇지."
피식 웃음이 나왔다. 아내의 말이 맞았다. 비무에서도 졌으면서 누가 누굴 지켜 준단 말인가. 비록 그 비무에서 자신은 내공도 쓰지 않고, 전력도 다하지 않았지만 말이다. 그래도 진 것은 진 것이지.
"내가 그 아이에게 졌소. 하, 하하······. 하하하."
이상하다. 분명 즐거워서 웃는데 눈물이 나오려 한다. 웃음이 천천히 울음으로 변한다. 참아 보려 하는데도, 속절없이 흘러내리는 눈물을 막을 도리가 없다.
"약빙. 그 애가······ 말이오."
백무흔은 이를 악물고 눈물을 꾹 참으며 중얼거렸다.
"내 탓이 아니라고 했소. 당신이 죽은 것도 내 탓이 아니고, 자신이 허약하게 태어난 것도 내 탓이 아니라고 했소."

―지금까지 당신 탓이라고 생각했어요?

"당연하지. 나를 만나지 않았으면 당신은 그렇게 빨리 죽지 않았을 거요. 그리고 저 아이도······."
그의 입으로 차마 하지 못하는 말을 아내가 대신했다.

―태어나지 않았을 거라고요? 진심이에요?

"미안하오. 정말 미안하오. 그런 뜻이 아니오."

―난 당신을 만나 진심으로 행복했어요. 불행하게 몇 년 더 살아서 무슨 의미가 있었겠어요?

약빙은 죽었다. 지금 머릿속에 들리는 목소리는 스스로가 만들어 낸 환청이고, 어찌 보면 기만이다.

―우리 아들도 마찬가지예요. 아까 하는 말 들었잖아요? 그 아이도 이젠 다 컸어요.

하지만 위안이 된다.
"맞소. 대체 언제 저렇게 컸는지……."

―이젠 우리 품을 떠나서 하고 싶은 걸 하게 해 줘요.

"크흑……."
참았던 눈물이 기어이 왈칵 쏟아졌다. 백무흔은 어린애처럼 끅끅대며 울기 시작했다. 그렇게, 그는 그곳에서 한참을 울었다.
"후우……."
모든 것을 쏟아낸 후, 겨우 마음을 진정시킨 백무흔은 마음이 한결 가벼워졌음을 느꼈다.

―이젠 뭐 할 거예요? 눈치 볼 아들도 없으니 새장가라도 들 건가요?

아내의 새침한 목소리를 떠올린 백무흔은 빙긋 웃었다.
"새장가는 무슨. 그동안 제대로 못 익힌 무공이나 익힐 생각이오."
어느덧 해가 뉘엿뉘엿 넘어간 연무장 위로 붉게 노을이 드리워졌다.

백무흔은 그 아래에 가볍게 검을 쥐고 섰다.

"후우……."

수십 년 동안 하루도 빼먹지 않고 수련해 온 회풍검법을 오늘도 펼쳐 냈다. 하지만 지금은 무언가 달랐다. 그의 손짓에 따라 연무장에 흙먼지가 어지럽게 피어오르고, 바닥에 떨어져 있던 나뭇잎들이 돌개바람을 따라 나선 모양으로 하늘로 솟아올랐다.

그의 검은 한없이 자유로워졌다.

얼마나 시간이 지났을까. 회풍검법의 모든 초식을 펼친 백무흔은 자리에 멈춰 섰다.

—축하해요.

"……고맙소."

입가에 잔잔한 미소를 띤 백무흔은 자신의 검을 바라보았다. 의식하지 않았는데도 불구하고, 검에 선명한 검기가 맺혀 있었다.

15화
술부터 시킬까?

"하! 무림 오대학관이란 명성도 옛말이지. 청룡학관은 이제 그 자리에 같이 있기엔 부끄러울 정도지. 안 그런가?"

팔에 털이 수북한 거한이 거드름을 피우며 말했다. 웬만한 사람은 두 손으로도 휘두르기 힘들어 보이는 도를 옆에 세워 놓은 채로.

"맞습니다. 청룡학관은 이제 한물갔지요."

"작년 천무제에서도 꼴등을 하지 않았습니까. 재작년도, 그전에도요."

탁자에는 거한과 다른 사내 둘이 더 둘러앉아 있었다. 맞은편의 둘은 거한을 조금 축소해 놓은 듯 뚱뚱했다.

나는 마음속으로 그들을 이렇게 불렀다.

'뚱뚱보와 뚱보 둘.'

아직 대낮인데 세 뚱보는 이미 꽤 취했는지 얼굴이 대추처럼 붉었다. 처음 말을 꺼낸 뚱뚱보가 자신의 도갑(刀鞘)을 쓰다듬으며 흐흐 웃었다.

"오대학관 중에서는 주작학관이 시설도 강사진도 단연 최고라네. 내가 그 얘기 했나? 20년 전에 내가 주작학관에서 공부할 때……."

"암요, 암요."

"형님 이야기는 아무리 들어도 질리지가 않아요."

허세와 아부. 세 사내는 부어라 마셔라 시끄럽게 떠들어 대며 술을 마셨다. 객잔에 있는 다른 손님들이 눈살을 찌푸리고 그들을 힐긋거렸지만, 셋의 덩치와 한 번씩 대화 주제로 언급되는 '주작학관' 그리고 무림 명숙들의 별호 때문에 아무도 뭐라 하지 못했다.

'20년이 지났는데도 그 실력인 걸 보면 주작학관도 별것 없겠군.'

나는 뚱뚱보에게서 조금 떨어진 탁자에서 홀로 싱거운 소면에 만두를 집어 먹고 있었다. 처음에는 들려오는 주제가 흥미로워 잠시 뚱보들을 지켜봤으나, 금세 시선을 거두었다.

'뚱뚱보는 간신히 일류. 둘은 이류……도 안 되겠군.'

전형적으로 타고난 체격만 믿고 나대는 녀석들이다. 두껍기만 할 뿐 제대로 단련되지 않은 근육과 웃을 때마다 흔들리는 지방. 불규칙한 호흡과 주독에 절어 붉은 안색.

'당장 아무 산이나 올라가서 영업 시작해도 되겠는데.'

현역 시절의 맹 사부에게 걸렸으면, 너 같은 놈들 때문에 녹림의 인상이 나빠지는 거라며 두 시진은 대가리를 박게 시켰을 것이다.

"하지만 어쩌겠나? 청룡학관에서 이 곽두용을 강사로 모셔 가겠다는데 말이야!"

뚱뚱보가 자신의 가슴을 탕탕 치며 말했다. 그 한마디에 은근히 거한을 깔보던 사람들도 눈이 휘둥그레졌다. 뚱뚱보의 입가에 씨익 회심의 미소가 맺히고, 맞은편의 두 뚱보가 더욱 열심히 아부를 떨었다.

"역시 두용 형님이십니다. 분명 몰락해 가는 청룡학관에서 새로운 빛이 되실 겁니다!"

"이거 올해 청룡학관 후기지수들은 기연을 얻었군요. 벌써부터 내년 천무제가 기대됩니다!"

"형님. 청룡학관에 가서도 저희들을 잊지 말아 주십시오."

"형님!"

뒷구멍이 헐 정도로 핥아 주는 두 뚱보의 아첨에, 뚱뚱보는 두툼한 손바닥으로 탁자를 두드리며 호탕하게 웃었다.

"하하하. 내 아우들을 어찌 잊겠나! 내 청룡학관 일타강사가 된 후에 자네들을 부를 테니 걱정들 말게. 그리고 여기 술값 말인데……."

"아주 염병을 한다."

걸쭉한 욕설에 어울리지 않는 미성. 흠칫 놀란 뚱뚱보와 두 뚱보. 그리고 객잔 내의 모두의 시선이 같은 방향을 향했다. 훤칠하게 생긴 미청년이 미간을 구긴 채로 걸어오고 있었다. 큰 키는 아니었지만, 머리가 작고 팔다리가 길쭉길쭉해 비율이 무척이나 좋았다. 사실 중요한 건 그게 아니었다.

'고수다.'

청년을 본 순간 나도 모르게 몸을 긴장시켰다. 청년은 등에는 두 자루 단창이 사선으로 매여 있었다. 나는 습관처럼 상대의 걸음걸이와 근육의 발달한 정도를 지켜보며 어떤 무공을 익혔을지, 그 수위는 어느 정도일지 예측했다.

"백주대낮에 술이나 처먹는 돼지를 강사로 초빙했다고? 아무리 청룡학관에 인재가 없어도 설마 그 정도일까."

보란 듯이 말아 올리는 청년의 도발에, 뚱보 중 하나가 벌떡 일어났다.

"이 새끼가 미쳤나! 너 이분이 누군 줄 알고…….."

"그, 그만. 그만하게 동생."

소매를 걷어붙이며 당장이라도 덤벼들려는 뚱보 1을 말린 것은 뚱뚱보였다. 그는 누가 봐도 겁먹은 것이 분명한 표정으로 청년의 눈치를 살피고 있었다.

나는 피식 웃었다.

'하긴 아무리 술에 취했어도 일류쯤 되면 느낄 수 있겠지. 저렇게 아예

대놓고 느끼라고 피워 대고 있으니.'

잘생긴 청년은 칼날처럼 날카로운 살기를 뚱뚱보에게 쏘아 보내고 있었다.

"왜? 계속 함부로 주둥아리를 놀려 보시지."

"……."

거슬렸다간 죽는다. 뚱보는 마른침만 꿀꺽 삼켰다. 이미 싸워 보기도 전에 청년의 기세에 눌려 꼼짝도 하지 못했다. 나는 맛대가리 없는 소면을 한 젓가락 집어 후루룩 먹으며 흥미롭게 그들을 구경했다.

'절정고수를 보는 건 이번 생 들어 처음인가.'

청년은 많아 봤자 20대 중반의 나이로 보였다. 그만한 나이에 절정고수라면 천재라고 불릴 만한 재능을 지녔거나, 대단한 사문을 배경으로 두고 있을 확률이 무척 높았다.

'보통은 둘 다에 해당되지.'

어차피 나와는 상관없는 일이니, 청년의 실력이나 구경할 겸 차라리 한바탕 싸움이 벌어졌으면 싶었다.

하지만 세상일이란 게 원하는 대로만 흘러가지는 않는 법. 급하게 자리에서 일어난 뚱뚱보가 정중하게 포권을 취했다.

"하하! 이 곽두용이 술에 취해 그만 추태를 부렸습니다. 더 늦기 전에 정신을 차리도록 일침을 해 주신 소협께 감사드리는 바이오."

"……하?"

"이렇게 만난 것도 인연인데 소협에게 술 한 잔 따라 드리겠습니다. 사해가 동도라 하지 않습니까. 술잔을 나누면서 허심탄회하게 이야기를 나누어 보는 것이 어떤지요."

이거 봐라? 저 뚱뚱보. 나름 머리가 돌아간다. 저렇게 공개적으로 숙이고 나오면 일단 싸움이 성립되지 않는다. 정파 녀석들은 무엇보다 체면을 중요시하니까. 상대가 자신의 잘못을 인정하고 사과했으니, 이제

저 청년도 못 이기는 척 받아 줄 것이다.

뚱뚱보가 술잔에 술을 그득 따라 청년에게 권했다. 방금까지 잘난 척 떠들어 대던 인간이 맞나 싶을 정도로 예의가 발랐다.

"제가 견문이 좁아 소협의 존성대명을 알지 못하겠습니다. 혹 어느 사문에서 수학하셨는지……."

"겁쟁이 돼지한테 알려 줄 이름은 없는데."

……쟤 정파 아닌가?

청년의 경멸 어린 말투에 뚱뚱보의 얼굴이 시뻘겋게 달아올랐다. 다행히 청년도 객잔에서 칼부림까지 벌이고 싶은 것은 아닌 듯했다. 청년이 주위를 획획 둘러보며 말했다.

"객잔에 빈자리가 없군. 다리가 아파서 더 이상은 못 걷겠어. 다 드신 분 중에 양보해 줄 사람이 어디 없나……."

대놓고 꺼지라는 소리였다. 표정이 처참하게 일그러진 뚱뚱보가 두 뚱보와 함께 자리에서 일어났다.

"……마침 우리는 일어나려던 참이니 여기 앉으시오."

그리고 세 뚱보는 도망치듯 객잔을 빠져나갔다. 뚱뚱보가 내 옆을 스쳐 지나가며 '두고 보자.'라고 진부하게 중얼거렸다.

"우우우!"

고성방가로 눈살을 찌푸리게 하던 세 뚱보의 등 뒤로 야유가, 그들을 퇴치한 젊고 잘생긴 청년 영웅에게는 박수가 쏟아졌다.

문제는 그다음이었다.

"끝까지 덤벼 볼 생각도 못 하는군. 그만한 배짱도 없는 놈이 무슨 청룡학관 강사야. 그렇지 않소?"

청년은 자연스럽게 내 건너편 의자를 빼서 나와 마주 앉은 것이다. 나는 황당하다는 표정으로 그를 바라봤다.

"뭐요?"

"합석 좀 합시다."

"방금 그쪽이 빼앗은 큰 탁자는 어쩌고?"

"그쪽한테 흥미가 생겨서 말이오."

나는 순간 오싹한 기분이 들었다.

'뭐지? 미친놈인가?'

하기야, 무림에 워낙 미친놈들이 많기는 하다. 나는 한층 조심스럽게 청년에게 말을 걸었다.

"나한테 무슨 용무라도?"

청년은 웬만한 여자는 단숨에 반해 버릴 만한 미소를 지었다.

"한번 말을 걸어보고 싶었소. 나만큼 잘생긴 사내를 만나는 일이 흔치는 않아서."

미친놈이군. 나는 들고 있던 젓가락에 슬쩍 힘을 주었다.

"……농담이니 그리 정색하지 마시오. 남자한테는 관심 없으니까."

"그럼 뭔데?"

"……일단 그 젓가락부터 좀 내려놓으면 안 되겠소?"

나는 젓가락을 슬쩍 내려놓았다. 청년의 입가에 미소가 살짝 가라앉았다. 그가 목소리를 조금 낮춰 말했다.

"내가 이 객잔에 들어온 순간, 가장 먼저 반응한 사람이 당신이었소. 언제든지 몸을 움직일 수 있도록 준비하고 있더군. 이 정도면 호기심이 동할 만하지 않소?"

눈썰미가 좋은 건 나 혼자가 아니었나 보다. 이 몸으로 깨어난 후 처음 보는 절정고수인 탓에, 조금 신경을 쓰긴 했다. 티가 날 정도는 아니라고 생각했는데…….

이 녀석. 어쩌면 생각보다 더 대단한 고수일지도 모른다.

"신경을 거슬리게 했다면 사과하겠소."

"먼저 살기를 피웠으니 당연한 반응이었다고 생각하오. 미안하기도 하고. 그래서 술 한잔하고 싶은 마음에 여기 앉은 거요."

"의외인데?"

"뭐가 말이오?"

"뚱뚱보에게 말하는 걸 봤을 땐 꽤 오만한 성격인 줄 알았거든."

내 말에 청년이 활짝 웃었다. 다른 탁자의 여인들이 꺅꺅하는 소리가 들려왔다.

"실력도 없으면서 설치는 인간을 혐오하는 편이오. 저런 자들이 무림인에 대한 인상을 나쁘게 한다니까."

맹 사부랑 말이 잘 통하겠는걸. 어쨌든 의외로 붙임성도 있고 성격도 좋아 보이는 청년이다. 하지만 괜히 깊게 엮이고 싶은 생각은 없었다.

"미안한데 내가 이것저것 생각할 일이 많아서 합석은 곤란……."

"음식과 술은 내가 전부 사겠소."

"술은 뭐로?"

점창의 쾌검보다 빠른 나의 태세 전환에 청년은 황당하다는 표정을 지었다. 이게 다 짠돌이 아버지가 여비를 많이 안 챙겨 준 탓이었다.

'같이 갈 생각이었다더니, 돈을 다 자기 행낭에 넣어 놨나…….'

분명 그럴 것이다. 이럴 줄 알았으면 떠나기 전에 더 달라고 할걸. 어쨌든 우리는 정식으로 통성명을 나눴다.

"악연호요. 강호 초출이라 별호는 없소."

무림에 창을 다루는 문파나 세가는 많지만, 그중에서도 세 가지 창법을 최고로 친다.

악가창법(岳家槍法). 조가창법(趙家槍法). 양가창법(楊家槍法).

그중에서도 산동악가의 악가창은 천하일절로 손꼽히는데, 천하십대고수 중 한 명인 창왕(槍王) 악비가 산동악가의 현 가주였다.

'대단한 배경을 지닌 도련님이었군.'

산동악가라면 오대세가에 견줄 만큼 대단한 배경이었다. 천하십대고수를 보유한 최근이라면, 더더욱 어깨에 힘을 주고 다닐 만했다.

'하지만 악연호라는 이름은 처음 들어 보는데.'

나는 청룡학관 입사를 노리고 있는 만큼, 최근 무림에서 잘 나가는 후기지수들의 이름과 특징 등을 외우려 노력하고 있었다. 그러나 그중 악가 출신의 후기지수로는 기억나는 이름이 없었다. 그 부분이 좀 의아했지만, 어쨌든 나도 인사를 받았다.

"백수룡이오. 나도 강호 초출이라 별호는 없소."

"실례지만 나이가 어떻게 되시오?"

"스물일곱이오."

이유는 모르겠지만, 내 나이를 듣더니 악연호의 표정이 밝아졌다.

"저보다 두 살 많으시군요! 그럼 편하게 형님이라고 불러도 되겠습니까?"

……본 지 얼마나 됐다고 형님이라니. 이거 진짜 볼수록 골 때리는 놈이다.

그래서 나는 상대가 오해하지 않도록 최대한의 예의를 갖춰 말했다.

"동생. 일단 술부터 시킬까?"

부잣집 자식이랑 사귀어 둬서 나쁠 건 하나도 없었다.

16화
마공일지도

악연호는 술이 약했다. 아주 터무니없을 정도로 약했다.
"흐헤헤. 형니임……. 한 잔만 더…….."
"이거 뭐 하는 놈이야 진짜."
나는 술에 반쯤 떡이 된 악연호를 업고 객실로 올라갔다. 녀석이 미리 객실을 계산해 두지 않았기에 일단 내 방으로. 심지어 방금 마신 술값도 내가 계산했다. 몇 잔 마시지도 않고 뻗어 버려서 얼마 안 나오긴 했는데…….
"음냐아아……."
"나 참."
녀석을 침상에 내려놓고 보니 황당해서 헛웃음이 나왔다. 객실로 오면서 여러 여인이 부러움의 시선으로 날 바라볼 정도로 잘생긴 얼굴. 하지만 내가 지금 악연호를 빤히 바라보는 이유는 잘생긴 얼굴 때문이 아니었다.
'무림인이 처음 보는 사람 앞에서 정신을 잃을 정도로 술을 마신다고?'
아니 굳이 무림인이 아니더라도, 처음 보는 사이에 정신을 잃을 정도로 술을 마신다는 게 말이나 되는 소린가. 불쑥 의심이 들었다. 이 녀석은 지금 날 시험해 보려는 것이거나, 무림 최고의 철부지가 틀림없다.

'어느 쪽인지 확인해 봐?'

잠시 고민하다가 관뒀다. 부잣집 자식한테 밉보여서 좋을 것 하나도 없으니까. 슬슬 정신을 차리고 있기도 했고.

"끄응……."

술에 취하는 것도 빠르지만 깨는 것도 놀라울 정도로 빠르다. 절정고수인 덕분에 신진대사가 원활한 탓이다.

"깼냐?"

악연호가 두 손으로 머리를 싸매며 침상에서 상체를 일으켰다.

"끄응. 오랜만에 술이라 신이 나서 너무 마셨네요. 이래서 아버지가 강호에 나가서는 술을 마시지 말라고 하신 거였나…….."

내가 이런 말할 입장이 아니긴 한데, 넌 아버지 말 좀 들어야겠다.

"못 마시는 술을 왜 그렇게 마셔? 아예 처음부터 내공을 이용해서 주독을 몰아내든가."

보통은 절정고수쯤 되면 마음만 먹으면 웬만한 술에는 취하지 않는다. 설령 취한다고 해도 내공을 이용해 가볍게 주독을 몰아낼 수 있다. 내 말에 녀석이 배시시 웃었다. 여인이라면 심장이 콩닥거릴 만한 미소였다.

"내공으로 몰아낼 거면 술을 왜 마시나요. 취하려고 마시는 건데."

"얼씨구. 그래서 무인이 몸을 못 가눌 정도로 마셨다?"

"저도 그 정도로 취할 줄은 몰랐어요. 몇 년 만에 마시는 술이라."

"자랑이다."

악연호가 능글맞게 웃으며 말을 이었다.

"그리고 형님이 잘생겨서 술맛이 더 나지 뭐예요. 역시 그림이 살아야 술맛도 더……. 농담이에요 농담! 그렇게 나가 버리면 내가 정말 이상한 사람이 되잖아!"

내가 슬금슬금 밖으로 도망치려 하자 악연호가 손을 홰홰 저었다.

"무슨 농담도 못 하게 해. 하여튼 아버지가 엄하셔서 이 나이 되도록 집에선 술을 거의 못 먹었다고요. 무공이 늘어서 술도 좀 늘었을 줄 알았는데……."

이 녀석. 생긴 건 여자 여럿 울리게 생긴 풍류공자인데, 의외로 순진한 면이 있었다. 하기야 아까 뚱뚱보를 혼내 준 것만 보아도 그렇다. 보기에는 시원했을지 모르지만, 괜한 일로 무림에 적을 하나 만들었다. 은혜는 몰라도 원한은 결코 잊지 않는 곳이 무림인데 말이지.

'그런 놈들은 뒤끝이 지저분한 법인데. 차라리 깔끔하게 죽여 없애거나…….'

혈교 출신인지라서 그런지, 나는 정파 놈들이 상대에게 아량을 베푸는 걸 이해할 수 없었다. 주변이 신경 쓰인다면 조용히 쫓아가서 사람이 없는 곳에서 해치우거나, 최소한 다신 무공을 못 쓰게 반병신으로 만드는 것이 그쪽 업계 방식이거든.

악연호가 품에서 두툼한 전낭을 꺼내 흔들었다.

"형님. 술 한 잔 더 하실래요? 이번에는 진짜 제가 사겠습니다."

"술은 적당히 시키고 안주나 좀 넉넉히 시켜라."

뭐, 이 녀석이 적을 만들든 말든 내 일 아니니 관심 끄자. 우리는 방으로 술과 안주를 시켜 주거니 받거니 마셨다.

"크흐! 이 맛이지!"

개미 눈물만큼 홀짝이면서 말만 들으면 대주가가 따로 없다.

"아무튼 저희 아버지. 자식한테 너무 집착하신다니까요!"

"음? 나도 그런 아버지 한 명 아는데."

대화를 나누다 보니 이상한 데서 죽이 맞았다. 우리는 함께 아버지 흉을 보면서 대화의 물꼬를 텄다.

"저희 아버지가 저 어릴 때부터 온갖 영약을 먹여서 제가 그 부작용으로 술도 못 먹는 체질이 되었어요."

"우리 아버지는 나 뒷간 갈 때도 은근슬쩍 따라와. 옛날에 한번 똥 누다가 기절해서 빠진 적이 있다나 뭐라나."

"아 형님 술 먹는데 그건 좀……."

"뭐?"

"……아무튼 저 어릴 땐 아버지가 친구도 못 사귀게 했어요. 무공부터 제대로 익히라면서요."

"나는 몰래 이상한 무공을 익히려다가 여러 번 죽을 뻔했다더라."

"했다면 했다지, 했다더라는 뭐예요? 남의 얘기처럼 하시네."

"음. 했었지."

"……이상한 형님이야. 아무튼 저는 또 무공에 재능이 제법 있거든요? 좋아도 하고요. 그리고 집 밖에 나가는 건 별로 안 좋아해요. 그래서 시키는 대로 열심히 무공을 익혀서 절정고수가 되었는데……."

나는 언제부턴가 안주나 집어 먹으며, 녀석이 말하도록 내버려 뒀다.

타앙! 갑자기 탁자를 내리친 악연호가 분한 얼굴로 외쳤다.

"참나! 이제는 혼기가 찼다고 빨리 혼인부터 하라지 뭡니까! 혼인은 뭐 혼자 해? 짝이 있어야 하지! 그렇게 말했더니 뭐라는 줄 알아요?"

"뭐라는데."

건성으로 받는 내 대답에도 녀석은 개의치 않고 열변을 토했다.

"글쎄 네 짝은 네가 알아서 찾으라며 집에서 쫓아내지 뭐예요!"

"……설마 그래서 강호에 나온 거야? 그 나이에 처음으로?"

"예, 뭐. 그렇죠."

이리도 하찮을 수가. 내가 들어 본 강호 초출 중 가장 하찮은 이유다.

'역시 이상한 놈이야.'

나는 문득 의아한 생각이 들어서 물었다.

"그런데 동생 정도면 혼처가 줄을 설 것 같은데. 가문도 좋고 얼굴도 훤칠하잖아."

잘생겼다는 말에 악연호가 얼굴을 붉히면서 손을 절레절레 저었다.

"에이, 그렇지도 않아요. 저희 아버지가 워낙 무서운 사람인 데다…… 그, 제가 좀."

무슨 말을 하려고 뜸을 들이나 했더니, 부끄러운 듯 뒷머리를 긁적이며 헤헤 웃었다.

"눈이 상당히 높아서. 헤헤."

"얼씨구."

나는 피식 웃으며 술잔을 홀짝였다. 계속 악연호의 아버지 이야기를 들었더니, 나도 아버지의 얼굴이 자연스럽게 떠올랐다.

"나랑은 반대네. 우리 아버지는 나 집 나가는 거 극구 반대하셨거든. 내가 어려서부터 몸이 좀 약해서."

"하긴, 딱 보면 백면서생같이 허약하게 생……."

"그거 욕이냐?"

"……기셨지만 사실은 굉장한 고수잖아요? 그렇죠?"

"마음대로 생각해라."

고수라. 내게서 내공이 전혀 느껴지지 않을 테니, 악연호가 그렇게 오해하는 것도 무리는 아니었다. 하지만 실제로 내겐 내공이 거의 없었다. 역천신공 1성을 달성하며 단전에 토대를 만들긴 했지만, 그건 단전이 없는 것과 큰 차이가 없었다. 있어도 쓸 수가 없으니까.

'부작용 없이 내공을 끌어다 쓰려면…… 적어도 3성은 이루어야겠지.'

천음절맥을 치료하며 역천신공의 경지를 올리려면, 아직도 수많은 영약과 대법이 필요하다. 즉, 돈을 벌어야 한다. 새삼 그 액수를 떠올린 나는 나직이 한숨을 쉬었다.

"왜 한숨을 쉬세요?"

"그냥. 그런데 동생은 목적지가 어디야?"

"청룡학관이요."

내 표정이 살짝 굳었다. 설마……. 여기서 청룡학관이 있는 남창까지 며칠이면 갈 거리이긴 하다. 나는 아니겠지 하는 심정으로 물었다.

"마침 나도 청룡학관으로 가거든. 그런데 동생 나이에 입학하러 가는 건 아닐 테고."

"그건 형님도 마찬가지잖아요. 어? 설마……!"

그리고 우리는 동시에 외쳤다.

"너도 입사 시험 보려고?"

"형님도 여자 꼬시려고?"

뭔 말 같잖은 소리야 진짜. 내가 눈을 가늘게 뜨고 쳐다보자, 악연호가 민망한지 헛기침을 하더니 조용히 말했다.

"크흠. 저도 입사 시험 보러 갑니다. 올해 청룡학관 신입 강사 모집에 응시하려고요."

어쩐지 아까 뚱뚱보의 말에 열을 내더라니, 그런 이유도 있었군.

"여자 꼬시러 간다는 건 뭔데?"

"예? 제가요? 언제요?"

시치미 떼 봐야 한참 늦었다. 나는 눈을 가늘게 뜨고 녀석을 바라보다가, 불현듯 어떤 생각이 들자마자 검을 뽑아 녀석을 겨눴다.

"너 설마 학관의 학생들을……. 이거 진짜 또라이 아냐?"

"코, 콜록! 그게 뭔 소립니까! 그런 거 절대 아닙니다!"

"닥쳐! 당장 네놈의 양물을 잘라 무림의 소녀들을 구해야겠다!"

"아, 진짜 아니라니까!"

악연호는 한참을 더 내게 해명해야 했다.

그래도 여전히 미심쩍은 내 시선을 바꿀 수는 없었지만.

"그러니까, 아버지가 제대로 된 정혼자를 데려오기 전까지 집에 들어

올 생각도 말라고 했다고? 그래서 괜찮은 반려를 찾으러 학관에 간다?"

"예!"

"하필 왜 청룡학관인데?"

"예전부터 우아하고 지적인 분이 이상형이었거든요."

부끄러운지 헤헤 웃으며 뺨을 긁적였다. 그 반응이 거짓말 같지는 않아서 일단 검은 거뒀다.

"그러는 형님은 입사 목적이 뭔데요?"

나야 당당하게 대답할 수 있었다.

"나는 돈 벌러 간다. 일타강사가 돼서 돈을 쓸어 담는 게 목적이거든."

"속물이네요."

"너는 양물이나 관리 잘해라. 애들 건드렸다간 그 자리에서 잘라 버릴라니까."

"아 진짜 아니라니까!"

술잔이 돌고 밤이 깊어졌다. 우리는 청룡학관이 있는 남창에 도착할 때까지 동행하기로 했다.

경쟁자와 동행하는 셈이지만…….

'어차피 지원자가 한둘도 아닐 텐데 뭐.'

그보다는 앞으로 굴을 여비와 매끼 나올 고기반찬이 더 중요했다. 이 녀석이랑 같이 다니면 가는 길이 심심하지는 않을 것 같기도 하고.

"하하. 앞으로 백형이랑 같이 다니면 여자들이 줄을 서겠네요!"

……정말 괜찮겠지?

며칠 후, 우리는 남창에 도착했다.

"백부님!"

"수룡아. 오랜만이구나."

활짝 웃으며 나를 맞이한 사내는 비응객 고주열이었다. 남창은 강서에서 가장 큰 도시로, 무림맹 강서 지부와 청룡학관이 둘 다 이곳에 있었다. 내가 고주열을 먼저 찾아온 것은 그에게 받을 것이 있어서였다.

"온다는 소식은 무흔이에게 연통으로 전해 들었다. 너에게 줄 추천서도 이렇게 미리 써 놨지."

"감사합니다."

고주열은 몇 달 전보다 훨씬 피곤해 보이는 얼굴이었다. 나는 그가 써 준 추천서를 잘 챙겨 넣었다. 고주열은 그런 나를 흐뭇하게 바라보았다. 그는 바쁜 와중에 잠시 짬을 내 나를 만나러 나왔다.

"혈색이 더 좋아진 것 같구나. 옆의 청년은 친구냐?"

"예. 오면서 사귄 친구입니다."

"강호 초출인 악연호라고 합니다."

"혹시 산동악가의 자제이신가?"

우리는 잠시 이야기를 나눴다. 고주열은 최근에 일이 많아서 빨리 가 봐야 한다고 했다.

그가 내 어깨를 두드리며 말했다.

"추천서는 추천서일 뿐이다. 아마 모든 지원자가 가지고 있을 게다. 미안하지만 그중에서는 내가 끗발이 좀 떨어지는 편이다."

"써 주신 것만으로도 감사합니다. 나머진 제 능력으로 해결해야죠."

신입 강사를 뽑는 기준은 무공이 전부가 아니다. 출신과 배경, 경력, 면접 결과 등이 모두 포함된다. 고주열은 올해는 경쟁률이 상당히 높을 거라고 귀띔해 주었다.

"그래. 믿는다. 더 얘기를 나누고 싶은데, 바빠서 이만 가 봐야겠구나. 요즘 아주 정신이 없어."

"많이 바쁘신 모양입니다?"

"늘 바쁘지. 무림에는 항상 온갖 일이 일어나지, 일할 사람은 적지, 월봉은 쥐꼬리만…… 흠흠."

우리에게 할 말이 아니었다고 생각했는지 고주열이 헛기침을 했다.

"아무튼 그렇다. 뭐라도 먹여서 보내고 싶은데……."

"신경 쓰지 마십시오."

"다음에 합격 축하주를 마시자꾸나. 아, 자네도 꼭 붙길 바라겠네."

"예! 감사합니다!"

고주열이 자리에서 일어났고, 우리는 고개를 꾸벅 숙였다. 그런데 몇 걸음 걸어가던 고주열이 그대로 몸을 돌려서 다시 우리에게 돌아왔다.

"면접에서 점수를 크게 딸 방법이 하나 있는데……. 수룡아, 일 하나 안 해 볼 테냐?"

"예? 일이요?"

"그게……."

고주열은 깊이 고민하는 기색으로 망설이더니, 조심스럽게 운을 뗐다.

"최근에 민간인이 무림인에게 살해당한 사건이 하나 있었다."

"……!"

옆에서 깜짝 놀라는 악연호와 달리, 나는 그다지 놀라지 않았다. 민간인이 무인에게 살해당하는 것쯤 사파에서는 흔한 일이었으니까. 하지만 그게 전부가 아니라는 듯, 주위를 둘러본 고주열이 목소리를 잔뜩 낮추며 말했다.

"헌데 그 무공이…… 마공일지도 모른다."

"……예?"

이건 나도 좀 놀랐다.

17화
용의자들

무림맹 강서 지부에 들렀다 돌아가는 길.

"마공이라니……."

악연호는 아까 고주열에게 들었던 이야기의 충격이 가시지 않는지, 아직도 얼떨떨한 표정이었다.

"형님. 사실이라면 이거 정말 큰일 아니에요?"

"아닐 수도 있다고 했잖아. 그리고 사실이라고 해도 별거 아냐."

"왜 별거 아니에요! 무림맹 지부가 바로 옆에 있는 곳에서 어느 미친놈이 마……공을 익혔단 소리잖아요."

말하던 도중에 목소리가 높아진 것이 신경 쓰였는지, 악연호가 내 옆에 바짝 붙어서 귀엣말로 속삭였다.

"덥다. 저리 가라."

향수라도 뿌렸는지 몸에서 달착지근한 냄새가 나는 악연호를 옆으로 밀어내며, 나는 대수롭지 않게 말했다.

"마공이 별거냐."

마공(魔功)이란 빠른 성취를 위해 몸이나 정신(대부분 둘 다)에 무리가 가는 비정상적인 수련법을 가진 무공을 뜻한다. 온몸에서 음험해 보이는 시커먼 기운을 줄줄 흘리는 것만이 마공이 아닌 것이다.

'……그런 것도 있기야 하지만.'

사실 내가 익힌 역천신공도 정파의 기준에서 보면 마공이다. 하지만 마공이 위험한 이유는 대부분 익히다가 못 견디고 미쳐 버리기 때문인데, 훗날 그런 부작용을 제거하면 신공(神功)이라고 불린다. 결국 결과가 말해 주는 것이다.

'혈교에도 꽤 많았지. 강해지고 싶어서 이런저런 짓거리를 하다가 불구가 되거나 미쳐 버리는 놈들.'

개중에는 동남동녀의 피를 빨아 마셔야 한다거나, 시체의 독을 흡수하는 등 정말 미친 짓을 하는 놈들도 있었다. 하지만 나는 이번 사건의 범인이 그런 경우는 아닐 거라고 확신했다. 불안한 표정으로 날 쫄래쫄래 따라오는 악연호는 안 그런 모양이지만.

"형님은 걱정도 안 되세요? 어쩌면 마공을 익힌 사파 고수와 싸워야 할지도 모르는데……."

나는 황당하다는 표정으로 악연호를 돌아봤다.

강호 초출이라더니. 이 녀석은 자기가 무림에서 어느 정도 수준인지 전혀 모르고 있었다.

"너보다 강하면 절정고수란 뜻인데. 사파의 절정고수가 뭐가 아쉬워서 노인을 찢어 죽이겠냐."

"그야 사악한 마두니까?"

한때 사악한 마두 집단의 일원이었던 입장에서, 나는 이 천진난만한 오해를 풀어주고 싶었다.

"무협지를 너무 많이 봤나 본데, 사파에서 절정고수쯤 되면 귀찮아서 그런 짓 거의 안 해. 똘마니들한테 시키지."

"아, 그런가……."

"그리고 그 정도로 사태가 심각하면 무림맹에서 우리한테 일을 맡기지도 않아. 애초에 마공이 아닐 수도 있고, 맞더라도 조무래기일 거다."

 나는 아까 고주열과 나눈 대화를 다시 떠올렸다.

 ─마공일지도 모른다니……. 이런 정보를 저한테 말해 주셔도 되는 겁니까?
 ─물론 공식적으로는 안 되지.

 슬쩍 웃은 고주열이 말을 이었다.

 ─그런데 요즘 맹에 인력난이 워낙 심해서 말이다. 청룡학관 입학 시기가 되어 무인들이 몰려와서 사건, 사고도 많고……. 또 말 못 할 사정이 좀 있다.

 고주열은 말 못 할 사정에 대해서는 자세히 말해 줄 수 없다며 선을 그었다.

 ─너는 예전에도 사파의 무공을 한 번에 알아보지 않았더냐?

 진무관 사건. 사파 놈들이 남궁세가의 이름을 사칭해 무공을 가르치려다가 내게 발각된 것을 고주열은 기억하고 있었다. 확실히 마공 쪽이라면 내가 전문이긴 하다.

 ─마공인지 아닌지 아직 확실하지는 않다. 흉수의 손속이 지나치게 잔인하고, 시체의 훼손이 심해서 의심을 하고 있다만…….
 ─그럼 마공인지만 확인하면 되는 겁니까?

내 말에 고주열이 눈을 동그랗게 뜨더니, 이내 씩 웃으며 말했다.

—범인까지 잡아 준다면 더 좋지. 사건을 해결하는 데 도움을 준다면, 맹에서 감사패를 만들어 줄 거다.

무림맹의 감사패. 아무런 배경도 경력도 없는 내게는 분명 큰 도움이 될 것이다.

—어떠냐? 한번 조사해 보겠느냐? 하겠다면 관청에 연통을 넣어 보마.
—예. 해 보겠습니다.
—잘 생각했다. 설령 범인을 못 찾더라도, 수사를 도운 것 자체로 이력서에 한 줄 추가할 정도는 될 테니.

"이력서에 한 줄이라······."
아무튼 그리하여, 우리는 지금 노인의 시체가 있다는 관청으로 가는 길이었다.
"근데 넌 굳이 안 따라와도 되지 않냐?"
나는 여전히 쫄래쫄래 나를 따라오고 있는 악연호에게 물었다.
"저요?"
나와 달리 악연호는 산동악가의 자제였다. 게다가 본인의 무위마저 절정고수. 저 배경에 저 실력이면 면접에서 면접관을 두들겨 패지 않는 한 떨어질 확률은 거의 없었다.
내 말에 악연호가 배시시 웃었다.
"어차피 입사 시험까지는 꽤 여유가 있으니까요. 소일거리 삼아 형님이나 따라다녀 보려고요."
"아깐 사파 고수 어쩌고 하면서 겁먹은 얼굴이더니?"

"이야. 역시 형님이랑 같이 다니니 심심하진 않네요."

"명문가 자제라 그런지 가정교육을 아주 잘 받았어. 자기 불리할 땐 못 들은 척하고 말이야."

"이야! 저긴 무슨 기루가 5층이나 된대요?"

우리는 두런두런 대화를 나누며 관아에 도착했다. 미리 전서구로 연통이 갔는지, 고주열의 이름을 대자 잠시 후 무뚝뚝하게 생긴 젊은 포두가 우리를 마중했다.

"무림맹에서 오신 분들이군요. 저는 이 사건을 담당하고 있는 포두 청천이라고 합니다."

"백수룡입니다. 무림 초출이라 아직 별호는 없습니다."

"악연호입니다! 잘 부탁드립니다!"

청천 포두는 우리를 잠시 미심쩍은 표정으로 바라봤지만, 금방 다시 무표정으로 돌아왔다.

"우선 시체부터 보시겠습니까?"

정파 무림맹과 관은 대체로 협력 관계다. 무림에서 일상적으로 일어나는 칼부림과 그 결과에 대해, 관은 어지간해서는 참견하지 않는다. 대신 민간인이 무공으로 인해 다치거나 살해당할 경우, 관은 무림맹에 협조를 구해 흉수를 찾는다. 지금과 같은 경우도 그런 경우다.

"시체의 상태가 썩 좋지는 않습니다."

청천 포두가 거적을 들치자, 푸줏간의 고기처럼 해체되다시피 한 노인의 시체가 모습을 드러냈다.

"으……."

웬만큼 시체에 익숙한 무인도 속이 울렁거릴 만한 모습에 악연호가 미간을 찌푸리며 뒷걸음질을 쳤다. 물론 나와는 상관없는 이야기였다.

"상처를 자세히 살펴봐도 되겠습니까?"

"……그러십시오."

내가 거침없이 시체로 다가가자 청천 포두가 조금 놀란 표정을 지었다. 포두의 허락을 받은 나는 장갑을 끼고 노인의 상처를 꼼꼼히 살폈다.

'마공이라고 생각할 만도 하군.'

사람이었다는 흔적을 알아보기 힘들 정도로 토막 난 시체. 흉수가 누구인지는 몰라도, 이 노인에 대한 원한과 분노가 절절하게 느껴졌다.

'그런데 이거…….'

나는 시체를 살피다가 미간을 찌푸리고 생각에 잠겼다.

'설마?'

몸에 난 상흔을 살피다 보니, 내가 아는 어떤 무공의 초식과 비슷하다는 느낌이 들었다.

……똑같은 초식은 아니다. 하지만 유사한 부분이 많아 찜찜한 기분이 드는 것은 어쩔 수 없었다.

'정확한 건 흉수를 잡아봐야 알겠군.'

생각을 정리한 나는 장갑을 벗으며 청천 포두를 돌아봤다.

"다 봤습니다."

"뭔가 특별한 점을 발견하셨습니까?"

나는 고개를 저었다. 시체에서 뭔가를 발견한 건 맞지만, 누군가에게 말할 수 있는 종류는 아니었다.

"죄송하지만 이것만으로는 잘 모르겠군요."

"그렇습니까."

"며칠 전에 고주열 대협께서 보고 가셨다고 하던데. 뭐라고 하시던가요?"

"비슷하게 말씀하셨습니다."

노인의 시체는 다시 보관실에 집어넣었다. 해쓱한 표정으로 뒤로 물러나 있던 악연호가 내 옆으로 다가와 옆구리를 쿡쿡 찔러 댔다.

"형님은 백면서생같이 생겨서 무슨 시체를 그렇게 잘 만져요? 소름 돋게."

"이 시체 만진 손으로 너도 만져 줄까?"

"히익!"

내 장난에 악연호가 질겁하며 물러났다. 얼굴에 표정이 없는 청천 포두가 그런 우리를 빤히 바라보았다.

크흠, 헛기침을 한 내가 그에게 물었다.

"살인 사건에 대해서 자세히 들려주실 수 있겠습니까?"

"그러지요."

청천 포두가 말해 준 사건의 개요는 이렇다.

며칠 전, 남창의 고리대금업계의 큰손으로 불리던 허 노인이 자신의 저택에서 살해된 채로 발견되었다.

범죄 추정 시각은 해시(밤 9시)에서 인시(새벽 5시) 사이.

매일 식사를 챙겨 주는 시비가, 식사 때가 되어도 허 노인이 내려오지 않자 부르러 갔다가 해체되다시피 한 시체를 발견하고 곧바로 관아에 신고했다고 한다.

"용의자는 있습니까?"

"정황상 의심스러운 자가 셋입니다. 허 노인의 아들. 허 노인 소유의 기루를 운영하는 손 부인이라는 중년 여자. 그리고 그의 호위 무사입니다."

청천 포두의 말로는, 허 노인의 자택을 자유롭게 드나들 수 있는 사람 중 그 셋의 범행 동기가 가장 크다고 했다.

"손 부인은 허 노인과 내연 관계인데 최근 기루 운영을 두고 허 노인과 크게 다투었다고 합니다. 아들과는 예전부터 사이가 좋지 않았는데 얼마 전에 의절했다고 하고, 호위 무사는 낭인 출신으로 과거 행적이 지저분합니다."

죽은 허 노인이 고리대금업자라 그 외에도 원한 관계가 있을 수 있다지만, 현재로서는 그 셋이 가장 유력한 용의자들이라고 했다.

나는 청천 포두에게 부탁했다.

"그 세 사람. 제가 한 명씩 만나 볼 수 있을까요? 직접 봐야 어떤 무공을 익혔는지 알 수 있을 것 같습니다."

"예. 제가 안내하겠습니다."

잠시 후, 우리는 표정이 없는 청천 포두의 뒤를 따라 첫 번째 용의자를 만나러 갔다.

"전 정말 억울해요."

손 부인은 곱게 늙은 중년 여인이었다. 겉으로 보기에는 사십 대쯤 돼 보였는데, 실제로는 오십을 훌쩍 넘겼다고 청천 포두가 미리 말해 주었다.

"그날 밤 제가 그 사람과 다툰 건 맞아요. 하지만 그런 일은 예전부터 자주 있었다고요."

우리는 허 노인 소유의 기루인 적화루(赤化樓)의 특실에서 손 부인을 만나 이야기를 듣고 있었다.

우리 앞에는 상다리가 떡 벌어질 정도로 음식과 술이 차려져 있었다. 하지만 청천 포두는 뻣뻣한 자세로 무표정하게 앉아 있었고, 나도 음식에는 거의 손을 대지 않았다. 악연호는 내 옆에서 기루 안을 여기저기 훔쳐보기 바빴고.

'처음 와 보나?'

명문세가의 자제라는 놈이 볼수록 왜 이렇게 촌뜨기 같은지…….

아무튼, 손 부인은 자신의 결백함을 계속해서 주장했다.

"애초에 전 무공 같은 건 익히지도 않았어요. 무서워서 닭도 못 잡는다고요. 사람을 죽이는 일 같은 건……."

이대로면 계속 변명만 듣게 될 것 같아, 그녀의 말을 끊고 물었다.

"죽은 허 노인과 그렇고 그런 사이셨다면서요?"

"……."

내 노골적인 말에 화가 난 건지 부끄러운 건지, 말문이 막힌 손 부인의 얼굴이 붉어졌다. 그러나 그녀는 곧 코웃음을 치고는 나를 똑바로 바라봤다.

"그래요. 알 만한 사람은 다 아는 관계였으니 부끄러울 것도 없어요. 그런데 소협은 늙은 여인을 희롱하는 게 재미있으신가요?"

"그렇게 생각하셨다면 죄송합니다. 그냥 사실 관계를 제대로 확인하고 싶어서요."

익힌 무공에 따라 다르지만, 화가 났을 때 신체 변화가 드러난다거나 하는 경우가 있어서 말이지.

"실례지만 허 노인과 자주 다투셨다고 했는데, 이유를 물어봐도 되겠습니까?"

손 부인은 이런 것까지 다 말해야 하냐며 투덜대다가, 청천 포두의 무표정한 얼굴을 보고는 천천히 입을 열었다.

"……이 기루를 다른 년한테 맡기려고 했어요. 저보곤 뒷방으로 물러나라고 하더군요. 전 절대로 싫다고 했어요. 돈을 댄 건 그 사람이지만 적화루를 이만큼 키운 건 나예요."

손 부인은 적화루에 대한 애착이 무척 강해 보였다. 확실히 이곳은 남창에서도 열 손가락 안에 들 정도로 큰 기루이긴 했다. 당연히 주무르는 돈도 상당했겠지.

"전 그 사람을 사랑했어요. 세상은 고리대금업자라고 손가락질했지만, 의외로 자상한 면도 있었고……."

어느 순간부터 우리는 손 부인의 하소연을 들어주고 있었다.

"……."

좀 말려 줄 것이지, 청천 포두는 내가 전부 알아서 하게 내버려 두겠다는 듯 목석처럼 가만히 듣고만 있었다.

"예예. 이야기 잘 들었습니다."

이 정도면 손 부인의 이야기는 들을 만큼 들었고, 눈으로 '보는 것'도 충분했다. 그녀는 무공을 익히지 않았다. 즉, 허 노인을 직접 죽인 것은 아니라는 의미였다. 간접적으로 관련돼 있을지도 모르지만.

"그럼 다음 사람을 만나러……."

우리는 그만 자리에서 일어나 밖으로 나왔다. 손 부인이 우리를 배웅하기 위해 따라 나왔다. 그때였다.

와장창!

"비켜, 이 새끼들아! 니들 내가 누군지 알아!"

무언가가 깨지고 부서지는 소리와 함께, 술에 잔뜩 취한 남자의 목소리가 들려왔다.

"당장 할망구 나오라고 해!"

손 부인의 표정이 일그러졌다. 그리고 그때까지 조용히 있던 청천 포두가 입을 열었다.

"두 번째 용의자는 따로 만나러 가지 않아도 되겠군요."

18화
유언장은 찾았소?

"내 말 안 들려?! 당장 할망구 데려오라니까!"

아래로 내려가자 술에 취한 사내 하나가 손에 잡히는 대로 물건을 집어 던지며 행패를 부리고 있었다.

그 곁에는 이마에 '동네 파락호'라고 써 붙인 것처럼 몰개성하게 생긴 놈들이 히죽대며 여인들을 희롱했다.

"이, 이보게, 허일이. 여기서 이러면 우리가 곤란해."

행패 부리는 놈의 이름은 허일. 죽은 허 노인의 아들이었다. 그 앞에서 쩔쩔매는 중년의 왜소한 남자는 적화루의 총관이었다.

허일이 히죽 웃으며 총관을 바라봤다.

"장 총관. 여기서 일한 지 얼마나 됐지?"

"이십 년도 넘었지. 자네가 이곳에 처음 드나들 때부터 일하고 있지 않았나."

허일의 나이는 많아 봤자 마흔이 안 돼 보였다. 즉, 열대여섯 살부터 기루에 뻔질나게 드나들었다는 뜻이었다. 어떤 놈인지 대충 알 만했다.

"그래. 그럼 말이야. 죽은 영감의 그 많은 재산은 누가 물려받을 것 같아? 이 기루가 누구 소유가 될 것 같으냐고? 응?"

"……."

허일은 대답하지 못하는 장 총관의 이마를 손가락으로 꾹꾹 누르며 비열하게 웃었다.

"새끼야. 앞으로도 여기서 일하고 싶으면 줄을 잘 서란 말이야. 내 말 알아들어?"

"그만 못 하겠니!"

우리와 함께 아래로 내려온 손 부인이 앞으로 나서며 앙칼지게 소리쳤다. 그녀를 본 허일이 술 냄새를 풀풀 풍기며 걸어왔다.

"이거 봐, 이거 봐. 할망구. 여기에 있었으면서 왜 없는 척했어?"

"……술 먹으러 왔으면 얌전히 술이나 처먹을 것이지. 어디서 행패야?"

"흐흐. 내 기루에서 내가 기분 좀 내겠다는데 뭐가 문제야?"

"내 기루? 감히……. 적화루는 내 거야!"

"푸홋. 그건 영감이 살아 있을 때 얘기고. 아직도 상황 파악이 안 돼?"

"……장만 찾으면……. 뭣들 하느냐! 당장 이놈을 쫓아내!"

손 부인이 주변을 둘러보며 소리쳤다. 기루에 무력이 없어서 허일과 곁의 파락호들을 가만히 내버려 둔 것이 아니다. 보통 기루에는 무공을 익힌 장정들이 고용돼 있다. 하지만 다들 이러지도 저러지도 못하고 눈치만 보는 상황이었다.

"누가 누굴 쫓아내? 너희가 나를? 종놈들이 주인을?"

바로 저 허일이 죽은 허 노인의 하나뿐인 아들이기 때문이었다. 아직 유산 상속 문제가 해결되지 않았지만, 관에서는 하나뿐인 아들에게 재산을 물려줄 확률이 높았다. 허일도 그것을 알고 저리 당당한 것이다. 놈이 여인 한 명의 허리를 확 끌어안으며 자기 품으로 잡아당겼다.

"흐흐흐. 이쁜이. 이리 오너라."

"이, 이러지 마세요. 저는 몸을 파는 창기가 아닌…….."
"당장 속곳까지 싹 벗겨서 쫓아내도 그런 말이 나올까?"
"흐윽……."
놈의 추잡한 행태를 보며 나는 혀를 찼다.
'저런 놈이 기루를 운영하게 되면 얼마 못 가 말아먹겠군.'
죽은 허 노인도 악명 높은 고리대금업자였지만, 그 아들이란 놈은 그 고리대금업자도 연을 끊은 쓰레기였다. 허일과 함께 온 파락호들의 행패도 점점 심해졌다. 다른 손님들 상에 나갈 음식을 멋대로 집어 먹고, 여인들을 희롱하고, 심지어 칼을 꺼내 위협하기까지 했다.
"포두님."
싸늘한 목소리에 옆을 돌아보니, 악연호가 활활 타오르는 눈빛으로 청천 포두를 바라보고 있었다.
"상황이 이런데도 계속 지켜만 보실 건가요?"
"……가족 간의 문제라, 관에서 나설 일은 아닌 것 같습니다."
"그런……!"
"하지만."
청천 포두는 허일과 파락호들이 허리춤에 차고 있는 칼을 바라보며 말했다.
"불의를 보면 못 참는 무림인이라면 충분히 분쟁이 일어날 수 있는 상황이군요."
"예?"
이해하지 못하고 되묻는 악연호와 달리, 나는 즉시 그의 말뜻을 이해했다.
"관무불가침. 무림인 사이의 시비에 관은 웬만하면 간섭하지 않죠. 마침 저놈들이 허리에 칼을 들고 있으니, 저것들도 무림인이네요?"
"그런 것 같군요."

청천 포두는 찔러도 피 한 방울 안 흘릴 것 같은 얼굴로 무뚝뚝하게 고개를 끄덕였다. 그건 일종의 허락이었기에, 나는 씩 웃으며 악연호를 돌아봤다.

"연호야. 들었지? 우리가 정파 무림의 일원으로서, 힘없는 아녀자와 민간인을 괴롭히는 흑도의 건달 새끼들을 가만히 두고 볼 수 있겠냐?"

"절대 아니죠."

이쯤 말해 주면 못 알아들을 수가 없었다. 악연호가 힘껏 고개를 끄덕이더니 싸움판에 끼어들었다.

"너흰 다 뒈졌다, 이 새끼들아!"

퍼억! 악연호의 날아차기가 파락호 한 놈의 턱주가리에 꽂혔다. 그리고 이어지는 일방적인 구타. 동작 하나하나가 호쾌하기 그지없었다.

"저, 저 새낀 뭐야?"

"갑자기 왜……!"

"사, 살려……."

빠르게 정리돼 가는 싸움판을 구경하고 있는데, 청천 포두가 옆에서 물었다.

"소협께선 안 싸우십니까?"

"저는 몸이 좀 병약해서요. 싸우는 건 잘 못합니다."

"……무림맹에서 오신 것 아닙니까?"

"무인이라고 다 싸움박질만 하나요. 저는 대신 머리가 명민하고 무공에 해박한 게 장점입니다."

"아, 예……."

일각이 채 지나기도 전에, 허일과 파락호 전원이 우리 앞에 공손히 무릎을 꿇게 되었다.

"어이."

나는 허일 앞에 쭈그리고 앉아서 손가락으로 놈의 이마를 꾹꾹 눌렀다.

"다, 당신들 누구……."

얼굴이 불어 터진 찐빵처럼 변한 허일이 겁먹은 표정으로 물었다. 맞으면서 술이 대충 깬 모양이다.

"허 노인. 네가 죽였냐?"

"무, 무슨 소리야! 어떤 놈이 그딴 개소리를 해!"

당황하는 허일을 똑바로 바라보며, 나는 싸늘하게 웃었다.

"허 노인이 죽었을 때 제일 이득 보는 놈이 너잖아. 오늘 하는 짓만 봐도 말이지."

"말도 안 돼! 어차피 몇 년 지나면 뒈질 노인이었는데 내가 왜 죽인단 말이오!"

"의절을 당해서 앙심을 품고, 마침 받던 돈도 끊겼으면 그런 선택을 할 만도 하지. 역시…… 네가 죽인 거 맞지?"

"난 정말 안 죽였어!"

"어이. 좋은 말로 할 때 실토하는 게 신상에 좋을 거야."

"나, 나, 난 정말 아니오!"

나는 일부러 공포 분위기를 조성한 후 강하게 압박하며 녀석의 반응을 살폈다. 혈교에서 오랜 교관 생활을 하면서 온갖 거짓말을 하는 놈들을 수없이 봤다. 눈동자의 움직임, 손동작, 말투와 목소리의 변화까지. 신체 반응마저 의식적으로 조절할 수 있는 지 모르겠지만, 허일은 기껏해야 삼류였다. 놈이 거짓말을 하는지 정도는 충분히 알 수 있었다.

'뭔가 숨기고 있기는 한데…….'

미묘하다. 직접 아버지를 죽였거나 살인교사를 했다면 이것보단 더 확실한 반응이 있어야 하는데. 허일은 정말로 억울한 듯, 자기는 절대 허 노인을 죽이지 않았다고 말했다.

"그리고 영감이 싸지른 새끼가 나 하나인 줄 알아?!"

"자식이 더 있다고? 듣기론 너 하나라던데."

내 질문에 허일이 코웃음을 쳤다. 죽은 아버지에 대한 증오가 느껴지는 말투였다.

"호적에 올린 자식 말고. 뒈진 그 영감이 기생년들이랑 붙어먹으면서 싸지르고 다닌 것들이 한둘이겠냐고."

"너! 어떻게 자기 아버지한테……."

화가 난 손 부인이 몸을 바르르 떨고, 무표정한 청천 포두의 얼굴도 딱딱하게 굳었다. 악연호는 말할 것도 없었다. 내가 눈빛으로 주의를 시키지 않았다면 허일은 크게 다쳤을 것이다.

"내가 뭐! 할망구도 여럿 봤잖아? 사생아란 새끼들이 와서 돈 달라고 하는 거 한두 번이었냐고!"

"제발 좀 닥치거라!"

"할망구나 닥쳐!"

견원지간처럼 으르렁거리는 둘 사이로 내 목소리가 끼어들었다.

"둘 다 닥쳐 주면 좋겠는데."

"……."

내 말에 둘 다 입을 쏙 다물었다. 나는 핏대를 세운 채 씩씩대는 두 사람을 번갈아 바라보며 한숨을 쉬었다.

"오늘은 이쯤 할 테니, 둘 다 어디 멀리 가지 말고 자택에 머물도록."

"그런데 당신 대체 누구……."

빠악! 내게 뒤통수를 얻어맞은 허일이 옆으로 고꾸라졌다. 사실 아까부터 한 대 패고 싶었거든.

"알 거 없어, 새끼야."

뒤를 돌아보자, 황당한 표정으로 날 바라보는 청천 포두와 벌레라도 보는 표정으로 기절한 허일을 내려다보는 악연호가 보였다.

"여기서 들을 얘기는 다 들은 것 같으니 이만 나가죠. 손 부인. 다음에 또 올 테니 어디 멀리 가지 마세요."

"……."

창백해진 표정의 손 부인을 뒤로하고, 우리는 적화루를 나왔다.

악연호가 이를 악물며 말했다.

"어떻게 자식이 아버지한테 저런 말을 할 수가 있죠?"

"다 돈 때문이지 뭐."

인간이 살면서 겪는 대부분의 문제는 결국 돈 문제다.

돈 때문에 부모가 자식을 팔고, 돈 때문에 자식이 부모를 죽인다. 수십 년 우정도 돈 앞에서 원수가 되고, 영원히 사랑하리라 맹세했던 부부도 가난에 시달리면 서로 못 잡아먹어서 안달이 난다. 그러니 인생 저렇게 구질구질하게 살지 않으려면, 역시 돈이 많아야 한다.

"대체 왜 그런 결론이 나와요? 돈 안 보고 사랑해 줄 여자를 만나면 되지."

"이 철부지야. 그런 여자가 어디 있냐?"

"있어요! 분명!"

"그래. 열심히 찾아봐라."

아무튼 내가 돈을 벌려면 청룡학관 입사 시험에 합격해야 한다. 그러려면 이 사건의 범인을 잡아 면접 때 확실한 가산점을 챙겨야 하고.

후우.

가볍게 한숨을 내쉰 나는 어느덧 밤이 된 도시의 거리를 걸었다.

"마지막 용의자를 만나러 가 볼까."

"난 안 죽였소."

죽은 허 노인의 호위 무사는 큰 키에 인상이 험악한 중년 사내로, 왼쪽 눈에 안대가 상당히 인상적이었다.

'살면서 사람 수십은 죽였겠군.'

그의 구릿빛 피부에는 굴곡진 인생을 살아왔음이 충분히 짐작되는 흉터가 여럿이었다. 인상으로 사람을 평가하면 안 되지만, 얼굴만 보면 가장 유력한 용의자였다.

'셋 중에 무공도 가장 강해 보이고.'

용의자 가운데 유일하게 일류고수였다. 내 의심스러운 시선을 눈치챘는지, 외눈의 호위 무사가 불편한 표정으로 말했다.

"거 얼굴만 가지고 사람 판단하는 거 아니오."

"복만춘 씨. 과거에 낭인으로 활동하시던 때의 이력이 화려하시던데."

낭인은 이리저리 떠돌며 돈에 무공을 파는 무인으로, 나쁘게 말하면 칼 든 파락호, 좋게 말해 봤자 역마살 낀 낭만주의자들이라 할 수 있었다. 실력은 대부분 보잘것없었다. 복만춘 정도면 낭인 중에서는 상당한 고수였다.

"……과거에 낭인으로 떠돈 것은 맞소."

일의 특성상 낭인들은 범죄나 온갖 지저분한 일에 엮이는 경우가 많았다. 그러다 보니 범죄가 일어나면 낭인 출신들이 의심을 받곤 했다.

"하지만 몇 년 전에 혼인해서 이곳에 자리를 잡았고, 지금은 개과천선해서 하루하루 열심히 살고 있소이다."

"개과천선? 고리대금업자의 하수인이?"

나는 일부러 비꼬듯 말하며 그를 자극해 보았지만, 산전수전 다 겪은 낭인은 심드렁한 표정으로 고개를 끄덕였다.

"나도 이 일이 그리 정직한 일은 아니라는 것 정도는 아오. 하지만 댁들도 보다시피 이 얼굴에, 그리고 이 나이에 멀쩡한 일자리를 찾는 게 만만치가 않더군. 그 전엔 막노동도 해 봤는데, 다른 인부들이 날 무서워해서 금방 쫓겨났거든."

"……."

"그때 내게 호위 무사 자리를 제안한 사람이 허 노인이었소. 내게는 은인이었지. 내가 설마 은인을 죽였겠소?"

그거야 모를 일이지. 우리한테 하는 말이 전부 진실이라는 보장도 없고. 하지만 내 사람 보는 눈이 틀리지 않았다면, 복만춘은 셋 중 가장 정직한 사람이었다.

"내 맹세하는데, 마누라랑 자식 새끼한테 부끄러운 일은 한 적 없소."

"사건이 발생한 시각에는 어디에 있었습니까?"

"퇴근하고 나서 쭉 집에 있었소. 원래 계약이 외출할 때만 호위하는 거라……."

"가족 외에 당신이 집에 있었던 사실을 아는 사람은?"

나는 복만춘에게 몇 가지를 더 물어보았고, 그는 성실하게 대답해 주었다.

"그런데 말이오."

그중 한 가지 이야기가 내 흥미를 끌었다.

"범인도 범인인데, 유언장은 찾은 거요? 거기 적힌 사람한테 전 재산을 물려준다고 하던데."

19화

왜 죽였습니까?

"유언장 말입니까?"

마지막 용의자인 복만춘을 만나고 나오는 길. 우리는 복만춘에게 들은 이야기를 청천 포두에게 다시 확인했다.

"네, 맞습니다. 허 노인이 죽기 얼마 전에 유언장을 작성했다고 하더군요."

"왜 미리 말씀해 주시지 않은 겁니까?"

내 질문에 청천 포두는 특유의 무표정한 얼굴로 대답했다.

"유언장에 대해서는 아직 확인하고 있습니다. 그 내용을 정확히 아는 자도 없고, 어디에 있는지도 찾지 못했습니다. 이런 상황에서 소문이 흘러 나가면 더 큰 혼란이 발생할 수 있기에 입단속을 했습니다만……."

청천 포두는 "설마 그 상황에서 복만춘이 먼저 그 이야기를 꺼낼 줄은 몰랐군요." 하고 중얼거렸다. 즉, 청천 포두에게 나와 악연호는 믿을 만한 사람이 아니라는 뜻이었다.

'생각해 보면 당연하겠지만…….'

내 입장에선 청천 포두의 협조 없이는 범인을 잡기가 무척 어려운 상황이었다. 나는 자리에 멈춰 서서 진지한 표정으로 청천 포두를 응시했다.

"포두님. 이번 사건은 저희 무림맹에서도 매우 중요한 사건입니다. 민간인이 마공을 익혔을지도 모르는 자에게 살해당했습니다. 빨리 범인을 찾지 못하면 희생자가 몇 명이나 더 늘어날지 모르고요."

"알고 있습니다."

"포두님께서는 갑자기 나타나 수사에 끼어든 저희를 신뢰하기 어려우실 수 있지만, 저희 무림맹은 강호의 정의와 시민의 안전을 위해 일할 뿐, 결코 사사로운 이익을 위해 행동하는 조직이 아니란 것을 알아 주셨으면 합니다."

"……예."

난감한 표정으로 고개를 끄덕이는 청천 포두에게, 나는 포권을 취하고 고개까지 정중하게 숙여 보였다.

"부탁드리겠습니다. 무림맹의 일원으로서 저희가 범인을 잡기 위해 최선을 다할 수 있도록 도와주시길."

나는 '무림맹'이라는 말을 몇 번이나 강조해 청천 포두를 은근히 압박했다.

[형님. 언제부터 저희가 무림맹 소속이었어요?]

악연호가 황당하다는 듯 전음을 보내 왔지만 깔끔하게 무시했다.

이력서에 한 줄 보태는 게 얼마나 힘든지 알아?

그때, 한동안 입을 일자로 굳게 다물고 있던 청천 포두가 가볍게 한숨을 쉬었다.

"알겠습니다. 앞으로는 여러분께 모든 정보를 공유하겠습니다."

"참으로 감사합니다."

"……허 노인에 대한 소문은 사실과 다른 부분이 몇 가지 있습니다."

악명 높은 고리대금업자로 유명했던 허 노인. 그러나 청천 포두는 그에게 다른 면이 있다는 것을 알려 주었다.

"고리대금업자치고는 이자도 높지 않았고, 상황에 따라 채무자의 사정을 봐주기도 했다고 알고 있습니다."

"나름대로 착한 고리대금업자라 이건가요?"

"그런 셈이지요."

청천 포두가 특유의 무표정한 얼굴로 말을 이었다.

"또한 인근 고아원에 기부를 많이 했습니다."

"왜 하필 고아들을?"

"자기도 고아였다는 이유였습니다. 꽤 많은 고아들이 허 노인에게 은혜를 입었습니다. 원하면 학관에 다니며 공부도 할 수 있도록 지원해 주었지요."

악연호가 의외라는 표정으로 중얼거렸다.

"고리대금업자라길래 피도 눈물도 없는 악당인 줄 알았는데……."

좀처럼 어울리지 않는 고리대금업자의 선행. 악연호는 그것이 살인 사건과 무슨 연관이 있을지도 모른다고 생각하는지, 미간을 찌푸리고 고민했다. 하지만 내 생각에 그건 이 사건과 크게 상관이 없었다.

"그 고아들 대부분은 나중에 허 노인이 운영하는 기루나 도박장에서 일하게 됐을 거야. 미래를 위해 일종의 투자를 한 셈이지."

어릴 때부터 자신을 은인이라고 생각하게 한 다음, 훗날 그 마음의 빚을 이용해 충성하게 만드는 방법. 사파에서 아이들을 어렸을 때 데려와 많이 사용하는 방법이다. 내 추측에 청천 포두가 고개를 끄덕였다.

"물론 그런 경우가 많긴 했습니다만…… 간혹 예외도 있습니다. 저도 그런 고아 중 하나였으니까요."

"예?"

전혀 생각지 못한 고백에 나와 악연호가 눈을 동그랗게 떴다.

악연호가 물었다.

"포두님이요?"

"저는 친부 없이 홀어머니 밑에서 자랐습니다. 어머니마저 어릴 때 돌아가셨지요. 그때 허 노인의 지원이 없었다면 관인이 되지 못했을 겁니다."

청천 포두는 덤덤하게 말했는데 오히려 악연호가 죄라도 지은 표정으로 안절부절못했다.

"죄송합니다. 저희는 그런 사정이 있는 줄도 모르고……."

"신경 쓰지 마십시오. 이 일에 제 개인적인 감정을 개입시킬 생각은 조금도 없습니다. 그래서 굳이 말씀드리지 않은 것이고요."

"……."

청천 포두는 여전히 표정 변화 없는 무뚝뚝한 얼굴로 말했다. 우리는 한동안 말없이 걸었고, 잠시 후 나타난 갈림길에서 헤어졌다.

"밤이 늦었으니 살해 현장은 내일 가 보도록 하지요."

허 노인이 시체로 발견된 곳은 그의 자택으로, 지금은 폐쇄되어 있었다.

"그럼 내일 뵙겠습니다."

"예. 아침 일찍 저희가 관청으로 가겠습니다."

청천 포두는 그대로 관청으로 돌아가고, 우리는 묵고 있는 객잔으로 향했다. 나는 우직하게 앞만 바라보고 걸어가는 청천 포두의 가만히 모습을 바라봤다.

"역시……."

내 옆에서 악연호가 나직이 감탄을 터트렸다. 뭐가 역시냐고 물었더니, 청천 포두의 뒷모습을 가리켰다.

"멋있잖아요. 사내라면 저렇게 묵직한 맛이 있어야지. 게다가 가슴 아픈 사연까지……. 얼굴은 좀 평범해도 오히려 저런 사내가 인기가 많다는 거 알아요 형님?"

"그딴 거 알게 뭐냐."

이 녀석한테 뭔가를 기대한 내가 잘못이지. 내가 나직이 혀를 차자, 악연호가 울컥해서 물었다.

"참나. 그럼 형님은 포두님 뒷모습을 왜 그렇게 보고 있는데요? 멋있어서 그런 거 아니에요?"

그 한심한 질문에, 나는 어깨를 으쓱하며 말했다.

"난 이게 습관이야. 사람 관찰하고, 분석하고, 이것저것 봐 두는 게."

나는 이 습관으로 혈교에서 수십 년을 살아남은 사람이었다.

그날 밤. 모든 용의자를 만나고 객잔으로 돌아온 우리는 일단 좀 씻은 후에 내 방에 다시 모이기로 했다.

"형님은 누가 범인 같아요?"

방금 씻고 온 악연호가 두부처럼 뽀얀 얼굴로 말했다. 나는 악연호의 생각이 먼저 듣고 싶어서 되물었다.

"넌 누구 같은데?"

"씻으면서 계속 생각해 봤는데, 역시 그 허일이라는 아들놈이 제일 수상해요."

악연호는 내게 허일이 의심스러운 이유를 하나하나 설명했다. 그걸 간단히 요약하면…….

"그냥 마음에 안 든다?"

"느낌이 온다니까요! 느낌이! 그 쓰레기가 범인이 확실하다니까!"

악연호는 자기가 사람 보는 눈은 틀린 적이 없다며 열변을 토했다. 나는 가볍게 한숨을 내쉬었다.
"의심스럽기는 전부 의심스럽지."

一. 기루의 운영을 두고 최근 자주 다투었다는 내연녀.
二. 아버지가 죽기를 기다렸다는 듯 행패를 부리기 말종 아들.
三. 셋 중 유일한 일류고수인, 과거에 낭인이었던 호위 무사.

'셋 다 의심스러워. 그리고 허 노인이 남긴 유언장……. 못 찾은 걸까? 아니면 누가 숨기고 있는 걸까.'

허 노인이 정말 유언장에 적힌 이름에게 모든 재산을 물려줄 작정이었다면, 거기에 적힌 이름이 누구냐에 따라서도 용의자를 좁힐 수 있게 된다. 유언장에 이름이 적혀 있는 사람이 허 노인을 죽이진 않았을 테니까.

'한 가지 더 걸리는 게 있어.'

바로 허 노인을 죽이는데 사용된 마공. 내게도 익숙한 그 마공은 어쩌면 혈교에서 흘러나온 것일 수도 있었다. 자세한 건 직접 확인을 해 봐야겠지만.

"후우……."
"형님이 생각하기에도 허일이 맞죠? 그렇죠?"
"넌 가서 잠이나 자라."

나는 생각을 정리할 겸 자리에서 일어나 닫혀 있던 창문을 열었다. 저 멀리서 붉은빛이 타오르고 있었다. 이 야밤에 어디서 불놀이라도 하나? 아니 그럴 리는 없고…….

"어디에 불이라도 났나 보네."
"그러게요. 크게 난 것 같은데요."

구경 중에 제일 재미있는 구경이 싸움 구경과 불구경이라지만, 남의 불행을 관음하는 취미는 없기에 나는 창문을 닫으려 했다. 불꽃이 치솟는 위치가 아까 눈대중으로 대충 봐 둔 곳이 아니었다면 말이다.

"잠깐만. 저기 설마……!"

나는 말하다 말고 몸을 돌려 문을 박차고 나왔다. 황급히 객잔 밖으로 뛰쳐나가는 내 등 뒤에서 악연호의 목소리가 들려왔다.

"어? 형님! 어디 가요! 같이 가요!"

우리는 함께 야밤의 거리를 달렸고, 얼마 지나지 않아 이쪽으로 경공을 펼쳐 달려오는 청천 포두와 마주칠 수 있었다.

"허 노인의 자택에 불이 났습니다."

그는 평소처럼 무뚝뚝한 표정이었지만, 목소리는 다소 상기된 채로 말했다.

나는 그에게 물었다.

"현장에서 바로 오시는 겁니까?"

"아니요. 소식을 듣고 관청에서 여러분을 모시러 오는 길입니다."

그런데 왜…….

내가 의문을 표하기도 전에, 청천 포두가 몸을 돌리며 말했다.

"제가 안내하겠습니다. 이쪽으로."

그러나 우리가 허 노인의 자택에 도착했을 땐, 불이 너무 크게 번져서 수습할 수 없을 지경이었다.

화르르륵! 대궐 같은 저택이 커다란 불길에 휩싸여 있었다. 시뻘건 불길이 치솟아 하늘 높이 너울거렸다.

"물을 더 가져와!"

"빨리빨리 움직여라!"

"안에 사람은!"

불을 끄는 금화군(禁火軍)이 출동해 물동이를 나르기 바빴다. 겨우 불길이 수습된 것은 새벽이 다 되어서였다. 자택은 거의 전소되었고, 반쯤 탄 시체 하나가 발견되었다.

"……허일이 죽었습니다."

유력했던 용의자 중 한 명이 죽었다는 사실을, 청천 포두는 무표정한 얼굴로 우리에게 전해 왔다.

• ◈ •

그날 오후.

"허일이 저택에 불을 지르고 자살한 것으로 추정됩니다."

우리의 눈앞에는 거의 숯 더미로 보이는 시체 한 구가 놓여 있었다.

"자살인 건 어떻게 압니까?"

내 질문에 청천 포두는 한 장의 서찰을 내게 내밀었다.

"오늘 아침. 제 앞으로 온 허일의 유서입니다."

"……"

나는 유서를 펼쳤다. 악연호가 내 옆에 바짝 붙어서 함께 읽었다.

간단히 정리하면, 자신이 술에 취한 채로 아버지와 다투다 홧김에 아버지를 죽였고, 수사망이 좁혀 오자 두려워서 죽음으로 속죄하겠다는 내용이었다.

"속죄를 할 만한 인간으로 보이진 않았는데……"

"이 당시에도 술에 취해 있었던 것으로 보입니다. 자살이 아니라 보여 주기 식으로 하려고 했다가 못 빠져나온 것일 수도 있지요."

청천 포두는 일말의 동정심도 보이지 않는 말투로 그렇게 말했다.

악연호가 허탈한 목소리로 중얼거렸다.

"어쨌든 사건은 해결됐네요. 죽긴 했지만 범인도 찾았으니……"

"그러게."

이렇게 번갯불에 콩 구워 먹듯이 해결돼 버렸다고?

우리는 다소 망연자실한 상태가 되었다. 청천 포두가 그런 우리를 보더니 포권을 취했다.

"무림맹의 협력은 잊지 않겠습니다. 두 분께서 기루에서 허일을 추궁하지 않았다면, 범인을 찾는 데 더 많은 시일이 걸렸을 것입니다."

"소 뒷걸음질 치다 쥐 잡은 격이죠."

"……"

그렇게 허 노인 살인 사건은 범인의 자백과 죽음으로 종료되었다. 우리는 청천 포두에게 인사를 한 후 관청을 나왔다.

"……"

"형님. 형님?"

곰곰이 생각에 잠겨 있는 내 표정이 어두워 보였는지, 악연호가 내 옆구리를 쿡쿡 찌르며 위로랍시고 말했다.

"어쨌든 저희 협조로 범인을 찾았잖아요. 이 정도면 면접 때 가산점도 확실히 받을 수 있을걸요?"

"그래. 가산점……."

가산점 따위가 문제가 아니다. 이거 잘만 하면, 그거보다 훨씬 많은 걸 얻게 될지도. 나는 자리에서 멈춰 서서 악연호를 돌아봤다.

"먼저 가라. 난 포두님이랑 따로 얘기 좀 해야겠다."

"따로 할 얘기요? 나도 같이 듣지……."

"……"

내가 미간을 좁힌 채 아무 말도 하지 않고 있자, 악연호가 입술을 삐죽 내밀며 투덜거렸다.

"객잔에 가 있을게요."

악연호는 혼자 객잔으로 돌아갔고, 나는 몸을 돌려 청천 포두를 다시 찾아갔다. 내가 돌아오자 그가 의아한 눈빛으로 나를 돌아봤다.

"무슨 일이신지?"

"물어보고 싶은 게 있어서요. 잠시 시간을 내주실 수 있겠습니까?"

"그러지요."

"여기서는 좀 곤란한데. 조용한 곳으로 가도 될까요?"

"……알겠습니다."

우리는 인적이 드문 곳으로 이동했다. 청천 포두와 나란히 걸으며, 나는 그의 옆얼굴을 살폈다.

잠을 거의 못 잤는지 무척 피곤해 보이는 얼굴이었다. 특히 밤새 울기라도 한 사람처럼 눈이 붉게 충혈돼 있었다.

잠시 후, 자리에 멈춰선 그가 나를 돌아보며 말했다.

"이쯤이면 될 것 같군요. 말씀하시지요."

"사실 어제부터 궁금했던 건데……."

지금 이곳에는 우리 둘밖에 없었다. 때문에 나는 단도직입적으로 물었다.

"왜 죽였습니까?"

"……."

범인의 무표정이 처음으로 깨지는 순간이었다.

20화
나한테 주는 건 어때

 청천 포두의 표정이 무너진 것은 아주 찰나에 불과했다. 웬만한 사람은 눈치채지 못할 정도로 평소 표정과 미세한 차이. 하지만 내 눈을 속일 수는 없었다.
 "지금 무슨 말씀을 하시는 겁니까?"
 순식간에 평소와 다름없는 신색을 회복한 그가 내게 물었다. 내가 말 없이 빤히 쳐다보자, 청천 포두가 미간을 찌푸리며 다시 말했다.
 "무슨 말씀을 하시는 거냐고 물었습니다. 장난이나 하자고 불러내신 건 아닐 테고……. 설마 절 범인이라고 생각하신 겁니까?"
 그는 작게 한숨을 내쉬며 어이가 없다는 듯 고개를 저었다. 하지만 나는 내 판단에 확신이 있었다. 지금부터 그것을 검증할 생각이었다.
 "그 마공 말이죠."
 나는 갑자기 화제를 전환했다. 다행히 예상했던 반응이 왔다.
 "예?"
 "범인이 익힌 무공 말입니다. 혈우마공(血雨魔功)이라고 부릅니다. 예전에 혈교 무인들이 익히던 것 중 하나입니다."

"……정체를 알 수 없는 마공이라고 들었습니다만."

"그땐 몰랐는데 지금은 확신하게 됐습니다."

"……."

청천의 눈빛이 흔들리고 동공이 확장된다. 표정이야 감출 수 있을지 몰라도, 모든 신체 반응을 조절할 정도의 고수는 아니기 때문이다.

나는 뒷짐을 지고 느긋하게 말을 이었다.

"그런 이야기 들어 보셨을 겁니다. 마공은 처음에는 성취가 아주 빠르지만, 뒤로 갈수록 몸에 문제가 생긴다고요. 정신이 피폐해져서 결국 미쳐 버리거나, 기혈이 뒤틀려서 죽음에 이른다거나……."

"……들어 본 적 있습니다."

"다행히 혈우마공은 꽤 안정적인 마공입니다. 혈교에서 수많은 실험을 거쳐서 부작용을 최소화했지요. 크게 무리만 하지 않으면 미치거나 죽을 일은 없습니다."

그 부작용을 최소화하는 데 내가 일조했음은 두말할 나위도 없었다.

"지금 그 얘길 왜 저한테……."

"하지만 그건 제대로 된 혈우마공을 익혔을 때 이야기입니다. 포두님이 익힌 건 어설픈 아류 같군요. 계속 사용하면 오래 살지 못할 겁니다."

"……."

나는 청천 포두의 호흡이 점점 거칠어지고 흰자위가 붉게 충혈되는 것을 보며 말했다.

"혈우마공의 부작용 중 하나. 감정이 격해지면 흰자위가 붉게 충혈됩니다."

"……그것 하나로 절 의심하신 거라면, 며칠 동안 수사 때문에 잠을 제대로 못 잤다고 말씀드리겠습니다."

"운기 직후에 경문혈이 아프고 소화가 잘 안되지 않습니까? 그것도 대표적인 부작용인데."

"……."

"결정적으로 신경이 점점 예민해지게 됩니다. 그걸 숨기기 위해 항상 감정을 죽이고 무표정하게 지내게 되지요."

"저는 원래 표정이 이렇습니다."

"그렇다고 하더군요. 몇 년 전부터."

"……제 뒷조사도 하셨습니까?"

청천은 불쾌한 듯 표정을 찌푸렸다. 나는 고개를 끄덕였다. 아까 허일의 시체를 보러 오기 전에, 나는 청천 포두를 아는 사람들을 만나 이야기를 듣고 왔다.

"처음엔 호위 무사를 의심했습니다. 일류고수인 데다, 낭인 출신답게 표정 관리를 잘하더라고요. 망한 혈교의 무공을 입수하는 것도 여기저기 떠돌다 보면 가능할 것도 같고……. 그런데 말이죠."

나는 표정이 굳어 있는 청천 포두를 안쓰럽다는 듯 바라보았다.

"산전수전 다 겪은 낭인은 몸을 망가뜨리는 무공을 함부로 익히지 않아요. 그것도 처자식이 있는 사람이라면 더더욱."

"……."

"혈우마공은 익히는 과정도 꽤 고통스럽습니다. 그런 무공을 익혀야 했다면 보다 간절한 사람이었겠지요. 돈방석에 앉아 있는 기루 주인이나 망나니 같은 아들이 아니라, 예를 들면……."

나는 그를 빤히 보며 말했다.

"고아로 태어났고 근골도 나쁘지만, 무관이 되고 싶다는 꿈만은 간절했던 소년이라면 어떨까요."

"……."

청천 포두는 침묵했다. 잠시 후 그가 다시 입을 열었다.

"전부 가설이군요. 아무 증거도 없이 추측일 뿐입니다. 제가 마공을 익혔다고요? 그걸 어떻게 증명하실 겁니까?"

나는 그가 마공을 익힌 걸 증명할 방법도 알고 있었지만, 굳이 그럴 필요도 없었다. 내 시선은 청천의 발을 향했다.

"신고 있으신 신발."

"……?"

"불에 그을려 있더군요."

"……!!"

"제가 어제 사건 현장에서 왔냐고 물었을 때, 분명 아니라고 했죠? 그런데 어째서 신발이 그을려 있었을까요?"

"이건……."

당황하며 변명을 늘어놓으려는 청천.

나는 피식 웃으며 그의 말을 끊었다.

"허일을 죽이고 돌아오는 길에 옷은 갈아입었지만, 신발까지 갈아 신을 정신은 없으셨나 보죠."

사실 그을렸다고 하기에도 희미할 정도의 흔적만 남아 있을 뿐이었다. 하지만 나는 그 작은 차이를 놓치지 않았다.

청천이 이를 악물며 나를 노려봤다.

"겨우 그것만으로 날 범인으로 몰 수 있을 것 같소?"

"어렵겠죠. 하지만 이 정도면 무림맹이 당신을 더 조사해 볼 이유는 충분하지 않을까요?"

"큭……."

완벽한 나의 승리였다.

"당신은 허일을 죽여서 죄를 덮어씌우고 사건을 빨리 종결시키려고 했겠죠. 그 조급함이 일을 망쳤습니다."

"하……."

청천의 두 눈에 붉은 혈기가 일렁이기 시작했다. 그는 한동안 나를 죽일 듯 노려보더니, 갈라진 목소리로 입을 열었다.

"……그래. 내가 죽였소."

당장이라도 덤벼들 줄 알았는데 의외로 순순히 인정했다.

"죽어도 싼 인간이었으니까."

"그렇긴 하지."

하지만 청천이 왜 허 노인을 죽였는지, 나는 여전히 그의 범행 동기를 알 수 없었다. 결국 호기심을 이기지 못하고 물었다.

"이유를 물어봐도 됩니까?"

"그 인간이 내 친부였으니까."

"음?"

전혀 예상치 못한 이야기였다. 그리고 내가 아는 사실과도 달랐다. 나는 고개를 갸웃거리며 물었다.

"분명 고아라고……."

"그 인간이 버린 수많은 사생아 중 하나요."

그 순간, 나는 허일이 기루에서 지껄여 대던 말 중 하나를 떠올렸다.

─그 영감이 싸지른 새끼가 나 하나인 줄 알아?!

무표정 연기는 이제 포기한 듯, 청천은 어깨를 들썩이며 큭큭 웃었다.

"어머니가 돌아가신 후, 나는 고아원에서 자랐소. 죽어라 공부했지. 어머니 유언이 자식이 번듯한 관인이 되어 나라의 녹봉을 받으며 사는 것이었거든. 그런데 공부 머리는 없고, 몸도 허약했소. 밤새 공부를 하다 코피를 쏟으며 쓰러지기 일쑤였지."

"혈우마공은 어디서 구한 겁니까?"

"……어머니 무덤에 엎드려 신세 한탄을 하고 있을 때였소. 돌아가신 후에 종종 찾아가곤 했거든. 흑립을 쓴 어떤 사내가 책자를 하나 던져 주더이다. 익히면 힘을 갖게 될 거라면서……."

청천은 흑립 사내에 대해서는 더 이상 알지 못한다고 했다. 그 비급이 혈우마공인지도 모르고 익혔고, 신체가 건강해지고 머리가 맑아지면서 몇 년 만에 포두 시험에 합격할 수 있었다고 했다.

청천이 허 노인을 만나게 된 건 그 이후였다.

"포두가 되고 어느 날, 허 노인이 날 먼저 찾아왔소. 내가 자기 젊을 때랑 꼭 닮았다면서……. 처음엔 뇌물 주면서 하는 뻔한 이야기인 줄 알았지. 그런데 갑자기 자기 어릴 때 초상화를 꺼내는 거요. 그건…… 거울을 보는 줄 알았소."

"……."

그 후, 청천은 어머니가 과거 허 노인의 저택에 시녀로 일했었다는 사실을 알게 되었다고 한다. 그리고 그녀가 임신하자, 당시 허 노인의 애첩이었던 손 부인이 그녀를 쫓아냈다는 것까지 알게 되었다.

"그자는 그걸 알면서도 방관했던 거요. 관심조차 없었겠지. 그래 놓고 나 보고 자기 젊을 때랑 똑같이 생겼다고, 내 아들이 확실하다면서……. 날 안고 웃더군. 그때 처음 죽여야겠다는 생각을 했소."

"……."

나는 아무런 말도 하지 않은 채 듣고만 있었다. 그가 쌓인 한을 모두 쏟아 내도록 내버려두었다. 청천은 마침 들어 줄 사람이 필요했다는 듯 말을 쏟아 냈다.

"그거 아시오? 그 인간은 매병(치매)을 앓았소."

"매병이라면……."

"정신이 오락가락했지. 처음엔 초기라 괜찮았지만, 점점 심해지더군."

"……."

"시간이 날 때마다 날 불러다 온갖 이야기를 해 댔소. 자신이 어떤 환경에서 자랐는지, 어떻게 성공했는지, 얼마나 많은 사람을 죽였고, 얼마나 많은 여자들의 인생을 망쳤는지……. 그걸 자랑하던 인간이 내 친부라니!"

뿌드득. 이를 가는 청천의 두 눈에서 피눈물이 흘러 내렸다.

"가장 가관인 건 뭔지 아시오? 내게 자신의 모든 것을 물려주겠다며 유언장에 내 이름을 적은 거요."

"……유언장이 당신한테 있었던 겁니까?"

"……."

청천은 침묵으로 대답했다. 나는 이해할 수 없다는 표정으로 물었다.

"대체 왜 죽여서 쓸데없이 사건을 만든 겁니까? 시간이 지났으면 허 노인의 재산이 저절로 다 당신 것이 되었을 텐데."

"돈 따위엔 관심 없소. 난 사람들이 그 인간이 내 아버지라는 걸 알게 되는 게 싫소! 그 인간이 좋은 사람이라고 기억되는 건 더더욱 싫고!"

"그런……."

저런 이유라면 논리적으로는 설득할 수 없다. 게다가 사람을 더 감정적으로 만드는 마공까지 익힌 상태이니.

"……내가 할 말은 이게 전부요."

모든 사실을 다 쏟아낸 청천은 차라리 후련해진 표정이었다.

내가 조심스럽게 물었다.

"그래서 이제 어떻게 할 겁니까? 자수할 겁니까, 아니면……."

내 말이 채 끝나기도 전에, 청천은 허리춤에 검을 뽑더니 내게 기습을 가했다.

휘익! 나는 급히 뒤로 물러났다. 칼끝이 내 귀 옆을 스쳤다. 두 눈이 붉게 물든 청천이 맹수처럼 울부짖으며 덤벼들었다.

"그 인간이 내 친부라는 사실은 아무도 몰라야 해!"

"아니, 말을 좀 끝까지……."

이미 들리지 않는 듯, 청천은 사납게 검을 휘둘러 대며 덤벼들었다. 혈우마공은 몸 안의 잠력을 끌어와 신체 능력과 내공을 일시적으로 폭발시키는 무공이다.

이렇게 들으면 무슨 불로장생의 비법 같지만, 그랬으면 마공(魔功)이라는 이름이 붙지 않았을 것이다.

'일시적으로 신체 능력이 상승하는 대신, 노화가 빨라지고 사용할수록 골병이 들지.'

즉, 수명을 끌어다 쓰는 것과 마찬가지인 무공이다.

"으아아아!"

그런 만큼, 지금 청천의 힘과 속도, 그리고 내공은 일류고수에 필적했다. 반면에, 나는 아직 역천신공의 2성 경지에도 이르지 못했다. 단전에 티끌만 한 내단을 만들긴 했지만 그 힘은 아직 끌어다 쓸 수 없었다. 작정하면 아예 못 쓰는 건 아닌데…… 부작용이 좀 있다.

'뭐, 내공까지 쓸 필요도 없는 상황이고.'

청천도 나름 무공을 열심히 익힌 모양이지만, 혈우마공의 모든 초식을 아는 내게는 칼 들고 허우적거리는 것과 다를 바 없는 수준이었다.

휘익! 휙! 몇 합 만에 청천의 검초를 모두 파악한 나는 그의 품 안으로 파고들어 혈도 몇 곳을 짚었다.

타다닥!

"……!"

마혈을 점혈당한 청천의 몸이 순간적으로 굳었다. 나는 그의 힘을 역이용해 바닥에 강하게 메다꽂았다.

콰앙!

나는 바닥에 대자로 쓰러진 청천의 몸 위에 올라탔다. 두 팔을 무릎으로 제압해 찍어 누르고, 손바닥으로 목을 압박했다. 내 아래에 깔린 청천이 끅끅대며 필사적으로 몸을 꿈틀거렸다.

"죽이……시오. 차라리 지금…… 죽여."

"일단 진정 좀 하라고."

경동맥을 누르던 손을 살짝 풀자, 청천이 피눈물을 흘리며 애원했다.
"난 죽여 마땅한 쓰레기를 죽였을 뿐이오. 하지만 세상은 날 친부를 살해한 패륜아로 기억하겠지! 그러니 차라리 지금 죽여 주시오. 어차피 마공의 부작용으로 오래 살지 못할 거라면……."
"성격도 급하네. 내가 언제 관아에 신고한댔어?"
"……뭐?"
꿈틀대던 청천의 몸이 멈췄다. 나는 천천히 팔을 풀고 자리에서 일어났다. 청천 역시 벌게진 목을 만지며 자리에서 일어났다.
"신고하지…… 않겠다는 거요?"
"당신 하는 거 봐서."
"……무슨 소리요?"
나는 무림맹 소속이 아니다. 고리타분한 정의를 내세우는 정파는 더더욱 아니다. 나는 청천이 죽일 만한 놈들을 죽였다고 생각하고, 그들에게 일말의 동정심도 갖지 않았다.
무엇보다, 나는 이 사건의 해결보다는 잿밥에 더 관심이 많았다.
"이 일은 모른 척해 주지."
"왜……."
얼마나 당황했는지, 청천은 내 말투가 바뀌었다는 것도 모르고 있었다.
"그리고 혈우마공의 부작용도 내가 없애 줄 수 있어. 이미 깎인 수명은 회복하지 못하겠지만, 앞으로는 부작용을 최소화해서 쓸 수 있게 해 주지."
"어, 어떻게?"
내가 혈교의 무공 교관 출신이거든. 혈교의 거의 모든 무공을 알고 있고, 무공을 잘못 익히거나 주화입마에 걸렸을 경우의 처치에 대해서도 알고 있으니까.

"그 대신."

물론 공짜로 해 줄 생각은 아니다. 나는 씩 웃으며 청천에게 거래를 제안했다.

"당신한테 쓸모없는 그 유언장. 목숨값으로 나한테 주는 건 어때?"

21화
전문가의 도움

내 말에 청천이 멍청한 표정으로 되물었다.

"유언장을 달라고?"

"그래. 이 사건을 조용히 덮고, 혈우마공의 부작용도 없애 주는 조건으로."

"……."

"설마 벌써 찢어 버리거나 불태운 건 아니겠지?"

그럼 일이 꼬이는데…….

다행히 청천은 고개를 저었다. 유언장은 어딘가에 잘 숨겨 둔 모양이었다.

그때 청천이 굳은 표정으로 고개를 저었다.

"난 유언장의 내용을 밝힐 생각이 없소. 그 인간이 내 친부라는 사실을 밝히느니, 차라리 죽는 쪽이……."

"쯧쯧. 사람이 왜 이렇게 순진해?"

"……순진하다니?"

가볍게 혀를 찬 나는 청천에게 물었다.

"유언장에 당신 이름이 정확하게 적혀 있나?"

"……그건 아니오. 그 인간의 성을 따서 허천이라고 적었더군. 허천에게 모든 재산을 물려준다고……."

짝! 손뼉을 친 내가 환하게 웃으며 말했다.

"정말? 그럼 더 잘됐네."

"뭐가 잘됐단 거요! 어머니께 물려받은 성을 그 인간이 멋대로……!"

내 말을 오해했는지, 청천이 울컥한 얼굴로 따지고 들었다. 하지만 내가 하고 싶은 말은 그게 아니었다.

"당신 이름은 청천이잖아. 그리고 거기 적혀 있는 건 허천이라며?"

"……그래서?"

씨익. 나는 입꼬리가 저절로 올라가는 걸 멈출 수 없었다. 머릿속에 있던 계획이 점점 구체화되면서 그림이 완성되고 있었다.

"사실 청천이라고 적혀 있어도 상관없어. 세상에 같은 이름을 가진 사람이 한둘이야?"

"설마……."

이 정도로 말했는데도 못 알아들을 정도로 청천은 머리가 나쁜 녀석이 아니다. 내 계획을 눈치챈 청천이 물었다.

"당신이 내 행세를 해서 그 인간의 유산을 대신 받겠다는 거요?"

정답이었다. 나는 유언장에 적힌 '허천'이라는 인물이 되어, 정당한 상속자가 포기한 유산을 챙길 생각이었다.

"별로 어려운 일도 아냐. 호패와 인피면구 하나만 있으면 가능하지."

"……신분을 위조하는 건 말처럼 쉬운 일이 아니오. 그리고 갑자기 처음 보는 사람이 나타나서 유산을 받겠다고 하면 저들이 쉽게 믿을 것 같소? 당연히 뒷조사를 할 텐데……."

청천이 말하는 '저들'이란 적화루의 주인인 손 부인과 호위 무사 복만춘이었다. 허 노인 살인 사건의 유력한 용의자이자 허 노인과 가장 가까웠던 두 사람. 그들을 속여 넘겨야 뒤탈 없이 유산을 꿀꺽할 수 있는 것이다. 하지만 내겐 그에 대한 대비책도 있었다. 바로 내 눈앞에 말이다.

"이런 답답이. 네가 누구야?"

"나? 나는, 갑자기 누구냐고 물으면……."

청천이 고개를 숙이고 곰곰이 생각에 빠졌다. 나는 쓸데없는 고민에 빠진 그의 머리통을 퍽! 후려쳤다. 그가 억울한 표정으로 날 바라봤다.

"누가 인간 존재의 본질에 대해서 대답하래? 너 직업이 뭐냐고!"

"……포, 포두, 포두요."

청천은 왠지 자신 없게 대답했다. 하지만 나는 그 대답이 매우 마음에 들었다. 그렇다. 청천의 직업은 포두다. 무인들은 무공이 별 볼 일 없다는 이유로 포두를 무시하지만, 포두의 가치는 무공에 있는 것이 아니다.

"바로 무과 시험을 치러 합격한 국가직 공무원이라는 말이지."

"……."

청천이 근무하는 관아의 치안 최고 담당자는 포도대장이다. 그 밑에 몇 명의 포도부장이 있고, 그다음이 포두다. 이렇게만 말하면 끗발이 약한 것 같이 보이지만, 현장에서 직접 뛰어다니며 사건을 조사하고 범인을 잡는 것이 포두다. 밑에 수십의 포졸을 데리고 다니면서 말이다.

'즉, 도시에서 실제로 법을 집행하는 위치라는 뜻이지.'

허 노인도 처음에는 청천을 불러 뇌물이나 좀 찔러 주려고 했다가 자신과 꼭 닮은 걸 알게 된 것이다.

그러니까 요점만 말하면…….

"호패 하나 새로 파는 거. 어려운 일 아니잖아?"

"그런……."

남창쯤 되는 큰 도시의 포두라면, 적지 않은 인맥을 지니고 있을 수밖에 없었다. 청천이 허 노인을 죽이기 전까지 아무리 청렴결백하게 살아왔다고 해도 말이다.

"내 신분도 그쪽에서 보증해 주면 되고 말이야."

"허……."

지금 내 제안을 받아들이면, 청천은 나와 한배를 탄 공범이 된다. 내게 범인이란 사실을 들킨 순간부터 내게 꼼짝할 수 없는 운명이 되긴 했지만, 이제부턴 운명 공동체가 되는 셈이다.

"선택해."

나는 청천이 길게 생각할 시간을 주지 않았다.

"이 사건을 깔끔하게 덮고, 혈우마공의 부작용도 치료할 건지. 아니면……."

나는 싸늘하게 웃으며 말을 이었다.

"들키기 싫은 치부가 모두 드러나고 무림맹에 끌려간 다음, 마공을 건네준 그 흑립 사내에 대해서 없는 기억까지 만들어 내야 할 정도로 고문을 당하다 죽을 건지."

"……애초에 선택지가 하나뿐이군."

청천은 창백해진 얼굴로 나를 바라보다, 천천히 고개를 끄덕였다.

적화루의 최상층. 손 부인은 자신의 방 금고에 가득한 보석과 금괴를 쓰다듬으며 흐뭇하게 웃었다.

"곱구나. 정말로 고와."

살면서 여러 아름다운 여인과 사내를 보았지만, 모두 세월을 이기지 못하고 늙고 시들었다. 하지만 금은보화는 늙지도 변하지도, 배신하지도 않는다. 때문에 그녀는 금은보화를 사랑할 수밖에 없었다.

'전부 내 것이야. 이 적화루도, 그 영감의 유산도!'

죽은 허 노인의 얼굴을 떠올리자 손 부인의 표정이 순식간에 표독스러워졌다.

'뱀 같은 인간. 잘 죽었다, 잘 죽었어.'

그녀가 허 노인의 첩이 된 것은 30년도 더 된 일이었다. 그동안 겪은 고초는 극심했다. 매를 맞은 적도 많고, 기억하기도 싫은 치욕을 당하기도 수십 차례. 허 노인이 나이가 들고 조금 유순해지면서, 그리고 정신이 오락가락하면서 조금 나아지긴 했지만, 그때 맺힌 원한이 깊어지면 깊어졌지, 사라지진 않았다.

까드득.

"그 멍청한 아들놈이 안 죽였으면 언젠가 내 손으로 죽였을 거야."

하지만 그녀는 허일처럼 요란을 떨지는 않았을 것이다. 조용히, 술잔에 독 한 방울만 타면 가능한 일이었다.

'죽기 전에 고통에 떠는 얼굴을 보고 싶었는데…….'

그건 아쉽지만, 자신의 손을 더럽히지 않은 것이 더 잘된 일인지도 모른다. 금은보화를 두 팔로 끌어안은 그녀가 나직이 중얼거렸다.

"……이제 유언장만 찾으면 돼."

허 노인의 유일한 아들 허일이 죽었다(사생아는 대체 몇이나 되는지 모르지만 어차피 알 바 아니었다). 고아로 태어난 허 노인에게는 허일 외에는 피붙이가 없었다. 정실도 죽은 지 오래였다. 즉, 그가 남긴 재산에는 정당한 상속자가 없었다. 그렇기 때문에 반드시 유언장을 찾아야 한다. 못 찾으면 만들어서라도 찾아야 한다.

'필적과 도장이야 하오문에 맡겨 위조하면 그만이고, 관리들에게 뇌물을 좀 찔러 주고 가장 어여쁜 아이들을 데려다 옆에 붙이면…….'

양물 달린 놈들은 전부 여자와 돈에 약하기 마련이다. 그런 자들을 구워삶는 것쯤, 남창에서 열 손가락 안에 드는 기루를 운영하는 그녀에겐 손바닥 뒤집기보다 쉬운 일이었다.

"호호호!"

손 부인은 날아갈 듯 기분이 좋았다. 이미 허 노인의 재산을 모두 차지한 것 같은 상상에 사로잡혔다. 갑자기 청천 포두가 그녀를 찾아오기 전까지는 말이다. 청천은 허 노인의 호위 무사였던 복만춘, 그리고 처음 보는 사내와 함께 왔다.

괜히 불안감이 든 손 부인이 물었다.

"여긴 또 어쩐 일로……."

"주변을 좀 물려 주시겠습니까?"

청천의 요청에 따라 일하는 사람들이 모두 물러나고, 자리에는 청천과 손 부인, 복만춘, 그리고 낯선 사내만이 남았다. 청천은 특유의 무표정한 얼굴로 그들에게 청천벽력과 같은 소식을 전했다.

"허 노인이 남긴 유언장을 찾았습니다."

"네?"

"뭐?"

함께 오긴 했지만 복만춘도 처음 듣는 이야기였는지 자리에서 벌떡 일어났다. 청천은 그에게 앉으라고 손짓하며 말을 이었다. 오늘따라 그의 표정이 유독 딱딱했다.

"피해자와 긴밀한 관계이셨던 두 분께는 먼저 말씀을 드려야 할 것 같아, 이렇게 따로 자리를 마련했습니다."

그 순간 손 부인은 심장이 덜컥 내려앉는 기분이었다.

'하필이면 꽉 막히기로 유명한 청천 포두가 유언장을 찾아내다니…….'

만약 허 노인이 거기에 쓸데없는 내용이라도 적어 놨다면 곤란한 일이 벌어질 수도 있었다. 그런 예감이 들었다.

"갑자기 유언장이라니……."

복만춘도 얼떨떨하기는 마찬가지였다. 그는 허 노인에게 고용된 입장으로, 고용주가 죽은 이후에는 무직 백수가 된 것이나 다름이 없었다. 유언장에 어떤 내용이 적혀 있느냐에 따라, 이후 그의 거취가 달라질 수 있었다. 그때 복만춘의 시선이 청천의 옆에 있는 청년에게로 옮겨갔다.
 "그런데 대체 처음 뵙는 이분은 누굽니까? 이런 얘기를 함께 들어도 되는 분인지……."
 "유언장에 적혀 있는 상속자입니다."
 "뭐?"
 "뭐라고?"
 두 사람이 비명을 지르며 사내를 쳐다봤다. 청천 포두 못지않게 표정이 없는 사내였다. 키가 훌쩍 컸고, 인상은 청천보다 더 차갑고 서늘한 분위기를 풍겼다.
 "반갑습니다."
 입꼬리를 살며시 말아 올린 사내가 포권을 취하며 말했다.
 "허천이라고 합니다. 아버지의 유언장을 가지고 왔습니다."

 청천은 유언장에 적힌 내용을 요약해 주었다.
 허 노인이 자신이 죽으면 모든 재산을 자신의 아들인 '허천'에게 물려준다는 내용이었다.
 "말도 안 되는 소리!"
 손 부인이 붉으락푸르락해진 얼굴로 자리를 박차고 일어났다.
 "절대 인정할 수 없어요! 한 번도 본 적 없는 사내가 그 사람 아들이라니!"
 예상대로였다. 손 부인은 적화루를 포기할 생각이 전혀 없는 모양이었다. 반면 복만춘은 신중한 표정으로 눈치를 살폈다.
 "애초에 저 사람이 진짜인지 가짜인지도 모르잖아요! 그리고 그 유언장이 가짜일 수도……."

청천이 그녀의 말을 단호하게 끊었다.

"유언장의 진위는 제가 직접 확인했습니다. 유언장은 진짜입니다."

"하, 하지만······."

"제가 확인했다고 말씀드렸습니다."

"······."

국가직 공무원의 묵직한 권위가 민초의 반발을 찍어 눌렀다.

"하, 하지만······."

손 부인은 무언가 말하고 싶은 듯 입술을 달싹였지만, 청천이 다시 먼저 입을 열었다.

"유언장의 진위는 이미 확인이 끝났습니다. 이분의 신분도 제가 직접 확인했습니다. 이런데도 계속 의심을 하신다면, 관아에 대한 불신으로 생각할 수밖에 없습니다."

"그, 그런 말이 아니었어요."

청천은 생각했던 것보다 훨씬 연기를 잘했다. 어머니를 쫓아낸 손 부인에 대한 앙금이 남아 있기 때문인지도 몰랐다. 손 부인은 청천의 싸늘한 시선에 쩔쩔맸다.

'이쯤에서 내가 나서야겠군.'

나는 공손한 태도로 청천에게 양해를 구했다.

"청천 포두님. 잠시만 자리를 비켜 주실 수 있겠습니까? 이분들과 잠깐 이야기를 나누고 싶습니다."

"······그러시지요."

청천은 마지못해 고개를 끄덕였다. 그가 방에서 나간 후, 나는 나직한 목소리로 입을 열었다.

"제 어머니는 과거 아버지의 집에서 일하던 시녀였습니다."

"······."

"······."

나는 청천의 사연을 적당히 각색해서 말했다. 다른 점이 있다면 다른 도시에서 어렵게 자랐고, 몇 달 전 이 도시에 왔다가 우연히 허 노인과 만났다는 것이었다.

"저런……. 고생이 많으셨겠소."

내(허천의) 안타까운 사연에 복만춘이 혀를 찼다. 그는 무림의 낭만주의자답게 감수성이 풍부한 사내였다.

"……해서, 여러분에게 제안이 있습니다."

'제안'이란 말에 두 사람의 얼굴이 변했다. 손 부인은 잔뜩 경계하는 표정이었고, 복만춘은 두려움 반 기대 반인 표정이었다.

"저는 장사에 대해서 잘 모릅니다. 아버지께서 남기신 사업들을 잘 관리할 자신이 없습니다."

허 노인은 고리대금업계의 큰손이었다. 하지만 고리대금업만 하고 있었던 것은 아니다. 기루, 객잔, 주점, 상단. 명목상이긴 하지만 표국도 하나 가지고 있었다. 그 모든 것을 한입에 삼키기에는 너무 많았다. 그래서 생각한 것이…….

"제게는 전문가의 도움이 필요합니다."

"……."

나는 이 둘을 적으로 만드느니, 차라리 내 편으로 만들기로 마음먹었다. 지나치게 몰아붙이면 쥐도 고양이를 무는 법. 하지만 이렇게 적당히 어르고 달래 주면, 그들은 내 정체를 의심하는 것이 아니라 자신의 미래에 대해서 먼저 생각할 수밖에 없었다.

"고리대금업은 정리하고 싶습니다."

이 부분은 청천과 미리 이야기를 끝냈다. 청천은 민초의 피를 빨아먹는 돈벌이는 용납할 수 없다고 했고, 나도 그 부분에 동의했다. 원한을 살 만한 일은 최대한 만들지 말고, 만들 거면 아예 싹을 뽑자는 것이 이번 생의 내 신조였다. 하지만 그 외에 사업은 그대로 유지할 것이다.

'다 팔아 버리고 그 돈으로 영약이나 사 먹는 방법도 있지만…….'

당장의 이익을 위해 미래의 이익을 포기하는 건 멍청한 짓이다.

나는 두 사람을 똑바로 바라보며 말했다.

"앞으로 저를 도와주시겠습니까? 여러분이 하는 일은 크게 바뀌지 않을 겁니다."

아니면 여기서 쫓겨나든가. 뒷말은 굳이 하지 않았지만, 이 안에 그 정도 눈치가 없는 사람은 없었다.

"알겠습니다. 맡겨 주십시오!"

먼저 대답한 것은 복만춘이었다. 내 제안이 자신에게 썩 나쁘지 않다는 사실을 깨달은 것이다.

"……알았어요."

조금 더 시간이 걸렸지만, 손 부인도 대답도 그와 다르지 않았다.

22화
청룡학관 신입 강사 채용 공고

허 노인의 유산을 수습하는 데만 해도 며칠이 걸렸다. 손 부인이 내 정체를 의심하는 것 같았지만, 청천이 그녀가 딴생각을 하지 못하도록 혼을 쏙 빼놓았다.

"손 부인. 적화루의 술에 물을 탄 것 같다는 신고가 들어왔습니다만."

"대, 대체 누가 그런 말도 안 되는 소리를 해요!"

"신고자의 신분은 밝힐 수 없습니다. 제가 주류 창고를 한번 확인해 봐도 되겠습니까?"

"……포두님. 저랑 잠깐 따로 얘기 좀 하실까요?"

뇌물이 일절 안 통하고 청렴결백하기로 유명한 포두가 무표정한 얼굴로 저렇게 나오면, 인근 상인들은 모두 벌벌 떨 수밖에 없었다.

"손 부인. 기녀들의 몸에 멍든 자국이 여럿 보이더군요. 혹시 기루 내에서 폭행이 있는 겁니까?"

"그, 그게 아니라……."

"주방을 보니 위생 검사를 받아야 할 것 같군요. 책임자 부르십시오."

"가, 갑자기 왜……!"

청천은 자신의 권력을 제대로 휘둘렀다. 다른 사람이었다면 그러기가 쉽지 않았겠지만, 손 부인은 청천도 벼르고 있었던 상대라서 작정하고 털었다. 과거, 임신한 청천의 어머니를 쫓아낸 사람이 바로 손 부인이었으니까.

손 부인의 얼굴을 해쓱하게 만든 청천이 내게 따로 와서 말했다.

"손 부인은 조만간 감옥에 가게 될 거요. 죄목은 탈세, 폭행, 협박. 이것저것 엮으면 죽을 때까지 나오지 못하겠지."

"그 조만간이 언제야? 지금 당장은 좀 곤란한데."

"……대여섯 달이면 충분하겠소?"

잠시 기간을 가늠해 본 나는 고개를 끄덕였다.

"그 정도면 충분해. 돈 욕심이 지나치게 많더라고. 그래서 나도 적당한 때에 갈아 치우려고 했어."

나는 손 부인이 기루의 돈을 꽤 많이 착복했다는 사실을 알고 있었다. 당장 그녀가 관아에 끌려가면 적화루의 운영에 문제가 생길 테니 곤란하지만, 몇 달 후라면 다른 사람으로 교체해도 될 것이다. 허천이(내가) 허 노인의 후계자로 제대로 자리를 잡은 이후에 말이다.

"그리고 앞으로 적화루는……."

청천이 어렵게 말을 꺼내기에, 나는 그가 듣고 싶어 하는 말을 먼저 해 주었다.

"청루는 없애고 홍루만 운영하게 할 거야. 당장은 아니지만 천천히. 청루에서 일하던 기녀들도 다른 먹고살 길은 마련해 줘야 하잖아? 원하면 객잔이나 주점, 상단에서 일하도록 해 줄 거야."

일반적으로 청루는 몸을 파는 곳이고, 홍루는 술 시중과 음주 가무만 제공하는 곳이다. 돈이야 당연히 청루가 더 많이 벌지만, 나는 허 노인이 하던 사업 중 불법적이고 지저분한 것은 모두 정리할 생각이었다.

청천이 날 빤히 보더니 말했다.

"……고맙소."

"고마울 것 없어. 내가 착해서가 아니라, 앞으로의 평판 때문이니까."

고리대금업계의 큰손이었던 허 노인에겐 그만큼 지저분한 소문도 많았고, 주변에 적도 많았다. 내가 그의 사업을 그대로 물려받게 되면, 그의 나쁜 평판과 소문, 또한 적도 함께 물려받게 된다.

지저분한 일을 하면 필연적으로 원한이 생긴다.

'돈도 좋지만, 괜한 원한을 사서 잠자리가 뒤숭숭해질 필요는 없지.'

앞서 말했듯이 원한 살 만한 일은 최대한 만들지 말고, 만들게 되면 아예 뿌리를 뽑자는 것이 이번 생에서 나의 신조다.

'앞으로 청천과의 관계도 생각해야 하고.'

청천은 내게 들키고 싶지 않은 치부와 생명(혈우마공의 부작용을 고쳐야 하니)을 빚지고 있지만, 나는 그를 일방적으로 부하처럼 부릴 생각은 없었다. 일방적인 관계는 오래가지 못한다. 또한 상황이 바뀌면 관계 또한 쉽게 바뀐다.

나는 씩 웃으며 청천에게 악수를 청했다.

"앞으로 잘해 보자고. 말 편하게 해. 나이도 비슷한 것 같은데."

"……그러지."

청천은 묘한 표정으로 잠시 내 손을 바라보다 맞잡았다.

"차라리 다행이라고 생각한다."

"뭐가?"

"네가 그 인간의 유산을 물려받게 된 것 말이다."

청천은 허 노인의 유산을 물려받고 싶진 않았지만, 그 유산에 대해서 일종의 책임감 같은 것이 있었던 모양이다. 자신이 유산을 받게 되지 않을 경우, 허일이나 손 부인이 그 유산을 물려받아 더욱 악랄하게 고리대금업을 해서 민초들을 괴롭혔을지도 모른다는 생각.

그래서 유언장을 받고 바로 불태우지 않고 가지고 있었던 것이다.

"하지만 너라면…… 그 인간들처럼 더러운 짓은 안 할 것 같다."

"보시다시피 내가 좀 깔끔한 편이지."

"재수 없는 것만 빼면."

우리는 마주 보며 피식 웃었다. 아무튼 청천과의 관계도 우호적으로 마무리되었다. 나는 관에 인맥을 하나 만들었고, 청천은 마공으로 잃을 뻔했던 생명을 구했으며 마음의 짐도 덜었다.

딱 한 가지 마음에 걸리는 것만 빼면 다 좋았다.

'그 흑립인은 누구였을까?'

청천에게 부작용이 있는 혈우마공을 알려 주었다는 흑립인. 나는 그의 정체를 추측해 보았지만, 딱히 짚이는 것이 없었다. 혈우마공이 엄청난 마공은 아니지만, 그렇다고 저잣거리에 나돌 만한 무공도 절대 아니었다. 열심히 그리고 제대로 수련한다면 수련자의 자질에 따라 절정의 경지도 충분히 넘볼 수 있는 무공이다.

'혈교의 무공교관이 아니라면, 대주나 단주 이상은 되어야 구결을 알 텐데…….'

혈교는 정말 망한 것일까? 망했다면, 그동안 혈교가 쌓아 온 재화와 무공은 다 어디로 갔을까. 네 명의 사부가 남기고, 내가 재정립한 그들의 신공은 어떻게 되었을까.

"다음에 또 보자고."

"네가 알려 준 구결. 모르는 게 있으면 물어보러 가겠다."

"얼마든지."

청천과 헤어진 나는 이런저런 생각을 하며 복만춘을 만나러 갔다.

"오셨습니까."

복만춘은 낭인 출신이라 그런지 바뀐 상황에 대한 적응이 굉장히 빨랐다. 딱히 시키지 않았는데도 내게 척척 보고를 올렸다.

"돌아가신 어르신께서 보유하신 객잔, 주점, 상점의 목록입니다. 명목

뿐이긴 하지만 전장과 표국도 하나 가지고 있습니다. 여길 보시면…….”

 복만춘은 허 노인의 호위 무사인 동시에, 무력이 필요할 때 여러 궂은 일을 도맡아 하던 사람이었다. 그는 허 노인이 외출할 때마다 옆에서 수행하면서 여러 가지 사업에 대해 많이 보았고, 장사에 관심도 많았다.

 “잘 정리하셨네요. 수고하셨습니다.”

 “하하. 수고는 뭘요.”

 나이 든 총관이 따로 있긴 했지만 나는 복만춘을 총관처럼 대했다. 실제로 앞으로 총관직을 맡길 생각이기도 했다. 복만춘과 앞으로 사업에 대한 대략적인 이야기를 나눈 후, 나는 개인적인 용무를 꺼냈다.

 “복 호위님. 영약을 좀 구할 수 있겠습니까?”

 “영약 말입니까? 어떤 걸 말씀하시는지…….”

 하나뿐인 눈을 껌뻑이는 복만춘에게, 나는 필요한 종류의 영약들을 말했다.

 “양기가 강한 영약이면 좋겠습니다. 약력이 강할수록 좋고, 효능만 강력하다면 독이 있어도 괜찮습니다.”

 “으음…….”

 복만춘은 잠시 생각하더니, 당장은 어렵지만 시간을 들이면 구할 수 있을 거라고 말했다.

 “낭인 시장 쪽에 아직 인맥이 좀 남아 있습니다. 그쪽으로 연통을 한번 넣어 보면 물건이 있을 듯합니다.”

 낭인 시장은 낭인들의 무력을 사고파는 곳이었지만, 시간이 흐르면서 돈이 되는 것은 뭐든지 사고파는 암시장으로 변했다. 돈만 주면 뭐든 구할 수 있는 곳. 낭인으로 오래 굴러먹은 복만춘은 그쪽에 인맥이 상당할 것이다.

 ‘주 거래 대상이 낭인들이다 보니 무기 거래도 상당한 것으로 알고 있는데.’

문득 행낭 안에 들어 있는 운철을 떠올린 내가 물었다.

"혹시 입이 아주 무겁고 실력 좋은 야장(冶匠)을 알고 있다면 소개해 주실 수 있습니까?"

"야장이요? 무기를 만드시게요?"

"자세히 말씀드리긴 좀 그렇습니다."

내가 의미심장한 미소를 짓자, 눈치 빠른 복만춘이 아차 하며 고개를 숙였다.

"죄송합니다. 괜한 질문을……. 한번 알아보겠습니다."

"다시 말씀드리지만, 입이 아주 무거워야 합니다. 여러 목숨이 걸릴 수도 있는 일입니다. 시간은 오래 걸려도 상관없습니다."

"……예. 명심하겠습니다."

복만춘이 굳은 표정으로 고개를 끄덕였다. 볼일이 다 끝났기에 나는 자리에서 일어났다.

"그럼 전 일이 있어서 먼저 가 보겠습니다."

"벌써요? 술이라도 한잔……."

"오늘은 들러야 할 곳이 좀 많아서요. 다음에 꼭 한잔하시죠."

"제가 또 눈치 없이 굴었군요. 그럼 살펴 가십시오."

복만춘에게 이것저것 일거리를 맡긴 후, 나는 강서지부 무림맹에 고주열을 찾아갔다. 물론 인피면구는 벗은 다음이었다.

"친아들이 범인이었다니! 저런 천벌을 받을……!"

맡겼던 사건이 해결되었다는 것을 알리자, 고주열이 내 어깨를 두드리며 말했다.

"고생이 많았구나."

"제가 한 것은 별로 없습니다. 범인이 불을 지르고 자살해 버려서요. 결국 마공에 대한 단서도 못 찾았습니다."

세간에는 허 노인을 죽인 범인이 허일로 알려졌고, 당연히 마공을 익힌 놈도 허일이 되었다. 나는 허 노인을 죽인 마공이 혈우마공이라는 것을 무림맹에 알리지 않았다. 내가 혈우마공을 어떻게 아는지 설명할 길이 없을뿐더러, 알렸다간 어쩐지 귀찮은 일에 휩싸일 것 같은 강한 예감이 들어서였다. 그래서 나는 내가 밝혀낸 진실 중 그 무엇도 고주열에게 말하지 않았다.

'조금 미안하지만…….'

고주열이 내 표정을 보더니 지레짐작하고는 나를 위로했다.

"괜찮다. 괜찮아. 시체의 상흔만 보고 마공을 추적한다는 것이 어디 쉬운 일이냐."

"……예."

"입사 시험은 걱정하지 마라. 이 백부가 네가 이번 수사에 크게 도움을 줬다고 써서 보고할 테니 면접 때 큰소리쳐도 될 게다. 감사패도 빨리 만들어 달라고 하마."

사실 무림맹의 감사패 따위는 이제 별로 필요하지 않았지만, 나는 고주열의 마음이 고마워서 빙긋 웃었다.

"예. 감사합니다."

고주열은 여전히 맹의 일로 정신없이 바빠 보였고, 그래서 밥은 나중에 먹기로 했다. 나는 무림맹에서 나오며 생각했다.

'일단 돈 걱정은 크게 덜었다.'

어쩌다 보니, 도시에서 열 손가락 안에 꼽히던 고리대금업자의 유산을 물려받게 되었다. 지저분한 사업을 다 접을 예정인 탓에 당장 큰돈을 만지기는 어렵겠지만, 새로운 사업을 할 수 있는 기반이 생겼다.

'이대로 장사를 배워 봐? 아니면…….'

잠시 고민하던 나는 고개를 절레절레 저었다.

"장사를 해도 내가 잘하는 거로 해야지."

나는 장사에 대해서 아직 잘 모른다. 모르는 일에 괜히 이것저것 참견하다간 손해만 보기 십상이다.

내가 잘하는 것은 무공을 가르치고 배우는 것. 그러니 원래 있던 사업은 잘하는 사람들에게 우선 맡기고, 내가 잘하는 일로 돈을 벌면서 사업에 관해 조금씩 배우는 게 나을 것이다.

'어쨌든 마음은 한결 편하군.'

설령 청룡학관 입사 시험에 떨어진다고 해도 당장 돈이 궁할 일은 없으니까. 마침 여기도 제법 큰 도시고 하니, 청룡학관 근처에 빈 장원이라도 사서 무관을 여는 방법도 있다. 시골에서 혼자 궁상떨고 있을 아버지도 올라오시라고 하고…….

'이참에 학관업을 크게 벌여 봐?'

이런저런 생각을 하며 나는 묵고 있는 객잔으로 돌아왔다. 그리고 곧바로 침상에 몸을 날렸다.

털썩.

"후유. 피곤하구나."

침상에 누워 천장을 바라보고 있는데, 잠시 후 문이 조금 열리더니 악연호가 얼굴을 빼꼼 내밀었다. 녀석은 뭐가 못마땅한지 입이 댓발이나 튀어나와 있었다.

"며칠 동안 어딜 그렇게 혼자 바쁘게 돌아다니는 거예요?"

"그런 게 있다. 알면 다쳐."

"흐음…….."

악연호가 갑자기 눈을 가늘게 뜨더니 내 방으로 들어오며 킁킁 냄새를 맡았다.

"치사하게 혼자 여자 만나고 다닌 거 아냐? 분명 분 냄새가 나는 것 같은데……."

적화루에 들렀다 왔으니 분 냄새가 날 만도 하다. 하지만 핑계를 대기가 귀찮았던 나는 손을 대충 휘휘 저으며 말했다.

"일없다. 난 잘 테니 방해하지 말고 가라."

"잘 때 자더라도 이건 보고 자야 할걸요."

악연호는 오늘 저잣거리에 나갔다가 방을 한 장 떼어 왔다며 내게 내밀었다.

청룡학관 신입 강사 채용 공고

나는 그 아래 적힌 내용을 빠르게 읽어 내려갔다. 두 번 읽었다. 잘못 읽은 것 같아서 한 번 더 읽었다. 하지만 잘못 읽은 것이 아니었다. 나는 공고문의 한 부분을 손가락으로 정확히 짚으며 악연호에게 물었다.

"이게 무슨 정신 나간 소리야? 학생들이 직접 투표를 해서 강사를 뽑는다고?"

어느덧 청룡학관의 입사 시험 날짜가 성큼 다가왔다.

23화
합격이라구요!

"학생들이 강사를 뽑아? 이게 뭔 소리야?"
나는 청룡학관 신입 강사 채용 공고를 보고 또 봐도 이해할 수 없었다. 올해부터 새로 생긴 규정이라고 했다.

-본 학관의 서류 전형과 면접, 실기 시험을 통과한 지원자들은 본 학관에서 석 달간 임시 강사로 채용된다.
-임시 강사들은 매달 기존 강사들과 학생들의 평가를 받으며, 최종 강사 평가와 학생들의 투표 점수를 더해 최종 합격자가 발표된다.
-최종 합격자는 본 학관과 정규직 강사로 계약을 맺는다.

여기까지만 읽었는데도, 월봉은 쥐꼬리만큼 주고 일은 많이 시키는 악덕 상단의 느낌이 물씬 났다.
"……석 달 동안 임시 강사? 이거 월봉은 제대로 주는 거 맞겠지?"
"놀랍게도 나머진 다 구체적으로 적혀 있는데, 딱 그것만 안 적혀 있네요."

"이런 치사한 놈들……."

……그래 좋다.

청룡학관도 나름 무림 오대학관이고 하니, 그쪽이 절대 갑이고 우리가 절대 을인 것은 그렇다고 치자. 하지만 학생들이 매달 강사를 평가하고 점수를 매긴다니? 내게 가르침을 받아야 할 녀석들이 나를 평가한다는 말인가?

"나보고 애들 눈치나 살살 보면서 가르치라는 거야?"

"왜요? 전 재미있을 것 같은데."

악연호는 속도 없는지 히죽 웃었다. 나는 황당한 표정으로 물었다.

"재미있긴 뭐가 재미있어. 애들 눈치나 살살 보면서 제대로 가르치지도 못하고……. 여기 학관 놈들은 대체 무공이 뭐라고 생각하는 거야?"

"형님. 애들 굴리는 거 좋아하죠?"

"……어떻게 알았나?"

"저희 아버지가 저한테 무공 가르칠 때 꼭 그렇게 말씀하셨거든요."

"덕분에 절정고수가 되었지 않니."

"덕분에 이 나이 되도록 연애 한 번 못 해 봤는데요."

"……쯧."

"그런 눈으로 보지 마세요!"

아무튼 나는 퍽 난감하게 되었다. 혈교 무공 교두 출신답게 나는 꽤 강압적으로 무공을 가르치는 편이다. 다짜고짜 폭력을 쓴다거나 욕부터 하는 성격은 아니지만, 적재적소에 강압과 두려움을 이용하면 잠재된 능력을 끌어내는 데 도움이 된다.

'애초에 무공이 다른 놈 패고 죽이려고 배우는 거잖아?'

그걸 지들만 편하게 배우려는 놈들이 도둑놈 심보인 것이다. 자고로 많이 맞고 많이 갈굼당한 놈일수록 강해진다는 것이 나의 지론이다.

"우와. 꼰대……."

내 강사지론을 들은 악연호가 입을 떡 벌렸다. 그러거나 말거나, 나는 탐탁잖은 표정으로 채용 공고를 노려보았다. 그러다 문득 생각이 나서 물었다.

"그런데 지금 방학 아니냐? 새 학기 시작 전에 신입 강사를 채용하는 거로 알고 있는데."

"아, 그게요."

악연호의 말로는 청룡학관에는 1년에 두 번 방학이 있지만, 절반 정도의 학생은 방학에도 기숙사에 머무른다고 했다.

"뭐, 당장은 학생들이 있거나 없거나 상관없는 이야기예요. 일단 서류랑 면접, 일차 시험까지 통과하는 게 먼저라고요."

"그래. 그것도 그렇긴 하지."

"처음부터 잘 보이긴 해야 해요. 며칠 후 저희가 청룡학관에 들어갈 때부터 학생들이 우릴 지켜볼걸요?"

"흐음……."

나는 턱을 괴고 생각에 잠겼다. 정파의 무공 학관이라고 하기에, 뒷짐을 진 채 고고하게 공자 왈 맹자 왈 무공 구결에 적당히 개소리 좀 섞어서 읊어 대면 될 줄 알았다.

'이것도 생각 이상으로 경쟁이 심하군.'

불쑥 승부욕이 솟구친다. 혈교의 치열한 생존 경쟁 속에서도 살아남았던 사람이 나다. 그에 비하면 정파의 학관에서 애들 가르치는 일은 아무것도 아니라고 무시한 것도 사실이다. 그런데 이것도 생각 이상으로 쉽지 않아 보이는 것이 아닌가?

"지원자가 몇이라고?"

"최종으로 다섯 명 뽑는데, 벌써 백 명 넘게 지원했다고 들었어요."

"백 명 중 다섯이라……. 면접이 사흘 뒤니, 그 전에 아흔다섯을 죽이면 되는 건가?"

"……농담이죠?"

물론 농담이다. 혈교에서 하던 대로 할 수는 없으니까. 무림맹에는 무림맹의 규칙이 있고, 나는 규칙을 존중하는 사람이다. 물론 약간의 임기응변은 필수지.

"형님. 혹시 어렵다고 포기할 건 아니죠?"

내가 한동안 말없이 생각에 잠겨 있자, 악연호가 조금 불안해 보이는 표정으로 물었다.

"……포기? 내가?"

내 입꼬리가 비틀리며 천천히 올라간다. 나는 혈교 최고의 무공 교두였다. 무공을 가르치는 것은 내가 가장 잘하는 일이고, 그 실력은 정파와 사파를 가리지 않는다고 자부한다.

"살면서 포기 따위는 해 본 적 없다."

포기하는 순간 죽는 삶을 살았으니까.

나는 청룡학관의 서류 심사부터 면접, 일차 시험까지 전부 통과해 줄 생각이었다. 또한 기존의 강사들이며 감히 날 평가하려는 녀석들에게도 똑똑히 보여 줄 것이다.

"보란 듯이 수석으로 합격해 주지."

"……오글거리지만, 겁먹은 것보단 낫네요."

면접까지 앞으로 사흘이 남았다. 실기 시험은 면접 결과가 발표되고 열흘 후에 진행된다고 했다. 즉, 그 안에 최대한 할 수 있는 준비를 해야 한다.

'녹림십팔식은 꾸준히 수련했으니 외공은 문제될 것 없고, 역천신공을 2성까지 끌어올리면 좋겠는데…….'

복만춘이 열흘 안에 영약을 구해 온다면 시험이 한결 수월해질 테지만, 못 구해 온다는 생각으로 준비해야 할 것이다.

그때 악연호가 진지한 표정으로 말했다.

"어차피 무공이든 면접이든 하루 이틀 더 연습한다고 크게 결과가 바뀌진 않아요. 우리는 대신 다른 부분에서 전략적으로 접근할 필요가 있어요."

"오오. 어쩐 일로 맞는 말을 하지?"

"……평소에 절 어떻게 생각한 거예요?"

무공은 세지만 세상 물정 모르는 철부지?

어쨌거나 악연호는 명문세가에서 태어나고 자랐고, 당연히 나보다 청룡학관에 대한 정보도 많을 것이다. 나는 녀석의 말에 귀를 기울였다.

"형님은 준비가 필요해요. 처음 봤을 때부터 생각했던 건데……."

악연호가 나를 위아래로 훑어보더니 가볍게 혀를 찼다.

"어휴. 이렇게 좋은 무기를 가졌으면서 왜 활용을 못 하는지……."

"좋은 무기?"

나 지금 무기 안 차고 있는데? 내가 의아한 얼굴로 바라보자, 악연호가 손을 뻗어 내 팔목을 홱 잡아끌었다.

"안 되겠다. 당장 준비하러 가요."

"무슨 준비? 어딜?"

내가 눈을 멀뚱히 뜨고 묻자, 악연호가 답답하다는 듯 자신의 가슴을 쳤다.

"어딜 가긴. 당연히 옷부터 사러 가야죠!"

"옷? 옷은 왜……."

"그럼 면접을 보러 가는데 그 칙칙한 흑의장삼만 계속 입을 거예요?"

나는 몸을 돌려 방 안에 있는 거울을 보았다. 그 안에는 소싯적 옥면공자라 불렸던 부친을 닮아 훤칠하게 생긴 청년이 흑의장삼을 걸치고 있었다. 물론 안의 무복도 검은색이었다. 나는 살면서 옷 같은 것에 관심을 가져 본 적이 없었다.

"……흑의장삼이 편한데?"

그러니 이런 말이 나올 수밖에.

악연호는 내 말을 듣더니 고개를 절레절레 젓고는, 내 팔목을 강하게 잡아끌었다.

"군소리하지 말고 빨리 따라와요!"

"어? 어어……."

처음 보는 악연호의 박력에 나는 멍청한 소리를 하면서 끌려갔다.

"가는 김에 머리도 하고! 눈썹도 다듬고! 요즘 사내들도 얼마나 열심히 꾸미는데 말이야! 아무리 잘생겼어도 얼굴만 믿고 관리 안 하다간 나중에 폭삭 늙어요!"

"……고막 찢어지겠다."

악연호는 종일 나를 데리고 저잣거리를 돌아다니며 옷과 신발, 허리띠, 심지어 여자들이나 다니는 가게에 들러서 머리도 깎게 하고 눈썹도 다듬고 화장품까지 사게 했다.

• ❖ •

사흘 후, 청룡학관.

쿠구구궁! 무거운 소리와 함께, 거대한 정문이 좌우로 열렸다. 서로를 노려보고 있던 여의주를 문 두 마리의 청룡이 좌우로 갈라서자, 그 안에 펼쳐진 드넓은 대연무장과 건물들이 모습을 드러냈다. 대연무장 한가운데 서 있는 날카로운 인상의 노인이 까랑까랑하게 외쳤다.

"신입 강사 면접 대상자들은 입장하시오!"

바깥에서 대기 중이던 신입 강사 지원자들이 줄을 서서 입장했다. 청룡학관 채용 공고를 보고 온 각지의 지원자들. 그들 대부분이 각 지역에서 이름 있는 무관의 사부였거나 무공에 자신이 있는 무인이었지만, 청룡학관의 규모를 보고는 기가 죽었다. 최근 그 위세가 다른 학관들에 비해 많이 부족하다지만, 무림 오대학관이란 명성은 거저 얻은 것이 아니었다.

"대기하시오!"

목청 좋은 노인이 다시 외쳤다. 그는 선착순으로 온 지원자들에게 번호표를 배부하고, 정해진 인원만 내원으로 들어가게 했다.

"다섯 명씩 면접을 볼 것이오. 학관 내에서는 정숙해 주시길 바라오."

잠시 웅성거리던 지원자들이 노인의 눈치를 보며 입을 다물었다. 무사는 그게 당연하다는 듯 무표정했다.

그리고 멀리서 그들의 모습을 지켜보는 이들이 있었다.

"쯧."

청룡학관 제일(一) 기숙사 옥상. 눈썹이 짙고 강인한 인상의 청년이 미간을 모으며 혀를 찼다.

"많이도 몰려왔군."

청년의 이름은 독고준. 올해 청룡학관 총학생회의 회장으로, 최근 10년간 최고의 기재라 평가받는 후기지수였다.

"어중이떠중이가 너무 많아요. 서류 전형에서 절반이나 떨어트렸는데도 저 정도라니."

그 옆에서 날카로운 눈매를 가진 묘령의 여인이 말했다. 청룡학관 총학생회 부학생회장, 당소소였다. 두 사람은 학관 안으로 들어오는 지원자들을 보며 대화를 나눴다.

"청룡학관의 이름값이 예전만 못하다는 증거다. 일류도 되지 못한 자들이 대부분이야."

"학생보다 실력이 모자란 자들은 모두 탈락시켜야 해요."

두 사람은 청룡학관에서도 극소수인 일류의 경지에 들어서 있었다. 그만큼 자신의 무공에 대한 자부심도 강했고, 더 강해지고자 하는 욕심도, 다른 오대학관에 대한 승부욕도 강했다.

"올해 천무제는 다를 거야."

"달라야지요."

청룡학관은 매년 천무제에서 굴욕을 당해 왔다. 작년에도 선배들은 무력하게 다른 학관에 패배했고, 독고준은 그들을 보면서 이를 악물었다. 그리고 다짐했다. 자신의 힘으로 청룡학관을 변화시키겠다고. 그렇게 출범한 것이 올해 총학생회였다.

'올해는 다르다!'

관주님을 설득해 신입 강사 채용공고에 새로운 규정까지 추가했다. 이제 학생들이 두 눈으로 강사들을 직접 보고 평가할 것이다.

'학연, 지연, 혈연에 의한 추천은 더 이상 없다.'

실력은 없고 말뿐인 강사들은 모두 쳐 내고, 실력이 좋은 강사들만 남길 것이다. 그래서 이 자리에도 나와 있는 것이다. 실력이 괜찮아 보이는 강사들을 미리미리 눈에 담아 두기 위해서. 하지만 생각보다 실망스러웠다.

"……고수가 거의 없군."

"동감이에요. 절반은 들어온 것 같은데……."

두 사람의 표정이 점점 실망으로 물들어갈 때였다. 갑자기 당소소의 두 눈이 화등잔만 해졌다.

"헉……!"

"소소? 왜 그러지?"

"……."

"소소!"

"아……."

정신을 반쯤 놓고 멍하니 입을 벌리고 있던 당소소가 겨우 손가락을 들어 한 방향을 가리켰다.

"저기……."

냉혈독수라 불리는 그녀의 목소리가 떨리고 있었다. 뿐만 아니라 심장이 어찌나 거세게 뛰는지, 그 소리가 독고준에게까지 들릴 정도였다. 얼굴은 열병에라도 걸린 것처럼 붉게 달아오르고, 숨이 점점 거칠어졌다.

"소소! 갑자기 왜 그래!"

"말도 안 돼……."

"말이 안 되다니 뭐가?"

"……이에요."

"뭐? 대체 무슨 소리야?"

"저기……."

독고준은 당소소의 새하얀 손가락이 가리킨 방향으로 고개를 돌렸다.

두 청년이 걸어오고 있었다. 청의무복을 차려입은 큰 키의 청년과 적의무복을 차려입은 보통 키의 청년이 나란히 걸어서 청룡학관으로 들어오고 있었다. 두 사람의 주변에만 햇빛이 더 많이 모이는 것 같았다. 바람이 불어와 두 사람의 머리카락을 흩날렸고, 돌개바람에 휘말린 꽃잎이 두 사람을 휘감으며 날아올랐다.

"아……."

"와……."

사람들의 시선이 자연스럽게 두 사람을 힐긋거리는 가운데, 당소소가 간신히 입을 열어 아까 하지 못한 말을 했다.

"합격……이에요."

"뭐? 대체 무슨 소리야?"

냉혈독수 당소소가 얼굴을 붉히며 빽 소리쳤다.

"합격이라구요! 전 저분들한테 무공을 배울 거라구욧!"

"뭐……."

그녀도 어쩔 수 없는 열여섯 살 소녀였다.

24화
세상의 절반이 우리 편

"……이러다 얼굴 뚫리겠군."

차라리 사방에서 쏟아지는 암기를 피하는 편이 낫겠다는 생각이 들었다. 암기는 피할 수라도 있지, 사방에서 쏟아지는 따가운 시선은 피할 도리가 없으니까.

힐긋힐긋. 수군수군. 우리가 청룡학관의 정문에 들어선 순간부터 시선이 모여들더니, 이제는 학관 내 모든 사람이 우리만 보는 것 같았다.

"크흠……."

함께 면접을 보러 온 경쟁자들의 시선은 물론이고, 기숙사 창문을 열고 우리를 내려 보는 학생들까지. 나는 이런 상황이 처음이라 무척 어색했지만.

"역시 옷이 날개죠? 잘생긴 얼굴이 다가 아니라니까."

"……."

내 옆에는 이 모든 일의 원흉, 악연호가 사람들의 시선을 즐기며 당당하게 걷고 있었다. 명문세가 자제의 체면이 있어서 대놓고 헤벌쭉 웃지는 않았지만, 부채로 입을 살짝 가린 채 눈웃음을 살살 치는 게 아주…….

"어머머!"

"꺅! 방금 날 봤어!"

그 눈웃음을 정면으로 본 여인들이 얼굴을 붉히고, 난리도 아니었다.

"후훗."

악연호는 그녀들에게 부드러운 미소와 함께 고개를 살짝 숙여 인사하고는 부채를 살랑살랑 흔들며 옆을 지나갔다. 향수라도 뿌렸는지, 악연호가 지나간 자리에는 달착지근한 향이 감돌았다.

'이놈은 사파에서 태어났으면 희대의 색마가 됐을 거야.'

반면 나는 앞만 보고 걸었다. 대중의 시선이 익숙하지 않은 탓에 표정도 평소보다 굳었고, 걸음도 딱딱했다. 다행스럽게도 여인들 대부분은 악연호에게만 관심을 주지, 내게는 그다지…….

"둘 다 신입 강사 지원한 거겠지?"

"나는 왼쪽에 키 큰 남자가 더 취향이야."

"차가운 인상에 수심 어린 저 표정 좀 봐…….."

"하아. 수업에서 막 혼내 줬으면 좋겠다…….."

……못 들었다. 나는 아무것도 못 들었어.

악연호가 팔꿈치로 내 옆구리를 슬쩍 찌르며 작게 말했다.

"어때요? 꽃다운 소저들이 저리 반겨 주니 형님도 좋지요?"

"좋긴 개뿔이…….."

여인들의 시선을 한 몸에 받는 만큼, 사내놈들의 살기도 한 몸에 받고 있다만?

사실 나는 다수의 시선이 꽤나 익숙하고 덤덤한 편이다. 하지만 '이런 종류'의 관심은 처음이라 퍽 난감했다.

그러니까 사흘 전.

―면접은 첫인상이 제일 중요하다니까요! 칙칙한 흑의장삼은 감점이라니까!

……라는 말에 넘어간 나는 악연호에게 끌려다니며 옷, 신발, 허리띠 등 의복 일체를 새로 장만했고, 머리도 손질했다.
그리고 오늘. 나는 새벽부터 부산을 떠는 악연호의 손에 몸을 맡겼고, 아침이 되어 객잔을 나선 순간부터 고난이 시작되었다.
"저, 저, 정말 죄송한데…… 성함만이라도 알려 주실 수 있나요?"
처음 보는 처자가 몸을 배배 꼬며 말을 걸어온 것은 시작에 불과했고.
"오라버니들! 이것 좀 드세요."
"그거 말고 이거 드세요. 저희 가게 당과가 더 맛있어요."
"뭐래? 미쳤니 너?"
"미친 건 너겠지!"
저잣거리의 경쟁 당과 업체 딸들이 머리끄덩이를 잡고 싸우는 것을 말리느라 진땀을 빼야 했으며.
"……소협. 머리카락 하나만 뽑아 주시오. 아니면 손톱 조각이라도 조금만……."
모산파의 제자가 아닐까 의심되는 음울한 눈빛의 사내에게 머리카락과 손톱을 생으로 뜯길 뻔하기까지 했다.
그 모든 시련을 거치고 청룡학관에 들어서니, 아니나 다를까 여기서도 다들 우릴 쳐다보고 있었다. 전생에서는 한 번도 겪어 보지 못한 일이다 보니, 나는 새삼 이런 생각이 들었다.
"망할 놈의 외모지상주의 같으니."
내 나직한 중얼거림에 악연호가 킥킥 웃으며 나를 돌아봤다. 마치 자기가 만든 예술품을 감상하듯, 나를 위아래로 흐뭇하게 훑어본 녀석이 말했다.

"작품이네. 작품이야."

"헛소리 그만하고 빨리 들어가자."

"줄 서야 해서 어차피 바로 못 들어가요. 이왕 이렇게 된 것, 일단은 즐기자고요."

"……즐기긴 뭘 즐겨?"

"저 위에서 느껴지는 여학생들의 동경 어린 시선! 자, 형님 표정 관리 하시고요. 미래에 우리가 가르칠 제자들에게도 좀 웃어 주시고."

"……."

악연호가 입을 가리고 있던 부채를 아래로 내리자 그 수려한 얼굴이 드러났다. 그 순간 기숙사 창문 너머로 우리를 구경하던 여학생들이 단체로 자지러졌다.

"어휴."

내가 한숨을 푹 내쉬며 고개를 절레절레 저었다. 그랬을 뿐인데 또 어디선가 "꺅!" 하는 소리가 들려왔다.

……어쩌라는 건데?

우리는 청룡학관으로 들어온 다른 지원자들과 함께 줄을 섰다. 면접 복장이 경쟁자들에 비해 과하긴 하지만……. 긍정적으로 생각하기로 했다.

'어쨌든 관심을 끄는 건 성공했으니.'

생존 경쟁에서 살아남기 위해서는, 뭐든 한 가지 이상 자신만의 장점이 있어야 한다. 고만고만하거나 비슷비슷한 자들은 대체재가 많기 때문에 금방 잊히고 도태된다. 특히 이렇게 수많은 인원 중 소수를 뽑는 자리에서는 강한 인상을 남길 필요가 있었다.

"면접장에서 이 얼굴이 얼마나 도움이 될진 모르겠다만……."

"아마 상상 이상일걸요."

내 중얼거림을 들은 악연호가 씩 웃으며 내 어깨를 가볍게 툭툭 쳤다.

그때였다. 꽤 먼 거리에서 나를 쏘아보는 시선이 느껴졌다. 나는 자연스럽게 고개를 들어 상대를 보았다. 멀리 보이는 건물의 옥상에 한 쌍의 남녀가 우두커니 서 있었다.

'학생인가.'

무공 교두의 관점에서 더 인상적인 쪽은 남학생이었지만, 나를 뚫어져라 노려보는 쪽은 차가운 인상의 여학생이었다.

'근데 왜 저렇게 노려봐?'

나는 시선을 피하지 않고 여학생을 똑바로 마주 보았다.

"……."

"……."

그리고 잠시 후, 여학생이 숨을 크게 들이마시며 사자후를 토해낼 것 같은 자세를 취했다.

"뭐, 뭐야?"

깜짝 놀란 나는 귀를 막았지만, 내공이 담긴 그녀의 목소리가 학관 전체에 쩌렁쩌렁하게 울려 퍼지는 것을 막을 수는 없었다.

"합, 격, 이에요!"

"……뭐?"

나는 얼빠진 표정으로 그녀를 바라봤다. 나뿐만이 아니라 면접을 기다리던 모든 지원자들이 고개를 들어 그 여학생을 바라봤다. 잔뜩 흥분한 그녀가 손가락으로 나와 악연호를 번갈아 가리키며 말했다.

"거기 두 분! 두 분은 학생회의 권한으로 묻지도 따지지도 말고 합격……. 읍, 으읍!"

"부회장! 미쳤어?"

옆의 남학생이 급하게 그녀의 입을 틀어막았다. 둘 사이에 잠시 실랑이가 있고 난 후, 결국 남학생이 여학생을 제압해 아래로 내려가면서 한 편의 촌극이 끝났다.

"……방금 그건 뭐였지?"

"기숙사 쪽이었는데…….."

"학관에 미친년이 있다는 소문이 사실이었나……."

조금 전 사건 때문에 지원자들이 여기저기서 수군거릴 때였다.

"정숙하시오!"

대연무장 중앙에 서 있던 노인이 까랑까랑한 목소리로 외쳤다. 강한 내공이 담긴 탓에 내공이 약한 자들은 고통스럽게 얼굴을 찌푸렸다.

"본인 차례가 돌아올 때까지 학관 내에서 정숙해 주시기 바라오."

노인은 그 말만 한 후 뒷짐을 지고 모두에게 경고하듯 주변을 슥 둘러봤다. 유독 나를 강하게 노려본 것 같은데…… 착각이겠지.

"근데 저 양반은 누구야?"

"학생 주임이라는데요."

"어쩐지 꼬장꼬장하게 생겼더라."

"자꾸 이쪽을 보는 것 같지 않아요? 혹시 형님이 아는 사람이에요?"

"나도 여기 처음 와 봤다. 학생 주임을 내가 어떻게 알아?"

학생 주임? 왠지 어떤 기억이 날 듯 말 듯하다……. 기억이 안 나는 걸 보니 별로 중요한 건 아니겠지. 악연호와 떠드는 사이에도 대기 줄은 점점 줄어들었다.

면접은 한 번에 다섯 명씩 내원으로 들어가서 면접관들과 이야기를 나누고 나오는 방식이었다.

"안에 있는 면접관은 누구래?"

"학관주님. 부관주님. 그리고 청룡학관 일타강사 남궁수 대협이래요."

다른 지원자(대부분 여자)들과 시시덕거리고 온 악연호에게 묻자, 녀석은 곧장 알아 온 정보를 내게 알려 주었다.

'학관주라면…… 천수관음 노군상인가.'

천수관음(千手觀音) 노군상. 그는 내가 혈교에 있던 수십 년 전에도 무림

백대고수 중 한 명으로 언급되던 무인이었다. 정파에서 협객이라는 말은 즉, 사파에게는 마귀라는 말이나 다름없었다. 노군상이 때려죽인 사파인만 수십이 넘었다.

'직접 본 적은 없지만, 용모파기가 꽤나 강렬했던 것으로 기억하는데……. 수십 년이나 지났으니 좀 달라졌으려나.'

어쨌든 요주의 인물이다.

그다음, 부관주 화염도 곽철우. 아마도 양강 계열의 도법을 쓰는 모양인데 나는 처음 듣는 이름이었다.

그리고 마지막 면접관은 삼절검 남궁수. 남궁세가의 자제로, 이곳 청룡학관을 대표하는 일타강사였다. 내 목표이기도 했다.

"일타강사라……. 얼마나 잘 가르치는지 한번 보고 싶었는데 잘됐네."

"얼굴만 보고 그걸 알아요?"

"나 정도 되면 얼굴만 봐도 알아."

"……도사님. 저는 오늘 면접에 붙을 수 있을까요?"

나는 악연호가 농담 따먹기를 하며 시간을 죽였다. 면접은 생각보다 길었다. 한 조당 짧게는 한 식경, 길게는 반 시진까지도 걸렸다. 우리는 아침 일찍 출발했지만 꽤 뒷번호를 배정받은 탓에(온갖 사람들이 들러붙은 탓이었다), 아직도 앞에 두어 조가 더 남아 있었다.

'슬슬 지루한데.'

나는 고개를 돌려 청룡학관 이곳저곳을 구경했다. 과연 무림 오대학관답게 규모가 크고, 시설도 좋아 보였다. 그에 비해 학생이나 강사들의 수준은…….

'솔직히 실망스럽군.'

실력도 실력이지만, 내가 실망스러운 부분은 그들의 태도였다. 보통 명문세가나 대문파의 제자들은 스스로에게 큰 자부심을 느껴서 걸음이 당당하고, 어깨에 힘이 들어가 있기 마련이다. 하지만 청룡학관의 학생들이나 강사들에게서는 그런 모습을 볼 수 없었다.
 뭐랄까…….
 "다 망해 가는 부잣집에서 어떻게든 마지막에 한몫 쥐고 나가려는 놈들 같다고 해야 하나……."
 "……차라리 욕을 하지 그러세요."
 욕이 아니라 마음에서 우러난 솔직한 평가였으므로 나는 당당했다. 나는 기숙사 창문을 열고 우리를 구경하던 학생들을 반대로 구경했다.
 "어째 숫자가 줄어들지를 않냐."
 "줄기는커녕 아까보다 늘어난 것 같은데요?"
 "쯧쯧."
 이게 뭐 재밌는 구경거리라고. 차라리 그 시간에 검이라도 한 번 더 휘두를 것이지.
 '그래도 몇 명은 떡잎이 보인다만…….'
 될성부른 떡잎으로 보이는 학생들을 찾던 중, 손에 종이를 들고 무언가를 빠르게 슥슥 그리고 있는 여학생을 발견했다.
 스스스슥.
 그 손놀림이 범상치 않았는데, 그보다 더 중요한 것은 '무언가'를 그리면서 계속 나와 눈이 마주친다는 것이었다.
 그 말은 즉…….
 "쟤 지금…… 우리 용모파기를 그리는 거냐?"
 "아무래도 그런 것 같은데요?"
 악연호가 빙긋 웃더니 선선을 아래로 내리며 자세를 잡았다.
 "……너 뭐 하냐?"
 "편하게 그리게 해 주려고요. 어차피 시간도 많으니."
 "하아……."
 동물원의 원숭이가 된 기분이 든 나는 한숨을 푹 내쉬며 손으로 얼굴을 가렸다.
"……빨리 면접이나 봤으면 좋겠다."
"이제 한 조밖에 안 남았어요."
우리가 시시덕거리며 곧 다가올 차례를 기다릴 때였다.
"어라? 너!"
방금 면접을 보고 나온 사내들 중 한 명이 우리를 발견하더니, 눈을 부릅뜨고는 성큼성큼 걸어오기 시작했다.
"오호라! 이놈들 잘 만났다!"
위협적으로 우리를 향해 걸어오는 거구의 사내. 험악하게 일그러뜨린 인상이 마치 통행세 받으러 오는 산적 같았다. 악연호가 나를 돌아보며 물었다.
"형님이 아는 사람이에요?"
이건 뭐, 일만 생기면 나한테 떠넘기려고 하네. 기억력이 좋은 나는 상대를 단번에 알아보았다.
"그때 객잔에서 네가 쫓아낸 돼지잖아."
나름 작게 속삭인다고 했는데, 다 들린 모양이다.
"누구 보고 돼지래!"
내게 돼지라 불린 사내는 멧돼지처럼 콧김을 뿜어대며 내게 삿대질을 해댔다.
"잘 들어라! 이 몸은 신력도(神力刀) 곽두용이다!"
얼굴이 벌게져서 외치는 사내의 모습을 보자, 악연호도 기억이 난 모양이었다.
"아……. 그때 만난 돼지?"
악연호를 처음 만난 날. 객잔에서 주사를 부리며 주변에 민폐를 끼치다가 악연호에게 망신을 당하고 도망치듯 빠져나간 사내였다.
"하! 이자들이 아직도 정신을 못 차리는군. 당신들, 청룡학관에 입사 시험을 보러 온 모양인데…….”

곽두용은 꼬리에 불붙은 멧돼지처럼 도망치던 예전과 달리, 오늘은 믿는 구석이 있는 듯 어깨에 힘을 잔뜩 주었다. 그가 스산하게 웃더니 목소리를 낮추며 우리에게 말했다.

“이곳에 누가 계신지 알아? 바로 이 몸의…….”

퍼억! 어디선가 날아온 신발이 정확히 곽두용의 뒤통수를 맞췄다. 넘어질 듯 크게 휘청이던 곽두용은 겨우 중심을 잡고 홱 돌아섰다.

“어떤 놈이야!”

대답은 기숙사 쪽에서 들려왔다.

“비켜, 이 못생긴 자식아! 너 때문에 두 강사님의 옥안이 하나도 안 보이잖아!”

방금까지 우리의 용모파기를 그리고 있던 여학생이, 남은 한쪽 신발을 위협적으로 흔들고 있었다.

“감히 강사한테……!”

얼마나 당황했는지 곽두용의 얼굴이 시뻘겋게 달아올랐다. 하지만 그의 수난은 이제 시작에 불과했다.

퍼억! 어디선가 날아온 먹다 만 당과가 곽두용의 어깨에 들러붙었다. 이번에는 아까와 다른 여학생이었다.

“왜 가만히 있는 분들한테 시비야!”

처음 한두 번이 어렵지, 세 번 네 번은 쉬웠다.

퍽! 퍽! 퍼버벅! 주로 여학생 기숙사에서 온갖 물건들이 곽두용을 향해 날아왔다. 무공을 배워서 그런지 다들 정확도가 예술이었다.

“왜 연약한 강사님들을 괴롭혀!”

“못생긴 게 성격도 나쁘네!”

“당신은 학생 평가에서 빵점이야!”

“우우우우!”

……한 사내가 못생겼다는 이유로 여학생들에게 몰매를 맞고 있었다.

아니, 물론 그게 이유의 전부는 아니다. 학생들한테는 곽두용이 다짜고짜 우리에게 와서 시비를 거는 것으로 보였기에 다들 저렇게 분노하는 것이다.

"악인이 선량한 이를 핍박하는 걸 두고 보지 말라고 배운 무림의 소녀들답네요."

악연호가 대견하다는 표정으로 학생들을 바라보며 웃었다. 나는 황당한 표정으로 그를 바라봤다.

"그 선악을 판별하는 절대적인 기준이 외모인 것 같이 느껴지는 건 나만의 착각이냐?"

"……형님. 외모가 사람을 보는 절대적인 기준은 아니에요. 성격, 품행, 말투 등 여러 가지 요소가 판단의 기준이 되죠. 하지만……."

악연호가 부채로 얼굴을 가리며 큭큭 웃었다.

"처음 보는 사이에 성격, 품행, 말투를 어떻게 알아요? 잘생기면 사람도 좋아 보이는 거지."

"하……."

"제가 왜 형님의 외모가 굉장한 무기라고 했는지, 꾸며야 한다고 했는지 이제 아셨어요?"

탁! 부채를 접은 악연호가 고개를 들어 여학생들을 지그시 바라봤다. 그와 눈이 마주친 여학생들이 "꺅꺅!" 소리를 질러 댔다.

"자, 보세요. 잘생긴 남자는 세상의 절반을 자기편으로 만들 수 있다고요."

"……."

말하는 모습만 보면 제자에게 깨달음을 전수하는 일대종사 같았다. 실제로 나도 악연호의 말에 깨닫는 바가 있었기에, 묵묵히 생각에 잠겼다.

우리가 그렇게 가만히 서서 대화를 나누는 도중에도, 곽두용은 쏟아지는 암기 세례(?)에 혼쭐이 나고 있었다.
"억! 어억! 그만! 제발 그만해!"
 표적이 커서 그런지, 던지는 족족 몸에 다 맞았다. 이제는 여학생 기숙사뿐만 아니라, 남학생 기숙사에서도 온갖 물건들이 날아왔다. 나는 의아해서 물었다.
"남학생들은 왜 저러는 거냐? 설마 쟤들도 우리 외모 때문에……."
"쟤들은 그냥 재미로 그러는 거예요. 사내새끼들이 다 그렇지."
"……."

25화
증명해 볼까?

곽두용에게는 다행스럽게도, 소란이 걷잡을 수 없이 커지자 보다 못한 학생 주임이 끼어들었다.

"그만!"

학생 주임이 기숙사를 노려보며 일갈했다.

"지금부터 뭘 던지는 녀석들은 모두 벌점이다!"

그 까랑까랑한 목소리가 울려 퍼진 직후, 날아오던 물건이 거짓말처럼 자취를 감췄다.

'평소에 얼마나 애들을 쥐 잡듯이 잡았으면.'

학생들이 학생 주임을 얼마나 무서워하는지 알 수 있는 대목이었다. 학생 주임의 부리부리한 시선이 우리를 향했다.

"당신들도 마찬가지요! 더 이상 소란을 일으키면 면접이고 뭐고 쫓아내겠소!"

그 순간, 나와 악연호는 약속이라도 한 것처럼 한껏 억울한 표정을 지었다.

"예? 저희는 아무것도 안 했는데요."

"가만히 있었는데 저쪽에서 갑자기……."

우린 정말로 가만히 있었기 때문에(소곤댄 것은 곽두용 외에는 못 들었다), 학생 주임의 매서운 시선은 곧바로 곽두용을 향했다.

"면접이 끝났으면 바로 돌아가시오!"

"예? 하지만……!"

"강제로 쫓아내드릴까?"

씩씩거리던 곽두용은 노인의 서슬 퍼런 눈빛에 찔끔하더니 황급히 자리를 벗어났다. 나는 뒷짐을 진 채로 도망치는 곽두용의 모습을 가만히 지켜보았다.

말 한마디 하지 않고, 하다못해 내공조차 끌어올리지 않고 적을 물리쳤다. 평생 수많은 고수를 봐 왔지만 처음 보는 일이었다. 깨달음은 부지불식간에 찾아왔다.

"……그래. 그런 거였군."

오늘 아침부터 방금까지, 일련의 사건들을 겪으면서 나는 한 가지 큰 깨달음을 얻었다.

"하하……."

내가 득도한 스님처럼 부드럽게 웃자 악연호가 눈을 크게 뜨고 물었다.

"예? 뭐가 그래요?"

나는 나의 깨달음을 그에게 기꺼이 전해 주었다.

"짜릿해. 새로워. 잘생긴 게 최고야."

"……?"

그 순간 악연호가 차마 말로 표현하기 힘든 괴상한 표정으로 나를 바라봤다.

"아까는 망할 외모지상주의라면서?"

"다 못난 놈들의 변명이지. 이렇게 태어난 걸 어쩌겠냐. 앞으로는 겸

허히 내 본모습을 받아들이기로 했다."

나는 허허롭게 웃음을 지었고, 악연호는 어째서인지 연신 한숨을 푹푹 내쉬었다.

"자각은 하길 바랐지만, 이 정도까지 바란 건 아니었는데……."

잠시 후, 우리는 드디어 차례가 되어 면접장 안으로 들어갔다.

• ◈ •

"분명 어디서 본 것 같은데……."

학생 주임 매극렴은 미간을 가늘게 좁히고, 면접장 안으로 들어가는 두 청년의 뒷모습을 바라봤다. 둘 다 기생오라비처럼 곱상하게 생긴 것이 썩 마음에 들지는 않았지만, 매극렴은 상대의 외모로 섣불리 편견을 갖는 사람은 아니었다. 그가 평가하는 것은 오로지 학생들을 잘 가르칠 수 있는 능력이 있는가뿐이었다. 그렇기 때문에, 방금의 소요도 매극렴은 크게 마음에 두지 않았다.

'사람이 여럿 모이면 이런저런 다툼이 생기게 마련이지.'

그런데 왜……. 방금 면접장에 들어간 두 청년 중, 키가 큰 쪽의 얼굴이 계속 아른거리는 것일까.

"졸업생의 자식인가?"

매극렴은 기억에 남을 만한 졸업생들을 떠올려 보았다. 그가 청룡학관에서 강사로 일한 지도 수십 년이 넘었다. 하지만 적어도 최근 이십 년간 졸업한 졸업생 중에는, 방금 들어간 청년과 크게 닮은 이가 없었다.

'잘생긴 청년들이야 많았지만…….'

저렇게 여학생들이 난리를 칠 정도로 잘나고, 잘 차려입고 온 경우는 없었다. 매극렴은 조금 더 과거로 기억을 거슬러 올라가 보았다.

그러다 불쑥, 세상에서 가장 떠올리고 싶지 않은 얼굴이 떠올랐다.

"설마……."

오늘만큼 요란하지는 않았지만, 입학한 순간부터 수많은 여학생들의 밤잠을 설치게 했던 청년. 기숙사 내에서 풍기문란 사고를 일으킬까 봐 늘 주시했던 경계 대상 1호. 학관은 물론이고, 도시 전체에 풍류공자로 유명했던 놈. 그리고 그 무엇보다, 하나뿐인 딸자식을 훔쳐서 도망간 천하의 죽일 놈. 결국 자신의 하나뿐인 딸과 의절하게 만든 그놈!

옥면공자(玉面公子) 백무흔!

"닮았어……."

갑자기, 매극렴은 방금 들어간 청년의 이름이 못 견디게 궁금해졌다.

면접장 안은 단출했다. 넓은 방 안에는 별다른 가구도 없이, 양쪽에 탁자와 의자만 덩그러니 놓여 있었는데, 안쪽에 세 명의 면접관이 나란히 앉아 있었다. 나는 자리에 앉으며 그들을 살펴보았다.

'가운데가 천수관음, 좌측이 화염도, 우측이 삼절검인가?'

그 반대편 탁자에 나와 악연호를 포함한 지원자 다섯 명이 나란히 앉았다.

"그럼 십육 조 면접을 시작하겠습니다."

피곤한 표정으로 입을 연 사람은 왼쪽에 앉은 인상이 굵은 중년 사내였다. 자리 옆에 도가 놓인 것을 보니, 저 사내가 청룡학관 부관주인 화염도 곽철우였다.

"한 명씩 간단히 자기소개 부탁드립니다."

곽철우의 말에 맨 왼쪽에 앉은, 키가 작고 똘똘하게 생긴 사내가 벌떡 일어나 자기소개를 시작했다.

"안녕하십니까! 저는 산동 명가장에서 온……."

한 명씩 자기소개가 이어지고, 악연호의 차례가 되었다. 악연호는 명문세가의 자제답게 격식 있게 포권을 취하며 말했다.

"산동악가에서 온 악연호가 선배님들께 인사드립니다. 청룡학관에 좋은 인연이 있다 하여, 이번에 창술 강사로 지원했습니다."

역시나 명문의 힘인지, 산동악가라는 말에 곽철우와 남궁수의 눈빛이 달라졌다. 곽철우가 물었다. 대부분의 질문은 그가 하고 있었다.

"창왕 님과는 촌수가 어찌 되시는가?"

"……제 오촌 당숙이 되십니다."

"최근에 뵌 적은 있고?"

"출발하기 전에 잠시……."

악연호는 다른 면접자에 비해 몇 배의 시간 동안 질문을 받았고, 그 분위기도 훈훈했다. 하지만 나는 그렇지 않았다.

"회창에서 온 백수룡입니다. 별호는 없고, 아버지께서 운영하시는 무관에서 10년간 아이들에게 무공을 가르쳤습니다. 외공 강사로 지원했습니다."

"크흠."

내 보잘것없는 자기소개에 곽철우는 헛기침을 했다. 그는 탁자 앞에 놓인 내 추천서를 읽으며 말했다.

"비응객이 추천했더군. 그 친구 인망이 높지. 얼마 전에 민간인 살인 사건을 조사하면서 사건 해결에 도움을 줬다고……. 어떤 사건이었는지 자세히 얘기해 보겠소?"

"허 노인은 악명 높은 고리대금업자였습니다……."

나는 이야기를 시작하면서 면접관들의 표정을 살폈다. 곽철우는 열심히 듣는 '척'을 했고, 남궁수는 대놓고 관심 없다는 표정이었다. 가장 의외였던 건, 가운데 앉은 청룡학관주가 내 이야기를 흥미진진하게 듣기 시작한 것이었다.

"허허. 흥미로운 이야기로군."

노군상이 처음으로 입을 열었다. 보살처럼 인자하게 웃으면서. 순간 나는 내 눈을 의심했다.

'저 노인이 천수관음이라고?'

내가 아는 천수관음은 별호와는 달리 악귀와 같은 사내였다. 성정이 사자처럼 거칠고, 한번 싸움을 시작하면 한쪽이 죽거나 불구가 될 때까지 멈추지 않는 사내. 정파 내에서도 미친놈으로 꽤 유명했던 것으로 아는데…….

'지금은 무슨 동네 성격 좋은 할아버지 같잖아.'

무인의 성격이 확 바뀌는 이유는 보통 둘 중 하나다. 깨달음을 얻어 경지가 크게 상승했거나, 얻지 못해 체념하고 포기했거나. 노군상이 둘 중 어떤 상태인지, 이렇게 보기만 해서는 알 수 없었다.

"저어, 관주님. 시간이 부족하니 다음 분 이야기를 들어 보지요."

"아, 그렇지. 내가 주책을 떨었군. 마저 질문하시게나."

곽철우의 말에 노군상이 고개를 끄덕이더니, 내 쪽을 향해 있던 몸을 슬쩍 뒤로 물렸다.

……그렇게 내 순서가 끝났다.

자기소개가 모두 끝난 후, 곽철우가 분위기를 환기하며 말했다.

"지금부터는 자유롭게 질문하면 될 것 같습니다."

말은 그렇게 했지만 대부분의 질문은 여전히 곽철우의 몫이었고, 그 대상은 대부분 악연호였다.

"창왕께선 언제 한번 청룡학관에 방문하실 생각이 없으시다던가?"

"아, 그게…….''

어찌나 노골적인지, 악연호가 다른 면접자들의 눈치를 볼 정도였다.

'좋지 않은데.'

나는 배경, 무공, 어느 것 하나 내세울 것이 없었다. 면접관들도 내게 관심을 가지지 않았다. 이대로는 아무것도 못 해 보고 면접에서 떨어질 확률이 높았다. 내가 뭔가 방법이 없을까 머리를 굴리고 있을 때였다.

"백수룡 씨."

악연호를 향한 곽철호의 애정 어린 질문 세례가 잠시 멈춘 틈에, 면접 동안 거의 말없이 있던 삼절검 남궁수가 내게 말을 걸었다.

"예."

나는 여학생들을 매료시켰던 부드러운 미소를 지으며 대답했다. 그런데 돌아오는 반응은 영 싸늘했다.

"외공 강사에 지원하신 이유가 뭡니까?"

남궁수는 큰 키에 이지적인 눈매, 적당히 마른 체형의 미남이었다. 그런데 날 보는 그의 눈빛이 꽤나 적대적이었다.

'뭐야?'

일단 대답은 해야 했기에 나는 최대한 정중하게 대답했다.

"현재 외공에 가장 자신이 있기 때문입니다. 물론 검법이나 도법 같은 병장기도 가르칠 수 있습니다. 암기술이나 합격술도 가능하고요."

실제로 나는 대부분의 무공을 가르칠 수 있다. 뿐만 아니라 기초적인 독학, 기문진법 등에도 조예가 있었다. 하지만 이걸 다 말하면 너무 잘난 척하는 것 같겠지?

"외공에 자신이 있다라……."

그런데 남궁수가 내게 질문을 한 의도는 정말 궁금해서가 아니었던 것 같다.

피식. 코웃음을 친 남궁수가 말했다.

"제가 보기엔 당신은 외공 강사에 적합하지 않습니다. 또한 내공을 익힌 흔적도 거의 없군요. 제가 수련이 얕아 반박귀진의 경지를 못 알아보았을 수도 있습니다만……."

남궁수가 옆에 있는 노군상을 보았다. 면접장 안에 있는 사람들 중 가장 경지가 높은 고수이기 때문이었다. 노군상이 나를 보고 빙긋 웃었다.

"저 친구가 특별한 무공을 익힌 것 같기는 하지만, 반박귀진의 경지는 아니네. 물론 나보다 무공이 까마득히 높은 고수라면 내가 못 알아볼 수도 있겠네만……."

그럴 리가 없다는 건 이 자리에 있는 모두가 알고 있었다. 노군상은 수십 년 전에도 백대고수로 꼽히던 인물이니까.

나 역시 순순히 고개를 끄덕였다.

"제 내공이 일천한 것은 사실입니다. 하지만 그것이 외공이 약하다는 말은 아닙니다."

그러나 남궁수는 내 대답에도 여전히 못마땅한 표정이었다.

"내공에 자신이 없으니 외공이라도 가르쳐 보겠다는 구차한 변명으로 들리는데요."

"음. 그런 게 아니라……."

"백수룡 씨. 청룡학관이 만만해 보입니까? 시골에서 애들이나 가르치던 실력이 이곳에서도 통할 거라고 생각합니까?"

"……."

이게 그 압박 면접이라는 건가? 누가 봐도 남궁수가 나를 마음에 들어 하지 않는다는 것이 보이는 태도였다. 사실 나는 혈교에서 별의별 꼴을 당해 봤기에 아무렇지도 않았다. 오히려 내 옆의 악연호가 울컥해서 따지고 들었다.

"말이 너무 심하신 거 아닌가요?"

"심한 것은 제가 아니라, 기본도 갖추지 않고 청룡학관의 강사가 되려는 사람입니다."

"직접 보지도 않고 함부로……!"

"괜찮아."

나는 날 대신해 화를 내려는 악연호를 말렸다. 그리고 빙긋 웃으며 남궁수를 바라봤다.

"남궁수 대협. 제 실력이 의심스러우신 겁니까? 아니면 그냥 제가 싫으신 겁니까?"

"……개인적인 감정은 없습니다."

"아닌 것 같은데요."

나는 이 녀석이 왜 나를 못살게 구는지 알 것 같았다. 저 녀석은 나와 인상이 비슷하다. 차가운 분위기, 큰 키에 마른 체형. 그리고 잘생기고 젊은 강사. 남궁수가 미간을 찌푸리며 말했다.

"청룡학관은 무림 오대학관입니다. 저는 이곳에서 학생들을 가르치는 일에 자부심을 느낍니다. 기본조차 안 된 사람이 제 일을 만만하게 보는 것이 싫은 겁니다."

"그럼 간단하네요."

인상이 비슷하니 비교당할 수밖에 없다. 훗날 내게 자기 자리를 빼앗길지도 모른다는 사실을, 남궁수는 본능적으로 느낀 것이다. 나는 자리에서 일어나 남궁수를 향해 걸어갔다.

'마침 잘됐어.'

남궁수 앞에 선 나는 그를 내려다보며 씨익 웃었다.

"제가 그 기본을 증명해 보이겠습니다."

그가 떨떠름한 얼굴로 나를 올려봤다.

"증명하겠다고? 어떻게?"

이 새끼가 언제 봤다고 혀가 반 토막이야? 오는 말이 곱지 않으니, 가는 말이 고울 수가 없었다.

탕! 탁자에 두 손을 짚은 내가 그를 똑바로 바라보며 말했다.

"외공으로 이 자리에서 당신을 묵사발 내면 어때?"

26화
실기시험에 대해서

16개 조의 면접이 모두 끝나고 지원자들이 면접장에서 나간 뒤. 화염도 곽철우가 혀를 차며 말했다.

"뭐 저런 건방진 놈이 있나. 뭐? 외공으로 묵사발을 내?"

"……."

"남궁 선생. 마음 쓰지 말게. 어떻게든 면접관 눈에 들어 보려고 발악을 하는 게야."

"……."

곽철우는 아까부터 말이 없는 남궁수의 눈치를 살폈다. 나이로 보나 무림의 배분으로 보나 남궁수보다 윗사람이었지만, 그는 남궁수의 눈치를 볼 수밖에 없는 입장이었다.

삼절검(三絶劍) 남궁수. 청룡학관 제일의 일타강사로, 매 학기 그의 수업을 듣기 위해 수많은 학생들이 줄을 길게 늘어설 정도였다. 학관 외부에서도 개인 과외 요청이 쇄도하는 것은 물론이고, 다른 오대학관에서도 남궁수에게 이직 제안을 여러 번 했다는 것을 알고 있었다. 이미 몇 년 전부터 말이다.

'남궁 선생이 청룡학관에 애정을 가지고 남아 줘서 다행이지…….'

하지만 사람 마음이라는 것은 모르는 것이 아닌가? 만약 남궁수가 어느 날 다른 오대학관에 이직이라도 해 버리면, 안 그래도 명성이 기울어 가고 있는 청룡학관은 앞으로 무림 오대학관의 말석에조차 들지 못할 것이다. 청룡학관의 미래를 생각해야 하는 부관주의 입장에서, 남궁수는 절대로 놓쳐서는 안 될 사람이었다.

'백수룡이라고 했나. 비응객이 추천한 청년이라 면접은 통과시켜 주려 했지만…….'

곽철우가 보기에, 백수룡은 면접에서 할 수 있는 최악의 수를 두었다. 일타강사의 심기를 거스르게 했으니, 설령 면접에서 붙고 실기시험까지 통과해 임시 강사가 된다 해도 그의 앞날엔 먹구름이 가득할 것이다.

"남궁 선생의 명성이 워낙 자자하니 한번 손속이라도 겨뤄 보고자 하는 어중이떠중이가 어디 한둘인가. 내 선에서 처리할 테니 신경 쓰지 말고……."

"…….."

남궁수는 여전히 생각에 잠겨 있는지 말이 없었다. 초조해진 곽철우가 입술에 침을 바르고 말했다.

"혹시 내가 아까 싸움을 말려서 기분이 상했나? 하지만 자네가 그자를 다치게라도 했으면, 분명 밖에 나가서 자네에 대한 나쁜 소문을 퍼트리고 다녔을 거야. 그래서 말린 것이니 기분 나빠하지 말고……."

"흠. 내가 보기엔 그럴 청년 같지는 않던데."

곽철우는 눈치 없이 끼어든 사람을 째려봤지만, 그 이상 그가 할 수 있는 것은 없었다.

"관주님……."

청룡학관의 관주이자 수십 년 전부터 무림 백대고수로 손꼽히는 노인에게 뭐라고 할 정도로 간이 크지는 않았으니까. 노군상이 허허 웃으며 조금 전의 일을 상기시켰다.

"부관주가 말리지 않았으면 당장이라도 덤빌 기세였어. 남궁 선생이 보기에는 안 그랬나?"

"……맞습니다. 자신감이 과하더군요."

남궁수가 냉담한 표정으로 입을 열었다. 노군상이 짓궂게 미소 지으며 물었다.

"그런데 왜 가만히 있었나? 그의 외공 실력이 궁금하지 않았나?"

속마음을 꿰뚫을 듯한 노인의 눈빛. 그러나 남궁수의 차가운 표정에는 흔들림이 없었다.

"상대할 가치가 없었기 때문입니다. 또한 제가 먼저 상대를 도발했기 때문이기도 하지요."

"하긴, 아무리 압박 면접이라고 해도 강도가 심하기는 했지."

남궁수가 고개를 끄덕였다.

"예. 상대로서는 충분히 화가 날 수 있었다고 생각합니다. 그 상황에서 제가 그를 외공으로 꺾어 봤자, 자존심에 더 큰 상처만 입혔겠지요."

승부를 가렸으면 자신이 당연히 이길 거라는 태도. 청룡학관 일타강사이자 절정의 무인으로서 당연한 자신감이었다. 게다가 망신당할 것이 뻔한 상대를 배려하는 마음 씀씀이까지. 곽철우가 또 한 번 감탄했다며 남궁수를 치켜세웠다.

"남궁 선생은 실력뿐만이 아니라 마음까지 넓은 대인배로군. 충분히 화가 날 상황인데 상대를 망신 주는 게 싫어서 참다니……. 이런 점은 다른 선생들도 본받아야 해!"

"아닙니다. 흥분해서 지원자에게 심한 말을 한 것을 보면 저도 아직 수양이 부족한 사람입니다."

"다 우리 청룡학관을 위하는 마음이 너무 커서 나온 말이 아닌가! 내가 봐도 그 친구는 외공 강사에 지원할 만한 몸이 아니었어."

곽철우가 남궁수의 얼굴에 금칠을 하고, 남궁수는 덤덤한 표정으로 겸양을 떨었다. 그들 사이에 앉은 노군상은 팔짱을 낀 채로 방금 나간 청년을 떠올렸다.

'백수룡이라고 했던가.'

그의 말투와 몸짓, 면접관들을 머리부터 발끝까지 관찰하던 예리한 눈빛이 기억에 강렬하게 남았다.

……무공은 별로 강해 보이지 않았지만, 노군상은 그 젊은 청년 앞에서 이상하게 긴장하고 있었던 자신을 느꼈다.

"자네들은 백수룡을 면접에서 떨어뜨려야 한다고 생각하나?"

"예."

곽철우는 바로 대답했고, 남궁수는 잠시 노군상의 표정을 살피더니 고개를 끄덕였다.

"제 생각도 탈락시키는 게 옳을 것 같습니다만……. 관주님께선 생각이 다르신지."

16개 조의 면접이 진행되는 동안, 노군상은 면접자의 합격 여부를 결정하는 데 개입한 적이 단 한 번도 없었다. 대체로 허허 웃으며 가끔 면접자의 신변잡기나 물어볼 뿐이었다. 그래서 지금까지는 곽철우와 남궁수, 두 사람이 면접자의 합격과 탈락 여부를 결정했다.

하지만 이번엔 달랐다.

"십육조에서 악연호, 명일오, 그리고 백수룡을 통과시키겠네."

처음으로 확실하게, 노군상이 자신의 의견을 말하고 있었다. 아니 그것은 의견이 아니라, 일방적인 통보였다.

"예? 왜요?"

놀란 곽철우가 눈을 크게 뜨고 묻다가, 이내 상대에 대한 실례라는 것을 알고는 눈을 내리깔았다.

"죄, 죄송합니다, 관주님."

"괜찮네."

노군상은 허허 웃으며 말을 이었다.

"알 수가 없어서라네. 이 나이쯤 되면 일각만 이야기를 나눠 보아도 상대의 무공이나 성정을 대충 알기 마련인데, 그 친구는 좀처럼 모르겠네. 가늠이 되질 않아. 무공 수위도 그렇고, 속에 뭐가 들어 있는지 도통 모르겠어."

이런 경우는 수십 년 만이야, 하고 노군상이 어린아이처럼 눈을 빛내며 중얼거렸다.

남궁수가 다소 굳은 표정으로 말했다.

"……관주님께서 누군가를 그리 칭찬하시는 경우는 처음 보는군요."

"아직 칭찬이라고 하기는 어렵네. 그저 괴짜일 수도 있지. 다만 한 번 정도는 더 보고 싶다네."

"그렇습니까……."

남궁수는 잠시 말이 없더니, 지나가듯이 툭 말했다.

"제가 반대해도 변하지 않는 결정입니까?"

"왜? 신경이라도 쓰이나?"

"……."

찰나의 순간, 노군상과 남궁수의 눈빛이 부딪쳤다. 그 모습에 곽철우가 어쩔 줄 몰라 무슨 말이라도 꺼내려 할 때, 남궁수가 웃으며 한발 물러났다.

"알겠습니다. 관주님께서 그렇게까지 말씀하시니, 저도 한 번 더 보고 싶군요."

남궁수의 부드럽게 미소 지었으나, 그 눈은 조금도 웃고 있지 않았다.

"……다음엔 저도 제가 못 본 모습을 볼 수 있었으면 합니다."

"그랬으면 좋겠군. 우리 청룡학관의 발전을 위해서라도 말일세."

"……."

노군상의 묘한 말에 남궁수의 눈썹이 꿈틀거렸다. 둘 사이에서 눈치를 보던 곽철우가 얼른 바깥에 대고 소리쳤다.

"십칠 조 들어오시오!"

　　　　　　　　　• ❖ •

"형님. 너무 심했던 것 아니에요?"

"심하긴 뭐가."

내 심드렁한 대답에 악연호가 내 옆에 바짝 붙더니 속삭였다.

"청룡학관 일타강사를 도발하면 어떻게 하냐고요. 부관주님이 뜯어말려서 다행이지 잘못했으면······."

"말릴 줄 알았어."

"예?"

내가 피식 웃자 악연호가 멍한 표정으로 나를 바라봤다. 나는 설명을 덧붙였다.

"너 같으면 학관에서 제일 귀하신 일타강사를 신입 강사 지원자랑 싸우게 하겠냐? 이겨 봤자 본전도 못 건지는 데다, 혹여라도 졌다간 그 쪽 팔림을 어떻게 감수하려고?"

"그래서 일부러?"

"최소한 인상은 강렬하게 남았겠지."

물론 남궁수와 '외공'으로 붙는다는 가정을 해도 이길 자신은 있었다. 내게는 맹사부가 남긴 녹림십팔식이 있으니까.

'그래서 조금 강하게 나가 본 건데······.'

예상에서 전혀 벗어나지 않았고, 곽철우가 중간에 끼어들어서 싸움을 말렸다. 그 뒤에서 당황한 남궁수의 눈빛이 얼마나 흔들리던지······.

아마 지금쯤 상대가 불쌍해서 참았다, 학관의 위신을 생각해 참았다,

따위의 변명을 늘어놓고 있을 것이다.

"쫄보 새끼. 걸렸으면 그대로 손모가지를 꺾어 버리는 건데."

뭐, 앞으로도 시간은 많다.

나는 우선 청룡학관의 일타강사가 될 생각이고, 그렇다면 남궁수와는 계속 충돌할 수밖에 없었다.

"천천히 괴롭혀 주지."

내가 씩 웃으며 말하자, 악연호가 어처구니없다는 표정으로 나를 바라봤다.

"떡 줄 사람은 생각도 안 하는데……. 그러다 면접에서 떨어지면 어쩌려고요?"

면접에서 떨어지면? 나는 잠시 생각하다가 대답했다.

"청룡학관 반대편에 커다란 장원을 하나 짓고, 거기다 내 성을 따서 백룡학관을 차릴 거다. 십 년만 지나면 내가 가르친 녀석들이 청룡학관 녀석들을 전부 두들겨 패고 다닐걸."

수중에 돈이 없었다면 모를까. 내게는 허 노인에게 물려받은 유산과 장사 밑천이 있었다.

'이참에 학관업을 크게 벌이는 것도 나쁘지 않지.'

시간이 문제일 뿐, 결국에는 학생을 끌어모을 자신이 있었다. 청룡학관에서 경력을 쌓고 시작하는 것보다는 시간이 더 걸리겠지만 말이다.

"날 떨어뜨리면 면접관들 눈이 그것밖에 안 되는 거겠지. 난 아쉬울 것 없다."

"어쨌든 당당한 것 하나는 좋네요."

"그래. 너는 특별히 면접 없이 강사로 채용해 주마. 우리 백룡학관의 설립 강사로……."

"이 아우, 멀리서나마 응원하겠습니다."

시답잖은 이야기를 하면서 면접장을 빠져나오는 우리의 뒤로, 낯선 기척이 접근했다.

"말씀 나누시는 중에 죄송합니다."

뒤를 돌아보자, 짧은 머리에 서글서글한 인상의 사내가 웃으며 다가오고 있었다. 나는 그를 알아보았다.

'명일오라고 했나.'

우리와 함께 면접을 본 사내로, 키가 작고 몸이 차돌처럼 단단해 보였다. 한눈에 봐도 사람 좋아 보이는 인상에 실제로 성격도 싹싹해서, 곽철우가 악연호 다음으로 마음에 들어 했던 것 같다. 실력도 괜찮아 보이는데, 백룡학관 강사 후보로 넣어 봐?

"저는 산동 명가장 출신의 명일오라고 합니다. 악 소협. 예전에 한 번 뵌 적이 있는데 혹시 기억하십니까?"

명일오가 악연호에게 포권을 취하며 말했다. 그 순간 악연호가 드물게 당황한 표정을 지었다.

"아, 음. 죄송한데 기억이 잘……. 언제 뵈었죠?"

"연화 아가씨의 스무 살 생일이었습니다."

"아……. 그때요?"

"하하. 사람이 워낙 많아서 기억 못 하실 겁니다. 사실 저도 멀리서 잠깐 뵌 것이 전부입니다. 벌써 몇 해나 지나기도 했고요."

"그러게요. 벌써 그렇게……."

산동악가와 명가장은 둘 다 산동 지역에 있었다. 하지만 지역의 패자라고 할 수 있는 산동악가와는 달리, 명가장은 중소문파였다. 그렇기 때문에 악연호는 상대를 신경 쓰지 않아도, 명일오는 그럴 수가 없는 입장이었다.

"동향 사람끼리 만난 것도 인연인데, 식사라도 함께하시겠습니까? 제가 대접하겠습니다."

"음. 그게……."

왜 나를 봐? 악연호가 내 눈치를 보더니 물었다.

"형님은 어때요?"

……아. 나 때문이었어?

"나는 상관없는데."

"백 소협도 함께 자리를 빛내 주시지요! 하하. 아까 면접관들 앞에서 보여 주신 배포에 정말 감동했습니다!"

보는 사람마저 기분이 좋아지는 미소. 붙임성이 얼마나 좋은지, 명일오는 처음부터 우리 일행이었던 것처럼 자연스럽게 합류했다.

"그런데 두 분."

주위를 슬쩍 둘러본 명일오가 목소리를 낮추며 말했다.

"실기시험에 대해서는 알고 계십니까?"

27화
네놈이 그놈이냐?

"실기시험은 시험 전날까지 공개되지 않는 것으로 알고 있는데요?"

악연호가 눈을 동그랗게 뜨고 물었다. 그럴 줄 알았다는 듯, 명일오가 씩 웃었다.

"물론 그렇죠. 하지만 지난번, 그리고 그전에도 청룡학관 신입 강사 시험이 있지 않았겠습니까. 제가 일찍 와서 조사를 좀 해 봤는데……."

우리는 명일오가 면접 이후의 실기시험 준비까지 얼마나 꼼꼼히 준비해 왔는지 알 수 있었다. 게다가 자신이 조사해 온 정보를 우리에게 아낌없이 공유하려 했다.

하지만 지나친 친절에는 다 이유가 있는 법. 내가 미간을 찌푸리며 물었다.

"우리한테 이렇게까지 알려 줘도 되는 겁니까? 그래도 경쟁자인데."

내 말에 명일오가 사람 좋게 웃었다.

"하하. 이 정도는 조금만 알아보면 누구나 알 수 있습니다. 시험에서 떨어지면 그것은 제가 부족한 탓이지, 어디 다른 분들 때문이겠습니까. 그리고……."

명일오가 우리에게 한쪽 눈을 찡긋하더니 은근한 목소리로 말했다.

"시험에서 떨어지더라도 다음이 있지만, 두 명의 친우를 얻을 수 있는 기회는 이번뿐이지 않겠습니까."

'단순히 사람 좋은 호구는 아닌가.'

시험에 떨어지더라도 우리와 좋은 친분을 만들어 놓겠다는 의미.

'악연호 때문이겠지. 나야 덤이고.'

나름 머릿속에 계산이 돌아가는 녀석이었다. 나는 적당히 눈치가 빠르고 사회생활을 잘하는 녀석을 싫어하지 않는다. 내가 씩 웃으며 말했다.

"좋습니다. 그럼 명 형에게 이것저것 얻어듣는 대가로 술값은 여기 있는 악연호가 다 내겠습니다."

"……왜 생색은 형님이 내고 돈은 제가 내요?"

나란히 면접장에서 빠져나온 우리는 썩 유쾌한 분위기에서 대화를 이어 나갈 수 있었다. 청룡학관의 학생 주임이 우리 앞을 가로막을 때까지는 말이다.

"……잠시 시간을 내줄 수 있겠나."

학생 주임이 이글이글한 눈으로 바라보며 질문한 사람은 바로 나였다. 나는 고개를 갸웃하며 되물었다.

"무슨 일이신지…….."

"잠깐이면 되네. 조용히 묻고 싶은 게 있어서 그러네."

말투는 정중했지만, 우리를 가로막은 모습을 보아하니 거절한다고 곱게 비켜설 것처럼 보이지 않았다. 나는 잠시 고민하다가 악연호에게 먼저 객잔에 가 있으라고 했다.

"먼저 가 있어."

악연호와 명일호의 힐긋거리는 시선을 뒤로하고 나는 학생 주임을 따라갔다. 그는 아무도 없는 건물 뒤편의 으슥한 곳까지 나를 데려간 다음 멈춰 섰다.

"……한 가지만 묻겠네."
백발의 노인은 내 얼굴을 요모조모 뜯어보더니, 떨리는 목소리를 애써 억누르며 물었다.
"자네 부친의 성함이 어찌 되시는가?"
"아버지는 왜……."
그 순간, 백무관을 떠나기 전에 아버지가 해 준 이야기가 머릿속에서 번개처럼 스쳤다.

-청룡학관에 가면 네 외조부께서 계실 거다.

이게 왜 이제야 기억이 나느냔 말이다.

-그…… 학생 주임이시다.

아버지가 해 준 말이 연달아 머릿속에 떠올랐다.

-장인어른이 널 어떻게 보실지 모르겠다. 약빙을 닮았다고 예뻐하실 것 같기도 하고……. 아니면.
-아니면요?

"혹시 부친께서……."
외조부가 칼날처럼 날카로운 눈빛으로 나를 노려보며 물었다.
"백 씨 성에 무 자, 흔 자를 쓰시나?"
"……."

-날 닮았다고 죽이려고 들 수도 있고.

꿀꺽. 나는 마른침을 삼키며 외조부의 허리춤에 있는 검을 보았다.

· ❖ ·

"왜 대답이 없나? 설마 부친의 함자를 모르는 건 아닐 테고……."

학생 주임의 하얀 눈썹이 꿈틀댔다. 세월의 흔적이 가득한 노인의 얼굴에서, 단호하고 완고한 성격이 느껴졌다. 나는 아버지에게 얼핏 들었던 외조부의 이름을 떠올렸다.

매극렴(梅極廉). 수십 년간 청룡학관의 강사로 학생들을 가르쳤고, 현재는 학생 주임으로 학생들의 품행과 예절을 지도하는 무인. 학관주인 천수관음 노군상보다도 청룡학관에 오래 머문, 청룡학관의 살아 있는 역사나 다름이 없는 노인.

……바로 내 외할아버지다.

"다시 묻겠네. 자네의 부친이 백 씨 성에 무 자, 흔 자를 쓰는 개잡놈…… 아니 분인가?"

……아버지. 당신 도대체 장인어른에게 무슨 짓을 한 겁니까.

이름 세 글자를 말하는데 아주 씹어 먹을 듯이 한 글자 한 글자를 내뱉는 모습이라니. 매극렴의 목소리에 서린 분노가 차갑게 끓어오르고 있었다. 그 기세는 날카롭게 벼린 한 자루의 칼 같았다.

'이 노인…… 대단하네.'

당황스러운 상황과 별개로, 나는 눈앞에 서 있는 한 명의 무인에게 감탄하고 있었다.

노쇠해 가는 노인의 육체인데도 불구하고 극도로 단련된 신체와 안정적이면서도 절제된 기도. 직접 비교를 할 수는 없지만, 아까 면접장에서 본 부관주인 화염도 곽철우와 비교해도 실력이 부족해 보이지 않았다.

'그런데 왜 학생 주임이지?'

순간 그런 의문이 들었으나, 매극렴은 내가 깊게 생각할 여유를 주지 않았다.

"대답하지 않을 셈인가? 아니면 갑자기 벙어리라도 됐나?"

저렇게 분노한 것치고는 대단한 인내심이었다. 보통은 두들겨 패서라도 원하는 대답을 들으려고 할 텐데 말이다.

"끝까지 말을 하지 않겠다면……."

하지만 그것도 거의 한계인 모양. 매극렴의 오른손이 조금씩 허리춤의 검으로 이동하고 있었다.

동시에 그의 눈빛이 점점 매서워졌다.

'거짓말을 해 봤자 금방 들통나겠지. 차라리…….'

빠르게 생각을 정리한 나는 매극렴에게 포권을 취했다.

"예. 저의 부친께서는 백 씨 성에 무 자, 흔 자를 쓰십니다."

"역시……. 백무흔 이놈……!"

순간 매극렴의 얼굴이 홍시처럼 붉어지고 표정이 흉신악살처럼 일그러졌다. 내 얼굴에서 아버지의 옛 모습을 보고 있는 것이 틀림없었다.

"네가 어떻게…… 여기가 어디라고 감히……!"

감정이 격앙된 매극렴이 몸을 파르르 떨었다. 저러다 뒷목을 잡고 쓰러지지나 않을까 걱정될 지경이었다.

"백무흔 이 개잡놈……!"

……아버지. 저는 당신이란 인간의 학창 생활이 정말이지 궁금합니다.

한숨을 쉰 나는 나직한 목소리로 매극렴을 불렀다.

"할아버님."

"갈! 누가 네 할아버님이냐!"

벼락처럼 검을 뽑아 든 매극렴이 내 목에 검을 겨눴다. 농도 짙은 살기에 온몸의 솜털이 바짝 곤두섰다. 그가 이를 부득부득 갈며 나를 노려봤다.

"한 번만 더 나를 그렇게 부르면…… 그 혀를 잘라 버릴 것이다."
"……."

나는 30년 전에 어떤 일이 있었는지, 자세한 사정까지는 몰랐다. 대충 이 몸의 아버지와 어머니가 학관에서 만나 눈이 맞았고, 매극렴의 반대를 무릅쓰고 혼인을 했다는 것. 그날 이후 매극렴은 하나뿐인 딸과 의절했고, 그 이후로 단 한 번도 딸을 만나지 않았다는 것. 심지어 딸이 죽었을 때도 끝내 찾아오지 않았다는 것. 그 정도가 내가 아는 전부였다.

'외골수에 자존심이 대쪽같이 강한 성격의 무인……. 자신의 뜻을 거역하는 딸을 용서할 수 없었겠지.'

이런 무인들은 차라리 부러질지언정 구부러지지 않는다. 동시에, 평생 자신의 지난 행동을 후회하면서 살아간다. 하지만 세월은 그러한 무인의 의지조차 흔들리게 만든다. '할아버님'이라고 부른 내 한마디에 돌아온 격렬한 반응. 그 반응이 증거였다.

'정말로 내가 싫었다면 더 싸늘하게 반응했겠지. 아니면 당장 쫓아내거나.'

"이놈……!"

그러나 매극렴은 붉어진 얼굴로 나를 노려보기만 할 뿐이었다. 나는 확신할 수 있었다. 이 노인은 30년 만에 만난 혈육을 보고 어떻게 대해야 할 줄 모르고 있는 거라고. 내게 무공을 가르친 네 명의 사부 중에도, 그와 비슷한 사연을 가진 노인이 한 명 있었으니까.

'모용 사부.'

검존 모용혼. 천하제일의 검객이었으나, 평생 아들에게 죄스러운 마음을 가졌던 노인. 혈교는 그 죄책감을 이용해서 검존이 스스로 뇌옥으로 들어오도록 만들었고, 아들을 이용한 협박으로 그의 무공을 빼앗았다. 하지만 혈교는 그의 아들을 죽였다.

―내 아들은…… 정말로 죽은 것이냐?

검존은 뇌옥을 탈출한 후에야 그 사실을 알게 되었다. 그 사실을 알게 된 후, 나를 돌아보던 검존의 넋이 나간 얼굴이 아직도 생생했다.

―……너는 알고 있었느냐?
―……몰랐습니다.

마뇌가 그 사실을 극비로 했기에, 나 역시도 검존의 아들이 죽었다는 사실을 그제야 알게 되었다. 검존은 그 사실을 믿지 않으려 했다.

―……지금이라도 내 아들이 살아 있음을 증명한다면, 그 아이를 내게 데려온다면, 내 너희에게 죄를 묻지 않고 조용히 떠나겠다. 하지만 그 아이가 정말 죽은 것이라면…….

그날, 검존은 혈교에 네 명의 사부 중 가장 큰 피해를 입혔다.
"어떻게 네놈이 여길……!"
잠시 매극렴의 얼굴과 모용 사부의 얼굴이 겹쳐 보였다. 그도 지금 내 얼굴에서 백무흔의 얼굴을 보고 있을 것이다. 하여튼 못난 아버지 탓에 내가 고생이다.
"할아버님."
"닥쳐라! 분명 경고했거늘……!"
한숨을 내쉰 나는 그를 똑바로 바라보며 입을 열었다.
"제 어머니께서 매 씨 성에 약 자, 빙 자를 쓰십니다. 제 혀를 자르셔도 그 사실은 변하지 않습니다."
"……."

내 목에 닿아 있는 검 끝이 파르르 떨렸다. 그 탓에 검 끝에 살짝 핏방울이 맺혔지만, 나는 개의치 않고 말을 이었다.

"불효막심한 손자 백수룡이 할아버님을 뵙습니다. 인사가 너무 늦은 걸 용서해 주십시오."

흔들리던 칼끝이 서서히 멈추었다. 나는 몇 걸음 뒤로 물러나서 매극렴에게 큰절을 올렸다.

"절 받으십시오."

검을 천천히 내린 매극렴이 나를 보며 이를 악물었다. 어느새 그의 눈이 붉게 충혈되어 있었다.

"……하. 닮았구나. 눈매가 닮았어. 손도 닮았군. 다시 보니 입술도 닮았고……."

한동안 내 얼굴에서 죽은 딸의 얼굴을 찾던 노인이 내게 물었다.

"왜 처음부터 말하지 않았느냐?"

'누군지 못 알아봤거든요.'

라고 말할 수는 없었기에, 나는 잠시 고민하는 척하며 변명거리를 생각해냈다.

"……최종 시험에 합격한 후에, 당당하게 이름을 밝히고 싶었습니다."

급조한 것치고는 제법 그럴듯했다. 설득력이 있었는지, 매극렴은 코웃음을 치며 내게 말했다.

"청룡학관에 입관하는 것이 만만해 보였더냐? 그럼 떨어졌으면 그냥 돌아갈 생각이었던 게야?"

적대감으로 가득하던 말투가, 어느새 왠지 모를 섭섭함이 느껴지는 말투로 변해 있었다. 그래서 나는 자신감 있게 씩 웃으며 말했다.

"붙을 자신이 있으니까요."

그런데 그 순간, 매극렴의 표정이 얼음장처럼 차갑게 굳었다.

"……기분이 나쁘군."

"왜, 왜요?"

"주제넘은 자신감이 애비를 닮았어……. 그 개잡놈……."

잠시 온화해졌던 매극렴의 표정이 한순간에 다시 야차처럼 변했다. 냉탕과 온탕을 오가도 표정 변화가 저렇게까지 극적일 것 같지는 않았다. 나는 당황한 채로 급히 변명했다.

"어, 어머니도 자신감이 넘치는 성격이셨다고 들었는데요."

"그건 그랬지. 하지만 웃는 얼굴이 그놈이랑 꼭 빼닮은 것이, 아주 불쾌해……."

나는 즉시 웃고 있던 입꼬리를 강제로 내렸고, 그러자 매극렴이 천천히 심호흡을 하며 고개를 끄덕였다.

"……그래. 내 앞에서 함부로 방금처럼 웃지는 말도록 해라."

'뭐야 이 할아범. 분노 조절에 문제가 있나?'

아무래도 매극렴은 내 얼굴에서 하나뿐이었던 딸과 증오해 마지않는 사위 놈이 번갈아 보이는 것 같았다.

"그래. 네가 내 손자란 말이지……."

"예. 어머니가 세상에 남기고 떠나신 하나뿐인, 세상에서 가장 귀한 보물입니다."

"하지만 네 애비는……."

"그쪽은 신경 쓰지 마세요. 사실 별로 닮지도 않았거든요. 오늘 할아버님을 보니 제가 확실히 외탁했다는 것을 알겠습니다."

살겠다고 아버지까지 팔아먹는 내 아부에 매극렴이 눈살을 크게 찌푸렸다.

"적당히 해라. 그래도 네 애비다."

"……예."

"물론 천하의 개잡놈인 건 맞다."

"……."

어쩌라는 건지. 어쨌든, 매극렴은 표정은 처음 봤을 때와 비슷하게 돌아왔다. 나와 대화를 나누며 격앙됐던 감정이 많이 진정된 모양이었다.

"면접은 어땠느냐?"

"예. 아마 붙을 것 같습니다."

"그건 두고 봐야 알 일이지……. 지금 묵는 곳은 어디냐?"

내가 묵는 객잔의 이름을 알려 주자, 매극렴은 어딘지 안다며 고개를 주억거렸다. 그도 바쁜 와중에 날 불러낸 것이어서, 우리는 길게 대화를 나눌 수 없었다. 매극렴이 퉁명스럽게 말했다.

"이제 가 봐라. 나도 바쁘다."

"앞으로 자주 찾아뵙겠습니다."

"흥. 귀찮으니 쓸데없는 짓 하지 마라."

매극렴은 코웃음을 쳤지만, 그리 싫지는 않은 눈치였다. 나는 그를 뒤로하고 돌아섰다. 한 번도 돌아보지 않고 계속 걷다가, 청룡학관 정문을 나서기 직전에 돌아봤다. 매극렴은 여전히 나를 바라보고 있다가, 나와 눈이 마주치자 고개를 홱 돌렸다.

"노인네가 부끄러워하긴."

피식 웃은 나는 몸을 돌려 가벼운 발걸음으로 청룡학관을 나섰다.

적으로 가득한 청룡학관에, 한 명 정도는 내 편이 생길 것 같다.

28화
광마?

"어? 왜 이렇게 멀쩡해요?"

객잔에 들어온 나를 보자마자 악연호가 한 말이었다. 나는 악연호의 맞은편에 털썩 앉으며 녀석을 째려봤다.

"멀쩡하게 돌아와서 불만이냐?"

"아니 그게 아니라……. 아까 학생 주임님 표정이 형님 뼈 몇 군데는 부러뜨릴 것 같았잖아요."

그 옆에 앉아서 술잔을 홀짝이던 명일오도 멀쩡한 내 모습을 위아래로 보더니 놀랍다는 표정으로 말했다.

"청룡학관의 나찰이라 불리는 검치와 개인 면담을 하고도 멀쩡히 돌아오다니……. 백 형, 그 정도로 고수셨습니까?"

나는 황당하다는 표정으로 그를 바라봤다.

"아니, 왜 당연히 싸웠을 거라고 생각하는 겁니까?"

"……그야 일타강사인 남궁수 선생에게도 도발을 하셨으니까요?"

"그 자식은 경우가 다르지. 저는 원래 아주 온순하고 평화로운 사람입니다."

"와, 입에 침이나 바르고…….”

악연호의 말을 무시하며, 나는 명일오가 따라 주는 술을 받아 한입에 털어 넣었다. 그리고 명일오의 잔을 채워 주며 물었다.

"그런데 검치? 그게 학생 주임님의 별호입니까?”

"예? 설마 모르셨습니까?”

명일오가 총명해 보이는 눈동자를 빛내며 말했다.

"검치(劍齒) 매극렴. 전전대에 이름을 날린 고수로, 돌연 은퇴 후 청룡학관 강사로 일한 세월만 삼십 년이 넘은 대단한 분입니다. 과거에는 한 번 내뱉은 말을 반드시 지키는 대쪽 같은 성격과 사마외도와는 절대 타협하지 않는 검객으로 유명했다고 하죠.”

명일오는 강호의 온갖 소문에 밝았다. 덕분에 함께 있으면 심심할 일도 없고, 이것저것 물어보기도 좋았다.

"학생 주임을 맡은 이후로는 학생들을 엄격하게 교육하기로 유명합니다. 특히 풍기문란 사고를 일으키는 학생들에겐 사신이나 다름없다고 하죠.”

명일오가 몸을 낮추더니 분위기를 잡으며 스산하게 말을 이었다.

"교칙을 어긴 학생에겐 차라리 무림맹 뇌옥에 갇히는 게 나을 정도로 두려운…… 일대일 지도가 기다리고 있다고 합니다. 실제 청룡학관 출신 중에 무림맹 뇌옥에 갇혀 본 사람이 한 말이니 신빙성이 상당히 높지요.”

이쯤에서 나는 한 가지를 지적하지 않을 수 없었다.

"대체 청룡학관 출신이 무슨 짓을 저질렀길래 무림맹 뇌옥에 갇혀?”

"모르십니까? 그 유명한 천리신투가 청룡학관 출신입니다. 소문으로는 학생 시절 학생 주임에게서 도망 다니며 경공을 연습하다 어느 날 깨달음을 얻어…….”

"…….”

이놈의 학관에 정말 취업을 해야 할까? 연달아 믿기 힘든 이야기를 듣던 악연호가 날 바라보며 말했다.

"봐요. 멀쩡히 돌아온 게 용하잖아요."

"……그러게 말이다."

"헌데 명 형. 학생 주임은 왜 풍기문란 사고에만 유독 엄격한 거예요? 어린 학생들이 서로 교제할 수도 있지."

지극히 악연호스러운 질문. 그런데 이 순간, 누군가의 얼굴이 떠오르는 건 왜일까.

'설마 그 이유가…….'

명일오는 다 이유가 있다며 우리에게 설명을 시작했다.

"한 30년 전인가. 학관이 뒤집힐 만한 어마어마한 사건이 있었다고 합니다. 글쎄 학생 둘이 눈이 맞아서 혼인을 하고 그대로 야반도주를 한 겁니다."

"세상에. 멋지네요!"

"예? 하여튼 그때 검치 선배님께서 그 남학생을 잡아 죽이겠다고…….'"

"자, 자. 이런 얘기는 이제 그만하고."

남의 입에서 아버지의 화려했던 과거를 듣고 싶지 않았기에, 나는 명일오의 잔에 급히 술을 채웠다.

"우리 좀 더 건설적인 이야기를 해 봅시다."

"이제부터 재미있어지는 부분인데……."

아쉬워하는 악연호를 향해 나는 미간에 내천 자를 만들며 말했다.

"우리가 여기 옛날이야기나 들으려고 왔어? 어? 실기시험 준비 안 할 거야? 이렇게 술 마시는 동안에도 경쟁자들은 피땀 흘리며 훈련하고 있을지도 모른다는 생각은 안 해? 어?"

"……이렇게 갑자기?"

내가 갑자기 갈궈 대자 악연호는 어이없다는 표정으로 날 바라봤다. 나는 뻔뻔하게 녀석을 무시하고, 고개를 돌려 명일오에게 물었다.

"그래서, 실기시험은 어떻게 진행된답니까?"

잠시 학생 주임 이야기로 새긴 했으나, 우리에게 가장 중요한 관심사는 역시 면접 후에 있는 실기시험이었다.

명일오가 몸을 더 탁자 쪽으로 기울이며 목소리를 낮췄다. 덩달아 우리도 수상한 작당 모의를 하는 자들처럼 몸을 기울였다.

"지난 시험들로 예측해 보면, 올해 실기시험은 두 가지 종목의 점수를 종합해 평가될 겁니다."

악연호가 손가락을 하나씩 접으며 말을 이었다.

"우선 대련. 기존 강사들과 대련을 통해 무공 수위를 증명해야 합니다. 반드시 이길 필요는 없지만, 승리하는 게 유리한 건 틀림없는 사실입니다."

"……상대는 내가 지정하는 겁니까? 아니면 기존의 강사들이 합니까?"

나는 남궁수와의 외공 대결을 생각하며 물었다. 명일오가 그런 내 생각을 읽었는지 웃으며 말을 이었다.

"상대는 학관주님이 지정해 주신다고 합니다."

"흐음……."

천수관음 노군상. 그 속을 알 수 없는 노고수가 어떻게 나올지는 나로서도 예상하기 어려웠다.

'아까 눈치를 봐서는 나랑 남궁수가 싸우는 걸 보고 싶어 하는 것도 같던데.'

다른 강사와 붙어도 상관없지만, 나는 이왕이면 남궁수와 붙고 싶었다. 그래야 많은 이들 앞에서 새로운 일타강사의 등장을 극적으로 보여 줄 수 있을 테니까.

"두 번째 시험은?"

명일오가 두 번째 손가락을 접으며 말했다.

"두 번째는 시범 강의입니다. 약 이 각 동안 학생들 앞에서 자신이 지원한 종목에 대해 시범 강의를 하게 됩니다. 짧은 시간 안에 학생들, 그리고 참관한 강사들에게 강한 인상을 남겨야 합니다."

대련이 강사의 무공 수위를 확인하기 위한 것이라면, 시범 강의는 가르치는 역량을 파악하기 위한 것이었다.

'고수라고 해서 모두가 잘 가르치는 건 아니니까.'

말주변이 없어서 가르침을 제대로 전달하지 못하거나, 자신만의 방식을 정답이라고 고집해 제자를 망치는 경우도 많았다.

나? 나는 물론 자신이 있었다.

'시범 강의 정도야. 혈교에서 무공 교관으로 훈련생들 가르치며 먹은 짬밥이 얼만데.'

나는 눈빛만 봐도 누가 열심히 하는지, 게으름을 피우는지, 몸 관리를 제대로 했는지, 전날 술 처먹고 놀러 다녔는지 알 수 있었다. 혈교의 악마 교관이란 이름은 노름으로 딴 게 아니다. 정파 애송이들 따위 순식간에 휘어잡을 수…….

문득, 어떤 생각이 들었다.

"……궁금해서 묻는 건데, 시범 강의 때 욕하거나 때리면 안 되겠지?"

내 질문에 두 사람이 기겁을 했다.

"미쳤어요?"

"농담이시죠?"

"아니, 진담인데…….."

"……."

"……."

답도 없다는 표정으로 날 바라보는 악연호와, 내 말이 진담인지 농담인지 모르겠다는 표정으로 날 보는 명일오.

'역시 안 되나 보네.'

그렇다. 혈교에서 내가 하던 교육의 대부분은 정파에서는 용납이 안 되는 것들이었다. 가볍게 고문을 한다거나, 부모님 안부로 시작해 온갖 창의력이 동원된 욕으로 기를 죽인다거나, 끊임없는 세뇌로 죽음을 두려워하지 않는 인간 병기로 만든다거나…….

"형님. 요즘 학생들이 얼마나 무서운지 알아요? 손이라도 댔다간 바로 무림맹에 고발 들어갈걸요."

"더한 건 학부모들입니다. 극성맞은 학부모가 얼마나 많은데요. 게다가 그들도 고수입니다."

"……그 정도라고?"

백무관에서야 가르치는 상대가 꼬맹이들이라 그러려니 했지만, 설마 열다섯이 넘은 녀석들까지 그렇게 가르쳐야 한다고?

"끄응. 하여튼 나약한 정파 애송이들은 문제라니까……."

시범 강의라. 내가 생각했던 것과는 조금 다른 것 같지만, 그래도 크게 걱정되지는 않았다.

"올해는 학생들 눈치를 많이 봐야 합니다. 시범 강의에서 학생 평가의 비중이 오 할이나 될 거라는 이야기가 있습니다."

명일오가 신중한 표정으로 말을 이었다.

"특히 학관 양대 세력인 학생회와 동아리 연합회에 대해서는 더 신경 써야 합니다."

"학생회라면……."

학생회라고 하니, 기숙사 옥상에서 우릴 내려 보던 남학생과 여학생이 떠올랐다. 둘 다 기도가 특출하기도 했고, 여학생이 우리를 향해 잊을 수 없는 사자후를 터트렸으니까.

―거기 두 분! 두 분은 학생회의 권한으로 묻지도 따지지도 말고 합격…… 읍, 으읍!
―부회장! 미쳤어?

……걔들이 학생회였군.
악연호도 나와 장면을 떠올렸는지 희희낙락한 표정으로 말했다.
"학생회 부회장이 우리는 무조건 합격이라고 하던데요?"
"음. 그건 저도 들었습니다만."
"봐요, 형님. 학생의 절반이 이미 우리 편이라니까요?"
악연호가 날 바라보며 흐뭇하게 웃었다. 그러나 명일오의 말은 아직 끝나지 않았다.
"다르게 말하면 남학생이 절반입니다. 두 분이 여학생들에게 지지를 받는 만큼, 남학생들이 두 분을 싫어하게 될 가능성도 큽니다."
"에이. 설마 쪼잔하게……."
악연호는 설마 하는 표정이었지만, 나도 명일오의 말에 동의했다.
"틀린 말은 아니야. 기생오라비처럼 생긴 놈 둘이 여자들의 관심을 독차지하면 나 같아도 싫겠다."
잘생기고 예쁘면 세상 살기에 유리한 것이 많다. 하지만 그만큼 소문에 휘말리거나 표적이 되기도 쉬웠다. 관심을 한 몸에 받은 만큼, 우리는 사소한 실수나 잘못으로 평가가 더 크게 깎일 수도 있었다.
"즉, 저희 같은 사람들은 남학생들에게도 호의를 얻을 수 있는 방법을 생각해야 합니다."
'저희 같은 사람들?'
명일오가 은근슬쩍 우리 둘에 자기도 엮어 넣었지만, 지적하면 상처를 받을 것 같아서 가만히 있었다.
"뭐 좋은 방법이라도 있어?"

내 질문에 마치 기다렸다는 듯 명일오가 씩 웃어 보였다.
"전투에 나서기 전에는 먼저 적진을 살펴야 하지 않겠습니까?"
"그 말은?"
"학생들의 마음을 알려면 학생들이 많은 곳에 가 봐야겠지요."
명일오는 행낭에서 얇은 책자 하나를 꺼내며 눈을 초롱초롱 빛냈다.
"마침 학생회에서 야외 행사를 연다고 하더라고요."

웅성웅성.
우리가 축제 장소에 도착했을 땐, 이미 행사장 주변은 사람들로 발 디딜 틈 없을 정도였다.

청룡학관 동계 계절 학기 축제

용사비등한 필체가 쓰여 있는 현수막이 바람에 펄럭였다. 왼쪽에 선 악연호가 내 귀에 대고 속삭였다.
"생각보다 사람이 엄청 많은데요? 일반인들도 보이고."
"그러게."
"하하. 청룡학관 학생 외에도 참여할 수 있는 축제니까요. 거의 도시 지역 축제나 마찬가지입니다."
앞에서 우리를 이끌던 명일오가 돌아보며 말했다. 우리는 명일오를 따라 축제를 구경하며 돌아다녔다. 축제는 활기가 넘쳤다. 여기저기에 상인들이 좌판을 펼쳐 놓은 채 먹거리를 팔았고, 어린 여학생들이 좋아하는 장신구도 많이 보였다. 동아리 학생들이 직접 장사를 하거나 무공 시범을 보이는 경우도 있었다.

"날이면 날마다 오는 게 아닙니다! 당가의 비전으로 만든 정력제가! 단 돈……."

당당하게 당가의 이름으로 정력제를 파는 모습에 나는 혀를 내둘렀다.

"저래도 되는 거냐?"

"하하. 재미로 하는 건데요 뭐."

꽤 오래된 행사라고 했다. 때문에 사고만 치지 않는다면, 학관 측에서도 학생들에게 큰 제재를 가하지는 않는다고 했다. 돌아다니다 보니 길에서 우리를 알아보는 학생들도 있었다.

"저, 저기 봐봐. 아까 그 잘생긴 강사님들 아니야?"

"꺅! 진짜야!"

"먼저 가서 말 걸어볼까?"

힐끔거리는 시선이 많았지만, 우리에게 먼저 다가와서 말을 거는 경우는 없었다. 물론, 그런 시도가 아예 없었던 것은 아니다.

"저기요, 강사님들……."

어떤 여학생이 새침하게 머리카락을 귀 뒤로 넘기며 다가왔을 때,

스르륵. 스르륵.

놀랍도록 똑같이 생긴 쌍둥이 남학생이 여학생의 양옆에 나타나더니, 양쪽에서 팔을 잡고 제압했다.

"앗, 왜, 왜 이래요!"

"죄송하지만 같이 가 주셔야겠습니다."

왼쪽이 말했다.

"마, 말밖에 안 걸었어요!"

"불순 이성 교제는 교칙 위반입니다."

오른쪽이 말했다.

"무슨 불순 이성 교제야! 강사님들한테 미리 인사나 해 두려고……!"

여학생은 붙잡힌 팔을 빼내려고 했지만, 이미 제압당한 탓에 꼼짝도

하지 못했다.

"변명은 나중에 듣겠습니다."

"일단 학생회로."

음침하게 생긴 얼굴의 쌍둥이가 동시에 말했다.

"놔! 이거 놓으라고오!"

양쪽에 팔이 잡힌 채 질질 끌려가는 여학생을 보며, 악연호가 살짝 질린 표정으로 말했다.

"학생회, 무섭네요……."

곳곳에서 느껴지는 따가운 시선들. 팔뚝에 '선도부(善導部)'라고 적힌 노란 완장을 찬 학생들이 눈을 부릅뜨고 돌아다니고 있었다. 그중 일부가 살짝 풀린 눈으로 이쪽을 보긴 했지만……. 그럴 때마다 음침한 쌍둥이가 그들에게 주의를 주었다.

'별 희한한 녀석들이 다 있네.'

제법 규모가 큰 도시 축제다 보니, 우리 말고도 신입 강사 지원자들도 간혹 보였다. 나는 멀리서 아는 얼굴을 발견하고 악연호의 어깨를 툭툭 쳤다.

"쟤도 왔다."

"누구…… 아, 풍땡이요?"

곽두용이었나? 우리한테 두 번이나 망신을 당한 뚱뚱보가, 노점에서 도저히 혼자 먹기 불가능한 양의 음식을 쌓아 놓고는 떠들고 있었다. 이미 술에 꽤 취한 듯 얼굴이 불콰했다.

"하하하! 이 곽사부가 옛날에 주작학관에서 공부할 때 말이야……."

"우와!"

"대단하다!"

그 주변에서 여러 학생이 추임새를 넣어 주고 있었는데, 저러다 바가지를 제대로 씌울 것 같은 태세였다.

"요즘 애들 무섭네."

"그러게요……."

우리는 전낭을 꽉 움켜쥐고 다시 축제를 돌아다녔다. 먹고, 마시고, 가끔 먼저 인사를 해 오는 학생들과 인사도 나누면서 학생들의 모습을 구경하고 관찰했다.

'평화롭구나.'

갑작스러운 사고가 일어난 것은 해가 뉘엿뉘엿 넘어가고, 슬슬 객잔으로 돌아갈까 고민하기 시작할 때였다.

와장창창! 갑자기 내 앞쪽에 있던 좌판이 박살 났다. 피범벅이 된 학생 하나가 그 위를 뒹굴며 신음하고 있었다.

"끄으윽……."

고통스러워하는 학생 위로, 긴 그림자가 드리워졌다.

"뭐라고? 다시 말해 봐, 이 새끼야."

녀석이 입을 여는 순간 술 냄새가 진동했다. 한 손에 든 호리병으로 입을 축이고, 다른 손은 도를 들고 쓰러진 학생의 뺨을 툭툭 쳤다. 다행히 도는 도집에서 뽑지 않은 상태였다. 걸음걸이며 눈빛이며 '불량'이라고 적혀 있는 것만 같은 얼굴.

수군수군.

"또 저 녀석이야?"

"진짜 싫다……."

그를 알아본 학생들 중 일부가 슬금슬금 물러났. 하지만 나는 제자리에 못 박힌 듯 멈춰 섰다. 학생들의 싸움을 말려야겠다고 생각해서 그런 것은 아니었다. 다만,

"광마?"

내 앞에 나타난 얼굴을 본 순간, 나도 모르게 그렇게 중얼거리고 말았다.

29화
불편한 저녁 식사

"광마? 지금 나 보고 한 말인가?"

도집으로 피투성이가 된 남학생을 툭툭 건드리던 녀석이 고개를 들어 나를 노려봤다.

핏발선 눈. 사자 갈기처럼 대충 풀어헤친 머리. 이를 드러내며 사납게 으르렁거리는 모습은, 마치 상처 입은 짐승처럼 보였다. 눈앞에 있는 것이 누구든 물어뜯을 것 같은 눈빛으로 녀석이 나를 노려봤다.

"감히 내 앞에서 그 별호를 언급해? 하……."

녀석은 발아래 피투성이가 된 남학생을 밟으며 나를 향해 똑바로 걸어왔다.

"……백 형."

명일오가 옆에서 나를 잡아끌었다. 괜한 시비에 괜히 끼어들지 말고 자리를 피하자는 의미였다. 하지만 나는 움직이지 않았다. 오히려, 내 입가에는 숨길 수 없는 미소가 피어나고 있었다.

'그래. 역시 이쪽이 더 익숙하지.'

체면과 예의를 중시하는 정파에서는 좀처럼 보기 힘든 살기와 투기.

상대가 자신보다 선배건, 연장자건, 강사건 상관없이 자신의 감정을 솔직하게 드러내는 얼굴. 저런 얼굴을 한 녀석들을 수없이 가르쳐 본 나였기에, 오히려 그리운 느낌마저 들 정도였다.

그리고 처음이었다. 가르치는 재미가 있겠다는 생각이 든 녀석을 본 것은. 어느새 내 앞까지 걸어온 녀석이 삐딱하게 나를 노려보며 말했다.

"학관에선 못 보던 놈 같은데……. 어이. 기생오라비같이 생긴 놈. 패기 전에 하나만 물어보자. 너 내가 누군지는 알고 시비 건 거냐?"

피부가 따끔따끔할 정도의 살기. 피식 웃은 내가 입을 열어 한마디 하려고 할 때였다.

스르륵. 스르륵.

"헌원강 학생."

"이게 무슨 짓입니까."

아까 봤던 음침하게 생긴 쌍둥이가 내 앞을 가로막았다.

'헌원강?'

저 쌍둥이 덕분에, 광마 사부와 똑 닮은 녀석의 이름을 알게 되었다.

'어떻게 저렇게 닮았다 했더니……. 같은 집안 사람이었군.'

광마(狂魔) 헌원후. 뇌옥에서 함께 탈출한 네 사부 중 한 명으로, 한때는 도의 명문인 헌원세가 역사상 최고의 기재라 불리던 후기지수였다. 하지만 그는 무공에 미쳐 가문의 기대를 저버린 채 백 번의 비무행에 나섰고, 지나치게 잔인한 손속으로 '광마'라는 칭호를 얻었다. 광마 사부는 무림 공적이 되어 쫓기던 중, 함정을 파 놓고 기다리던 혈교의 계략에 당해 뇌옥에 갇혔다.

―나는 무공의 끝을 보고 싶었을 뿐이다.

광마 사부는 자신의 행동에 후회는 없다며, 과거로 돌아가더라도 다시 백 번의 비무행에 나설 거라고 말했다. 하지만 그에게도 한 가지 미련은 있었다.

─……가문에 큰 누를 끼쳤다. 언젠가 돌아갈 수 있다면…….
─헹. 그 잘난 헌원세가가 뭐가 아쉬워서 너를 다시 받아 주겠냐?
─산적 놈. 닥쳐라.
─크큭. 차라리 내 부하가 되는 건 어떠냐? 너는 관상이 사납고 야비한 게, 부채주가 딱이야. 나와 같이 대녹림방을 세워서…….
─여기서 나가면 저놈의 주둥이부터 찢고 말겠다.

……이 양반들은 기억을 떠올리기만 하면 항상 싸우고 있네.
하여튼 저 헌원강이라는 녀석. 광마 사부의 환생이라고 해도 될 정도로 닮았다. 얼굴도 닮았지만 분위기랄까, 골격도 거의 흡사했다.
'자식은 없다고 들었는데. 가까운 친척인가?'
내가 광마 사부가 해 준 옛이야기를 하나씩 떠올릴 때였다. 쌍둥이에게 가로막힌 헌원강이 짜증스럽게 표정을 찌푸리며 말했다.
"무슨 짓이냐고? 니들은 저 새끼가 한 말 못 들었어? 나 보고 광마란다. 니들, 광마가 누군지 몰라?"
"…….'
"…….'
쌍둥이가 진짜 그렇게 말했냐는 의미의 눈빛으로 나를 바라봤다. 나는 어깨를 으쓱하며 말했다.
"그런 말 한 적 없는데."
"뭐?"
내 말에 헌원강이 어처구니없다는 표정을 지었다. 쌍둥이는 다시 무표정한 얼굴로 고개를 돌려 헌원강을 바라봤다.

"그렇다고 합니다."

"뒤로 물러나십시오."

"이것들이 진짜……."

헌원강이 이를 갈며 한 걸음 더 다가왔다. 그와 동시에 쌍둥이가 무기를 꺼내 들었다.

'육모방망이? 포승줄?'

쌍둥이가 꺼내 든 무기는 무림인보다는 포졸들이 사용할 법한 육모방망이와 포승줄이었다. 쌍둥이가 헌원강을 겨누며 말했다.

"더 이상 다가오면."

"제압하겠습니다."

그런데 쟤들은 말을 나눠서 하는 게 습관인가.

"크흐흐. 그렇게 나온다 이거지?"

헌원강은 물러서지 않고 도를 도집째로 들어 둘을 겨눴다. 새하얀 이를 드러낸 녀석이 살기를 물씬 풍겼다.

"그래. 내 말 따위 믿어 줄 거라고는 생각도 안 했다. 항상 이런 식이지. 꼭 처맞고 난 후에야 비키더라고."

헌원강이 본격적으로 살기를 드러내자, 쌍둥이의 표정도 굳었다.

"사실 여부는."

"중요하지 않습니다."

"학생회는 더 이상의 분란을."

"용납하지 않겠습니다."

헌원강이 피식 코웃음을 치며 도를 뽑아 들었다. 시퍼런 칼날에 달빛이 반사됐다. 히죽 웃은 헌원강이 흐느적흐느적 칼춤을 몇 번 추더니, 쌍둥이를 향해 칼끝을 겨누고는 가볍게 까닥였다.

"혼자서는 말도 똑바로 못하는 병신들. 덤벼 봐라."

"……."

자연스럽게 공터가 넓어지고, 곧 세 명이 어우러지며 본격적인 싸움이 벌어졌다.

'셋 다 제법이군.'

쌍둥이의 합격술은 놀랍도록 정교했다. 마치 똑같은 그림을 양쪽에 펼쳐 놓은 것처럼 동시에 움직여 헌원강을 압박하고, 반격이 날아오면 한 명은 방어에 치중, 다른 한 명은 상대의 틈을 노려 반격했다.

"서로를 완벽하게 보완하고 있네요."

내 옆에서 악연호가 놀랍다는 듯 중얼거렸다. 쌍둥이는 쉴 새 없이 붙었다가 떨어지면서도 움직임이 조금도 엉키지 않았다. 상대하는 입장에서는 적이 한 명이었다가 두 명이 되고, 다시 한 명이 되었다가 두 명이 되는 것을 계속 반복하는 기분일 것이다.

"평소 서로의 눈빛만 봐도 알 정도로 수련을 한 모양이군요."

명일오도 감탄했다는 듯 중얼거렸다. 그만큼 쌍둥이의 합격술은 훌륭했다. 하지만 나는 쌍둥이 쪽은 크게 눈에 들어오지 않았다.

"더 대단한 건 저 녀석이야."

헌원강은 술에 취한 듯(실제로 취해 있었다.) 비틀대면서도 중요한 공격은 모두 피하거나 쳐 내고 있었다. 아슬아슬한 묘기를 부리듯 몸을 비틀고, 보란 듯 과장되게 큰 동작으로 칼을 휘둘러 상대를 떨쳐 내고, 기분 나쁜 웃음을 흘리며 쌍둥이를 도발했다.

"이것밖에 안 되나? 올해 학생회 수준도 알 만하군."

"……."

쌍둥이의 공세가 점점 거세졌다. 육모방망이가 헌원강의 어깨를 스치고, 포승줄이 뱀의 혀처럼 헌원강의 발목을 노렸다.

어느새 청룡학관의 학생들 비롯한 수많은 구경꾼이 이 싸움을 구경하고 있었다.

수군수군.

"또 헌원강 저 녀석이야?"
"매번 폭력 사건이나 일으키고……."
"학관에서는 왜 안 쫓아내나 몰라."

멸시와 증오가 느껴지는 말들. 하지만 나는 그 아래에 깔린 공포를 느낄 수 있었다.

'본능적으로 두려워할 만한 재능이다.'

헌원강의 지금 실력은 그렇게까지 압도적이지 않다. 하지만 가진 재능의 크기만은, 단언컨대 내가 지금까지 본 훈련생들 중에서도 손가락에 꼽을 수 있었다.

"그런데 왜……."

나는 헌원강의 도법을 보면서 고개를 갸웃거렸다. 저딴 도법을 사용하는 거지? 내가 아는 헌원세가의 무공은 저렇게 수준이 낮지 않았다. 광마 사부가 백인비무행을 치르며 정립한 독문 무공만큼은 못해도, 충분히 무림의 일절로 불릴 수 있는 무공을 가진 곳이다. 그런데 지금 헌원강이 펼치는 도법은, 형편없다고 할 정도는 아니지만 명문세가의 무공이라고 하기엔 수준이 떨어졌다.

"저게 원래 헌원세가의 도법이냐?"
"그게……."

내 물음에, 악연호는 망설이다가 작게 대답했다.

"나중에 알려 드릴게요."

'뭔가 내가 모르는 사연이 있나 보군.'

당장은 알 수 없는 일이기에, 나는 일단 헌원강이 싸우는 모습에 집중했다.

"크흐흐. 슬슬 어떻게 움직일지 다 보이는군."

몸에 맞지 않는 도법을 펼침에도 불구하고, 헌원강의 재능은 압도적이었다. 처음에는 쌍둥이의 합격술에 고전하던 녀석이 어느새 반대로 쌍둥이를 몰아붙이고 있었다.

채채채챙!

"크읔……."

손발이 어지러워진 쌍둥이가 틈을 보인 순간 헌원강의 눈빛이 날카롭게 변했고, 도가 벼락처럼 움직였다.

까앙! 까아앙! 승부가 갈렸다. 무기를 놓친 쌍둥이가 손에서 피를 흘리며 낭패한 표정으로 물러섰다. 어깨에 도를 걸친 헌원강이 건들거리며 둘을 향해 걸어갔다.

"지금 꿇을래? 아니면 맞고 꿇을래?"

쌍둥이는 적수공권으로라도 싸우겠다는 의지를 보여 주며 말없이 주먹을 움켜쥐었다. 그와 동시에, 지금까지는 관전하고 있던 선도부 학생들이 헌원강을 사방에서 포위했다.

"헌원강 학우님. 마지막 경고입니다."

"문제를 더 키우지 마십시오."

"더 이상은 봐 드리지 않겠습니다."

팔뚝에 노란 완장을 찬 선도부 학생들이 동시에 헌원강을 향해 무기를 겨눴다.

"하. 이젠 쪽수로 덤벼 보려고?"

포위된 상황에서 헌원강의 조금도 물러날 생각이 없어 보였다. 호리병에 남은 술을 한입에 털어 내더니, 빈 호리병을 바닥에 던지고 입가에 흘린 술을 손등으로 훔쳤다. 이 상황이 즐겁다는 듯, 헌원강은 입꼬리를 말아 올렸다.

"크크. 어디 한번 덤벼 봐."

헌원강의 몸에서 맹렬한 살기가 뿜어져 나왔지만, 쌍둥이를 포함한 선도부 학생들도 물러서지 않았다.

일촉즉발의 상황.

"형님. 지금이라도 말려야 하는 거 아니에요?"

"안 됩니다. 괜히 끼어들었다가 실기시험에……."

내 양옆에서 악연호와 명일오가 상반된 반응을 보였다. 나는 둘 중 누구 의견에도 동의하지 않으며 팔짱을 꼈다.

"조금만 더 지켜보자."

나는 헌원강이란 녀석이 가진 한계를 보고 싶었다. 저 녀석이 가진 실력의 저게 전부인지, 아니면 뭔가 더 숨기고 있는지. 어째서 저런 재능을 가지고 패배자의 눈을 하고 있는지…….

'광마 사부가 저 녀석을 봤으면 뭐라고 했을까.'

모르긴 해도, 절대 좋게 말로 타이르진 않았을 것이다. 괜히 별호에 '광(狂)' 자가 들어가는 게 아니니까.

"크크. 들어와! 몇 놈은 칼침 맞을 각오부터 하라고!"

"……신속하게."

"……제압하겠습니다."

내공을 끌어올린 양측이 서로를 향해 덤벼들려는 순간,

"적당히 해라. 헌원세가의 망나니."

걸걸한 목소리가 그들 사이에 끼어들었다. 뒤쪽에서 들려 온 목소리에, 헌원강의 표정이 형편없이 일그러졌다.

"팽사혁……."

씹어 뱉듯이 중얼거린 헌원강이 몸을 돌려 자신의 이름을 부른 상대를 노려봤다. 구경꾼들을 가르며 나타난 거구의 청년이, 헌원강을 바라보며 히죽 웃었다.

"그쯤 하면 됐잖아? 이제 술도 다 깼을 텐데 기숙사 가서 발 닦고 잠이나 자라."

"……내 일에 끼어들지 말고 꺼져."

"지금 내가 부탁하는 거로 보이냐?"

히죽 웃은 팽사혁이 등 뒤에서 거대한 도를 뽑아 들었다.
스르릉. 헌원강의 키가 상당히 큰 편이었지만, 새로 나타난 청년 또한 결코 그에 못지않았다. 게다가 덩치는 훨씬 컸다.
"말로 할 때 가라. 얼마 남지도 않은 가문의 명예에 똥칠하기 싫으면."
"……."
헌원강이 이를 갈며 팽사혁을 노려보는 동안, 나는 명일오에게 넌지시 물었다.
"팽사혁?"
"……백 형은 하북팽가의 소가주도 모르십니까?"
하북팽가. 흔히 말하는 오대세가 중 하나로, 정파 무림에서 가문으로는 다섯 손가락 안에 꼽히는 거대한 가문이었다. 그리고 내 기억에, 하북팽가와 헌원세가는 서로 자신들의 도법이 최고라는 자부심을 품고 경쟁하는 가문이기도 했다.
'그런데 하북팽가의 소가주의 한마디에 헌원강이 꼼짝을 못한다라…….'
명일오가 목소리를 낮추며 말을 이었다.
"팽사혁은 동아리 연합회의 회장이기도 합니다. 학생회장 독고준과 함께 학생들 중에서는 최고 권력자라고 할 수 있죠."
"헌원강이 권력에 굴복할 녀석으로 보이진 않는데……."
내 중얼거림을 들었는지, 악연호가 떨떠름한 표정으로 말했다.
"두 가문에 사연이 좀 있어요."
"돌아가서 들을 이야기가 많겠군."
우리끼리 대화를 나누는 사이, 결국 헌원강은 도를 집어넣고 홱 몸을 돌렸다.
"빌어먹을. 술맛 다 버렸군."
"잘 생각했다. 그래야 쥐꼬리만 한 가문이라도 지키지."

"……."

이죽거리는 팽사혁을 한번 노려본 헌원강이 인파를 헤치고 성큼성큼 걸어갔다. 누구도 그를 막지 못했다. 쌍둥이가 헌원강을 제지하려 했으나, 팽사혁이 나서서 말렸다.

"내버려 둬. 학생회장한텐 내가 잘 얘기하지."

"……."

헌원강의 뒷모습이 인파 속에 묻혀 사라지자, 팽사혁의 시선이 우리를 향했다.

"누구신가 했더니……. 신입 강사 면접장에 오셨던 분들이군요. 두 분의 외모가 워낙 출중하셔서 기억하고 있습니다. 동아리 연합회 회장을 맡고 있는 팽사혁이라 합니다."

팽사혁이 활짝 웃더니 우리에게 포권을 취하며 먼저 인사했다. 곰 같은 덩치와 어울리지 않는 부드러운 미소. 그 순간 나는 녀석의 미소에서 불길한 느낌을 받았지만, 티 내지 않으며 마주 미소를 지었다.

"백수룡입니다."

"……악연호입니다."

"며, 명일오입니다!"

차가운 눈으로 우리를 빠르게 훑은 팽사혁이 멋쩍은 듯 웃었다.

"죄송합니다. 학관의 망나니 하나가 예비 강사님들께 못난 꼴을 보였습니다."

"신경 쓰실 것 없습니다. 축제가 벌어지고 있으니, 흥에 취하다 보면 그럴 수도 있지요."

"하하. 너그러운 마음으로 이해해 주셔서 감사합니다. 그래도 제 마음이 불편한 것은 어쩔 수가 없습니다만……."

우리를 보며 잠시 말을 늘이던 팽사혁이, 은근한 어조로 우리에게 말했다.

"사과의 의미로 여러분께 저녁 식사를 대접하고 싶은데. 참석해 주시겠습니까?"

30화
단속 나왔습니다

 상다리가 휘어지도록 차려진 커다란 탁자의 중앙. 팽사혁이 호탕하게 웃으며 자리에 모인 강사들과 학생들에게 말했다.
 "자, 오늘은 제가 사는 거니 마음껏 편하게들 드십시오!"
 저녁 식사에는 우리 말고도 신입 강사 지원자들이 수십 명이나 초대되었다. 팽사혁은 그들을 위해 삼 층짜리 객잔을 통째로 빌리는 대범함을 보였다.
 '일개 학생이 빌리기엔 꽤 호화스러운 객잔인데 말이야.'
 하긴 오대세가의 소가주. 돈이라면 넘치도록 많을 것이다. 나야 덕분에 수입도 올리니 좋았다.
 "그런데 쟨 또 왜 여기 있는 거냐?"
 내 시선이 향하는 곳에는 곽두용이 동아리 연합회 소속 학생들에게 둘러싸인 채 술을 마시며 웃고 떠들고 있었다.
 "크하하! 내가 주작학관에서 공부할 때 말이야······."
 저 뚱땡이는 술만 마시면 주작학관 다니던 시절을 이야기하는 모양이다. 얼굴이 대추처럼 붉게 물들어서는 본인이 잘나가던 시절의 이야기를 주저리주저리 떠드는 곽두용. 그 주변 학생들도 장단을 맞춰 주기 질리다는 표정이었다. 그 모습을 본 악연호가 혀를 찼다.

"이젠 불쌍해 보일 지경인데요. 학생들이 자기를 어떻게 보는지 모르는 건가?"

"알아도 상관없는 걸 수도 있지."

어쨌든 곽두용을 비롯해, 면접장에서 본 얼굴들이 간혹 보였다.

'다들 한가락씩은 하는 것 같은데.'

이곳에 모인 강사들의 수준이 대체로 높다는 생각을 할 때였다.

"자리를 빛내 주신 강사님들."

자리에서 일어난 팽사혁의 한마디에 객잔 안이 조용해졌다. 이 자리에 모인 강사들 중에는 팽사혁보다 무공이 강하거나, 연배가 훨씬 높은 무인도 있었다. 하지만 이 공간을 장악하고 있는 사람은 명백히 팽사혁이었다.

"오늘같이 좋은 날, 제가 짧게나마 한 말씀 올리겠습니다. 후배가 건방지다 생각하지 마시고 술잔을 채워 주시면 감사하겠습니다."

모두가 팽사혁이 시키는 대로 잔에 술을 채웠다. 팽사혁은 모두의 시선을 즐기듯 여유롭게 웃으며 주위를 둘러봤다. 그리고 천천히 입을 열었다.

"모두 면접에 합격하신 것을 축하드립니다. 부디 이후에 있을 실기시험에서도 좋은 결과를 얻으시길 바랍니다."

"!"

곳곳에서 놀라움의 탄성이 터져 나왔다. 몇 명은 술을 흘리기도 했다.

"합격이라니……."

"겨, 결과가 나왔단 말입니까?"

면접 결과가 정식으로 발표되는 것은 내일. 그런데 팽사혁은 이 자리에 있는 강사들이 면접에 붙었다고 말했다.

즉…….

'결과를 미리 알고 우리를 불렀다 이거군.'

당연히 그 사실을 눈치챈 사람은 나 혼자가 아니었다. 눈치가 조금만 있으면, 팽사혁이 우리를 이곳에 왜 초대했는지 알 수 있었다.

"예비 강사님들. 앞으로 잘 부탁드립니다."

"……."

단 몇 마디로, 팽사혁은 자신이 학관 내에서 어느 정도의 권력과 정보력을 가지고 있는지 증명했다. 이러는 이유 또한 노골적이었다.

'신입 강사들을 미리 길들이겠다는 거로군.'

그에 대한 강사들의 반응은 제각각이었다. 불편한 마음에 눈살을 찌푸리는 부류. 팽사혁의 눈치를 보기 시작하는 부류. 그리고 눈치 없는 곽두용처럼 그냥 먹고 마시는 부류. 그중 가장 현실에 빨리 순응하는 부류는 곧장 팽사혁 주변으로 모여들었다.

"헤헤. 저희가 더 잘 부탁드려야지요."

"팽가의 소가주님의 배려에 감사드립니다."

"필요하신 게 있으면 앞으로 물심양면으로 돕겠습니다."

알랑방귀를 뀌기 시작하는 날파리들에 둘러싸여, 팽사혁은 호탕한 웃음을 터트렸다.

"하하하! 누가 들으면 오해합니다! 제가 마치 무언가를 바라고 여러분을 모신 것 같지 않습니까?"

"설마 그럴 리가요!"

"어느 놈이 그런 모함을 합니까!"

학생 하나가 말 몇 마디로 강사들을 쥐락펴락하는 모습에, 자리가 불편해진 이들이 표정을 찌푸렸다. 악연호도 그런 사람들 중 한 명이었다. 악연호가 내게 속삭였다.

"오대세가의 후계자라는 놈이……. 형님. 그냥 나갈까요?"

그나마 이런 말을 할 수 있는 것도 악연호가 산동악가 출신이기 때문이었다. 대부분의 강사들은 불편해도 자리를 지킬 수밖에 없었다.

'어린놈이 권력의 맛을 제대로 즐길 줄 아는군.'

나는 거드름을 피우는 팽가의 애송이를 보며 피식 웃었다. 그리고 악연호의 어깨를 두드리며 속삭였다.

"신경 쓰지 말고 비싼 술이랑 안주나 많이 시켜라."

"이런 상황에서 술이 넘어갈 리가……."

"안 넘어가도 그냥 시켜. 가게 매상이나 팍팍 올려 줘."

"여기 매상 오르는 거랑 우리랑 무슨 상관……."

그때였다. 자리에서 일어난 팽사혁이 술잔을 들고 성큼성큼 우리를 향해 걸어왔다. 그 시선은 아까부터 떨떠름한 표정의 악연호를 향하고 있었다.

"악 강사님. 어디 불편하신 데라도 있습니까?"

거리낌 없이 옆자리에 앉은 팽사혁에게, 악연호가 다소 떨떠름한 표정으로 말했다.

"……딱히 없습니다만."

"하하. 불편하신 점이 있으시면 편하게 말씀해 주십시오. 악가와 저희 팽가는 또 인연이 깊지 않습니까?"

"……."

"혹시 제가 흥이 과해, 강사님 앞에서 건방지게 굴지는 않았는지 걱정이군요. 허심탄회하게 말씀해 주십시오. 고치도록 하겠습니다."

팽사혁은 팽가의 후계자. 악연호가 아무리 산동악가의 자제라고 해도, 가주의 직계 혈족이 아닌 한 밀릴 수밖에 없었다. 잠시 망설이던 악연호가 한숨을 푹 내쉬며 입을 열었다.

"……솔직히 말씀드리면 좀 과하다는 생각이 듭니다만."

"예예. 경청할 테니 솔직히 말씀해 주십시오."

새로 생긴 장난감을 구경하듯 악연호를 바라보는 팽사혁. 나는 그런 팽사혁의 옆얼굴을 바라보다 자리에서 일어났다.

"음? 백 강사님은 또 어디 가십니까?"

불쾌한 듯 미간을 찌푸리는 팽사혁에게, 부드럽게 웃으며 말했다.

"뒷간에 잠시 다녀오겠습니다."

"……아, 그러십시오. 너무 늦지는 마시고요."

마치 경고처럼 들리는 마지막 말을 뒤로하고, 나는 잠시 아래층으로 내려왔다. 물론 뒷간에 갈 생각은 아니었다.

"이봐."

아래층으로 내려온 나는 지나가던 점소이를 불러 세웠다.

"여기로 사람 좀 불러다 줄 수 있겠나?"

"예? 죄송하지만 지금 바빠서……."

내가 귀찮아하는 점소이의 귀에 대고 속삭이자, 잠시 후 점소이가 깜짝 놀라서 나를 바라봤다.

"예, 옛?"

"알아들었으면 빨리 움직이는 게 좋을 텐데."

"아, 알겠습니다!"

후다닥 아래로 내려가는 점소이의 뒷모습을 바라보고 있는데, 뒤에서 익숙한 목소리가 들려왔다.

"백 형. 뒷간에 간다더니 여기서 뭐 하십니까?"

명일오였다. 그가 안절부절못하는 얼굴로 내게 다가와서 말했다.

"지금 저 위에서는 난리도 아닙니다. 팽사혁이 악 형에게 계속 시비를 걸고 있는데…… 이러다 사달이라도 날 것 같습니다."

"싸움이 났습니까?"

"아직은 아니지만……."

한숨을 푹 내쉰 명일오가 말을 이었다.

"팽사혁의 소문이 많이 안 좋은 건 알고 있었습니다. 강사들을 자기 마음대로 쥐락펴락한다고……. 그래도 설마 이 정도일 줄은…….."

"뭐, 그럴 만도 하죠."

무려 오대세가의 후계자. 살면서 누군가에게 명령을 받아 본 적도 거의 없을 녀석은, 청룡학관도 장난치듯 다니며 왕 노릇을 즐겼을 것이다.

"놈은 강사들이 자기 앞에서 쩔쩔매는 모습을 즐기고 있겠죠."

"빌어먹을……. 명색이 우리가 선생인데……."

분한지 명일오가 이를 악물며 주먹을 꽉 쥐었다. 나는 그의 어깨를 툭툭 치고는 다시 위층으로 향했다.

"걱정 마요. 나도 이대로 두고만 볼 생각 없으니까."

팽사혁이라. 어쩐지 처음 볼 때부터 눈빛이 마음에 들지 않더라니, 곰의 탈을 쓴 뱀 같은 놈이었다. 하지만 나는 놈과 같은 녀석들을 여럿 상대해 봤다.

피식.

'앞으로 나한테 무공을 배우게 될 놈이 감히 기어올라?'

혈교에 있던 시절, 나는 단 한 번도 하극상을 용납한 적이 없었다. 장소가 청룡학관으로 바뀌어도 그 사실은 변하지 않는다.

'애송이. 인생의 쓴맛을 보여 주지.'

그때였다.

"꺄아아악!"

갑작스러운 비명에, 우리는 동시에 삼 층으로 뛰어 올라갔다. 악연호 옆에 한 여학생이 쓰러져 있었다. 여학생은 치마가 길게 찢어져 드러난 속살을 손으로 가리고 있었다. 그리고 그 앞에는 팽사혁이 심각한 표정으로 한숨을 쉬고 있었다.

"이런……. 악 강사님. 아무리 술에 취하셨다고 해도 이러시면 곤란하지요."

"……."

팽사혁의 손에, 찢어진 치맛자락이 들려 있었다. 팽사혁은 그것을 악연호의 자리에 두며 말했다.

"학관의 여학생을 희롱하시다니. 이래가지고 청룡학관의 신입 강사가 될 수 있겠습니까?"

"……네가 찢었잖아."

악연호의 목소리가 싸늘하게 가라앉았다. 처음 보는 모습. 하지만 분노가 극에 달해 있다는 것만은 분명하게 알 수 있었다.

"하하. 제가요? 이 치마를 제가 찢었다고요? 여러분. 정말로 제가 그랬습니까?"

팽사혁의 주변을 돌아보며 묻자, 그와 눈이 마주친 신입 강사들 대부분이 시선을 외면했다.

"소가주님이 그럴 리가 없지요!"

"저자가 술에 취해서……."

심지어 몇몇은 이미 팽사혁 쪽으로 넘어갔다. 사건 현장을 직접 보진 못했지만, 아무리 악연호가 여자를 밝히는 녀석이라도 여학생의 치마를 찢을 놈이 아니라는 것은 알고 있었다. 나는 주위를 둘러보며 감탄하듯 중얼거렸다.

"오호라. 처음부터 이럴 생각이었군."

이 현장에 있는 것은 면접에 합격한 예비 강사들, 그리고 팽사혁의 심복으로 보이는 동아리 연합회 간부들뿐이었다.

'약점을 잡아서 우리를 지배하려고 한 거였군.'

면접에 합격해 실기시험을 앞둔 예비 강사들. 이들에겐 사소한 흠조차 커다란 결격 사유였다. 팽사혁은 그 사실을 이용해, 이 자리에 있는 예비 강사들의 약점을 만들어 지배하려 하고 있었다.

"들으셨습니까? 다른 강사님들도 악 강사님이 그랬다는데요?"

"……."

말없이 팽사혁을 노려보는 악연호. 팽사혁은 히죽 웃더니, 남학생 한 명을 손짓으로 불렀다.

"저런……. 성희롱만 해도 큰일인데 학생에게 폭력까지 저지르실 줄이야."

"무슨……?"

퍼억! 팽사혁의 주먹에 나가떨어진 학생이 코피를 줄줄 흘렸다. 표정이 돌처럼 굳은 악연호의 앞에서 팽사혁이 히죽 웃었다.

"이러시면 정말 곤란한데요. 상황이 더 커지면 청룡학관의 시험이 문제가 아니라, 무림맹 뇌옥에 갇힐지도 모릅니다."

팽사혁에겐 이 모든 것이 장난이고 놀이처럼 보였다. 악연호의 몸이 파르르 떨렸다. 녀석이 폭발하기 직전에, 내가 끼어들었다.

"이봐. 그만하지?"

나는 팽사혁을 향해 성큼성큼 걸어갔다. 나를 발견한 팽사혁이 피식 웃었다.

"백 강사님도 돌아오셨군요. 안 오시기에 쥐새끼처럼 도망친 줄 알았더니……."

나는 망설이지 않고 팽사혁의 따귀를 올려붙였다.

짜아아악! 그동안 꾸준히 단련한 녹림십팔식의 묘리가 깃든 따귀였다. 부지불식간에 얻어맞은 팽사혁이 넘어져서 바닥을 굴렀다.

"이, 이, 이런 미친놈이……."

곧바로 벌떡 일어난 팽사혁. 녀석은 이 상황을 믿을 수 없다는 듯, 눈을 부릅뜨고 나를 노려보았다. 나는 활짝 웃으며 대답했다.

"미친놈? 그게 하늘같은 스승님한테 할 말이냐?"

"……하. 제대로 미친놈이 하나 있었군."

화가 머리끝까지 나면 오히려 차분해지는 경우가 있다. 지금의 팽사혁이 딱 그런 경우였다. 처음에는 얼굴이 시뻘겋게 달아오르더니, 금세 신색을 회복하고는 재미있다는 듯 웃었다.

"그래. 당신은 특별히 대우해 주지. 성추행, 학생 폭행, 기물 파손……. 또 어떤 죄명을 더해 줄까?"

팽사혁은 내가 보는 앞에서 여학생들의 옷을 찢고, 남학생들의 따귀를 갈겼다. 탁자를 때려 부수고, 다른 강사들을 협박해 내가 도둑질을 했다고 말하라고 시켰다. 팽사혁이 히죽거리며 나를 바라봤다.

"백 강사님. 마지막으로 하실 말씀은?"

나는 의자를 하나 가져와 느긋하게 다리를 꼬고 앉았다.

"잠깐 앉지? 어차피 급한 일도 없어 보이는데."

"……."

내 태연한 행동을 본 팽사혁의 미간이 꿈틀거렸다. 하지만 녀석은 자신에게 완벽하게 유리하게 조작된 현장을 둘러보고는 코웃음을 쳤다.

"끝까지 허세를 부리는군. 빠져나갈 구멍이 있을 것 같나?"

"왜들 이렇게 늦어? 불러오라고 보낸 지가 언젠데."

"보내다니 무슨……."

바로 그때, 난장판이 된 현장에 수십의 포졸들이 우르르 들이닥쳤다. 그리고 그들을 지휘하는 익숙한 얼굴의 포두.

"미성년자 음주 단속 나왔습니다."

청천이 특유의 무표정한 얼굴로 계단을 올라오며 말했다.

31화
여깁니다!

"음주 단속이라고?"

팽사혁은 황당하다는 표정으로 청천을 바라봤다. 마치 재미없는 농담이라도 들었다는 것처럼. 하지만 청천은 세상 진지한 얼굴로 엉망진창이 된 객잔 안을 둘러볼 뿐이었다. 눈살을 찌푸린 청천이 학생들을 향해 말했다.

"확실히 음주의 흔적이 있군요. 다들 호패를 제출하시기 바랍니다."

열여덟 이하의 청소년은 보호자가 동석했을 때를 제외하고는 법으로 음주가 금지되어 있었다.

하지만.

"지금 장난하는 것도 아니고……."

여기 있는 청룡학관 학생들은 일반인이 아니라 무림인이었다. 걸음마를 떼는 순간 칼을 쥐는 법부터 배우는 아이들. 일반적인 법은 무림인에게 통용되지 않는 것이 '암묵적인 관례'였다. 소위 말하는 관무불가침이란 것이다.

"포두님. 이건 무림의 일입니다. 관아에서 참견할 일이 아닙니다."

팽사혁은 앞으로 나서며 그 부분을 짚고 넘어갔다. 녀석은 청천을 기세로 압박하려는 듯 은근슬쩍 내공까지 끌어올렸지만, 청천의 표정에는 미동조차 없었다.

'팽가 애송이야. 그 녀석이 무려 마공을 익힌 포두다.'

웬만한 포두라면 팽사혁 정도 되는 덩치의 칼 찬 무림인이 다가오면 겁을 먹겠지만, 청천에게는 해당되지 않는 이야기였다. 오히려 청천은 코웃음을 쳤다.

"무림의 일……. 이곳에 마공을 익힌 무림 공적이라도 나타났습니까?"

"예?"

멍청하게 되묻는 팽사혁에게, 청천이 싸늘하게 되물었다.

"제 눈에는 부서진 탁자와 의자, 술에 취하고 폭행의 흔적이 있는 청소년들, 그리고 이유는 모르겠지만 겁에 질려 있는 어른들만 보입니다. 이중 수배된 범죄자는 보이지 않는데, 여러분은 무림의 일로 이곳에서 무엇을 하고 계셨는지 여쭤봐도 되겠습니까?"

"그게 아니라……."

"아니면, 설마 '무림'이라는 말만 붙이면 당신들이 무슨 행동을 해도 용납이 되는 거라고 생각하는 겁니까?"

"……."

관무불가침을 들먹이며 상황을 무마하려던 팽사혁의 말문이 턱 하고 막혔다. 정파를 표방하는 오대세가의 후계자로서, 어린놈들이 술 처먹고 놀고 있는 것을 '무림의 일'이라고 말할 수는 없을 테니까. 청천이 무표정한 얼굴로 부서진 의자의 잔해를 들어 올리며 말했다.

"이곳은 손님을 상대로 장사를 하는 객잔입니다. 미성년자 음주 단속 신고를 받아 왔습니다만…… 업무 방해, 재물 손괴 혐의가 추가될 것 같군요. 게다가 폭행의 흔적들도 보이고. 조사할 것이 많아 보이는데."

뿌득. 팽사혁이 이를 갈며 물었다.

"누가 신고를 했습니까?"

"그건 알려 드릴 수……."

"전데요."

내가 번쩍 손을 들고 말하자, 팽사혁이 고개를 획 돌려 나를 죽일 듯이 노려봤다.

[관을 끌어들여? 무림인이라는 자가 자존심도 없나?]

귓가를 파고드는 사나운 전음. 나는 피식 웃으며 어깨를 으쓱였다. 그리고 입 모양만으로 팽사혁에게 말했다.

'어쩌라고?'

"!"

충분히 알아들었는지, 팽사혁이 성난 멧돼지처럼 어깨를 들썩였다. 하지만 더 이상 함부로 날뛰지는 못했다. 지금은 당장 나보다, 무림인 음주 단속이라는 초유의 상황에 입장이 퍽 곤란해질 참이었으니까.

"함께 관아에 가서 조사에 응해 주시겠습니까?"

"……흥에 취해 작은 사고가 있었습니다만 별일 아닙니다. 기물에 대한 배상이라면 모두 두 배로 내겠습니다. 또한…….."

팽사혁은 이 상황을 수습하고자 청천에게 변명을 늘어놓기 시작했다. 녀석은 예비 신입 강사들의 약점을 잡아 훗날 자신의 수족처럼 부리려고 했다. 하지만 그건 어디까지나 우리끼리 있을 때의 이야기.

'관아에서 조사라도 받았다가 오늘 일이 알려지면…… 망신 정도로는 안 끝나겠지.'

명예와 체면. 정파에서는 때때로 그것이 전부일 때가 있었다. 특히 명문일수록 그런 경향이 컸다. 관아에 끌려가서 문제아로 낙인이라도 찍혔다간, 가문의 어른들에게 혼나는 것 정도로는 끝나지 않을 것이다. 그러니 팽사혁은 절대 관아에 가지 않으려고 할 것이다. 아니나 다를까.

"……포두님께서 오늘 일을 배려해 주시면, 훗날 성심성의껏 보은하겠습니다."

청천에게 정중하게 포권을 취하며 은근히 뇌물을 찔러 주겠다는 말을 하고 있었다.

하지만 우리 청천이 어떤 포두인가. 마공을 익혀 아비를 죽인 냉혹하고 무자비한 인간이자, 돈에는 관심 없는 청렴결백한 공무원이었다. 어째 앞뒤가 안 맞는 설명인 것 같긴 하지만 아무튼.

"뭐라?"

청천의 눈썹이 크게 꿈틀거렸다. 그리고 한층 싸늘해진 목소리가 흘러나왔다.

"뇌물 증여, 공무 방해 혐의를 추가해야 할 것 같군."

"끙……."

그 단호한 태도에, 팽사혁의 얼굴이 내게 따귀를 맞았을 때보다 더 붉게 달아올랐다. 살면서도 어디서도 이런 취급을 받아 보지 못했을 테니까. 결국 팽사혁은 구차함의 끝을 보여 주었다.

"……포두님. 저, 하북팽가의 팽사혁입니다."

"그러십니까. 신원은 호패를 통해 확인해 볼 테니 서둘러 제출해 주십시오."

"풉……."

나는 터져 나오려는 웃음을 꾹 참으며 청천을 바라봤다. 우리의 눈이 마주쳤지만, 청천도 나도 당연히 서로 아는 척은 하지 않았다.

'연기가 더 늘었는데?'

과거의 청천이 억지로 무표정을 연기했다면, 지금의 청천은 바늘로 찔러도 피 한 방울 안 나올 것 같은 자연스러운 모습이었다. 게다가 기도도 훨씬 안정돼 있었다.

'알려 준 방법으로 운공을 했나 보군.'

내가 알려 준 제대로 된 혈우마공의 구결로 부작용이 완화된 덕분일 것이다. 청천은 팽사혁과 그 뒤에서 팽사혁의 눈치를 보며 어정쩡하게 서 있는 학생들을 눈으로 죽 둘러보며 말했다.

"아직 호패를 제출하는 분이 없군요. 이건 관에 대한 도전으로 봐도 되겠습니까?"

"포두님. 끝까지 이러실 겁니까?"

"아직 아무것도 시작하지 않았습니다만."

"……."

절대로 물러날 생각이 없는 청천과 절대로 관아에 갈 생각이 없는 팽사혁. 결국 먼저 태세를 전환한 것은 팽사혁이었다.

"모두가 관아에 갈 필요는 없다고 생각합니다. 문제를 일으킨 사람만 데려가면 되지요. 저희 중에 마공을 익힌 마두는 없습니다만……."

녀석이 그러면서 손가락으로 나를 가리키며 말했다.

"저자가 술에 취해 학관의 여학생에게 파렴치한 짓을 했습니다. 그걸 말리던 다른 학생들까지 폭행했습니다. 싸움을 말리면서 탁자가 부서지고 이 난리가 난 겁니다."

팽사혁은 고개를 돌려서 학생들, 그리고 예비 강사들에게 무언의 압박을 주며 말했다.

"여러분 모두가 보셨을 겁니다. 안 그렇습니까?"

"마, 맞습니다."

"소가주님 말 그대로입니다."

학생들과 일부 예비 강사들이 팽사혁의 말에 동조하고 나섰고, 나머지도 고개를 끄덕이거나 시선을 푹 숙여 암묵적으로 동의했다.

'쯧쯧.'

나는 그 꼴을 가만히 지켜보다가 청천을 바라봤다. 당연히 청천이 그 말을 믿을 리 없었다. 설령 내가 진짜 그랬다고 해도 청천은 내 편을 들 것이다.

'멍청한 놈. 스스로 일을 키우는군.'

나는 혀를 차며 팽사혁을 바라봤다. 잘못을 솔직하게 인정하고 사과한다면 적당히 넘어갈 생각도 있었다. 하지만 끝까지 이렇게 나온다면, 나도 참을 생각이 없었다.

'내게 모든 죄를 뒤집어씌우고 빠져나갈 생각인 모양인데…… 하나하나 조목조목 반박해 주지.'

빠르게 생각을 정리한 내가 입을 열려고 할 때였다.

"이건 말도 안 되는 누명입니다."

가만히 듣고만 있던 악연호가 앞으로 성큼 나섰다. 한 번도 본 적 없는 비장한 얼굴이었다.

"여학생들의 치마를 찢고 남학생들을 때린 것은 수룡 형님이 아니라 저기 있는 팽사혁입니다! 저 녀석이 함정을 파고 우리를 여기로 끌어들였습니다!"

"하. 어이가 없군. 내가 왜 그런 짓을 한단 말이오?"

"신입 강사들을 네 꼭두각시로 만들어 조종하려는 거겠지!"

"내가 왜? 하북팽가의 소가주인 내가 졸업 이후의 진로가 걱정돼서?"

"그, 그건……!"

순간 말문이 막힌 악연호. 보기보다 순진한 녀석이라, 팽사혁이 단순히 재미로 저런 짓을 할 거라는 생각은 못 하는 모양이었다.

'애초에 저렇게 대응하면 안 되지.'

악연호처럼 감정적으로 상대에게 대응하면, 제삼자가 보기에는 억지를 쓰는 것처럼 보일 수밖에 없었다. 내가 악연호의 어깨를 잡아 뒤로 당기며 말했다.

"고맙지만 됐다. 내가 해결할 테니까 넌 가만히……."

"아니요. 매번 형님한테만 맡길 순 없죠. 이 문제는 제가 해결할게요."
"네 무공이 센 건 알지만, 이건 무력으로 해결될 게 아니야."
"저도 알아요."
자신만만하게 말한 악연호가 고개를 돌려 모두를 둘러봤다.
'뭘 하려는 거지?'
흐읍. 숨을 들이쉰 악연호가 또랑또랑한 목소리로 말했다. 그 입에서 나온 것은 나도 예상치 못한 비장의 무기였다.
"지금 제 말이 모두 진실임을, 이 자리에서 산동악가의 이름을 걸고 맹세하겠습니다."
"!"
산동악가. 비록 전통과 역사 속에서 오대세가로 불려 온 가문은 아니지만, 현재 산동악가의 이름은 하북팽가에게 절대 밀리지 않는다. 바로 십대고수 중 한 명인 창왕 악비가 가주이기 때문. 현재 산동악가의 세력과 영향력은 오대세가에 필적한다고 알려져 있었다.
악연호가 가문의 이름을 걸자, 팽사혁의 얼굴이 하얗게 질렸다.
"미쳤군. 겨우 이딴 일에 가문의 이름을 건다고? 당신, 그게 무슨 의미인지는 알고 있나?"
"가문이 쌓아 온 명예와 역사를 모두 건다는 말이지."
"그걸 알면서……!"
명예와 역사. 즉 이름을 건다는 것은, 그 발언을 한 사람이 누구냐에 따라 가문 전체가 전쟁에 나설 수도 있는 발언이었다.
"왜? 팽사혁, 너는 네 말에 책임질 자신이 없나?"
"……당신과 내 말은 무게가 달라."
"겁먹었네. 그러니까 함부로 주둥이를 놀리지 말았어야지."
"가문의 징계가 두렵지도 않나? 과거 헌원세가가 어떤 꼴을 당했는지 설마 모르진 않을 텐데."

"여기선 내 목숨 하나면 어떻게든 될 것 같은데."

"답이 없는 꼴통이었군."

"어린 새끼가 왜 계속 반말이야? 존댓말 써, 이 새끼야."

서로 무기만 뽑지 않았을 뿐, 팽사혁과 악연호는 서로를 죽일 듯이 노려보며 기 싸움을 벌였다.

"하여튼 무림인들이란……."

그 모습을 지켜보던 청천이 긴 한숨을 쉬었다. 청천이 나를 힐끗 보더니 전음을 보냈다.

[어떻게 하는 게 좋겠나? 관아로 연행해? 아니면 이쯤에서 수습하고 돌아가?]

청천이 못 이긴 척 물러나겠다고 하면, 팽사혁도 예비 강사 길들이기를 그만두고 물러날 것이다. 하지만 나는 팽사혁을 얌전히 보내 줄 마음이 없었다. 오늘 제대로 기를 죽여 놓지 않으면 계속 저럴 놈이다. 나는 입 모양만으로 청천에게 말했다.

'기다려 봐.'

[언제까지?]

빨리 역천신공을 3성까지 끌어올리든가 해야지, 전음 하나 못 쓰니 답답해 죽겠다. 모두의 시선이 팽사혁과 악연호에게 쏠린 틈에, 나는 작게 중얼거렸다.

"우리 할아버지가 올 때까지만."

[할아버지?]

아까 점소이를 보낼 때, 나는 청천에게만 소식을 전한 것이 아니었다.
휘이이이이잉.
어디선가 북풍한설과 같은 냉기가 불어오기 시작했다. 언제라도 출수할 듯 기세를 끌어올리던 악연호와 팽사혁이 움찔 몸을 떨었다. 둘의 고개가 같은 방향으로 돌아갔다.
"무슨……."
"설마……."
곧 기감에 예민한 다른 강사들과 학생들도 두 사람과 같은 방향으로 고개를 돌렸다.
저벅. 저벅. 폭풍우가 몰아쳐도 똑같을 것 같은 규칙적인 발걸음. 눈처럼 하얗게 센 머리카락과 그와 어울리는 짙은 옥색 도포. 문 너머에 멈춰선 노인이 자신의 앞을 가로막는 포졸에게 말했다.
"초대를 받아 왔소만……. 안에 무슨 일이라도 생겼소?"
포졸의 어깨너머로 보이는 얼굴. 그 얼굴을 본 학생 하나가 공포에 질려 중얼거렸다.
"하, 학주 떴다……."
그 한마디에 뜨겁게 달아올랐던 객잔 안이 순식간에 차갑게 얼어붙었다.
동시에 나는 손을 번쩍 들고 외쳤다.
"할아버님! 여깁니다!"

32화
찾았습니다

"할아버님! 여깁니다!"

나는 환한 미소를 지으며 매극렴을 향해 손을 흔들었다. 날 발견한 매극렴은 다소 떨떠름한 표정을 지었다. 하지만 애초에 그의 반응을 바라고 한 말은 아니었다. 격정적인 반응은 내 주변에서 터져 나왔다.

"하, 할아버님?"

"방금 학생 주임한테 한 말이야?"

"설마……."

객잔 안에 있던 학생들의 눈이 경악으로 부릅떠졌다. '설마……?' 다들 그런 눈으로 나와 매극렴을 번갈아 보았다. 그 순간 매극렴이 쐐기를 박았다.

"밥 먹자고 불러내서 와 봤거늘……. 이게 무슨 일이냐? 같이 있는 건 혹시 우리 학관 학생들이냐?"

"!"

모두를 충격에 빠뜨리는 매극렴의 인정. 눈치 빠른 남학생들은 주변에 있는 술병을 닥치는 대로 치우기 시작했고, 치마가 찢어진 여학생들은 병풍 뒤로 숨어서 신속하게 옷을 갈아입었다. 학생들이 자기들끼리 조용히 수군댔다.

"학주한테 손자가 있었어?"

"몰라. 자기 얘긴 절대로 안 하는 인간이잖아."

"젠장. 면접 서류에 그런 말은 없었는데."

"미치겠네. 그냥 장난으로 시작한 일인데 왜 이렇게……."

다들 당황해서 어쩔 줄을 모르고 있었다.

장난으로 시작한 일에 포두가 오고, 학생 주임까지 오면서 일이 걷잡을 수 없이 커지고 있었으니까.

"빌어먹을……."

팽사혁도 사태의 심각성을 깨달은 모양인지, 녀석의 이마에 지금까지 본 적 없던 식은땀이 삐질 흐르고 있었다.

'등장만으로 식은땀을 흘리게 하다니, 학생 주임이 무섭긴 무서운가 보네.'

……사실은 나도 아직 좀 무섭다.

포졸의 어깨너머로 객잔 안을 살펴본 매극렴의 눈빛이 가늘어졌다.

"애들이 사고를 친 모양이로군."

싸늘한 한마디. 매극렴의 새하얀 눈썹이 살짝 꿈틀대자, 학생들이 동상이라도 걸린 것처럼 덜덜 떨기 시작했다.

……내가 교관이었던 시절에도 저 정도는 아니었던 것 같은데.

매극렴은 자신을 가로막은 포졸에게 정중하게 말했다.

"나는 저 학생들의 생활 지도를 맡고 있는 청룡학관의 학생 주임이오. 보아하니 우리 아이들이 이곳에서 문제를 일으킨 듯한데……. 안으로 들어가 볼 수 있겠소?"

포졸은 곤란한 듯 고개를 돌려 청천을 바라봤고, 청천은 힐끗 나를 바라봤다. 나는 티가 나지 않게 아주 살짝만 고개를 끄덕였다. 청천이 포졸에게 말했다.

"들어오시게 해라. 마침 학관 관계자께서 오셨으니 협조를 구할 수 있겠군요."

매극렴은 안으로 들어오며 천천히 주위를 살폈다. 그는 별다른 표정 변화 없이 객잔 내부를 둘러봤다. 간혹 그와 시선이 마주친 학생들이 딸꾹질을 하거나, 고개를 푹 숙인 채 오들오들 떨었다. 예비 강사들이라고 해서 다르지 않았다. 다들 죄지은 것처럼 공손히 손을 모으고 서 있었다. 그 와중에 곽두용은 술에 취해 비틀대다 넘어졌다.

"쯧쯧."

혀를 찬 매극렴은 마지막으로 묘한 시선으로 나를 보더니, 고개를 돌려 청천에게 물었다.

"포두님. 이 녀석들이 무슨 잘못을 저질렀는지 여쭤도 되겠습니까?"

"설명해 드리지요."

꿀꺽. 누군가가 침을 삼키는 소리가 천둥처럼 울렸다. 청천은 이 안에서 있었던 일을 정리해 매극렴에게 말했다.

청천의 이야기가 끝난 후, 매극렴의 표정은 생각보다 평온해 보였다.

"……정리하면. 술을 마셨고, 객잔의 기물을 파손했고, 포두님께 뇌물을 주려 했으며, 통하지 않자 협박을 했다 이거군요."

"저, 학생 주임 선생님……."

"그리고."

팽사혁은 당황한 얼굴로 그를 불렀으나, 매극렴의 말은 아직 끝나지 않았다. 그의 얼굴이 천천히, 흉신악살처럼 일그러졌다.

"여학생들은 치마가 찢어져 있고, 몇 사내놈은 입술이 터져 있구나. 그리고 서로에게 잘못을 덮어씌우려고 가문의 이름까지 걸었다고?"

싸아아아아아아. 매극렴의 몸에서 뿜어져 나온 무형의 기세가 학생들의 몸을 옭아맸다.

"갈! 네놈들이 그러고도 청룡학관의 학생이라 할 수 있느냐!"

덜덜덜. 팽가의 소가주인 팽사혁조차, 매극렴의 기세를 견뎌 내지 못하고 이빨을 딱딱 부딪쳤다.

'별호가 검치(劍齒)라더니…….'

강하다는 것은 알고 있었지만, 이 정도면 절정의 끝자락, 어쩌면 초절정의 경지에 도달했을지도 모른다는 생각이 들었다.

"기숙사로 돌아가면, 너희 전부 개별 면담이다."

"……예."

팽사혁을 비롯한 모든 학생들이 나라 잃은 표정으로 대답했다. 감히 말대답을 하는 학생은 없었다.

한숨을 길게 내쉰 매극렴이 몸을 돌려 청천을 돌아봤다.

"포두님."

"…….''

청천과 포졸들의 표정도 하얗게 질려 있었다. 아무리 매극렴이 자신의 기세를 학생들에게 집중시켰다지만, 그 여파만으로도 웬만한 사람은 공포에 질리게 할 수 있었다.

"……말씀하십시오."

간덩이 크기로는 누구 못지않은 청천도 매극렴에게는 조심스러운 태도를 취하는 것만 봐도 알 수 있었다.

'그래. 저런 게 진짜 고수지.'

가문의 위세를 믿고 까부는 팽사혁 따위와는 차원이 다른 압박감. 자신의 존재감으로 이 공간을 완전히 장악한 매극렴이, 청천에게 허리를 깊이 숙였다.

"제 학생들이 불미스러운 일을 일으켰습니다. 모두 제가 제대로 가르치지 못한 탓이니, 책임도 제가 지겠습니다."

"…….''

예상치 못한 매극렴의 행동에 다들 말문이 막혔다. 죽을병에 걸린 환자들 같은 표정의 학생들도, 어쩔 줄 몰라 눈치를 보던 예비 강사들도. 나 역시 놀라기는 마찬가지였다.

'저 정도의 무인이 허리를 숙인다고?'

사파에서는, 아니 정파에서도 결코 보기 쉽지 않은 일. 뒤늦게 청천이 입을 열어 물었다.

"책임을 지시겠다니, 뭘 어떻게······."

"제가 대신 관아로 가겠습니다. 아이들의 행실이 바르지 못한 이유는 첫째가 부모의 잘못이요, 둘째가 스승의 잘못입니다. 이 아이들의 부모들은 청룡학관을 믿고 자기 자식들을 맡겼습니다. 따라서, 이 아이들의 잘못은 모두 저의 책임입니다."

"······."

그것은 감탄할 만한 경지를 쌓아 올린 무인이 아닌, 한 명의 스승으로서의 매극렴의 모습이었다. 나는 그 모습에 더 깊은 인상을 받았다.

"멋있다······."

"와······."

악연호와 명일오도 그런 모양이고, 예비 강사들 중 몇 명도 주먹을 꽉 쥐었다.

"음······."

청천은 난감한 표정으로 객잔 안을 둘러보는 척했다. 당연히 내게 의견을 묻기 위해서였다. 그의 시선이 나를 스칠 때, 나는 입 모양만으로 말했다.

'훈방 조치해.'

청천이 순간 표정을 찌푸렸으나, 이내 한숨을 내쉬며 말했다.

"그렇게까지 말씀하시니 어린 학생들을 다그치기만 한 제가 부끄러워지는군요. 알겠습니다. 제 권한으로 이 일은 훈방 조치로 끝내겠습니다.

학생들을 데려가 잘 교육시켜 주시기 바랍니다."
"……포두님의 배려에 감사드립니다."
매극렴은 그제야 허리를 펴고, 다시 사신 같은 눈으로 학생들을 바라봤다.
"따라오너라."
학생들이 객잔을 나서기 전에, 나는 이 대목에서 끼어들지 않을 수 없었다.
"크흠! 이곳 객잔 주인이 손해가 이만저만이 아닐 텐데. 확실하게 보상해 주셔야 하지 않겠습니까?"
등 뒤에서 찌릿찌릿한 살기가(아마도 팽사혁으로 추측되는) 느껴졌지만, 나는 무시하고 청천을 바라봤다. 당연히 정의로운 포두 청천도 내 의견에 동의했다.
"물론입니다. 이 객잔의 주인에겐 확실하게 피해 보상을 해 주셔야 할 겁니다."
"알겠습니다. 객잔에서 본 피해는 청룡학관에서……."
"피해액은 제가 모두 지불하겠습니다."
팽사혁이 굳이 나서서 자기가 내겠다고 말했다. 나는 그 말을 꼭 기억해 두었다.
'네 앞으로 갈 명세서, 기대해라.'
내가 흐뭇하게 웃는 동안, 어쩐지 서로의 성격에 호감을 느낀 듯한 매극렴과 청천이 포권을 나눴다.
"그럼 저는 학생들을 데리고 먼저 가 보겠습니다."
"살펴 가십시오."
객잔을 나서기 전, 매극렴이 나를 돌아보며 짧게 말했다.
"너는 나중에 따로 보자."
"예! 살펴 가십시오, 할아버님!"

"……끄응."

 관자놀이를 한 번 문지른 매극렴이 먼저 객잔을 나섰고, 그 뒤를 팽사혁과 학생들이 사형장에 끌려가는 죄수들처럼 따라갔다.

 "앞으로 지켜보겠습니다. 같은 일이 발생할 경우에는 오늘처럼 넘어가지 않을 겁니다."

 청천도 객잔에 남은 예비 강사들에게 주의를 준 후 떠났다. 그렇게 다들 떠난 후.

 "후유……."

 "허억……."

 긴장된 분위기 속에서 숨을 참고 있던 예비 강사들이 동시에 한숨을 쉬었다. 몇몇은 긴장이 완전히 풀렸는지 바닥에 주저앉았다.

 "형님! 왜 말 안 했어요? 검치 선배님이 할아버지라는 거, 왜 말 안 했냐고요."

 콕콕콕! 악연호가 내 옆구리를 집요하게 찔러 댔다. 나는 녀석의 손을 쳐 내며 말했다.

 "때 되면 말하려고 했어. 근데 팽가 망나니 놈은 학생 주임도 안 무서워할 줄 알았는데, 엄청 무서워하네?"

 사실 나는 그게 가장 의외였다. 팽가의 후계자쯤 되면, 학관주가 아닌 학생 주임에게는 충분히 개길 줄 알았다. 그런데 매극렴이 나타나자마자 순식간에 상황이 해결돼 버렸다.

 악연호가 그 이유도 모르냐는 얼굴로 말했다.

 "검치 선배는 무려 전전대의 고수라고요."

 "그게 왜? 무공이 강해서?"

 그 질문에는 명일오가 대답해 주었다.

 "강한 것도 강한 거지만, 젊은 시절에 지금은 문파의 장로나 문주가 된 사람들과 말을 트고 다니던 사이라는 게 더 중요합니다. 무슨 말인지 아시겠지요?"
"아……."
그러니까, 우리 외할아버지가 팽가의 태상가주랑 형 동생 하는 사이일 수도 있다는 의미였다. 이거 생각보다 더 대단한 양반이었구만. 나는 괜히 어깨에 힘이 들어가서 말했다.
"앞으로 잘해라. 저분이 내 외조부다."
"어휴……. 아무튼 십년감수했습니다. 아까 형님이 눈치 없이 피해 보상을 얘기할 때는……."
"그건 저도 좀 놀랐습니다. 갑자기 그 얘기는 왜 꺼낸 겁니까?"
그것도 다 이유가 있었다. 나는 씩 웃으며 둘에게 말했다.
"허천이라고, 이곳 객잔 소유주가 나랑 잘 아는 사람이거든."
우리가 잠깐 떠드는 동안, 마지막 포졸까지 객잔에서 나갔다. 이제 엉망이 된 객잔 안에는 예비 강사들만 남아 있었다. 하나둘 자리를 뜨려고 하기에, 나는 그들을 불러세웠다.
"여러분. 가시기 전에 제가 몇 마디만 하겠습니다."
예비 강사들이 불편한 시선으로 나를 바라봤다. 나는 그들 한 명 한 명을 기억했다. 팽사혁이 악연호에게 누명을 씌웠을 때 간신배처럼 옆에 붙어서 동조하던 놈. 내가 팽사혁에게 따귀를 올려붙일 때 자기가 맞은 것처럼 놀라던 놈. 화가 났지만 용기가 없어 결국 고개를 푹 숙인 채로 시간이 빨리 지나가기만을 바라던 대부분의 사람들.
그들 모두에게 해 줄 말은 하나뿐이었다.
"쪽팔린 줄 알아라, 이 새끼들아. 니들이 그러고도 누굴 가르칠 자격이 있다고 생각하냐."
"……."
나는 그대로 몸을 돌려 객잔을 나섰다. 뒤에서 몇 놈이 뭐라고 중얼거리는 것 같았지만 관심 없었다.

• ❖ •

다음 날. 나는 인피면구를 쓰고 복만춘을 만났다.

"오셨습니까."

허천을 맞이한 복만춘이 고개를 꾸벅 숙였다. 나는 그에게 그동안 있었던 몇 가지 일에 대한 보고를 받았다. 자연스럽게 전날 있었던 객잔에서의 사고에 관한 내용도 들을 수 있었다.

"저희가 운영하던 객잔에서 사고가 있었습니다. 청룡학관 학생들이……."

나는 뻔히 다 아는 이야기(사실 복만춘은 자세한 내막을 거의 몰랐다.)를 경청한 후, 복만춘에게 한 가지만 당부했다.

"보상은 피해액의 열 배로 청구하세요."

"예. 그리하도록…… 예?"

복만춘이 당황한 얼굴로 나를 바라봤다. 나는 같은 내용을 한 번 더 말해 주었고, 복만춘은 여전히 당황한 표정이었다.

"저…… 상대는 팽가의 소가주입니다. 두 배까지는 충분히 요구할 수 있을 것 같습니다만……. 열 배는 아무래도 조금."

하북팽가의 소가주. 잘나가는 오대세가의 아들이니, 사고를 치고 다녀도 오히려 당한 쪽에서 눈치를 봐야 하는 입장이었다. 하지만 이번 일로 눈치를 봐야 하는 건 절대로 이쪽이 아니다.

"팽사혁 앞으로 이렇게 적어 보내세요. 피해액의 열 배를 보상하지 않으면, 그 청구서를 청룡학관 학생 주임 앞으로 보내겠다고."

"……뭔지는 모르겠지만, 알겠습니다."

열 배면 아무리 팽가의 소가주라도 쉽게 마련하기 힘들 것이다. 어제 우리가 먹고 마신 음식이며 부서진 탁자와 물건들은 전부 상당히 비싼 것들이니까.

'한동안은 기숙사에서 급식이나 먹고 다녀야 할 거다.'

나는 내 마음속에 있는 〈청룡학관에 입사하면 갱생시켜야 할 학생〉 목록의 맨 위에 팽사혁을 적어 넣었다.

"아, 그리고 말씀드릴 게 있습니다."

보고를 모두 끝마칠 때쯤, 복만춘이 자신만만하게 웃으며 말했다.

"전에 부탁하신 영약과 야장을 찾았습니다."

33화
낭인 시장

"나 며칠 동안 어디 좀 다녀오려고."
"네?"
"……실기시험이 당장 열흘 뒤입니다만?"
함께 아침을 먹던 악연호와 명일오가 내 말에 놀라서 나를 바라봤다. 악연호가 입안에 있던 밥알을 맹렬하게 튀기며 말했다.
"형님! 청룡학관에서 면접에 합격한 예비 강사들한테 실기시험 전까지 근신하라고 보낸 경고장 못 받았어요? 얌전히 있어도 모자랄 판에……."
이 자식은 갑자기 왜 이렇게 잔소리야. 나는 암기처럼 날아오는 밥알을 젓가락으로 모조리 튕겨 낸 후 식탁에 탁 내려놓으며 말했다.
"며칠 안 걸려. 나한테는 실기시험 준비와 관련된 일이기도 하고."
나는 복만춘과 함께 낭인 시장에 가기로 했다. 복만춘이 찾았다는 영약을 직접 확인하고, 실력 있고 입이 무거운 야장도 만나 보기 위해서였다. 하지만 낭인 시장이 있는 장소까지는 말을 타고 달려도 꼬박 하루는 걸리는 거리라서, 왔다 갔다만 해도 사흘은 걸릴 일정이었다. 당연히 두 사람에게는 자세한 사정을 말할 수 없어 대충 둘러댈 수밖에 없었다.

"그래서 언제 가는데요?"
"밥 다 먹었으니까 차 한 잔 마시고?"
"그걸 지금 말해요?"
"급하게 결정됐어."
나는 조금 섭섭해하는 악연호의 찻잔에 차를 따라주며 씩 웃었다.
"무슨 일 생기면 말해라."
"알겠어요. 혼자서 예쁜 처자들 많이 만나고 와요."
악연호는 한숨을 푹 내쉬더니 내가 따라 준 차를 벌컥벌컥 마셨다.
……저거 꽤 뜨거울 텐데.
"아, 앗, 뜨, 뜨거어어!"
"쯧쯧. 나이가 몇인데 칠칠찮기는."
"무, 물! 찬 무우울!"
"자 여기 있다."
"고맙…… 끄으억! 이거 뜨거운 물이잖아아아아!"
그렇게 평소와 다를 바 없는 아침 식사를 마친 후, 나는 간단히 짐을 챙겨 떠날 준비를 마쳤다.
"백 형. 가시기 전에 잠시만."
아침 식사 시간 내내 조용히 생각에 잠겨 있던 명일오가 내게 작은 서책 하나를 건넸다.
"이게 뭡니까?"
"현재 기숙사에 있는 학생들 중에, 외공 수업을 듣는 학생들 명단을 추린 겁니다."
"……이걸 왜?"
서책은 작지만 꽤 두꺼웠다. 얼마 전에야 완성한 듯, 먹물 냄새가 아직 남아 있었다.
"각 학생의 무공의 특징이나 성격을 정리해서 적어 두었습니다. 일종의 족보라고 할까요. 시범 강의를 하실 때 도움이 될 겁니다."

"명 형. 나한테 이렇게까지 해 줘도 되는 겁니까?"

나는 고개를 갸웃하며 물었다. 마냥 사람 좋은 듯 보여도, 나는 명일오가 굉장히 실리적인 성격이라는 것을 알고 있었다. 처음 나와 악연호에게 접근한 것도 악연호가 산동악가 출신이기 때문이었을 테니까.

'내 외조부가 학생 주임이라서…… 앞으로 잘 봐달라는 건가.'

내 시선의 의미를 파악했는지, 명일오가 씩 웃으며 고개를 끄덕였다.

"제가 그날 본 매극렴 선배님이라면, 자기 손자라고 무조건 실기시험에 붙여 줄 것 같지는 않던데요."

"……그렇긴 하죠. 그럼 저한테 이걸 왜 주는 겁니까?"

명일오는 잠시 할 말을 찾는 것 같더니 말했다.

"그냥…… 저는 백 형이 꼭 시험에 붙었으면 좋겠습니다."

"왜요?"

"그날 백 형이 객잔에 모여 있던 예비 강사들한테 그러셨죠. 쪽팔린 줄 알라고. 그러고도 누굴 가르칠 자격이 있냐고."

기억이 났다. 바로 며칠 전 이야기니까. 가르치는 학생에게 쩔쩔매던 강사란 녀석들이 너무 한심해 보여 한마디 하고 나왔던 날.

"그건 명 형을 두고 한 말은 아니었는데……."

명일오는 부드럽게 웃으며 고개를 끄덕였다.

"압니다. 그래도 저는 부끄러웠습니다. 저는 학생의 따귀를 때릴 용기도 없고, 점소이를 시켜 포두를 부르거나 학생 주임을 부를 용기도 없었습니다. 하지만 백 형은 그렇게 할 수 있는 사람입니다."

"그야 학생 주임이 외조부니까."

"학생 주임이 외조부가 아니었더라도…… 제가 본 백 형은 분명 뭔가를 했을 사람입니다."

"이거 사람을 너무 좋게 보는 것 같아서 부담스러운데."

나는 가볍게 어깨를 으쓱했다. 명일오는 진지한 눈빛으로 말했다.

"어제와 같은 상황이 다시 와도, 저는 용기를 낼 자신이 없습니다. 하지만 백 형은 또 뭔가를 해 줄 것 같습니다. 그러니 시험에 붙여 주십시오. 또 그런 일이 일어났을 때……."

나는 어이가 없어서 웃었다.

"나 보고 앞장서서 불의에 맞서 싸워라?"

"옆에서 몰래 도와드릴 수는 있을 것 같습니다."

명일오는 자신의 짧은 머리를 긁적이며 멋쩍게 웃었다.

처음으로 이 녀석이 진심으로 웃는 것을 본 기분이었다. 나는 명일오가 건네준 서책을 품에 넣었다. 덕분에 낭인 시장에 다녀오는 길이 심심하지는 않을 것 같았다.

"사람을 너무 좋게만 보네. 나중에 실망이나 하지 말고. 아무튼 이건 잘 쓰겠습니다."

"앞으로 말씀 편하게 하십시오. 제가 한 살 어립니다."

"그래. 알겠다, 일오야."

나는 두 동생의 배웅을 받으며 객잔을 나섰다.

"그럼 둘 다 며칠 후에 보자."

"다녀오세요."

"다녀오십시오."

객잔 문을 열고 밖으로 나가는데, 뒤에서 둘의 목소리가 들려왔다.

"그런데 명 형. 저는요? 제 책자는 없어요?"

"예? 악 형은 저랑 전공이 같아서 조금……."

"뭐야. 지금 치사하게 나만 안 주겠단 거예요? 그리고 왜 나한테는 말 높이는데? 내가 한 살 어리니까 말 놔요!"

"그, 그래도 되나……. 그래도 산동악가 사람인데……."

"안 될 게 뭐가 있어. 자, 앞으로 말 편하게 놓으시고 족보도 하나 줘

봐요."

"……."

두 사람의 목소리를 뒤로하고, 나는 가벼운 걸음으로 복만춘을 만나러 갔다.

• ◈ •

이틀 후.

"이곳입니다."

흑립으로 얼굴을 반쯤 가린 나와 복만춘은 낭인 시장으로 들어섰다.

초기의 낭인 시장은 낭인들의 무력을 사고파는 곳이었지만, 시간이 흐르면서 돈이 되는 것은 뭐든지 사고파는 암시장으로 변했다. 돈만 주면 무엇이든 구할 수 있는 곳. 불법적인 거래도 많기에, 관아의 눈이 닿지 않는 곳에서 비정기적으로 장이 열렸다.

'운이 좋았어.'

낭인으로 오래 굴러먹은 복만춘의 인맥이 아니었다면, 낭인 시장에 접촉하는 데 꽤나 애를 먹었을 것이다.

"공자님. 이쪽입니다."

나는 복만춘을 따라 낭인 시장이 열린 야산의 중턱으로 들어섰다. 곳곳에 희미한 횃불이 켜져 있었고, 천막이 쳐지거나 좌판을 늘어놓은 곳도 있었다. 낭인 시장에선 온갖 물건을 팔았다.

"정말 좋은데 설명할 방법이 없네! 사내한테 이보다 좋은 물건이 없어! 강직(剛直)환 팝니다!"

"한 방울이면 호랑이로 쓰러뜨리는 독이 단돈……."

"딴 놈이랑 배 맞아 도망친 마누라, 서방 잡아다 드립니다. 한번 상담부터 받아 보십쇼!"

시장 곳곳에서 흥정이 벌어지고, 얼굴과 몸에 흉터가 많은 거친 사내들이 낭인 시장 안을 어슬렁거렸다.

툭.

"뭐야? 눈깔 똑바로 안 뜨고 다녀?"

"지금 나한테 한 말이냐?"

종종 낭인들이 부딪치며 주먹다짐이 벌어지는 광경도 보였다. 싸움이 벌어지면 곧바로 공터가 만들어지고, 그 주변을 다른 낭인들이 둘러싸고 휘파람을 불어 댔다. 누가 이길지를 두고 내기 판이 벌어지는 건 기본이었다.

"하하. 거친 놈들이 많다 보니 분위기가 좀 이렇습니다. 그래도 어지간하면 칼부림은 안 일어나니 걱정하지 않으셔도 됩니다. 그랬다간 여기 있는 모두를 적으로 돌리는 거거든요."

복만춘은 멋쩍은 듯 뒤통수를 긁어대면서도 주위를 계속 경계했다. 복만춘도 어디 가서 꿇리지 않는 인상파인지라, 웬만한 낭인은 우리 주위에 얼씬도 하지 않았다.

"흐흐. 공자님. 무서워하실 것 하나 없습니다."

'네가 제일 무섭게 생겼거든.'

복만춘의 과보호에 가까운 호위에 나는 피식 웃음이 나왔다. 낭인들의 몸에 배어 있는 땀 냄새와 오래된 피 냄새. 오히려 고향에 온 것처럼 편안한 기분이었다. 게다가 낭인들 중에는 외공을 단련한 자들이 많아, 며칠 후 외공 강의를 해야 하는 입장에서 그들의 몸을 구경하는 재미도 있었다.

"쯧. 저 녀석은 오래 못 살겠군. 약물로 몸을 키웠어."

"……공자님. 관상도 보실 줄 아십니까?"

"대충은요."

우리는 이런저런 대화를 나누며 낭인 시장을 가로질렀다.

이곳에서 사야 할 물건이 하나. 만나야 할 사람이 한 명.

목적지가 분명해서 중간에 걸음을 멈출 일은 없었다.

"이곳입니다."

우리는 낡은 천막 앞에 멈춰 섰다. 복만춘이 천막을 걷고 먼저 안으로 들어갔다. 천막 안에는 사십 대쯤으로 보이는 외팔이 장한이 술을 마시고 있었는데, 복만춘을 보자마자 벌떡 일어났다.

"아니, 이게 누구야! 복 형!"

"하하하! 장 형! 오랜만이오!"

두 사내는 수십 년 만에 만난 형제처럼 덥석 끌어안았다.

"남창에 정착했단 얘기는 들었지. 이것 봐. 여우 같은 마누라랑 토끼 같은 자식이랑 사니까 신수가 아주 훤해졌구먼!"

"말도 마. 마누라 바가지에, 자식새끼는 키우는 데 돈이 뭐 그렇게 많이 드는지. 요즘 아주 죽겠다니까."

"하하, 이 양반 엄살은. 그런데 뒤에 계신 분은……?"

"아, 내가 새로 모시게 된 분이오. 공자님. 제가 예전에 알고 잘 알고 지내던 친구입니다."

"허천이라고 하오."

나는 그제야 외팔이와 인사를 나눌 수 있었다. 외팔이는 하나뿐인 손으로 천막 안에 물건 중 나무 궤짝 하나를 가져와 내게 보여 주었다.

"헤헤. 사실 산다는 사람이 많았는데, 이 친구가 꼭 자기가 사겠다고 예약을 해서 물건을 빼놓고 기다렸습니다."

뻔한 거짓말을 한 귀로 흘리며, 나는 나무 궤짝에 손을 올렸다.

"열어 봐도 되겠소?"

"이게 취급을 조심해야 하는지라……. 제가 열어 드리겠습니다."

외팔이가 천천히 궤짝을 열자, 잠시 후 그윽한 향이 천막 안에 퍼져 나갔다. 구불구불한 자색의 뿌리가 풍성하게 뒤엉켜 있고, 가지가 일곱으로 자라 있었다. 그리고 각각의 가지마다 아홉 장의 잎이 달려 있었다. 칠지구엽초(七枝九葉草)라고 불리는, 양기가 매우 풍부한 영초였다.

'진품이군. 그것도 꽤 상등품이야.'

나는 한눈에 칠지구엽초를 알아보았다. 구엽초 자체는 구하기가 힘든 물건이 아니지만, 상등품의 칠지구엽초 정도면 운이 닿아야 구할 수 있는 물건이었다.

"직접 구하신 거요?"

"헤헤. 제가 구한 물건은 아니고, 대신 팔아 주고 수수료를 떼먹는 겁니다. 팔 잘라 먹으면서 만든 인맥이 이럴 때 유용하더라고요."

귀한 만큼, 당연히 가격도 상당했다.

"가격은 얼마나?"

"음. 그래도 복 형이 모시는 분이니까 제가 많이 깎아서…… 대충 이 정도만 주시면……."

외팔이가 탁자에 올려놓은 주판을 한 손으로 열심히 굴리더니 앞으로 내밀었다.

그러나 그 액수를 본 복만춘의 안색이 대번에 변했다.

"어허! 장 형. 우리 사이에 진짜 이럴 거야?"

"에이. 이것도 복 형 얼굴 봐서 최대한 싸게 드린 거요. 남는 것도 별로 없어."

"누굴 호구 새끼로 알아? 허 참! 내가 이 바닥 뜬 지 좀 됐다고 시세를 모를까. 이렇게 후리면 섭섭해."

"이보게 복 형. 흥분하지 말고, 내 말을 좀 들어 보고……."

두 사람이 가격을 흥정하기 위해 벌이는 실랑이를 지켜보며, 나는 속으로 조용히 감탄했다.

'웬만한 논검도 저만큼 치열하진 않겠다.'

나도 어디 가서 쉽게 사기당할 위인은 아니었지만, 닳고 닳은 두 중년 장사꾼이 주고받는 말에는 당해 낼 재간이 없었다.
 잠시 후. 결국 외팔이 사내가 떨떠름한 표정으로 한숨을 쉬었다.
 "젠장. 복 형한테 걸리니 남겨 먹을 게 없군. 이 정도면 되겠소?"
 우리는 외팔이가 처음 말했던 가격에서 반 가까이 깎은 가격으로 칠지구엽초를 건네받았다.
 복만춘이 사람 좋게 웃으며 외팔이의 어깨를 툭툭 쳤다.
 "엄살은. 다음에 또 좋은 영약이 나오면 연락해 주시오."
 "……다음엔 생각 좀 해 봐야겠소."
 "에이, 그러지 말고. 다음에 술 한 잔 거하게 살 테니까. 응?"
 "젠장. 징그러우니 빨리 가쇼!"
 외팔이에게 찡긋하고 눈을 깜빡인 복만춘이 어깨에 궤짝을 짊어졌다. 그런데 천막 밖으로 나오자마자 복만춘의 표정이 싹 굳었다. 그가 내게만 들리도록 속삭였다.
 "예전에 일하면서 몇 번 만났던 놈입니다. 아주 독사 같은 새끼죠."
 당신이 더 독사 같은데…….
 나는 복만춘의 태세 전환에 감탄하며 말했다.
 "어쩐지 인정사정 안 봐주고 깎더라니."
 "마음 같아서는 더 깎고 싶었는데, 그래도 이쪽에 인맥이 많은 놈이라 봐준 겁니다. 그래야 공자님께서 다음에 또 영약을 구하실 때 올 거 아닙니까?"
 "제가 오늘 복 호위, 아니 복 총관님께 오늘 많이 배웁니다."
 "헤헤. 앞으로도 어떤 일이든 믿고 맡겨 주십시오."
 '총관'이라는 말에 복만춘의 입이 귀까지 찢어졌다. 그가 자신의 가슴을 탕탕 치며 말했다.
 "자, 그럼 이제 야장을 만나러 가시죠."
 나는 어깨가 한껏 치켜 올라간 복만춘을 따라 야장을 만나러 갔다.

34화

월영(月影)

"그 야장은 어떤 사람이랍니까?"

야장의 천막은 낭인 시장이 열린 야산에서도 가장 구석진 곳에 있었다. 복만춘을 따라 구불구불한 산길을 걸어가는 중에, 나는 시간도 때울 겸 우리가 만날 야장에 대해서 물었다.

"본명은 아무도 모르고, 다들 위 노인이라고 부른답니다. 야장들이 거의 그렇지만 곰 같은 덩치에 인상이 무뚝뚝하고, 고집이 보통이 아니라더군요."

"고집만큼 실력도 있으면 좋겠네요."

"실력은 두말할 나위가 없다고 합니다. 처음 낭인 시장에 나타났을 때는 다들 뭐 하는 양반인가 했는데, 속는 셈 치고 그 양반이 파는 칼을 사 갔던 낭인 몇 명이……."

"낭인들이 뭐요? 어떻게 됐는데요?"

온갖 곳을 돌아다니며 굴러먹은 낭인이라 그런지, 복만춘에게는 이야기꾼의 재능이 있었다. 딱 궁금한 부분에서 말을 멈춘 그가 날 돌아보더니 히죽 웃었다.

"몇 번이나 목숨을 건졌답니다. 싸구려 칼인 줄 알고 사 갔던 것이 웬만해서 이가 나가지도 않고, 전투를 수십 번이나 치르고도 멀쩡했더랍니다."

"……보검이었던 거네요."

"진짜 재미있는 이야기는 이제부터입니다. 그 칼 덕분에 목숨을 건진 낭인 중 하나가 고마운 마음에 사례하려고 찾아갔는데, 글쎄 위 노인이 뭐라고 말한 줄 아십니까?"

큼, 헛기침을 한 복만춘이 본 적도 없는 위 노인의 목소리를 흉내 냈다.

"그건 대충 만든 싸구려 칼이니 돈은 더 필요 없소."

지나칠 정도로 굵고 거친 목소리에 나는 피식 웃었다.

"실력은 확실한 것 같네요."

"하하. 예. 그때부터 위 노인이 낭인 시장에서 유명해진 겁니다. 그에게 무기를 사겠다는 낭인들이 줄을 섰지요. 이런, 길이 갑자기 어두워졌군요."

낭인 시장의 중심에서 점점 멀어지자 길이 급격히 어두워졌다.

치익…….

품에서 화섭자를 꺼내 불을 붙인 복만춘이 앞길을 밝히며 말했다.

"어디까지 말했더라……. 아, 위 노인이 낭인들에게 의뢰하기 시작한 것이 그때부터입니다."

"의뢰요?"

"예. 자신의 의뢰를 들어주면 보검을 만들어 주겠다고 호언장담을 했다더군요."

"호오……."

보검이라는 말에 흥미가 생겼다. 세상에 수많은 야장이 있지만, 보검을 만들 수 있다고 호언장담할 수 있는 야장은 거의 없었다. 지난 생에서도 그런 수준의 야장은 거의 보지 못했다. 굳이 한 명 꼽으라면 혈마검을 만든…….

복만춘의 흥분한 목소리가 나를 다시 현실로 데려왔다.

"보검을 싸구려라고 말하는 장인이 보검이라고 호언장담할 정도의 물건이라니! 어떤 물건을 만들어 줄지 상상이나 되십니까?"

"신병이기를 만들어 주겠다는 말이라 생각해도 무리가 아니겠네요."

"꼭 검이 아니라도 상관없습니다. 도, 창, 봉, 갑옷까지 쇠로 만들 수 있는 건 뭐든지 만들어 주겠다고 했답니다."

이쯤 되니 궁금해지지 않을 수 없었다.

"그래서 그 의뢰가 뭔데요?"

"저는 모릅니다."

"예?"

"그 의뢰를 받아들였던 낭인들이 전부 죽었거든요."

"……."

이 인간이 지금 장난하나…….

내 눈빛이 심상치 않게 변하자 복만춘이 급히 수습하듯 말했다.

"물론 죽지 않은 자들도 있습니다. 하지만 그들도 의뢰 내용은 절대 말하지 않았습니다."

"……비밀을 지켜야 한다고 맹세라도 한 겁니까? 복 총관님 앞에서 이런 말하는 건 조금 그렇지만, 낭인들이 그렇게 입이 무거운 자들은 아닌 거로 아는데…….'

"그게 아니라 전부 미쳐 버렸거든요. 의뢰에 실패한 자들은 한 명도 빠짐없이."

이쯤 되면 복만춘이 나를 은밀한 곳으로 데려와 죽이거나 미치게 하려고 계획했다고 생각하는 쪽이 충분히 합리적이지 않을까.

"이제야 본색을 드러내는군. 내 재산을 노리는 거냐?"

"고, 공자님. 사람 말은 끝까지 들어주십시오."

내가 주먹을 슬그머니 말아 쥐자 복만춘이 식은땀을 흘리며 변명했다.

"위 노인이 꼭 의뢰를 받아들여야만 물건을 만들어 주는 건 아닙니다. 돈을 받고도 만들어 주지요."

"……."

"신병이기는 아니더라도, 충분히 어디 가서 보검이라고 불릴 만한 물건을 만들어 줄 겁니다. 공자님께서 어떤 물건을 원하시는지는 잘 모르지만요."

"진작 그렇게 말할 것이지."

오해가 풀린 나는 주먹을 내렸다. 복만춘이 장난스럽게 휴 하고 한숨을 내쉬었다.

"하여튼 그런 노인이라고 합니다. 고집 세고, 실력 있고, 입도 무겁다 하니, 공자님께서 찾는 야장에 딱 맞는 인물일 겁니다."

"그런 사람이 왜 낭인 시장에 있는지 모르겠네요. 그 실력이면 받아 줄 곳은 얼마든지 있을 텐데."

"그건 묻지 않는 편이 좋으실 겁니다."

복만춘이 자신의 왼쪽 눈의 안대를 매만지며 흐릿하게 웃었다.

"이 바닥에 있는 놈치고, 사연 없는 놈 없으니까요."

"이제 와서 그래 봤자 하나도 안 멋져 보입니다."

"쩝……."

우리는 두런두런 대화를 나누며 계속 산을 올랐다. 야산의 중턱에서 한참을 올라가 거의 꼭대기에 도착하자 천막 하나가 보였다.

천막 옆에 걸린 횃불이 일렁였고, 그 앞쪽에서 있는 두 사람이 보였다.

"공자님. 거의 다 도착했……."

터어어엉!

북이 터지는 듯한 소리와 함께, 천막 앞에 서 있던 사내 중 한 명이 허공을 붕 떠서 내 옆을 지나쳐 날아갔다.

"끄아아악! 빌어먹을 늙은이!"

다행히 소리만큼 심하게 얻어맞은 건 아닌지, 나동그라졌던 사내가 벌떡 일어나더니 천막 쪽을 향해 소리쳤다.

"왜 안 된다는 건데! 돈 준다고 했잖아!"

사내는 핏발 선 눈으로 천막 쪽을 향해 소리를 질러 댔다. 얼굴이 검고 묘하게 약 향이 풍기는 것이, 마약에 중독된 것처럼 보였다. 그때 사내를 후려친, 천막에 남아 있던 자가 말했다.

"썩 꺼져. 네놈한테는 아무것도 안 판다."

횃불 앞에 서 있는 바람에 역광이 비쳐 얼굴이 제대로 보이지는 않았으나, 늙수그레한 음성이 노인이라는 것을 알 수 있었다.

"빌어먹을! 이러고도 무사할 줄 알아?"

"더 맞고 갈 테냐?"

감히 다시 덤빌 용기는 없는지, 사내는 온갖 창의적인 욕을 노인에게 퍼붓더니 몸을 돌려 달아났다.

나는 귓속말로 복만춘에게 물었다.

"저 노인이 그 야장이에요?"

"정황상 그런 것 같습니다."

"무공이 강하다는 얘기는 안 했잖아."

"제가 그것까지 어떻게 알겠습니까."

그때, 천막 앞에 묵묵히 서 있던 노인이 고개를 돌려 우리를 바라봤다.

"댁들은 뉘쇼?"

한곳에서 천년을 버틴 바위처럼 단단한 사내. 위 노인을 가까이에서 보고 가장 먼저 떠올린 생각이었다. 수십 년 넘게 쇠를 다뤄서인지, 그의 육체는 그 어떤 쇠보다 단단해 보였다. 그리고 왠지 어디서 본 듯한 얼굴이었다.

'얼굴이 익숙한데.'

위 노인의 어깨와 팔에는 여러 문신이 있었는데, 그중 왼쪽 어깨에 있는 붉은 용이 내가 아는 것과 흡사했다. 그 문신을 본 순간, 불현듯 하나의 이름이 떠올랐다.

'저 문신은 설마……'

내가 말없이 서 있자, 복만춘이 눈치껏 앞으로 나서며 포권을 취했다.

"위 노야(老爺). 저희는 위 노야의 크신 명성을 듣고 멀리서 말을 달려 찾아왔습니다."

"사탕발림은 됐고 용건만 말하시오."

"……흠흠. 무기 제작을 의뢰하려고 합니다."

"무기라……. 보아하니 이쪽 청년이 쓰려는 무기 같은데."

위 노인은 피곤해 보이는 얼굴로 나를 바라봤다. 그의 시선이 내 전신을 꼼꼼하게 훑어 내렸다. 얼굴은 피곤해 보였으나, 시선은 잘 벼린 칼날처럼 날카로웠다. 그 순간 나는 확신했다. 이 노인은 내가 아는 가문의 사람이었다. 나는 복만춘을 제치고 노인을 향해 나아갔다.

"신병이기를 만들어 준다는 그 의뢰. 아직도 유효합니까?"

"고, 공자님! 그건 그냥……"

"가만히 계세요."

"……"

나는 싸늘한 목소리로 복만춘의 입을 다물게 했다. 잠시 날 바라보던 위 노인이 피곤해 보이는 눈가를 손등으로 문지르며 말했다.

"그 이야기도 들었소? 내 의뢰를 받아들인 낭인은 모두 죽었소."

"알고 있습니다. 모두 죽거나 아니면 미쳐 버렸다면서요."

"그래도 내 의뢰를 받아들이겠다고?"

"음. 그게……."

그러면 그렇지, 라는 표정으로 날 바라보는 위 노인에게 나는 뺨을 긁적이며 말했다.

"의뢰 자체는 문제가 아닌데, 좀 나중에 처리해 드려도 되겠습니까? 제가 며칠 후에 큰 시험이 있어서 당장은 좀 어려울 수도 있거든요."

"……뭐? 푸하하!"

내 말에 위 노인이 웃음을 터트렸다. 잠시 후 그가 조금 진지해진 눈빛으로 날 바라봤다.

"날 보고 똑바로 서시오."

위 노인이 나를 똑바로 바라봤다. 지금까지와는 차원이 다른, 두 눈에서 불꽃이 터져 나올 듯 형형한 시선. 어떤 분야든 장인에게는 '안목'이 있다. 위 노인은 한 자루의 검을 평가하듯, 나라는 인간을 자신의 안목으로 평가하고 있었다. 나는 그의 시선을 피하지 않고 마주 보았다.

잠시 후, 위 노인의 눈동자에 놀라움의 빛이 스쳐 갔다.

"묘하군…… 묘해. 허어."

그렇게 위 노인은 한참을 더 나를 살펴보더니, 결국 고개를 저었다.

"돌아가시오. 당신에겐 내 의뢰를 맡기지 않겠소."

"제게 확신이 안 드십니까?"

위 노인은 덤덤히 고개를 끄덕였다.

"당신은 아직 완성되지 않은 검이오. 완성되면 어떤 형을 갖출지 상상도 되지 않으나…… 아직은 그 강도나 예기가 부족해 언제든지 부러질 수 있는 검이오."

꽤나 예리한 지적이었다. 야장답게 위 노인은 나를 검으로 비유했는데, 내 무공이 아직 부족하며 육체도 완성되지 않았다는 의미였다. 하지만 위 노인의 안목으로도 알 수 없는 것이 있었다.

"저는 지금도 꽤 단단한 검입니다."

"내 눈엔 아니오. 나는 아직 완성되지 않은 검을 내 손으로 부러뜨리고 싶지 않소."

고개를 절레절레 저은 위 노인이 한숨을 내쉬며 말했다.

"견문을 넓혀 준 보답으로 내가 만든 검 중 제대로 된 것을 하나 주겠소. 훗날 스스로가 완성되었다고 생각하면 그때 다시 나를 찾아오시오. 그땐 의뢰를 맡기지."

그것은 나를 향한 호의이자, 훗날 맡길 의뢰의 선수금이었다. 하지만 내가 다시 자신을 찾아오지 않는다고 해도, 위 노인은 나를 원망하거나 찾으려 들지 않을 것이다.

'조금 답답하지만 마음에 들어.'

나는 위 노인이라는 한 명의 장인이 마음에 들었다. 동시에, 저렇게 고집이 센 노인은 한번 마음을 정하면 설득도 고문도 통하지 않는다는 것을 알기에 답답했다. 결국 나는 고개를 끄덕일 수밖에 없었다.

"알겠습니다. 오늘은 일단 돌아가고, 조만간 다시 찾아오겠습니다."

"기대하겠소. 여기서 잠시 기다리시오. 검을 가져다줄 터이니."

사실 운철로 만든 무기가 지금 당장 필요한 것은 아니었다. 내 무공과 위치가 충분해질 때까지. 그때까지는, 지금 위 노인에게 건네받은 이 검으로도 충분했다.

"월영(月影)이라는 놈이오. 그럭저럭 쓸 만할 거요."

나는 위 노인이 건네준 검을 받아들었다. 아무런 무늬도 없는 흑색의 검집에 그 흔한 수실도 달려 있지 않았다. 하지만 검을 빼아 드는 순간, 명검이라는 것을 알 수 있었다.

달그림자……. 이름도 마음에 쏙 들었다.

"조만간 다시 찾아뵙겠습니다."

"잘 가시오."

위 노인과 인사를 나누고 돌아섰을 때였다.

"늙은이! 내가 후회할 거라고 했지!"

산 아래쪽에서 수십 개의 횃불이 다가오는 것이 보였다. 사납게 소리친 목소리의 주인은, 아까 위 노인에게 맞고 쫓겨났던 사내였다.

"가서 천막에 불 지르고 안에 있는 물건은 다 챙겨! 저 늙은이가 도망 못 치게 포위하고!"

사내의 명령에, 횃불을 든 낭인들이 아래에서 흩어지더니 우리를 포위하며 올라오기 시작했다. 그 숫자가 적어도 수십. 전부 무공을 익힌 자들이라 그 움직임이 신속했다.

"감히 낭인 시장에서 이런 짓을……."

복만춘이 온몸에서 살기를 내뿜으며 칼을 뽑아 들었다. 위 노인도 굳은 얼굴로 천막 안에서 커다란 칼을 가지고 나왔다.

그때 내가 두 사람을 제지했다.

"두 분은 여기서 가만히 계십시오."

"예?"

"무슨?"

마침 몸이 근질근질하던 차였다. 혈교 시절이 떠오르는 거친 낭인들의 세계에 들어와서, 남들이 싸우는 모습을 구경하려니 묘하게 갈증이 생겼다. 스르릉. 위 노인이 건네준 검을 검집에서 뽑아내자, 듣기 좋은 검명이 울렸다.

'보기 드문 명검이군.'

나는 위 노인을 돌아보며 씩 웃었다.

"보여 드리죠. 지금의 제가 어느 정도의 검인지."

"……그러다 부러질 수도 있소."

"설마요."

나는 밀려오는 낭인들을 홀로 상대하기 위해 앞으로 나섰다.

35화
어쩌다 여기까지 온 겁니까?

"저건 또 뭐 하는 새끼야?"

낭인들을 지휘하며 올라오던 놈이 나를 발견하고 소리를 질렀다. 위 노인에게 얻어맞고 날아갔던 놈이다. 몸에서 약 냄새를 풀풀 풍기고 눈에는 핏발이 선 놈이 칼을 들어 나를 겨눴다.

"어이. 너 설마 혼자서 우리를 상대하겠다고 나선 거냐?"

"왜? 그러면 안 돼?"

"미친놈. 이 숫자가 안 보여? 지금이라도 꺼지면 모른 척해 줄 테니 썩 꺼져라."

"싫은데."

나는 피식 웃으며 경쾌한 걸음으로 낭인들을 향해 걸어갔다. 내 여유로운 모습에서 뭔가 께름칙함을 느꼈는지, 약쟁이 놈이 나를 살살 꼬시기 시작했다.

"실력에 자신이 있나 본데……. 그래도 이 숫자가 감당이 될 것 같나? 괜히 피 보지 말고 너도 여기에 껴서 한몫 챙기지 그래."

"……."

"응? 어차피 너도 저 노인네한테 검 한 자루 얻으려고 온 거잖아? 구질구질하게 부탁할 것 없이 그냥 죽이고 뺏으면 된다고."

"이야. 이렇게 당당한 쓰레기는 오랜만에 보네."

내 감탄에 약쟁이가 누런 이를 드러내며 씩 웃었다.

"히히. 어차피 다 밑바닥 인생 아니야? 저 노인네는 여기서 뒈져도 시체 찾아갈 자식새끼도 하나 없을걸?"

놈은 동시에 손을 움직여 낭인들에게 나를 포위하도록 명령했다. 이제 내 사방이 완전히 포위된 상황. 자신이 유리해졌다고 생각하는지 약쟁이 놈이 히죽 웃으며 말했다.

"내 마음 바뀌기 전에 빨리 갈아타. 응? 아직 젊어 보이는데, 이런 데서 신세 조질 거야?"

"흐음……."

나는 고민하는 척하며 나를 포위한 놈들을 둘러보았다. 그리고 곧 실망했다.

'제대로 된 놈이 하나도 없군.'

횃불에 비친 낭인들의 혈색이 하나같이 붉거나 노랗거나 검었다. 칼끝은 하나같이 흔들리고, 몸은 무거워 보였다. 얼마나 걸었다고 숨이 거친 놈들마저 보였다. 김이 팍 샜다.

"하긴, 제정신 박힌 놈이 이런 일이 낄 리 없지."

거칠게 살아가는 낭인들에게도 나름의 규칙이 있다. 복만춘에게 듣기로는, 낭인 시장에서 칼부림하는 놈들은 같은 낭인들에게도 쓰레기 취급을 받는다고 했다. 즉, 이곳에 모인 놈들은 전부 질이 떨어지는 놈들이라는 뜻이다.

"쯧쯧. 평생 남에게 해나 끼치며 살 쓰레기들. 오늘 싹 성불시켜 주마."

나는 위 노인에게 받은 검을 아래로 늘어뜨리며 적들의 간격으로 휘적

휘적 걸어갔다.

"카악 퉤! 저 새끼부터 죽여!"

포위망 뒤쪽에서 약쟁이가 바닥에 가래를 뱉으며 외쳤다. 칼끝이 내게로 모이기 전에, 나는 비호처럼 몸을 날려 정면의 낭인을 덮쳤다.

휘익! 내가 순식간에 덮쳐오자 정면의 낭인이 공포에 질려 눈을 부릅떴다.

"흡!"

뒤늦게 허겁지겁 들어 올려 내 어깨를 노리는 칼. 하지만 그 궤적이 시작되기도 전에, 내 검이 먼저 상대의 목에 붉은 혈선을 그었다.

푸화아악!

"끄억……!"

목이 두 치가량 베인 낭인이 손으로 상처를 막았다. 하지만 이미 터져 나오기 시작한 피를 막을 방법은 없었다. 낭인의 눈에 빛이 흐려졌다.

퍼억! 나는 비틀거리는 그를 발로 차 다른 낭인에게 밀어 넣고, 그렇게 만든 틈으로 당황한 다른 적들을 베었다.

촤아악! 촤아악! 순식간에 두 명의 목을 더 베었다. 인간의 목을 몸에서 완전히 잘라내는 것은 쓸데없는 힘 낭비다. 경동맥을 정확히 두 치만 베어도 충분히 죽는다. 더구나 죽음의 공포 속에서 살려고 발버둥 치는 적은, 적들에게는 방해물이지만 내게는 훌륭한 엄폐물이 된다. 나는 그것을 이용해 포위망을 농락하고 셋을 더 처치했다.

"젠장! 비켜, 이 새끼야!"

"뒈질 거면 혼자 뒈지라고!"

사방에서 거친 욕설이 난무했다. 포위망은 순식간에 의미를 잃고, 심지어 자기들끼리 칼부림을 하는 놈들도 보였다.

'이런 놈들을 상대로는 내공을 쓸 필요도 없지.'

녹림십팔식으로 단련한 육체에 힘이 충만하다. 나는 양옆에서 날아오는 창과 칼을 피해 허공으로 몸을 띄웠다.

휘리릭! 몸을 회전시키며 양발로 적들의 무기를 차내고, 몸을 고양이처럼 뒤집으며 뒤쪽으로 검을 휘둘렀다.

촤아아악! 뒤에서 공격하려던 낭인의 경악한 얼굴이 두 쪽으로 잘려나갔다. 나는 바닥에 내려선 후 검을 뽑고 죽은 낭인을 밀어냈다. 위 노인이 준 검날에 내 무표정한 얼굴이 비쳤다.

'생각보다 훨씬 좋은 검이군.'

허공에서 회전력을 가미하며 충분한 힘을 신긴 했어도, 내공 없이 인간의 두개골을 자른다는 것은 기예로만 가능한 일이 아니다. 그것도 이렇게 가벼운 느낌이라니.

"죽어엇!"

"……기습의 기본도 안 된 놈들이군."

작게 한숨을 쉰 나는 몸을 낮춰 공격을 피하고, 동시에 다리로 빗질하듯 바닥을 쓸었다. 하체가 부실한 두 놈이 내 다리에 걸려 넘어졌다.

푹! 푹! 놈들의 심장에 칼침을 한 방씩 놔 준 후 몸을 일으키자, 철퇴가 내 얼굴을 스치며 방금 쓰러진 녀석 중 하나의 얼굴을 뭉개 버렸다.

콰지직! 철퇴의 사슬 부분에 검을 넣어 철퇴를 쥔 놈을 내 쪽으로 끌어당겼다.

"어어어!" 하고 끌려온 놈의 목을 수도로 쳐 부러뜨리고, 검을 사슬에서 빼내면서 몸을 뒤로 돌렸다.

"음? 왜 안 덤벼?"

"……."

내 손에 죽은 숫자가 순식간에 일곱이 넘어가자, 낭인들이 주춤주춤 뒤로 물러나고 있었다.

"괴, 괴물이잖아……."

"노인네 하나 죽이는 거라며!"

"난 그냥 술값이나 벌 생각이었다고……."

애초에 푼돈이나 벌려고 모여든 놈들이다. 서로 간에 동료의식이 있을 리도 없고, 나를 죽여야 할 필사적인 이유도 없었다.

"나, 난 빠질래."

"나도……."

하나둘 슬금슬금 뒷걸음질 치기 시작하더니, 이내 사방으로 흩어져서 도망치는 낭인들. 그 꼴이 가관이었다.

'전부 쫓아가서 죽일까?'

불쑥 살심이 솟구쳤으나, 야밤에 산속에서 추격전을 벌이는 것도 피곤한 일이라 관두기로 했다.

"그래도 너는 그냥 가면 안 되지."

나는 이 일의 주동자인 주제에 제일 먼저 내빼는 약쟁이를 향해 냅다 검을 던졌다.

푸우욱!

등에 검이 꽂힌 약쟁이가 "꽥!" 하는 기괴한 소리를 내며 바닥에 쓰러졌다. 나는 녀석에게로 걸어가 등에서 검을 뽑았다. 그대로 몸을 돌려 위 노인과 복만춘이 기다리고 있는 천막으로 걸어가자, 두 사람이 입을 쩍 벌린 채 나를 바라보고 있었다.

"그러다 안에 벌레 들어가겠습니다."

내 말에 복만춘이 힙! 하고 입을 닫으며 중얼거렸다.

"공자님……. 무공을 익히셨다는 건 알았지만…… 힘을 숨긴 고수셨군요……."

"이제 으슥한 곳에서 절 쓱싹하려는 계획은 폐기해야겠죠?"

내 말에 복만춘이 과장되게 몸을 움찔했다.

"아니, 그건 또 어떻게 아셨습니까? 원래 내일쯤 결행하려고 했는데, 오늘 알게 돼서 얼마나 다행인지 모릅니다."

복만춘과 실없는 농담을 잠시 주고받던 도중, 위 노인이 날 향해 다가왔다. 나는 은근한 기대를 담아 물었다.

"어땠습니까?"

"……내 안목도 이제 한물갔나 보군. 이런 명검도 못 알아보다니."

그것이 위 노인이 할 수 있는 최고의 극찬이라는 것을 알기에, 내 얼굴에는 환한 미소가 피어났다.

"과찬이십니다."

"결코 과찬이 아니오."

"사실 저도 압니다. 그냥 한번 겸양을 떨어 봤습니다."

"……끄응. 종잡을 수가 없는 사람이로군. 그 나이에 어떻게……."

위 노인이 장인의 안목으로도 결코 볼 수 없는 것이 있다. 그것은 내가 지난 생에 쌓아 올린 경험. 나 역시 한 분야의 달인이자 장인이기에, 그의 당황한 마음을 이해할 수 있었다.

"……내 살면서 수많은 고수를 보았고, 당신보다 강한 고수도 여럿 보았다고 자부하오. 그런데 당신처럼 몸을 움직이는 사람은 처음 보았소. 방금 보여 준 움직임은 능히 기예라고 불러도 모자람이 없을 거요."

"좋은 스승들을 둔 덕분입니다."

나는 녹림투왕이 창안한 천하제일의 외공을 익혔다. 또한 네 명이나 되는 절대고수의 무공을 오랜 시간 연구했으며, 그것을 가르치기 위해 우선 내 몸으로 수없이 반복해서 익혔다.

'이제야 그때 배운 것들을 조금씩 펼칠 수 있게 된 수준이지만.'

그때 위 노인이 미간을 좁히며 물었다.

"한 가지 의문인 건…… 방금 싸움에서 내공은 일부러 쓰지 않은 거요? 아니면 쓸 수 없는 거요?"

내 진면목을 알아보진 못했다고 하나, 위 노인의 안목은 역시 예리했다. 듣고 있던 복만춘이 황당하다는 표정으로 물었다.

"예? 방금 공자님께서 내공을 쓰지 않으셨다는 겁니까? 사람 머리를 막 동강 내시던데……."

"지금 소협이 들고 있는 검은 내가 만든 검이오. 내가 만든 물건이 아니었다면 내공 없이 사람의 뼈를 가르는 것이 힘든 일이겠으나, 내 검이라면 내공 없이 기예만으로 능히 사람을 반으로 가를 수 있소. 실제로 방금 소협이 그리했고."

"허……."

내 칭찬인 듯 본인 자랑을 더 많이 늘어놓는 위 노인의 말에 복만춘이 입을 떡 벌렸다. 위 노인이 진지한, 아니 진지함을 넘어 간절해 보이는 표정으로 내게 물었다.

"대답해 주시오. 소협. 혹시 내공을 쓸 수 없는 몸이오?"

"노야에게 중요한 질문입니까?"

"그렇소."

"제 내공은……."

나는 직감적으로 이것이 위 노인이 '의뢰'와 관련된 질문이라는 것을 깨달았다. 그리고 지금이 대답을 잘해야 하는 순간이라는 것도. 내 시선은 복만춘이 메고 있는 궤짝을 향했다. 그 안에 들어있는 것은 칠지구엽초. 섭취한다면 역천신공의 성취를 한 단계 끌어올릴 수 있는 약초였다.

"아직 안 쓰는 거라고 해 두겠습니다."

"……."

한동안 말이 없던 위 노인이 입을 열었다.

"아까 했던 말을 번복해서 미안하지만…… 내 의뢰에 관심이 있으시오?"

나는 활짝 웃으며 대답했다.

"물론이지요."

· ❖ ·

"내 의뢰는 한 사람을 죽여 달라는 것이오."

위 노인의 천막 안에는 온갖 병장기들이 나름의 규칙을 두고 가지런히 놓여 있었다. 우리 셋은 그 중심에 작은 탁자를 두고 마주 앉았다.

"살인 청부라……. 대상이 누구입니까?"

복만춘이 하나뿐인 눈을 예리하게 빛내며 말했다. 이 일이 얼마나 위험한지 파악하려는 것 같았다. 상대가 누구냐에 따라 위험도가 천차만별로 높아지니까.

위 노인이 다소 힘겨운 표정으로 입을 열었다.

"그건 나와 함께 그자를 죽이러 가기 전까지는 말해 줄 수 없소. 나는 하루라도 빨리 그자를 죽여 줄 사람을 찾고 있소."

"함께 가야 한다고요?"

"그렇소. 내 눈으로 꼭 죽는 것을 봐야 하오."

"……."

"놈만 죽여 준다면, 내가 가진 모든 힘을 다해 원하는 병기를 만들어 드리리다."

위 노인은 거기까지만 말하고 입을 굳게 다물었다. 더 이상은 말하지 않겠다는 의지였다.

"으음……."

복만춘은 난감한 듯 턱을 긁적였다. 나는 잠시 위 노인의 굳은 얼굴을 바라보다가, 고개를 돌려 복만춘에게 말했다.

"복 총관님. 잠깐만 자리를 비켜 주셔야 할 것 같습니다."

"공자님. 쉽게 결정하실 일이……."

"부탁드리는 게 아닙니다."

"……알겠습니다."

내 표정을 본 복만춘이 자리에서 일어났다. 그는 천막에서 나가기 직전까지도 걱정스러운 표정이었다. 복만춘의 기척이 멀어진 후, 나는 나지막한 목소리로 입을 열었다.

"궁금한 게 있습니다."

"할 이야기는 방금 다 했소."

"청부 대상에 대한 질문이 아니라 다른 질문입니다."

"……물어보시오. 내 답해 드릴 수 있는 거라면 답해 드리지."

위 노인이 경계심을 살짝 푼 순간, 나는 기습처럼 그의 방심을 찔렀다.

"어쩌다 이런 곳까지 흘러들어온 겁니까?"

"……무슨 소리요?"

나는 그가 알아들을 수 있도록 또박또박 말했다.

"혈교의 팔대 가문 중 하나인 위지가의 가주가, 어쩌다 여기까지 흘러들어온 거냐고 물었습니다."

그 순간, 위 노인이 벼락처럼 손을 뻗어 내 목을 노렸다.

36화
알다마다

위 노인이 손을 뻗는 순간, 나는 탁자를 발로 걷어차며 몸을 뒤로 밀었다.

콰지직! 탁자가 두 조각으로 부서지고, 그 사이로 위 노인이 성난 곰 같은 기세로 내게 달려들었다.

'예상했던 반응이지만…… 더 격하군.'

나는 뒤로 물러나며 말했다.

"싸우기 전에 대화를 나눠 볼 생각은 없습니까?"

대답 대신 바위 같은 주먹이 날아왔다. 그대로 당할 수는 없기에, 나도 마주 손을 뻗었다.

파바바박! 우리는 순식간에 십여 합을 교환했다.

주먹과 손바닥이, 손바닥과 손가락이 부딪치며 우리는 서로의 무공을 어느 정도 파악할 수 있었다.

위 노인의 눈이 점점 경악으로 부릅떠졌다.

"이 무공은 설마……!"

"많이 익숙하죠?"

위 노인의 표정이 기묘하게 일그러지는 순간, 천막 바깥에서 복만춘의 목소리가 들려왔다.

"공자님!"

"들어오지 마세요!"

나는 고함을 지름과 동시에 위 노인에게 눈치를 주었다. 위 노인은 잠시 고민하다 떨떠름한 표정으로 잠시 공격을 멈췄다. 그러나 언제든지 다시 출수할 수 있도록 경계를 늦추지 않았다. 천막 바로 앞에서 복만춘이 머뭇거리는 기척이 느껴졌다. 나는 그를 향해 말했다.

"아무 일도 아닙니다. 왜 사람 부끄럽게 과보호를 하고 그래요?"

"……방금 그 안에서 심상치 않은 소리가 들렸습니다만."

"사소한 오해가 있었어요. 낭인 시장에 가서 기다리세요. 출출하실 텐데 뭐라도 좀 사 드시고."

"……언제 모시러 오면 되겠습니까?"

자신이 올 시간을 정해 달라는 말에, 나는 위 노인의 사나운 눈빛을 마주하며 말했다.

"오지 마세요. 만약 제가 아침까지 안 돌아가면, 먼저 남창으로 돌아가서 기다리세요."

"……그 많은 재산은 어쩌고요?"

만약 내가 죽으면 어떻게 하냐는 농담 섞인 진담이었다. 나는 피식 웃으며 말했다.

"꿀꺽할 생각은 꿈도 꾸지 마세요. 아무리 늦어도 며칠 안 걸리니까. 그러다 손모가지 잘립니다."

아무리 늦어도 실기시험 전까지는 돌아갈 생각이었다. 복만춘은 민망한 듯 천막 밖에서 헛기침을 했다.

"흠흠. 그냥 해 본 말입니다. 아무튼 알겠습니다. 혹시라도 무슨 일이 있으면……."

"안 갑니까?"

"갑니다. 간다고요."

투덜거린 복만춘의 기척이 점점 멀어졌다. 완전히 그 기척이 사라진 후에야, 위 노인이 조용히 입을 열었다.

"넌 누구냐?"

위 노인이 본격적으로 기세를 끌어올리자, 가공할 살기가 천막 안을 가득 채웠다.

'역시 위지가의 가주였군.'

위지가(家). 혈교를 지탱하던 팔대 가문 중 하나로, 무공보다는 야금술과 폭약 제조로 유명한 가문이었다. 특히 가주는 대대로 혈교 최고의 야장으로, 혈교의 신물이었던 혈마검도 위지가에서 만든 작품이었다.

"저는……."

나는 입 밖으로 내뱉을 단어를 최대한 신중하게 선택하며 말했다.

"당신과 비슷한 처지의 사람입니다."

"……살아남은 자란 말이냐?"

위 노인이 갈라진 목소리로 물었다.

약 오십여 년 전. '알 수 없는 이유'로 사분오열돼 있던 혈교는 무림맹의 공격을 받아 완전히 사멸했다. 위 노인이 말하는 '살아남은 자'는 그 당시 무림맹의 공격에서 살아남아 도망친 자를 말하는 것이었다. 당연한 말이지만, 혈교의 생존자들은 지금까지도 모두 무림 공적으로 등록돼 있었다.

"그 후손쯤 되겠지요."

"……고작 교의 하급 무사들이 배우는 권법 하나 익힌 것으로 그 말을 믿으라고?"

위 노인은 여전히 나를 경계했다. 혈교의 잔당을 소탕하기 위해, 무림맹이 지난 수십 년 동안 온갖 방법을 사용해 그들을 끌어내리려는 유인책을 사용했기 때문이었다.
 '나를 믿게 하려면…… 이쪽에서 먼저 드러내야겠군.'
 결정을 내린 나는 인피면구를 조심스럽게 피부에서 떼어냈다.
 찌이이익.
 "이게 제 진짜 얼굴입니다. 복 총관도 모르는 얼굴이지요."
 "……."
 "여전히 못 믿으시겠다면 하나 더 보여 드릴까요?"
 나는 위 노인이 경계하지 않도록 천천히 월영을 뽑아 기수식을 취했다.
 "만약 이걸 못 알아본다면, 이번엔 제가 당신을 의심할 겁니다."
 "……."
 나는 위 노인이 알아볼 수 있도록 천천히 검법을 펼쳤다. 천천히 움직이던 검이 서서히 빨라지기 시작하더니, 어느새 천막 안을 사납게 휘몰아치기 시작했다.
 거칠고 끈질기다. 집요하고 악랄하다. 상처를 두려워하지 않고, 어떻게든 상대의 목을 물어뜯으려 한다.
 '역시 살기가 너무 짙어.'
 검법을 펼친 것만으로도 천막 안에 피 냄새가 흥건한 듯한 착각에 빠진다. 한 차례 검법 시연을 끝낸 후, 나는 월영을 검집에 집어넣었다.
 동시에 위 노인의 입에서 탄식이 터져 나왔다.
 "혈랑검법……. 수십 년 만에 보는군."
 혈랑검법은 혈교의 대표적인 무력 단체인 혈랑대의 검법으로, 전 사초식과 후 사초식으로 나뉘어 있었다. 후 사초식은 조장급 이상만이 익힐 수 있는데, 방금 나는 후반 사초 중 이초까지 펼쳐 보였다.
 "이제 믿으시겠습니까?"
 "……혈랑대와 무슨 관계인가?"

"돌아가신 부친께서 혈랑대 십삼조 부조장으로 계셨다고 들었습니다."

혈랑대가 정예 무력 단체이긴 해도, 위지가의 가주쯤 되는 사람이 혈랑대 십삼조 부조장 따위를 알고 있을 확률은 없었다.

아니나 다를까. 위 노인은 내가 말한 사람이 누군지 전혀 모르는 눈치였다.

"자네의 부친이 누군지는 모르나…… 아들을 잘 키웠군. 내 이름은 위지열이네."

목소리가 부드러워지고, 기세도 한결 누그러졌다. 하지만 의심이 완전히 가신 것은 아니었다. 위지열이 눈을 예리하게 빛내며 말했다.

"그런데 내가 위지가의 가주인 것을 어떻게 알아보았나?"

나는 내가 아는 혈교의 정보를 토대로, 그럴듯한 이야기를 만들어 냈다. 일단 아버지에게 심심한 사과의 말씀을 먼저 올리고,

"……돌아가신 부친께서 위지가의 가주님이야말로 천하제일의 야장이란 말을 자주 하셨습니다. 그분께서 직접 만든 검은 전장에서 부러진 적이 없고, 그분께서 만드신 검이 강호에 흘러 들어가면 서로 차지하기 위해 피바람이 불 정도였다면……."

"크흠. 부친께서 내 얼굴에 금칠을 하셨군. 그 정도는 아니네."

말로는 아니라고 하지만, 위지열의 입꼬리는 이미 흐뭇하게 올라가 있었다.

"한번은 멀리서 어르신을 뵌 적이 있는데, 그때의 강렬한 인상을 평생 잊을 수 없다 하셨습니다. 특히 온몸에 새겨 넣은 문신들 말입니다."

"문신?"

나는 위지열의 우람한 몸에 새겨진 온갖 문신을 바라봤다. 무림맹의 추적을 피하기 위해 용이나 호랑이 등으로 덧씌워져 있지만, 사실 저것은 전부 검, 도, 창 등의 병기였다. 그리고 저 문신에는 모두 사연이 있

었다.

"평생 만드신 무기 중 보물이라 불릴 수 있는 것들만을 몸에 새기신다고 들었습니다. 하지만 그중에 왼쪽 어깨에서 팔로 내려오는 그 용은……."

위지열의 왼쪽 어깨에는 붉은 용이 선명하게 새겨져 있었다. 저것은 용이 아니라 검이다. 그리고 저 검만은 위지열이 만든 것이 아니었다.

"혈교의 신물인 혈마검이 아닙니까? 언젠가 그보다 나은 검을 만들겠다는 다짐을 하시며 새겨 넣으셨다고 들었습니다."

"……."

잠시 자신의 왼쪽 어깨를 내려 보던 위지열이 고개를 돌려 나를 바라봤다.

"참으로 총명한 아이구나. 이 용 문신에서 혈마검의 흔적을 찾다니."

"사연을 알고 있으면 누구나 가능한 추리입니다."

"누구나 그랬다면 나는 진작 무림맹에 잡혀 추살되었겠지."

위지열은 나를 향한 모든 의심을 거두었다. 그가 씁쓸하게 웃으며 말했다.

"잠시 이야기를 나누겠느냐?"

우리는 한동안 오십 년 전에 망해 버린 혈교에 관한 이야기를 나누었다. 나와 사부들이 죽고 얼마 지나지 않아 무림맹의 공격을 받아 사라진 혈교. 위지열은 그 모습을 기억하는 노인 중 하나였고, 나 또한 그 시절을 기억하기에 이야기는 잘 통했다.

'위지열. 많이 늙었군.'

이야기를 나누며 나는 젊었던 시절의 위지열의 얼굴을 떠올렸다. 그땐 꽤나 밝고 쾌활한 성격이었던 것 같은데, 고생을 많이 한 탓인지 성격도 진중해지고 얼굴도 많이 변했다.

'가주치고 드물게 괜찮은 사내였는데.'

함부로 사람도 죽이지 않고, 야장 일 외에는 크게 관심도 없어 지저분한 교내 정치에도 끼지 않았던 인물.
……어떻게 지금까지 살아남은 모양이다.
과거에 알던 인물을 만나보니 조금 묘한 기분이 들었다. 하지만 과거는 과거일 뿐, 크게 동정심이 생기거나 하지는 않았다.
대화로 분위기가 충분히 무르익었다 싶을 때쯤, 나는 본론을 꺼냈다.
"혹시 어르신의 의뢰라는 것도, 혈교와 관련된 겁니까?"
잠시 고민하던 위지열은 한숨을 길게 내쉬며 고개를 숙였다.
"상관이 없다고…… 말할 수는 없겠군."
그리고 잠시 후, 고개를 든 그가 비장한 눈으로 나를 바라보며 물었다.
"부탁이네. 내 손자를 죽여 주시게."

며칠 후. 나는 위지열을 따라 이름 모를 산속을 헤매고 있었다.
"곧 도착하네."
"죄송하지만 같은 말을 열 번은 들은 것 같은데요."
"쯧. 젊은 친구가 이리 인내심이 없어서 되겠나."
"몇 번 말씀드린 것 같은데, 중요한 시험이 며칠 안 남았습니다."
"이제 정말로 거의 다 왔네. 진법을 해제하면서 가느라 오래 걸릴 뿐이야."
의뢰 대상의 거처는 산속 깊은 곳 진법으로 둘러싸인 곳에 갇혀 있었고, 우리는 그것을 하나하나 해제하고 다시 원상태로 돌리며 가느라 속도가 느렸다. 나는 실기시험까지 남은 시간을 가늠해 보았다.
'실기시험이 시작되기 전에 돌아가려면 꽤 빠듯하겠군.'
늦어도 오늘 안에는 의뢰를 마치고 돌아가야 시험에 늦지 않는다는 계산이 나왔다. 한 시진 가량 숲속을 더 헤맨 후, 위지열의 걸음이 우뚝 멈춰 섰다.

"……다 왔네."

우리가 멈춰선 곳은 언덕이었다. 그 아래로 작은 초옥(草屋)이 보였고, 초옥 옆에는 두 개의 봉분이 솟아 있었다.

"내 아들과 며느리의 무덤이네."

위지열의 아들과 며느리는 무림맹의 공격에서 탈출할 때 무공을 잃었고, 그 후 오랫동안 병을 앓다가 죽었다고 했다.

"미련하게도 가주인 나를 보호하려다 단전을 잃었다네."

옆에 서서 본 위지열의 옆얼굴은 무척이나 슬퍼 보였다.

두 개의 봉분 옆에는 의뢰 대상이 앉아 있었다. 적으면 열셋, 많아 봤자 열다섯이 넘지 않을 것 같은 소년이었다.

"그리고 저 아이가 내 손자라네. 부모 얼굴도 제대로 못 보고 자란 것을, 내가 젖동냥을 해가면서 키웠지……."

소년은 두 개의 봉분 사이에 앉아 있었다. 산새 한 마리가 소년의 손등 위에 올라와 지저귀고 있었는데, 소년은 마치 산새가 친구라도 되는 것처럼 방긋방긋 웃으며 무언가 이야기를 나눴다.

"이름은 위지천이라 하네. 단언컨대, 우리 가문 역사상 가장 뛰어난 무재를 타고났지."

위지열의 표정이 점차 고통스럽게 일그러졌다.

"그래서였어. 아들과 며느리를 잃은 상실감에, 나는 저 아이를 지나치게 가혹하게 가르쳤네. 그땐 헛된 복수심에 눈이 멀어 있었지……."

산새와 정답게 이야기를 나누던 소년은 산새를 쓰다듬더니 부드럽게 산새를 움켜쥐었다. 산새는 여전히 발랄하게 지저귀고 있었다.

"그래서 몰랐어. 저 아이가 심마에 빠져들고 있다는 것을……."

"심마요?"

산새의 노랫소리가 고통스러운 울음으로 변했다. 작은 몸을 필사적으로 움직이며 놓아 달라고 소리치는 듯했다. 그 순간, 소년은 빙긋 웃더니 산새를 놓아주었다. 산새가 소년의 손바닥에서 날아올라 도망치려 했다. 소년의 손이 아주 부드러운 호를 그렸고,

푸화아악! 허공에서 터져 버린 난 산새의 사체가 바닥에 떨어졌다. 얼굴에 피를 잔뜩 뒤집어쓴 소년은, 히죽 웃고는 새로운 산새를 유혹하기 위한 노래를 불렀다.

나는 딱딱하게 굳은 얼굴로 그 모습을 바라봤다.

"그 사실을 알게 된 후에도 차마 내 손으로 죽일 수는 없었다네. 그리고 지금은…… 내 능력으로 죽일 수 없는 지경에 이르렀네."

"……방금 펼친 무공, 누구한테 배운 겁니까."

내 목소리가 심상치 않게 들렸는지, 위지열이 의아한 표정으로 물었다.

"무공은 왜……. 혹시 아는 무공인가?"

알다마다. 저건 내가 만든 무공이었다.

37화
스승이 필요한 이유

나는 방금 위지천이 펼친 무공을 한눈에 알아보았다. 모를 수가 없었다. 네 사부의 무공 중, 가장 오랜 시간 공을 들여 정립한 무공이니까.

'분명 무극검(無極劍)이었다.'

처음에는 검존 사부의 독문 무공이었으나, 점점 나와 다른 사부들의 해석이 더해져 나중에는 누구의 것이라고 말할 수 없게 된 무공. 때문에 가장 어렵고 난해한 무공. 검존 사부조차 끝내 완벽하게 체득했다고 자신하지 못한 무공이었다. 내가 운철로 검을 만들려는 이유이기도 했다.

'무극검은 혼자 익히는 것이 거의 불가능한 무공이다. 아니, 스승이 있다고 해도…….'

무조건 주화입마에 걸릴 수밖에 없는 무공이다. 왜냐면, 내가 그렇게 만들었으니까.

"왜 말이 없나? 자네. 저 무공에 대해 아는 것이 있나?"

위지열이 굳은 표정으로 나를 추궁했다. 잠시 생각을 정리한 나는 천천히 고개를 저었다.

"모르는 무공입니다……. 조금 전의 한 수가 굉장해서 여쭈었습니다."

내 대답에 위지열이 다소 실망한 표정을 지었다.
"그런가……. 사실 나도 모르는 무공이네."
"예?"
"몇 년 전, 이곳에 손자를 두고 몇 달 동안 자리를 비운 적이 있었네. 그때 어떤 자가 이곳을 찾아왔었네."
"여길 어떻게 알고요?"
"본교의 진법에 능통한 자였네. 이 산에서 그 흔적을 느끼고 찾아온 거였지. 하지만 하필 내가 없고, 저 아이만 있는 상황이었던 게야."
위지천을 찾아온 것은 흑립을 쓴 사내였다고 했다.

―혈교의 후손이냐?

사내는 위지천에게 그렇게 물었지만, 위지천은 행여 할아버지에게 해가 될까 아무 대답도 하지 않았다고 한다. 그런 위지천의 모습을 한동안 살펴보던 사내는, 소년에게 아무것도 적히지 않은 한 권의 책자를 주며 이렇게 말했다고 한다.

―세상에 복수하고 싶으냐? 그렇다면 이 무공을 익혀라. 십 년을 익힐 수 있다면 천하제일인이 될 수 있을 것이다.

흑립인은 그 말을 남긴 후 떠났고, 위지열이 돌아왔을 땐 호기심을 이기지 못한 손자가 그 책자를 몇 번이나 읽은 다음이었다고 한다.
"……그자의 행적을 찾으려 했으나 도저히 찾을 수 없었네. 다시 찾아오지도 않았지."
"손자분은 혼자서 그 책자에 적힌 무공을 익힌 겁니까?"
"처음에는 걱정했네. 행여나 몸을 망가뜨리는 마공일지도 모르니. 하지만 아무리 살펴봐도 그런 부분은 없었네. 오히려 나로서는 이해하기조차 벅찬, 대단한 신공이었지."

위지열은 붉게 충혈된 눈으로 손자를 바라봤다. 마침 산토끼 한 마리가 소년의 곁에 다가와 고개를 갸웃거리고 있었다.

"무공에 관해서는 나와는 비교도 할 수 없는 천재라네. 그래서 비급뿐인 신공도 익힐 수 있다고 믿었네. 천하제일인이 되어서…… 죽은 아비와 어미의 복수를 하길 바라는 마음도 있었지. 다 부질없는 것을……."

기어이 노인의 눈에서 눈물이 뚝뚝 흘러내렸다.

"나중에야 심마에 빠진 것을 알고 말리려 했으나, 방법이 없었네. 처음에는 차마 내 손으로 하나뿐인 혈육을 죽일 수 없었고, 지금은 내 능력이 닿지 않네."

"……."

"부탁하네. 저 아이를 죽여서 평안을 찾아 주게. 그렇게만 해 준다면…… 내 무엇이든 만들어 주겠네."

푸화아악! 알아볼 수 없게 난자된 토끼의 육편이 두 개의 봉분에 뿌려졌다. 소년은 활짝 웃었고, 손가락에 묻은 살점을 음미하듯 조금씩 떼어 먹었다.

"그 무공을 익힌 지 몇 년이나 되었습니까?"

"……삼 년쯤 되었네."

나는 위지천이 무극검을 얼마나 익혔을지 그 성취를 가늠해 보았다.

'삼 년이면…… 이미 늦었을 수도 있겠군.'

혈교의 십대 가문이라고 해도, 위지가는 무공보다 야금술과 폭약 제조 기술로 그 위치를 차지한 가문이었다. 무공은 상대적으로 빈약했다.

'다른 가문이었다면 아무리 신공이라도 낯선 무공을 함부로 익히거나 하지는 않았을 텐데.'

가진 재능을 만족시켜 줄 만한 무공을 배우지 못했던 소년은, 무극검의 비급을 처음 읽자마자 빨려 들어갈 것처럼 몰입했을 것이다.

"알겠습니다. 의뢰를 받아들이죠."

나는 언덕 아래로 내려가기 시작했다. 위지열이 급히 내 뒤를 따라오며 말했다.

"조심하게. 예전에 왔던 낭인 중에는 절정고수도 있었어."

"몇 합이나 싸우고 죽었습니까?"

"……내 기억엔 오십 합을 넘기지 못했네."

실전에서 오십 합이면 그야말로 눈 깜빡할 사이다. 그런데 절정고수를 오십 합이 되기 전에 죽였다라…….

'괴물이란 소리군.'

초옥과 점점 가까워지자, 위지천이 우리의 기척을 느끼고 이쪽을 돌아봤다.

"헤헤."

나와 눈이 마주친 소년이 천진난만하게 웃더니 자리를 털고 일어났다.

"할아버지!"

"……천아."

위지열은 이를 악물며 손자를 바라봤다. 위지천이 손가락으로 날 가리키며 말했다.

"손님이에요? 나랑 놀아주러 왔구나!"

"……그래. 오랜만이지?"

"응! 한동안 아무도 안 와서 심심했어!"

위지천은 봉분 사이에 꽂혀 있던 검을 뽑았다. 그리고 해맑게 웃는 얼굴로 검을 들어 나를 겨눴다.

"형은 빨리 안 죽었으면 좋겠다!"

"……."

나는 위지천의 자세를 살피면서 천천히 월영을 뽑아들었다. 동시에 저 소년에게 무극검의 비급을 건네주었다는 자가 누굴까 생각했다.
'흑립인이라고 했지.'
공교롭게도, 얼마 전에 청천에게도 비슷한 이야기를 들었던 기억이 있다.

─……흑립을 쓴 어떤 사내가 책자를 하나 던져 주더이다. 익히면 힘을 갖게 될 거라면서…….

그때 청천이 받은 비급은 혈우마공이었고, 이번에는 무극검이다. 두 무공의 수준에는 하늘과 땅만큼의 차이가 있지만 그래도 공통점이 하나 있었다. 바로 사라진 혈교에서 흘러나온 무공이라는 것.
'두 흑립인이 같은 녀석일까?'
지금 가진 정보만으로는 그것까진 알 수 없다. 무림에 흑립을 쓰고 다니는 놈이 한둘도 아니고, 당장 나만 해도 낭인 시장에 갈 때 흑립을 쓰고 갔으니까.
확실한 건, 혈교의 무공을 무림에 퍼트리고 있는 자가 있다는 것.
'어쩌면 여러 명일 수도 있고, 조직화된 단체일 수도 있지.'
그 목적은 아직 모르겠지만, 어쩌면…….
"할아버지! 이제 죽여도 돼요?"
새 장난감을 가지고 놀 생각에 흥분한 소년의 목소리가 나를 현실로 데려왔다.
'일단 이 녀석부터 해결해야겠군.'
나는 고개를 돌려 위지열을 바라봤다.
"한 가지 부탁이 있습니다. 일이 끝날 때까지 저희가 안 보이는 곳까지 물러나 계십시오."
"어째서……?"

"손자를 죽이는 모습을 보여 드리고 싶지 않으니까요. 그리고 막상 그 순간이 되면, 마음이 약해져서 절 말릴 수도 있습니다."

"그렇지는 않을…….."

"어르신."

"……알겠네."

스스로도 확신이 없는지, 위지열은 고개를 끄덕인 후 뒤로 물러났다.

"천아야. 할아버지가 보이지 않게 되면 그때부터 이 형과 놀거라. 알겠느냐?"

"숨바꼭질이구나! 응!"

위지열은 씁쓸한 표정으로 물러났다. 그의 모습이 언덕 너머로 완전히 사라지자, 위지천이 히죽 웃으며 내공을 끌어올렸다.

콰콰콰콰콰! 위지천이 서 있는 주변의 풀들이 바닥으로 눕고, 산발인 머리카락이 강풍에 휘날리듯 하늘로 뻗쳤다. 두 눈의 흰자위가 붉게 물든 소년이 하얀 이를 드러냈다. 녀석의 검에 잿빛 검기가 맺혔다.

"형. 나랑 놀 준비 됐어?"

"그래."

열대여섯의 소년이라고는 믿을 수 없는 가공할 기도. 상대는 얼마 전의 나였다면 결코 상대하지 못했을 고수였다.

'칠지구엽초를 복용하고 오길 잘했군.'

이곳에 오기 전에, 나는 낭인 시장에서 산 칠지구엽초를 복용했다. 그 덕분에 내 역천신공의 성취는 2성을 넘어 거의 3성에 도달해 있었다.

"한 뿌리만 더 먹었으면 되는데…… 일단은 아쉬운 대로 써먹어야겠지."

나는 내공을 끌어올려 월영에 주입했다. 검날이 우웅 하고 진동하며 기분 좋은 소리를 냈다. 동시에, 내 검에도 희미하지만 붉은 검기가 맺혔다. 나는 검을 들어 위지천의 미간을 겨눴다.

"혼자 아등바등 익힌 검, 어디 한번 펼쳐 봐라."
"아하하하! 빨리 죽지나 마!"
쾌활한 웃음을 터트린 소년이 나를 죽이기 위해 달려들었다.

• ◈ •

서걱. 머리카락 몇 가닥이 잘려나갔다. 완벽히 피했다고 생각했는데, 마지막 순간 녀석의 검 끝이 흔들리며 궤도를 바꿨다. 이마에 희미한 혈선이 생기고 핏방울이 살짝 맺혔다.
"아하하하! 재밌어!"
위지천은 새 장난감을 선물 받은 아이처럼 기뻐보였다. 녀석이 눈을 빛내며 재차 검을 휘둘러 왔다.
"죽지 마! 죽으면 재미없으니까!"
"……."
위치천의 검에 맺힌 잿빛 검기가 거칠게 소용돌이쳤다. 바닥을 박찬 위지천이 빛살 같은 속도로 검을 찔렀다.
'무극일섬(無極一閃).'
무극검의 초식 중 가장 빠른 초식. 곧바로 몸을 틀었지만 완벽하게 피해내지는 못했다.
찌이익. 허리 부분의 옷이 찢어지고, 길게 남은 상처에 핏물이 뚝뚝 떨어졌다. 위지전은 깜짝 놀란 듯 제자리에서 폴짝 뛰었다.
"피했어? 대단해!"
"……제대로 얕보는군."
"이거, 이것도 피해 봐!"
위지천은 무극검의 초식들을 마치 자랑하듯 연달아 쏟아냈다. 나는 발바닥으로 바닥을 밀 듯이 뒤로 물러나며 피할 수 있는 것은 피하고, 막을 수 있는 것은 막았다.
 까가가가강!
 검과 검이 부딪치며 불꽃이 튀었다. 순식간에 수십 합의 공방을 교환하는 동안 몸에 상처가 늘어나는 쪽은 전부 나였다. 나는 미간을 찌푸리며 내 검을 바라보았다.
 '아직은 이 정도가 한계인가.'
 희미하게 맺힌 붉은 검기가 조금씩 옅어지고 있었다. 아직 역천신공의 성취가 낮아 어쩔 수 없는 일이었다. 적어도 3성에 도달해야 제대로 된 검기를 발휘할 수 있을 것이다. 무리하면 방법이 없는 것도 아니지만…….
 "일단은 이가 없으면 잇몸으로 때워야지."
 다행스럽게도 내 잇몸은 아주 튼튼했다.
 까아앙! 검을 강하고 짧게 쳐 내자, 반탄력에 밀린 위지천이 주춤주춤 뒤로 물러났다.
 "어어?"
 갑자기 내가 공세로 전환하자 녀석이 당황한 소리를 냈다.
 "꼬맹이. 놀아주는 건 여기까지다."
 나는 보법을 바꾸며 성큼 전진했다. 내 보법을 본 위지천이 당황해서 소리쳤다.
 "그거 내 보법인데!"
 "원래 내 거다."
 무극검은 단순히 검법만을 다루는 무공이 아니다. 검을 다루기 위해 필요한 발의 움직임, 몸의 움직임, 마음의 수련법까지. 검으로 천하제일을 논하던 일대종사의 모든 가르침이 담긴 무학이었다.
 따악! 나는 검면을 회초리처럼 휘둘러 위지천의 허벅지를 때렸다.
 "아얏!"

"자세가 틀렸다. 몸의 중심은 더 낮게, 허리는 똑바로 세워라. 검 끝은 누가 그리 방정맞게 흔들라고 가르쳤느냐?"

위지천의 눈빛이 당황으로 흔들렸다. 그러더니 이내 기합을 넣으며 검을 찔렀다.

"죽엇!"

하지만 눈에 익을 대로 익은 초식은 더 이상 내 옷깃도 스치지 못했다. 나는 내 옆을 허무하게 스쳐지나가는 위지천의 팔을 회초리로 때렸다.

따악!

"팔꿈치는 안으로 넣어라. 어깨에 힘을 빼고 손목을 더 이용해라. 무극검은 부드러움의 무공이다."

"아파아아!"

몸을 홱 돌린 위지천의 눈가에 혈기가 넘칠 듯이 일렁였다.

화르르륵! 녀석의 검에 잿빛 검기가 불꽃처럼 타올랐다. 그러나 검기가 아니라 검강이라도, 맞지 않으면 아무런 의미가 없었다.

따악!

"흥분을 가라앉혀라. 이딴 공격으로 새나 토끼는 잡을 수 있어도, 사람한테 통할 것 같으냐? 이 검법을 창안한 사람을 모욕하지 마라."

"으아아아아!"

뇌옥을 탈출하던 날, 나는 네 사부의 무공을 정리해 비급으로 만들어 마뇌에게 넘겨주었다. 하지만 그 비급들의 결정적인 부분은 모두 조금씩 빠트리거나 바꾸어 놓았다. 처음에는 알 수 없지만, 익히다 보면 주화입마에 걸리도록.

'혈교에 엿을 먹이려고 한 거였는데…… 돌고 돌아 이 녀석이 그걸 익혔군.'

때문에, 나는 위지천에게 약간의 책임감을 느꼈다.

"형 재미없어! 미워! 싫어! 죽어 버려어어!"

완전히 이성을 잃은 위지천이 남은 내공을 모두 끌어올려서 검에 주입했다.

화르르르륵! 잿빛 불길에 휩싸인 검은 더 이상 그 형태도 보이지 않을 지경이었다.

"쯧……."

매우 위협적으로 보이지만 내게는 그 허점이 더욱 크게 보였다. 보법은 엉망이고, 초식의 형이 다 무너져 있었다. 고수는 결코 저런 공격에 당하지 않는다.

"저거, 제대로 가르치려면 한참 걸리겠군."

혀를 찬 나는 얼마 남지 않은 내공을 월영에 모두 주입했다. 검이 부르르 떨며 희미한 검기가 조금 진해졌다.

"이야아아아아!"

괴성을 지르며 광인처럼 달려드는 위지천을 향해, 나는 조용히 검을 들어올렸다. 그리고 뇌옥을 탈출하던 날 검존 사부가 보여 주었던 검을 떠올리며, 신중하게 검을 찔러 넣었다.

무극검(無極劍) 오의(奧義), 진(眞) 무극일섬(無極一閃).

찰나의 순간 우리의 신형이 교차했다. 나는 월영을 검집에 집어넣으며 천천히 뒤돌아섰다.

"이래서 훌륭한 스승이 중요한 거다."

털썩. 위지천이 피를 뿜으며 바닥에 쓰러졌다.

38화
갈 데 없으면 저랑 같이 가시죠?

나는 쓰러진 위지천에게 다가갔다.
'기절했군.'
내가 펼친 무극일섬은 위지천의 심장이 아니라 손등을 꿰뚫었다. 검을 놓치게 하기 위해서였는데, 녀석은 손에서 피를 철철 흘리면서도 검은 놓지 않았다. 의식을 잃고 기절한 와중에도 말이다.
"쯧. 끝까지 검을 놓지 않은 건 훌륭하다만, 기절해 버리면 그게 다 무슨 소용이냐."
혀를 찬 나는 위지천의 손에서 검을 빼내고 상처를 지혈했다.
위지천은 자신의 마지막 공격에 모든 내공을 쏟아부었다. 동귀어진(同歸於盡)이나 다름없는 수법. 다행히 내가 녀석의 초식을 모두 알고 있기에 망정이지, 하마터면 사이좋게 삼도천을 건널 뻔했다.
"멍청한 녀석."
나는 검집으로 위지천의 머리를 한 대 후려친 후에 어깨에 둘러멨다. 다행히 당장 위지천의 생명에는 지장이 없었다. 나는 녀석을 봉분 옆에 있는 초옥으로 데려가 침상에 눕혔다. 누더기가 된 옷을 벗기자, 무공을 익혔다고 보기에는 믿을 수 없을 정도로 앙상한 몸이 드러났다. 몸의 주요 혈도를 따라 곳곳에 피멍이 들어 있었다.

'주화입마가 상당히 진행됐군.'

그때, 벗긴 옷가지 안에서 서책 하나가 툭 하고 떨어졌다.

"이건……."

서책의 겉에는 아무것도 적혀 있지 않았다. 하지만 첫 장을 펼친 순간, 나는 그것이 내가 혈교를 엿 먹이기 위해 만든 가짜 무극검의 비급임을 알아보았다.

동시에 흑립인이 이 소년에게 이 비급을 건네며 했다는 말이 떠올랐다.

—세상에 복수하고 싶으냐? 그렇다면 이 무공을 익혀라. 십 년을 익힐 수 있다면 천하제일인이 될 수 있을 것이다.

다시 생각해 보니 뭔가 이상했다.

'십 년? 이 비급으로는 오 년도 못 가서 주화입마에 걸려 죽는다. 그걸 모르지 않을 텐데…….'

설마 알고도 건네준 건가? 알고도 건넸다면, 그 흑립인은 악랄하기 그지없는 놈일 것이다. 나는 왠지 놈의 의도를 알 것 같았다.

'불완전한 무공을 완성하기 위한…… 실험 대상으로 삼았군.'

아주 간혹, 불완전한 무공을 스스로 완성하는 천재들이 있었다. 흑립인은 아마도 그 낮은 가능성을 보고 위지천에게 이 불완전한 무공을 건넸을 것이다. 그리고 종종 찾아와 멀리서 관찰하고 돌아갔겠지.

'어쩌면 다른 곳에서도 비슷한 일이 일어나고 있을 수도 있겠군.'

내가 뿌린 씨앗이 이런 식으로 자라나고 있다는 생각이 들자, 마음이 조금 심란해졌다. 나는 순진하게 생긴 소년의 얼굴을 내려 보며 낮게 중얼거렸다.

"……스승도 없이 잘도 혼자서 이 정도나 익혔구나."

무극검은 심오하고 난해한 무공이다. 게다가 이 비급은 아주 정교하게 만든 가짜였다. 검존에 버금가는 천재가 아닌 이상에야, 익히면서 어디가 잘못됐는지 깨닫는 것은 거의 불가능하다. 그런데 삼 년이나 익혔음에도 죽지 않고 이만한 성취를 이뤘으니, 그것만으로도 어마어마한 재능이라 할 수 있었다. 나는 위지천을 보며 일전에 청룡학관 축제에서 만났던 헌원강을 떠올렸다.

'재능만 따지면 그 녀석에 못지않아. 아니, 오히려 그 이상일지도.'

누군가 옆에서 다듬어 준다면 찬란하게 빛날 재능. 나는 양손을 뻗어 왼손은 위지천의 배에 올리고, 오른손은 이마 위에 올렸다. 그리고 조심스럽게 역천신공의 기운을 불어넣었다.

"끄윽……."

고통스러운지 위지천이 몸을 비틀며 신음했다. 나는 흔들리는 몸을 지그시 누르며 기로 위치천의 몸 안을 계속 탐색했다.

'탁기가 몸 전체, 그리고 뇌에도 일부 스며들었군.'

애초에 익히는 자를 주화입마에 걸리도록 만든 비급이었기에, 나는 위지천이 어떤 상태인지 쉽게 파악할 수 있었다.

'이 정도라면…… 아직 구할 수 있다.'

타다다닷! 나는 빠르게 위지천의 혈도를 몇 군데 짚은 후, 역천신공을 본격적으로 끌어올렸다.

내가 흘려보낸 한줄기 내공이 위지천의 몸 안을 일주천했고, 그 안에 쌓여 있던 탁기를 내 장심으로 끌어들이기 시작했다.

"끄윽……!"

위지천은 식은땀을 흘리며 괴로워했다. 온몸에 오한이 드는지 몸을 덜덜 떨었다. 코에서 피가 흘러내리기 시작했다.

'버텨라. 버티지 못하면 어차피 죽는다.'

위지천의 몸 안에는 삼 년 동안 잘못된 운기법으로 쌓인 탁기가 고스란히 쌓여 있었다. 그렇게 쌓인 탁기가 끝내 골수까지 스며들었고, 그것이 곧 위지천이 광증(狂症)을 일으킨 원인이었다.

나는 역천신공을 이용해 그 탁기를 모두 내 몸 안으로 흡수할 생각이었다.

'천음절맥도 이럴 때는 쓸모가 있군.'

내가 익힌 역천신공은, 일정한 성취까지는 몸 안에 있는 탁기를 단전으로 모아 내단처럼 만들어야 한다. 바로 여기에 영약의 힘이 필요했다. 그리고 지금 내 몸 안에는, 아직 다 흡수하지 못한 칠지구엽초의 약력이 어느 정도 남아 있었다.

"끅, 끄으, 끄으윽……!"

위지천의 코와 귀, 눈에서 피가 줄줄 흘러내렸다. 마른 몸에 핏줄이 터질 듯 불거지고, 입에서는 하얗게 거품이 일었다. 하지만 살살 해 줄 수가 없었다. 나는 더욱 역천신공으로 위지천의 몸 안을 구석구석 청소해 탁기를 흡수했고, 마지막으로 뇌에 스며든 탁기까지 모조리 빨아들였다.

"후우……."

곧바로 가부좌를 틀고 자리에 앉았다. 몸 안으로 흘러들어온 탁기를 흡수하는 것은 그리 어렵지 않았다.

'이 몸이 어떤 몸인데.'

자랑은 아니지만, 천음절맥으로 삼십 년 가까이 몸 안에 탁기를 쌓아둔 몸이다. 그에 비하면 고작 삼 년 정도 모아둔 애송이의 탁기는 아무것도 아니었다.

'으음?'

오히려 다른 종류의 탁기가 단전으로 흡수되자, 두 가지 기운이 뒤섞이며 상승 작용을 일으켰다.

나는 단전 안의 내단이 확장되는 느낌에 당황했다. 2성에 머무르던 역천신공의 성취가 어느새 3성을 돌파한 것이다.

잠시 후, 나는 천천히 눈을 뜨며 중얼거렸다.

"……살다 보니 이런 일도 다 있군."

뜻하지 않은 기연에 어안이 벙벙했다. 나는 가부좌를 풀고 일어나, 완전히 탈진해 버린 위지천을 내려다봤다.

"……."

피투성이에 몰골이 시체나 다름이 없는 상태였지만, 호흡이 안정됐고 안색은 한결 편안해 보였다.

"대충 고비는 넘긴 것 같군."

아까 벗겨낸 옷으로 얼굴과 몸에 묻은 피를 적당히 닦아 주었다. 그때, 초옥 밖에서 위지열의 다급한 목소리가 들려왔다.

"천아! 천아! 대체, 대체 둘 다 어딜 간 게야!"

나는 초옥 밖으로 나가 위지열을 맞이했다. 곧 나를 발견한 위지열이 경공을 펼쳐 날듯이 달려왔다.

"대체 어찌 된 겐가? 내 손자는 어디로 가고 자네만 여기 있어!"

나는 뭐라고 말을 꺼낼까 하다가, 일단 의뢰에 대한 결과부터 알려 주기로 했다.

"어르신. 죄송하지만 의뢰는 실패했습니다."

"아……."

위지열은 그제야 내 몰골을 보고는 한숨을 푹 내쉬었다. 지금 나는 옷 여기저기가 찢기고 베이고, 찔린 상처도 제법 많았다.

"……도망친 건가? 그래. 살아남은 것만으로 대단한 게지……. 그런데 내 손자는 어디로 갔나?"

직접 자신의 손자를 죽여 달라고 부탁했으면서도, 막상 눈에 보이지 않으니 불안한 모양이었다. 위지열은 불안한 표정으로 주위를 둘러보며 중얼거렸다.

"설마 진법 밖으로 나간 것은 아니겠지? 그랬다간 감당할 수 없는 일이 벌어질 텐데……."

"지금 저 안에서 자고 있어요."

"……뭐?"

위지열이 멍한 얼굴로 나를 바라봤다. 나는 친절하게 손으로 내 뒤에 있는 초옥을 가리켰다.

"……무슨 말도 안 되는 소리인가. 광증이 심해진 이후로, 그 아이는 부모 무덤 곁에서 떠난 적이 없네."

"못 믿으시겠으면 한번 들어가 보시죠."

위지열은 여전히 못 믿겠다는 표정을 하면서도, 무언가에 홀린 듯이 초옥 안으로 들어갔다.

잠시 후, 그는 곤히 잠들어 있는 손자의 얼굴을 볼 수 있었다.

"처, 천아?"

비록 격전의 흔적과 주화입마를 치료하며 흘린 피 때문에 피골이 상접했지만, 마성이 사라진 평온히 잠든 소년의 얼굴을. 위지열의 표정이 서서히 경악으로 물들었다.

"설마, 설마……."

"그 설마가 맞습니다."

"어떻게……."

"죽일 필요가 없었거든요. 몸과 뇌에 스며든 탁기를 다 빼냈으니, 곧 정신을 차릴 겁니다."

"그, 그게 정말인가?"

나는 믿을 수 없다는 표정으로 나를 바라보는 노인에게 부드럽게 웃어 주었다.

"대신 내공을 상당 부분 잃겠지만, 그래도 금방 정신을 차릴 겁니다."
"그런 건 상관없네! 대체 이 은혜를 어떻게 갚아야 할지……."
그때 위지천이 천천히 눈을 뜨더니, 잠이 덜 깬 얼굴로 자신의 할아버지를 올려보며 중얼거렸다.
"할아버님……?"
그 목소리는 전과 달리 공손했으며, 눈빛에는 붉은 혈기가 아닌 정광이 감돌았다. 소년은 날 보더니 흠칫 놀라 몸을 일으키려고 했다. 위지열이 그런 손자를 부축했다.
"처, 천아! 정신이 드느냐?"
"제가 왜 여기 있죠? 이분은……."
"아무것도 기억나지 않느냐?"
"아, 어떤 검법을 익히다가, 언제부턴가 기억이……."
위지천은 어지러운 듯 할아버지에게 몸을 기댔다. 소년은 추운 듯 몸을 으스스 떨었다.
"할아버님. 저, 악몽을 꾼 것 같아요……."
노인은 몇 년 새 앙상해진 손자를 와락 끌어안으며 울음을 터트렸다.
"으헝헝헝헝!"
바위처럼 단단해 보이던 노인의 눈에서 닭똥 같은 눈물이 흘러내렸다.
"……."
나는 두 사람을 잠시 지켜보다 조용히 초옥을 빠져나왔다.

털썩. 내 앞에 무릎을 꿇은 위지열이 비장한 목소리로 말했다.
"내 자네가 원하는 것이라면 뭐든지 들어줄 것이네. 설령 내 목숨을 달라고 해도!"

"하, 할아버님!"

그 옆에서는 위지천이 어쩔 줄 모르며 내 눈치를 보고 있었다. 농담이라도 했다간 진짜 자해라도 할 기세여서, 나는 최대한 부드럽게 말했다.

"목숨까지는 필요 없고. 검 하나만 만들어 주시면 됩니다."

"내 최선을 다해 가진 재주를 모두 동원해 보겠네. 반드시 자네가 만족할 수 있을 만한 명검을……."

"겨우 명검 정도로는 안 됩니다."

나는 위지열의 말을 중간에 끊고, 정확히 내가 원하는 수준의 검이 어떤 것인지 말했다.

"적어도 혈마검 정도는 되어야지요."

"그, 그건…….."

말문이 막힌 위지열은 한동안 말을 잇지 못했다. 만약 내가 손자의 은인이 아니었다면, 당장 뭐라도 던졌을 것이다. 하지만 그는 은혜를 아는 노인인지라, 이내 한숨을 길게 내쉬더니 고개를 숙였다.

"……정말 미안하네만, 혈마검은 만들 수 있는 물건이 아니네. 일단 재료부터 구할 수가 없을뿐더러……."

"이게 있다면 가능하지 않을까요?"

나는 품에서 운철을 꺼내 그에게 보여 주었다. 잠시 이게 뭔가 하고 운철을 살펴보던 위지열의 눈동자가 곧 경악으로 부릅떴다.

"우, 우, 우, 운철……!"

얼마나 놀랐는지 운철을 받아든 팔이 덜덜 떨리고 있었다. 그럴 수밖에. 쇠를 다루는 야장에게 운철은 무인으로 치면 대환단이나 공청석유보다 더한 보물이니까.

나는 진지한 목소리로 물었다.

"혈마검보다 더 뛰어난 검을 만들어 주실 수 있겠습니까?"

그 순간, 자존심 강한 장인의 두 눈이 용광로처럼 뜨겁게 달궈졌다.

"자네가 원하는 것이 내 평생의 목표였다고 하면 믿겠나?"

그 어떤 다짐보다 믿음직한 말이었다. 그런데 위지열의 표정이 금세 어두워졌다.

"한 가지 문제가 있네. 운철을 다루려면 제대로 된 시설이 있어야 해. 큰 도시에나 있는 규모가 큰 대장간에, 필요한 재료도 여럿이고……."

당장 그만한 대장간을 구할 수가 없어 곤란하다는 이야기였다. 잠시 듣고 있던 내가 말했다.

"흐음. 마침 잘됐네요."

"잘됐다니?"

마침 허 노인이 남긴 사업체 중에 대장간도 하나 있거든. 위조 호패 두 개쯤 구해다 줄 포두 친구도 있고.

"두 사람. 갈 데 없으면 저랑 같이 갈래요?"

그날 밤. 나는 오랜 세월 도망자로 살아온 늙은 야장과, 제대로 된 스승이 필요한 소년과 함께 길을 떠났다.

39화
늦어서 죄송합니다.

"그 녀석은 아직도 안 온 게요?"

지나가듯 무심하게 묻는 말이었지만, 악연호는 등에 한 줄기 식은땀이 흐르는 것을 느꼈다. 왜냐하면, 그 질문을 한 사람이 청룡학관에서 같은 강사들도 무서워하기로 유명한 학생 주임이고, 이 질문이 벌써 세 번째이기 때문이었다.

"하하. 곧 올 겁니다."

매극렴의 형형한 눈빛을 받은 악연호가 어색하게 웃으며 말했다. 매극렴은 그 대답이 못마땅한 듯 표정을 찌푸렸다.

"아까부터 똑같은 소리군. 지금 어디에 있는지도 모른다 하지 않았소?"

"그, 그게……."

악연호는 억울했다.

'늦은 사람은 자기 손자인데 왜 날 들들 볶는 거냐고!'

불만이 많았지만, 정작 학생 주임에겐 한마디도 따지지 못하고 군색하게 대답할 수밖에 없었다.

"개인적인 사정으로 며칠 어디 다녀온다고만······."
"자신 없어서 도망친 건 아니고?"
"······그건 절대 아닙니다."
"흥. 두고 보겠소."
다른 예비 강사들에게 가는 매극렴의 뒷모습을 바라보며, 악연호는 한숨을 푹 내쉬었다.
'더 이상 늦으면 정말 위험한데······.'
청룡학관 신입 강사 실기시험은 이미 시작되었다. 저 앞에서는 앞 차례인 신입 강사 지원자들이 강단에 올라가, 선별된 학생들을 대상으로 시범 강의를 진행하는 중이었다.
"흠흠. 태극의 이치에 따르면······."
"문파마다 음양오행의 해석이 조금씩 다르고, 그에 따라 비급을 풀이하는 방법에도 차이가 있습니다. 이럴 때는······."
"혈교의 전신은 수백 년 전 사라진 천마신교입니다. 혈교 초대 교주는 당시 천마신교의 이주 결정에 반대하는 이들을 규합해······."
다들 열심히 자신의 무론을 펼치거나, 때로는 강단에서 내려와 직접 무공을 시연해 보였다. 그러나 학생들의 반응은 대체로 시큰둥하거나 짓궂거나, 둘 중 하나였다.
"흐암. 졸려 죽겠네."
"와, 강사가 그것밖에 못 해요?"
"잠깐만요. 방금 하신 말씀. 지나치게 편향적이고 개인적인 의견 아닌가요?"
악연호는 그런 되바라진 학생들의 모습을 보며 마른침을 꼴깍 삼켰다.
'와, 요즘 애들 장난 아니네.'
그중에는 악연호와 나이 차이가 크게 안 나는 학생들도 있었다. 하지만 위에서 시키는 대로 군말 없이 무공을 수련한 악연호와 달리, 이곳 청룡학관 학생들은 납득이 되지 않거나 마음에 들지 않으면 곧바로 따지고 들었다.

'……조금 부럽기도 하네.'

강단의 왼편에는 청룡학관주, 부관주, 그리고 기존의 강사들이 무언가를 적으며 신입 강사 지원자들을 평가하고 있었다.

"후우……."

방금 시범 강의를 돌아온 마치고 명일오에게 악연호가 수통을 건넸다.

"일오 형님. 고생했어요. 직접 해 보니까 어때요?"

"말도 마. 애들은 뭐 하나라도 물어뜯으려고 노려보지, 옆에서는 강사님들 눈치 보이지……. 나 뭐 실수 한 거 없었지?"

"지금까지 본 사람 중에 제일 잘하던데요."

조금 과장이긴 했지만, 실제로 명일오의 시범 강의는 상당히 안정적이었다.

"아마 학생들이나 강사님들 평가도 좋을 거예요."

그 말에 한숨을 돌린 명일오가 주위를 둘러보며 물었다.

"그나저나 백 형은 아직도 안 왔어?"

"감감무소식에요."

"큰일이네. 이젠 진짜 와야 하는데……."

어느덧 악연호의 차례도 가까워지고 있었고, 그 다음 차례가 바로 백수룡이었다. 두 사람은 초조한 마음에 청룡학관 입구 쪽을 바라봤다.

끼잉……. 정문 옆에서 웬 똥개 한 마리가 낑낑대며 똥을 누고 있을 뿐, 사람의 기척은 느껴지지 않았다.

"……아직도 안 온 게로군."

잠깐 학생들을 둘러보러 갔던 매극렴이 두 사람에게 다가오고 있었다. 그의 얼굴에 실망한 기색이 어렸다. 그리고 목소리에는 은은한 노기가 배어 나왔다.

"역시 그 애비에 그 자식인가……."

매극렴의 몸에서 스산한 기운이 뿜어져 나왔다. 갑작스러운 한기에 자기 차례를 기다리던 강사들이 흠칫흠칫 몸을 떨었다.

매극렴이 싸늘하게 말했다.

"지금까지 안 온 것을 보면 할 마음이 없다는 거겠지. 백수룡 지원자는 탈락으로 처리하겠소."

"자, 잠깐만요!"

생각보다 먼저 말이 나왔다. 앞으로 나선 악연호는 한 자루의 예리한 검처럼 자신을 향한 매극렴의 시선을 마주 보며 침을 삼켰다.

'망할 인간! 뭘 하느라 이렇게 늦는 거야!'

속으로 백수룡을 원망하며, 악연호는 최대한 시간을 벌어 볼 생각으로 말했다.

"학생 주임 선생님! 수룡 형님은 곧 올 겁니다. 조금만 더 기다려 주십시오."

"그 말만 네 번은 들은 것 같군. 그래서 언제 온다는 거요? 시험이 다 끝난 후에 올 건가?"

악연호는 한숨을 푹 내쉬었다.

"솔직히 언제 올지는 모르겠습니다. 아마도 무슨 일이 생겼겠죠. 하지만 절대로 도망갔을 리 없습니다."

"어찌 그렇게 장담하는 게요? 알고 지낸 지도 그리 오래 되지 않았다면서."

"그건."

말을 멈춘 악연호는 백수룡의 뻔뻔한 얼굴을 떠올렸다. 면접관들이 자신을 떨어뜨리면, 청룡학관 앞에 백룡학관을 짓고 십 년 안에 능가해 보이겠다고 말하던 그 얼굴을.

"……이건 청룡학관의 미래를 위해 드리는 말씀인데요."

"청룡학관의 미래?"

"수룡 형님이 그랬거든요. 자길 떨어뜨리면 청룡학관 건너편에 백룡학관을 짓겠다고요. 십 년만 지나면 백룡학관 학생들이 청룡학관 학생들을 쥐어팰 거라고요."

"하. 뭐라?"

"지금 형님을 떨어뜨리시면 내일부터 당장 터를 알아보러 다닐지도 모릅니다."

그 말이 얼마나 황당무계했는지, 주변에 있던 예비 강사들은 일제히 웃음을 터트렸다. 꾹 다문, 일자에서 절대 움직이지 않을 것 같은 학생 주임의 입술마저 씰룩였다. 매극렴이 웃음을 참으며 작게 중얼거렸다.

"배포가 크고 당당한 것은 내 딸을 닮았군."

"예?"

"……아무것도 아니오."

악연호로서는 도무지 알 수가 없는 기분 변화였지만, 어쨌든 나쁜 신호는 아니었다.

매극렴이 조금 누그러진 목소리로 말했다.

"이미 많이 봐주었소. 차례가 될 때까지 오지 않으면 탈락시킬 수밖에 없지."

"저, 학생 주임 선생님."

그때, 명일오가 악연호 옆에 서며 조심스럽게 말했다.

"혹시 백수룡 지원자의 순서를 조금 뒤로 미뤄 주실 수는 없을까요?"

예상대로 매극렴이 눈에 불을 켰다.

"말도 안 되는 소리. 당신들은 이게 장난으로 보이오?"

"그런 것이 아니라……."

"한 번만 더 그딴 말을 하면 당신들도…….

그때였다. 멀리서 그들의 실랑이를 지켜보고 있던 누군가가 대화에 끼어들었다.
"무슨 문제라도 생겼습니까?"
새로운 목소리의 등장에 다들 돌아보니, 삼절검 남궁수와 화염도 곽철우가 걸어오고 있었다. 사람들의 시선을 의식한 남궁수가 뒷짐을 지며 부드럽게 웃었다.
"학생들이 많이 피곤해하기에, 일각만 쉬기로 했습니다."
"……."
청룡학관 일타강사의 등장에 대부분의 신입 강사 지원자들이 동경 어린, 혹은 질시 어린 시선으로 그를 바라봤다. 그러나 악연호는 둘 다 아니었다. 그는 불편해 보이는 시선으로 남궁수를 바라봤다.
'이 사람이 여긴 왜 왔지?'
남궁수는 악연호에게는 시선조차 주지 않고 매극렴에게 물었다.
"학생 주임 선생님. 일하시는 데 무슨 문제라도 있으십니까? 소란스럽기에 걱정되어서 와 봤습니다."
"걱정은 무슨."
매극렴이 손을 저으며 무덤덤한 어조로 말을 이었다.
"별일 아니오. 아직 오지 않은 지원자가 있어서 지금 탈락시킬지 좀 더 기다려 볼지 이야기를 나누는 중이었소만……."
"그 지원자가 혹시 백수룡입니까?"
"……맞소."
그 순간 남궁수의 입가에 부드러운 미소가 맺혔다. 악연호와 명일오가 보기에는 매우 불길해 보이는 미소였다.
"저런. 급한 사정이 생긴 모양이군요. 설마 시범 강의에 나서는 것이 두려워 도망쳤을 리는 없고……. 그렇다고 대련에서 망신을 당할까 도망쳤을 리도 없으니……."
"……."

대놓고 말만 하지 않을 뿐, 도망친 것이 아니냐는 조롱이었다.

악연호와 명일오, 그리고 매극렴의 이마에 동시에 힘줄이 돋았다.

"도망친 거 아닙니다."

"백 형은 그런 사람이 아닙니다."

"……아니라는군."

남궁수는 매극렴의 싸늘한 시선에 조금 당황한 눈치였지만, 그렇다고 해야 할 말을 못 하지는 않았다.

"흠흠. 그렇다면 이렇게 하지요. 백수룡 지원자에게 사고가 생긴 것 같으니, 그의 순서를 맨 마지막으로 미루어 주는 것이 어떻습니까?"

"하지만 그렇게 하면 형평성이……."

매극렴이 문제를 제기하려 했으나, 남궁수가 먼저 선수를 쳤다.

"물론, 본래 마지막 순서이신 지원자께서 허락해 주신다는 가정하에 드리는 말씀입니다."

"저, 저는 좋습니다!"

얼굴이 창백해져 있던 지원자가 손을 번쩍 들더니 외쳤다.

"제가 양보하겠습니다! 얼마든지 양보해 드리겠습니다!"

"……."

당사자가 그렇게 적극적으로 나서자, 매극렴도 더 이상 뭐라고 말하기 어려워졌다. 남궁수는 순식간에 모든 상황을 자신의 뜻대로 움직였다.

"그럼 그렇게 하지요. 부관주님. 제가 건방지게 먼저 나섰습니다만……. 저희 청룡학관이 지원자에게 조금 너그러운 모습을 보여 줄 필요도 있지 않겠습니까?"

"아, 물론이지. 남궁 선생 편한 대로 하시게. 관주님이야 어차피 신경도 안 쓰실 거야."

남궁수를 따라온 곽철우가 "아암! 그래야지!" 하고 열심히 고개를 끄덕였다.

'아무리 청룡학관 최고의 강사라고 해도…… 누가 더 상급자인지 모르겠군.'

순식간에 상급자의 결재까지 받아낸 남궁수가 몸을 돌려 악연호를 바라보며 웃었다.

"백수룡 지원자에겐 잘되었군요. 도망친 것이 아니라 사, 정, 이, 있어서 못 올 뻔했는데. 저희도 이만큼 배려해 드렸으니 충분히 시간에 맞춰 오실 수 있지 않겠습니까?"

"……."

악연호는 대답하지 않고 지그시 남궁수를 노려보았다.

'처음부터 이걸 노렸군.'

마지막 순서. 그때까지도 백수룡이 오지 않는다면 도망자로 모두에게 낙인이 찍힐 것이고, 온다고 해도 엄청난 부담감 속에서 수많은 시선을 견디며 시범 강의를 해야 한다.

시범 강의는 뒤에 할수록 부담감이 크다. 아무래도 앞서 강의를 들은 학생들과 강사들의 피로도가 쌓이고, 그에 따라 평가 기준도 높아지기 때문.

'반대로 말하면, 마지막이니 잘할수록 더 깊은 인상을 줄 수 있다는 이야기지만…….'

그만큼의 실력을 보여 주는 것은 10년 이상 학생들을 가르친 강사들도 힘든 일이었다.

남궁수의 입가에 비릿한 미소가 맺혔다.

'촌에서 어린애들이나 가르치던 촌뜨기 사범에게 그런 실력이 있을 리 없지.'

남궁수는 면접 때 백수룡이 자신에게 한 말을 잊지 않았다.

─내가 외공으로 이 자리에서 당신을 묵사발 내면 어때?

적어도 배짱은 있는 줄 알았다. 설마 시범 강의에도 나타나지 못할 정도의 겁쟁이였을 줄이야. 하지만 도망쳤다고 용서해 줄 생각은 없었다.

'청룡학관의 모두가 네 녀석이 겁쟁이라는 사실을 알게 될 것이다. 내가 그렇게 만들 테니까.'

설령 뒤늦게 나타나 시범 강의에 나선다고 해도 상관없었다. 이 도시에서 발붙이지 못하도록 망신을 줄 테니까.

남궁수가 빙긋 웃으며 말했다.

"개인적으로 백수룡 지원자의 시범 강의, 무척 기대하고 있습니다. 꼭 제 시간에 도착했으면 합니다."

입가에 잔잔한 미소를 띈 남궁수가 몸을 돌려 자기 자리로 돌아갔다.

"……."

그 뒷모습을 악연호, 명일오, 매극렴이 나란히 서서 노려보다가 한마디씩 했다.

"이렇게 된 이상, 수룡 형님이 꼭 와서 본때를 보여 줘야 하는데."

"분명 올 거야."

"……손자 놈. 만약 안 오면 내 손에 죽을 줄 알아라."

시간은 무심하게 흘러갔고, 마지막 차례가 점점 가까워짐에도 백수룡은 나타나지 않았다.

"하하하! 그러니까 제가 주작학관에 재학하던 시절에……."

곽두용은 두꺼운 팔로 자신의 가슴을 퍽퍽 때려 가며 이야기했다. 그 앞에 앉은 학생들 대부분은 질린다는 표정이었지만, 일부는 흥미롭게 듣고 있었다. 강사석에 앉은 강사들이 두런두런 대화를 나누며 곽두용을 평가했다.

"곽두용 지원자. 의외로 잘 가르치네요."

"저 주작학관 얘기만 아니면 괜찮아 보입니다. 여러 가지 도법에 관한 지식도 풍부하고요."

"허풍이 심하긴 해도 말재주가 있어요. 여학생들은 싫어하지만, 남학생들에겐 의외로 반응이 좋군요."

의외로 쏟아지는 호평에, 부관주인 화염도 곽철우가 헛기침을 하며 얼굴을 붉혔다.

"나 때문이라면 다들 그만해도 되네."

곽두용은 곽철우의 오촌 조카였다. 어린 시절에는 실제로 주작학관에서 공부할 정도로 뛰어난 후기지수였지만, 어느 사건을 계기로 한동안 완전히 무공을 놓았던 가문의 아픈 손가락. 정신 좀 차리게 해 달라는 사촌 형님의 부탁에 어쩔 수 없이 응시 원서를 받아 주긴 했는데, 설마 면접에 붙고 시범 강의까지 하게 될 줄은 몰랐다.

"부관주님 때문이 아니라, 정말로 강사의 자질이 있습니다. 혈육이라 해서 너무 엄격한 잣대로 보진 마십시오."

남궁수가 부드럽게 웃으며 곽철우에게 말했다. 민망했는지, 곽철우가 큼큼 헛기침을 했다.

"……술만 취하지 않으면 괜찮은 녀석이라네. 대부분 술에 취해 있어서 문제지."

"술을 끊지 못하는 무슨 이유라도 있습니까?"

곽철우가 잠시 머뭇거리다 말을 이었다.

"20년 전, 천주봉 혈사에서 살아남은 생존자라네."

"아……."

한순간 모두의 표정이 어두워졌다. 그러자 곽철우가 급히 손을 저으며 분위기를 환기시켰다.

"다들 신경 쓰지 마시게. 지금 강사 평가에 집중해야 할 때가 아닌가."

"하하. 예. 그렇죠."

"그, 그나저나 올해는 지원자들의 수준이 높네요."

다들 딴청을 하더니 다시 강의에 집중했다. 곽두용의 차례가 끝나고, 그다음 지원자의 차례가 되었다.

남궁수는 눈을 빛내며 강단 위로 올라오는 청년을 바라봤다.

'산동악가 출신이라고 했던가.'

"산동악가에서 온 악연호라 합니다."

악연호는 짧은 자기소개를 마친 후 창을 들고 직접 앞으로 나서서 시범을 보여 주었다.

휘익! 휙휙휙! 연습용 창이 낭창낭창하게 휘며 찌르고, 베고, 후려치고, 때로는 예상치 못하게 움직이며 빈 공간을 점했다. 학생들과 강사들 사이에서 연신 감탄이 터져 나왔다.

남궁수는 미간을 가늘게 좁혔다.

'역시 명문의 자제라 그런지 제법이군.'

그러나 악연호 이후에는 그럴듯한 실력을 지닌 지원자가 없었다. 대부분은 수준 이하였고, 그 외에는 평범했으며, 극히 일부만 눈에 들어오는 정도. 대부분의 학생들과 강사들은 시범 강의를 점점 지루해하기 시작했다. 하지만 남궁수는 이렇게 기다리는 시간도 제법 즐거웠다.

'곧 마지막 차례가 오겠군.'

백수룡. 면접에서 감히 자신을 도발한 촌뜨기. 녀석의 시범 강의를 기대하고 있었는데, 아직도 오지 않은 것을 보면 결국 안 올 모양이다.

"마지막 시범 강의는 외공 기초 수업이다! 일각 후에 시작할 테니 시범 강의에 참여할 학생들은 그때까지 착석해라. 그리고 백수룡 지원자는 강단 위로 올라오시오!"

외공 기초 수업 참관을 신청한 학생들이 하나둘 자리에 앉았다.

'으음?'

남궁수는 조금 놀랐다. 자리에 앉은 학생 중에 동아리 연합회 회장인 팽사혁부터 학관의 문제아로 유명한 헌원강, 그리고 학생회 부회장 당소소까지 눈을 빛내고 있었기 때문이다.

"저 아이들이 왜……."

"기초 수업을 들을 학생들이 아닌데요."

"그러게 말입니다."

다른 강사들도 비슷한 의문을 가지는 가운데, 일각이라는 시간이 금세 지나갔다. 지원자 서류를 확인한 곽철우가 소리쳤다.

"백수룡 지원자! 안 왔습니까?"

대답은 없었다. 악연호, 명일오, 매극렴이 초조한 표정으로 정문 밖을 바라봤다.

웅성웅성. 학생들도 이상하다고 생각하고 웅성거리기 시작했다. 남궁수의 입꼬리가 슬며시 올라갔다. 그가 안타깝다는 듯이 말했다.

"저런. 결국 안 올 모양입니다."

"실망이군요. 차례까지 바꿔 줬는데."

"쯧쯧……."

"허우대만 멀쩡하지, 속 빈 강정이었군."

강사들이 혀를 차고, 기다리고 있던 학생들도 이게 뭐냐는 식으로 투덜거리며 불만을 터트렸다. 그 모습을 본 남궁수의 입가에 가느다란 비웃음이 맺혔다.

'결국 그 정도였군.'

주위의 반응을 확인한 곽철우가 들고 있던 서류를 내려놓으며 말했다.

"이만큼 기다려 줬으면 학관에선 할 만큼 했소. 백수룡 지원자는 탈락을……!"

그 순간, 그때까지 조용히 정문 밖을 바라보던 관주 노군상이 입을 열었다.

"부관주. 잠깐 기다려 보게."

"관주님?"

"저기서 뭔가가 날아오는군."

"……예? 날아와요?"

노군상의 올라간 시선을 따라 곽철우와 남궁수, 그리고 모두의 시선이 하늘로 향했다.

쐐애애액! 작은 점이 포물선을 그리며 청룡학관을 향해 날아오고 있었다. 바람을 가르며 날아오는 속도가 실로 무시무시했다.

"저, 저게 무슨……."

남궁수가 입을 떡 벌리며 그 모습을 바라봤다. 잠시 후, 점이 점점 커지더니 그 정체가 사람이라는 것이 밝혀졌다.

"포, 포탄?"

"여기 떨어진다! 옆으로 비켜!"

"으아악!"

한곳에 뭉쳐 있던 신입 강사 지원자들이 당황해서 사방으로 흩어졌다.

휘리리릭! 머리부터 떨어지던 신형이 허공에서 멋들어지게 공중제비를 돌더니, 바닥에 가볍게 착지했다.

탁!

"후우……."

한 폭의 그림처럼 잘생긴 청년이 바람에 흐트러진 머리를 쓸어 넘겼다. 다들 할 말을 잃은 채 그 모습을 멍하니 바라봤다. 주위를 둘러본 백수룡이 머쓱하게 웃었다.

"늦어서 죄송합니다. 백수룡입니다."

앞선 누구보다 강렬한 인상을 심어 주며, 마지막 신입 강사 지원자가 도착했다.

40화

없다니까 그러네

상상치도 못했던 방식으로 등장한 마지막 신입 강사 지원자의 모습에, 순간 그 자리에 있는 모두가 말문이 막혔다.

"늦어서 죄송합니다. 백수룡입니다."

옷에는 온통 먼지를 뒤집어썼고, 몸에서는 화약 냄새가 풍겼다. 몸에 묻은 먼지를 툭툭 털어 내며 백수룡이 머쓱하게 웃으며 물었다.

"시범 강의 아직 안 끝났죠?"

그제야 한 박자 늦은 반응들이 터져 나왔다.

"형님!"

"백 형!"

"이, 이놈이!"

초조하게 백수룡을 기다린 악연호, 명일오, 매극렴이 동시에 외쳤다. 셋 다 당장이라도 달려와 잔소리를 퍼붓고 싶은 눈치였지만, 그 전에 곽철우가 빽 소리를 질렀다.

"백수룡 지원자! 뭘 하다 이제야 온 거요!"

"일이 좀 생겨서 늦었습니다."

"방금 그건 또 뭐고! 대체 어떻게 하늘을 날아서 온 거요!"

"시간이 촉박해서 화약의 힘을 좀 빌렸습니다만……. 한 오십 장 정도 날아왔더니 조금 어지럽네요."

"포, 폭약?"

"아는 분이 폭약 전문가라, 올 때 도움을 좀…….”

"억!"

엄청난 말을 대수롭지 않게 하는 모습에, 곽철우가 뒷목을 붙잡았다. 남궁수가 그 옆에서 싸늘한 눈빛으로 백수룡을 노려봤다.

"……지금 그게 늦은 사람이 해야 할 태도입니까?"

"예? 물어봐서 대답한 건데 뭐가요?"

남궁수의 싸늘한 시선과 웬 개가 짖냐는 표정의 백수룡의 시선이 부딪쳤다.

그 모습을 본 곽철우가 버럭 소리를 질렀다.

"두말할 필요 없소! 당신은 탈락…….”

"푸하하! 재미있군!"

청룡학관주 노군상의 웃음이 곽철우의 말을 중간에 잘랐다. 팔순을 훌쩍 넘긴 노인이 껄껄 웃고 있었다.

"내 청룡학관주를 맡은 이래로 이토록 재미있는 광경은 처음이네! 백 소협, 강의 준비는 되었소?"

"과, 관주님? 안 됩니다! 괘씸해서라도 저자는…….”

"내가 관주일세."

"……."

한마디로 곽철우를 침묵시킨 노군상은 다시 아이처럼 초롱초롱한 눈으로 백수룡을 바라봤다.

"백 소협. 지난번에 볼 때와 뭔가 달라진 것 같은데. 기대해 봐도 되겠소?"

"예. 뭔가 보여 드리겠습니다."

자신만만한 표정으로 웃어 보인 백수룡은 주위를 둘러보았다. 열 명 정도 되는 학생들이 당황한, 흥미로운, 또는 적대적인 표정으로 그를 바라보고 있었다.

'익숙한 얼굴들도 보이는군.'

헌원강은 대놓고 사나운 시선으로 그를 쏘아봤고, 팽사혁은 무덤덤한 시선 속에 살기를 감추고 있었다. 그리고 둘 못지않게 이글거리는 눈빛의 소녀가 있었다.

'쟨 학생회 부회장이었나?'

당소소는 앞선 두 사람과는 다른 의미의 시선(그러나 어쩐지 더 위험하게 느껴지는)으로 백수룡을 뚫어지게 쳐다보고 있었다.

……숨결마저 조금 거칠다.

'뭐야 쟤. 무서워.'

당소소의 시선을 슬쩍 외면한 백수룡은 학생들이 있는 곳으로 걸어가며 말했다.

"외공 수업이니만큼 학생들도 직접 함께 참여할 수 있는 수업을 준비했습니다. 함께 즐길 수 있도록 말이죠."

"……."

백수룡이 다가오자 학생들의 표정에 긴장이 어렸다. 가장 늦은 마지막 차례임에도 불구하고, 백수룡은 주눅이 들긴커녕 느긋하고 여유로워 보였다.

저벅, 저벅. 그가 걷는 동안 모두의 시선이 모여들었다. 대연무장에 있는 학생들과 강사들뿐만이 아니라, 기숙사에서도 학생들이 하나둘 창문을 열고 고개를 내밀었다.

웅성웅성.

"뭐야? 뭔데 난리야?"

"시범 강의? 아직도 하고 있었어? 저게 뭐가 재미있다고…….."
"저 사람이 마지막 지원자인데, 날아서 왔대."
"……날아왔다고? 설마 전설 속의 허공답보 말하는 거야?"
"아니 그런 건 아니고…….."
"어? 저번에 그 잘생긴 선생님이잖아!"
학교 전체의 시선이 단 한 명에게 집중되고 있었다. 그 모습을 보며 노군상은 작게 감탄했다.
'저것도 재능이군. 아니면 의도한 것인가?'
어느새 학생들 앞에 도착한 백수룡이 부드럽게 웃으며 학생들을 둘러봤다.
"참여 수업이니, 성과에 따른 적절한 보상도 있으면 더욱 좋겠지?"
그의 목소리는 그리 크지 않았다. 하지만 발음이 분명하고, 귀에 쏙쏙 들어왔다. 행동 또한 과장되지는 않았지만 손동작 하나, 시선의 움직임 하나가 보는 사람의 흥미를 자극했다.
마치 잘 짜인 검무를 보는 것만 같은 느낌. 백수룡을 보면 볼수록 노군상은 감탄스러웠다.
'허어! 시골 무관 출신이라 이렇게 많은 사람들의 시선을 감당해 본 경험이 없을 텐데…….'
어째서 수없이 해 본 것처럼 익숙해 보인단 말인가.
'마치 남궁 선생의 수업을 보는 것 같군.'
문득 남궁수의 표정이 궁금해진 노군상이 고개를 돌려 그를 보니, 남궁수의 표정은 더없이 딱딱하게 굳어 있었다. 청룡학관의 일타강사마저 백수룡에게서 눈을 떼지 못하고 있었던 것이다.
백수룡이 말했다.
"첫 수업이니 간단한 상품을 걸어서 흥을 돋우겠습니다."
"상품?"

백수룡은 허리춤에 찬 검을 검집째 풀더니, 자신이 서 있는 곳을 중심으로 반장 정도 되는 원을 바닥에 그렸다.

"여러분은 이 각 동안 외공만 사용하여, 저를 여기서 한 발자국이라도 나가게 하면 됩니다. 성공하면 여러분 모두에게 은자 백 냥을 드리겠습니다."

"!"

은자 백 냥이라는 말에 모두의 눈이 커졌다. 백 냥이면 평범한 가정은 1년은 먹고 살 수 있는 돈이었다. 무림세가의 자식들이 아무리 돈이 많아도, 쉽게 만질 수 없는 거금.

"예?"

"저, 정말입니까?"

"그럼 선생님도 외공만 쓰시는 겁니까?"

백수룡은 고개를 끄덕였다.

"물론 저도 외공만 사용할 겁니다. 제가 내공을 사용하게 만들면 그것도 제 패배로 인정하겠습니다."

"……."

학생들이 쉽게 먼저 덤비지 못하고 서로 눈치만 보는 가운데, 백수룡이 검집으로 바닥을 툭툭 치며 말했다.

"강의 시간은 이 각뿐인데. 빨리 움직일수록 유리할 텐데……."

"큭큭. 재미있겠군."

아직 모두가 망설일 때, 문제아로 유명한 헌원세가의 망나니가 질풍처럼 달려들었다.

휘이익! 백수룡은 순식간에 다가와 자신의 얼굴에 주먹을 꽂으려는 헌원강을 보며 입꼬리를 말아 올렸다.

"그래. 네가 처음일 줄 알았다."

순간 백수룡의 손이 벼락처럼 뻗어지더니, 헌원강의 옷깃을 잡아 번쩍 들어서 바닥에 메쳤다.

콰아앙! 바닥에 등부터 떨어진 헌원강은 그 반동으로 반 장 정도 떠올랐다가 다시 떨어졌다.

"커헉……!"

"좀 쉬다가 괜찮아지면 다시 와라."

고통스러워하는 헌원강을 발로 툭 밀어 버린 백수룡은, 아직 덤비지 않고 놀란 눈으로 서 있는 학생들을 바라봤다.

"왜? 뭐? 그럼 돈 벌기 쉬운 줄 알았어?"

따악! 이마에 딱밤을 얻어맞은 헌원강은 나가떨어지자마자 벌떡 일어났다.

"크아아악! 젠장!"

"쯧. 보법을 공격 일변도로 밟으니 그 모양이지. 반격당했을 때를 생각해라."

말하는 사이에 옆에서 날아오는 팽사혁의 발차기.

후우웅! 나는 검집을 휘둘러 공격을 막은 후, 중심이 흔들린 팽사혁의 오금을 발로 걷어찼다.

"끄윽!"

힘을 주고 억지로 버티려 한 팽사혁의 비어 있는 옆구리를 검집으로 쳐 균형을 완전히 무너뜨리고, 무릎을 접은 채 발을 들어 발끝으로 녀석의 턱을 올려쳤다.

퍼억! 팽사혁이 허공으로 치솟자, 그 거구의 뒤에 숨어 있던 당소소가 암기를 뿌리며 동시에 동귀어진의 자세로 달려들었다. 그런데, 눈빛이 이상한 귀기에 물들어 있다.

"선생님! 제 이마도 때려 주세요!"

……이건 고도의 심리전인가?

아무튼 검집을 휘둘러 암기를 모조리 쳐 낸 후, 이상한 열망이 가득한 눈으로 덤벼드는 당소소를 피해 옆으로 한 걸음 움직였다. 그리고 비어 있는 등을 좌장으로 때려 멀리 밀어냈다.

퍼엉! 한참 밀려나던 당소소가 몸을 휙 돌리더니 표독스럽게 외쳤다.

"왜! 왜 저만 자꾸 밀어내세요! 저한테도 공평한 기회를 주세요! 머리카락 몇 올만 있으면 된단 말이에요!"

"……머리카락은 왜?"

"베게 안에 넣어 두려고요!"

……역시 성정이 악랄하고 집요하기로 유명한 사천당가의 딸답게 심리전에도 능한 것 같다.

'절대로 가까이 못 오게 해야지.'

잠시 내 정신이 혼란스러운 틈에, 이름을 모르는 남학생이 등 뒤에서 덮쳐들었다.

"기습은 좋았지만 동작이 너무 크다."

나는 몸을 돌리며 검집을 휘둘렀다. 그런데 내게 덤벼들던 녀석이 그걸 피하겠다고 몸을 돌리다가 그만…….

퍽!

"꺼억!"

영 좋지 않은 곳을 얻어맞은 학생은 두 손으로 사타구니를 감싸며 바닥을 데굴데굴 뒹굴었다. 눈이 반쯤 뒤집혀 있었다.

"커, 컥! 거, 거긴……."

"……미안하다. 터지진 않았을 거야."

검집으로 그 학생의 엉덩이를 몇 번 두들겨 준 후, 신경 써서 부드럽게 멀리 밀어냈다.

그 후에도 몇 명이 더 덤볐지만, 나는 여전히 원 안에서만 움직였다.

"허억……. 헉……."

"젠장. 미꾸라지처럼 빠져나가네……."

"내공만 쓸 수 있었어도……."

약이 오르는지 애송이들이 이를 바득바득 갈았다. 그래 봤자 나를 이 안에서 밀어낼 수는 없었다.

'혈교에서 수없이 해 본 훈련이거든.'

당시 단전을 다쳐 내공을 쓸 수 없던 나는 훈련생들의 외공 수업을 거의 전담하다시피 했다. 그리고 이 훈련법을 개발한 후, 단 한 번도 원 밖으로 밀려난 적이 없었다.

'저 녀석들이 합심하면 아주 가능성이 없는 일은 아닌데…….'

나는 헌원강과 팽사혁, 그리고 당소소를 바라봤다. 셋 다 상당한 실력을 갖췄다. 합을 맞춘다면 충분히 내게도 위협이 될 수 있었다.

남은 시간은 고작해야 반 각.

"너희들. 이기고 싶으면 함께 덤비는 게 낫지 않겠냐?"

내가 직접 방법을 제안해 봤지만, 돌아오는 대답은 부정적이었다.

"난 원래 혼자 싸워."

"수준이 맞아야지."

"……그건 좀 싫어요."

셋의 관계가 어떤지는 모르지만, 영 좋지 않다는 것 정도는 알겠다.

"그래. 그럼 또 얻어터지든가."

피식 웃은 나는 왼손은 뒷짐을 졌다. 지금부터 한 손은 쓰지 않겠다는 의미였다.

"남은 시간 동안 왼손은 쓰지 않으마. 이걸로도 부족하면 왼발도……."

"젠장! 닥쳐!"

미친개처럼 달려드는 헌원강을 필두로, 독기에 찬 학생들이 사방에서 덤벼들었다.

"죽여!"

"어떻게든 저기서 밀어내!"

"으아아! 약 올라!"

그러나 제대로 합을 맞추지 않고 머릿수로만 덤비는 다수는 큰 위협이 되지 않는다.

휘익! 휙휙휙! 나는 여유롭게 공격을 막고 피하고 반격했다. 덤벼드는 학생들끼리 서로 부딪치고 방해하도록 유도했다. 학생들의 움직임이 눈에 익자, 주위를 둘러볼 여유도 생겼다.

"우와아아아아!"

"엄청나다! 저 선생님 장난 아냐!"

"팽사혁과 헌원강이 저렇게 당하다니……."

기숙사에서 창문을 열고 고개를 내민 학생들에게서 감탄과 환호가 쏟아지고 있었다.

'별것도 아닌 걸 가지고.'

나는 문득 우스워서 피식 웃었다. 강사들의 반응도 궁금해서 고개를 돌려 강사들이 모여 있는 쪽을 바라봤다. 마침 남궁수와 눈이 마주쳤다.

"……."

똥 씹은 듯 표정이 굳은 채로, 남궁수는 내 시선을 피하지 않았다. 마치 눈싸움이라도 하자는 듯이.

'웃긴 놈이군.'

피식 웃어 준 나는 고개를 돌려 다른 강사들을 바라봤다.

흥미로운 눈으로 나를 관찰하는 노군상. 심기가 불편한 남궁수의 눈치를 보며 안절부절못하는 곽철우. 그 외에 순수하게 감탄, 혹은 심란한 표정의 강사들.

'음? 살기?'

남궁수의 왼편에 있는, 남궁수보다 더 못마땅한 표정의 강사가 날 노려보는 것이 보였다.

골격이 크고 우락부락해 보이는 것이, 한눈에 봐도 "나 외공 좀 익혔소!" 하고 말하는 것 같은 몸을 가진 덩치였다. 나는 사방에서 쏟아지는 학생들의 공격을 막으며, 나에게 살기를 드러내는 녀석을 주시했다.

그런데 그 순간, 그 우락부락한 덩치의 입술을 살짝 움찔거리는 것이 아닌가.

'전음?'

덩치는 누군가에게 전음을 보내고 있었다. 그 대상은 알 수 없었다. 내용이야 아마 내 욕이거나 그런 거겠지만…….

'잠깐. 날 노려보는 게 아닌가?'

이제 보니, 덩치의 시선이 미묘하게 나와 엇갈리고 있었다. 표정이 찌푸려졌다가 이를 악무는 걸 보면 전음 상대와 대화를 나누는 모양인데…….

"죽어엇!"

"으아아!"

그 순간, 헌원강과 팽사혁이 동시에 나를 공격해 왔다.

'이 자식들. 아깐 싫다더니 은근슬쩍 합공을 하잖아.'

그런데 두 녀석의 공격 사이로, 한줄기 예리한 도풍(刀風)이 날아왔다.

'이거 봐라?'

도풍은 내공이 없으면 사용할 수 없는 기술로, 도기의 바로 아래 단계라고 할 수 있었다. 충분히 사람을 죽일 수도 있는 기술.

"하."

피식 웃음이 나왔다. 반칙을 써서라도 어떻게든 날 여기서 밀어내려는 모양인데.

"한 번도 원 밖으로 나간 적 없다니까 그러네."
중얼거린 나는 검집에서 검을 뽑았다.

41화
신검합일(身劍合一)

"저게 무슨 외공 수업입니까!"

우락부락한 덩치의 사내가 씩씩거리는 목소리로 말했다. 그는 청룡학관의 외공 강사 양이락이었다. 양이락의 두꺼운 손가락이 학생들의 공격을 요리조리 피하고 있는 백수룡을 향했다.

"제대로 가르치는 것도 없이 원 안에 있을 테니 밖으로 밀어내라니요. 게다가 돈을 걸어요? 외공이 무슨 장난입니까? 신체를 단련하는 신성한 공부를……!"

"양 선생님. 진정하시죠."

"……예."

남궁수가 한마디 하고 나서야 양이락은 씩씩대는 것을 멈췄다. 하지만 여전히 백수룡을 노려보는 사나운 눈빛은 거두지 않았다.

"저는 저런 경박한 자를 강사로 인정할 수 없습니다. 우선 외공을 한다는 자가 호리호리한 것부터가 마음에 안 들고!"

그러면서 양이락은 두꺼운 몸에 힘을 주었다. 두꺼운 팔과 가슴의 근육이 울끈불끈 부풀어 올랐다.

"크흠! 몸이 이 정도는 되어야 학생들도 믿고 자신의 몸을 맡길 것 아닙니까. 웬 백면서생 같은 놈이……."

한마디로 백수룡을 여기서 탈락시키자는 이야기였다.

"강사님들. 제 말이 틀렸습니까?"

몇몇 강사들이 그에 동조해 고개를 끄덕였는데, 그들에겐 남궁수의 눈치를 본다는 공통점이 있었다.

'남궁 선생이 화가 많이 났을 거야. 자기 말고 다른 사람이 저렇게 관심을 받으니…….'

'신입이 저렇게 튀어서 사회생활을 어찌하려고…….'

'일타강사의 심기를 거슬렸으니, 붙어도 어차피 오래 못 버티고 나가겠지.'

눈치 빠른 강사들은 그런 계산으로 양이락의 말에 동조했다. 아무리 올해부터는 학생 평가가 반영된다지만, 강사 전원이 반대하면 떨어뜨리는 것 정도는 어렵지 않았으니까.

"……."

하지만 정작 남궁수는 강사들의 시선을 모르는 것인지, 모른 척하는 것인지, 백수룡만 뚫어지게 바라보고 있었다. 여론을 장악했다고 생각했는지, 양이락이 모두에게 말했다.

"결정이 난 것 같군요. 더 볼 것도 없이 저 장난 같은 수업을 그만하게 하고……."

"저 청년이 외공을 모른다고 했소? 내 눈에 그리 보이지 않는데."

조용한 목소리. 그러나 이곳에 있는 그 누구도 무시할 수 없는 존재의 목소리가 끼어들었다. 양이락은 어색한 표정을 지으며 관주 노군상을 돌아봤다.

'빌어먹을 관주. 올해부터 왜 이렇게 나대는 거야?'

신입 강사 입사 시험에 매번 꿔다 놓은 보릿자루처럼 가만히 있던 관주가, 올해에는 유독 많은 관여를 하고 있었다.

양이락이 조심스럽게 입을 열었다.

"관주님. 제가 말씀드렸다시피……."

"양 선생. 하나만 묻겠소. 선생처럼 체격이 크고 근육이 많아야만 외공을 가르칠 수 있는 것이오?"

"……그렇지는 않습니다만, 몸은 거짓말을 하지 않습니다. 외공을 오래 제대로 수련한 자가 몸이 좋고, 당연히 더 잘 가르칩니다."

노군상은 고개를 주억거렸다.

"그것도 옳은 말씀이오. 그러나 나 같은 늙은이나 여인들은 똑같은 훈련을 해도 근육이 많이 붙지 않소. 또한 불필요한 근육이 너무 많아지면 유연함이 줄어들고, 속도를 내기 어렵지."

"속도도 근육에서 나옵니다!"

"허허. 그 또한 틀린 말은 아니나."

뇌까지 근육으로 꽉 찬 양이락의 근육만능론에 노군상은 어린아이를 달래듯 빙긋 웃었다.

"내 말은 어떤 무공을 익히느냐에 따라 필요한 근육이 다르고, 타고난 체질과 성격에 따라 잘하는 것이 다르다는 것이오. 외공은 단순하게 근육만 늘리는 훈련이 아니라는 것이지."

"……."

말을 시작할 때는 부드러웠으나, 끝을 맺을 때 노군상의 눈빛은 엄격했다.

양이락은 감히 말대꾸를 할 수 없었다. 그가 아무리 청룡학관의 외공 강사라고 해도, 천수관음 노군상은 수십 년 전부터 정파 백대고수를 논할 때마다 거론되던 전설적인 인물이었다.

"내가 보기에 백수룡 지원자의 외공은 상당한 경지에 이르러 있는데. 양 선생은 생각이 다른가 보오?"

"그건……."

노인의 투명한 눈동자가 자신을 똑바로 바라보았다. 양이락은 칼날을 목젖 앞에 둔 기분에 감히 거짓을 말할 수 없었다. 결국 침을 꿀꺽 삼킨 후 말했다.

"……보통은 넘습니다."

"보통은 넘는다라……. 허허. 내 올해 양 선생의 수업을 기대하겠소."

"……."

양이락은 꿀 먹은 벙어리처럼 고개를 푹 숙였다. 그러나 마음속으로까지 승복한 것은 아니었다. 그는 곧바로 남궁수에게 전음을 보냈다.

[남궁 선생님. 가만히 계실 겁니까? 관주가 저런 애송이를 감싸고돌고 있습니다. 뭐라고 한마디 해 주십시오. 선생님께서 한마디 하시면 아무리 관주라도…….]

[내가 왜 그래야 하지?]

예상치 못했던 싸늘한 전음이 돌아왔다.

깜짝 놀란 양이락이 남궁수를 향해 고개를 돌리려 할 때였다.

[목 위의 물건을 함부로 이쪽으로 움직이지 마시오. 내게 전음을 보내고 있다고 동네방네 소문이라도 낼 셈인가?]

[죄, 죄송합니다.]

말투에서 느껴지는 싸늘한 살기에, 양이락은 등에 한 줄기 식은땀이 흐르는 것을 느꼈다.

그때 다시 남궁수의 전음이 다시 들려왔다.

[사소한 일 정도는 알아서 처리하시오.]

그것이 끝이었다. 남궁수는 다시 백수룡의 수업에 집중했고, 양이락은 혼자 골머리를 앓았다.

'알아서 처리하라니. 젠장. 뭘 어떻게 해?'

머릿속까지 근육으로 꽉 찬 머리로는 일타강사의 말을 해석하는 것이 쉽지 않았다.

'젠장. 이게 다 저놈 때문이다.'

양이락은 살기 가득한 눈으로 백수룡을 바라봤다. 얄미울 정도로 학생들의 공격을 모두 피하고, 막고, 반격까지 해내고 있었다. 솔직히 자신이 저 원안에 있다고 해도 저만큼 할 자신이 없었다. 게다가 잘생기기까지 해서 모두의 시선을 사로잡고 있지 않은가!

'빌어먹을. 저놈이 외공 강사가 되면 내 자리가 위험하다.'

양이락은 이를 악물었다. 어떻게든 저 허여멀건 놈을 탈락시켜야 했다. 저 수업을 망칠 방법이 없을까. 아니면, 다음 실기시험인 대련을 치르지 못할 정도의 부상을 당해도 좋을 텐데…….

그때 마침, 양이락의 눈에 한 학생이 들어왔다.

"끄윽. 시발……."

재수 없게도 검집에 급소를 얻어맞아 바닥에 엎드려 아직도 끙끙 앓고 있는 남학생.

비틀거리며 겨우 몸을 일으키는 남학생에게, 양이락이 전음을 보냈다.

[소주한. 내공을 써라.]
[예?]

학생의 이름은 소주한이었다. 가진 재능도 집안도 평범하고, 노력도 하지 않으면서 청룡학관 학생이란 신분으로 여자와 술을 밝히는 놈. 그나마 몸을 만드는 외공에는 흥미가 있어서 자신의 수업에서 몇 번 본 녀석이었다. 의외로 죽이 잘 맞아서 기루에도 몇 번 같이 간 적이 있었다.

[내공을 써서 놈을 공격하란 말이다. 그래. 도풍을 날려라.]
[예? 하지만…….]
[뒤탈은 걱정하지 마라. 내가 전부 책임진다.]
[…….]
[기껏해야 지원자 나부랭이다. 좀 다친다고 네가 학관에서 잘리기라도 할 것 같으냐? 기껏해야 정학 며칠이야.]
[그래도 그건 좀…….]

소주한이 머뭇거리자, 양이락이 표정을 일그러뜨렸다.

[아니면 학생 신분으로 기루에 간 걸 학주한테 보고할까?]
[그, 그건 선생님도 같이 갔잖아요!]
[학주가 네 말을 믿을까? 내 말을 믿을까? 나야 기껏해야 몇 달 감봉이지만, 너는 어떻게 될까?]

소주한의 얼굴이 하얗게 질렸다. 양이락이 몇 번 더 을러대자, 결국 소주한이 고개를 끄덕였다.

[아, 알겠습니다.]
[좋아. 내가 신호를 보낼 테니 기다려라.]

양이락은 대련을 지켜보며 백수룡을 쓰러뜨릴 수 있는 최적의 순간을 기다렸다.
 그러다 백수룡과 잠시 눈이 마주쳤다.
 '흐흐. 곧 그 잘난 얼굴을 뭉개 주마.'
 곧 기회가 왔다.
 "죽어엇!"
 "으아아!"
 자존심 강하기로 유명한 팽사혁과 헌원강이 양쪽에서 동기에 백수룡을 공격했다. 내공만 끌어올리지 않았을 뿐, 생사결을 벌이듯 그 기세가 흉험하기 그지없었다.
 양이락은 곧바로 소주한에게 전음을 보냈다.

 [지금!]

 소주한은 이를 악물고 도풍을 날렸다. 도풍은 정확히 헌원강과 팽사혁의 공격 그 중간을 파고들었다.
 "도풍?"
 "무슨 짓이냐!"
 "형님! 피하세요!"
 깜짝 놀란 강사들과 학생들이 외쳤다. 유일하게 양이락만이 아쉬움에 혀를 찼다. 도풍의 위력이 생각보다 약했던 것이다.
 '쳇. 기껏해야 뼈나 두어 개 부러지겠군.'
 뭐, 상관없었다. 뼈가 부러지면 내일 있을 두 번째 실기시험인 비무 대련에 나서지 못할 테니까.
 "이런 미친!"
 등 뒤에서 날아오는 도풍을 느낀 팽사혁은 백수룡을 노리던 주먹을 옆으로 틀었다. 돌덩이 같은 주먹이 옆에 있던 헌원강의 옆구리에 틀어박혔다.

퍼억!

"컥! 이 개새······."

"고마운 줄 알아, 새끼야. 나 아니었으면 등에 칼침 맞았으니까."

헌원강이 옆으로 튕겨 날아가고, 그 반동으로 팽사혁도 반대편으로 몸을 날렸다. 두 사람이 양옆으로 피한 순간, 도풍이 그 사이로 파고들었다. 도풍이 지척까지 와 있는데도 백수룡은 여전히 원 안에 서 있었다.

양이락의 입가에 가학적인 미소가 맺혔다.

'원에서 벗어나려 해도 늦었다. 도풍이 더 빨라!'

잠시 후면 저 기생오라비는 뼈가 부러진 채 비명을 지르며 쓰러질 것이다. 양이락은 입꼬리가 올라가지 않도록 최선을 다해 내리눌렀다.

'흐흐. 어디 한번 추하게 발버둥 쳐 봐라.'

그런데 백수룡은 원 밖으로 물러나지도 않았고, 당황해서 급하게 내공을 끌어올리지도 않았다.

그저, 조용히 웃더니 자연스러운 동작으로 검을 뽑아 휘둘렀을 뿐.

한 줄기 검의 궤적이 우아하게 공간을 갈랐다. 소리는 그다음이었다.

촤아아아악.

도풍이 반으로 갈라졌다. 예리한 칼바람이 산들바람이 되어 백수룡의 머리카락과 옷자락을 흩날리게 했다. 한 폭의 그림 같은 광경에 모두가 멍하니 입을 벌렸다.

"······방금 뭘 어떻게 한 거야?"

"검으로 도풍을······."

"잘라냈어. 잘라냈는데······."

"그런데 왜······."

조금 전, 백수룡이 검을 뽑아 휘두른 동작이 모두의 뇌리에 강렬하게 박혔다. 그저 검을 휘둘렀을 뿐인데, 다들 알 수 없는 충격에 빠져 있었다. 그 충격은 경지가 높은 고수일수록 더 컸다.

"!"

남궁수와 곽철우는 자리에서 벌떡 일어났고, 악연호는 자신이 칼을 맞기라도 한 것처럼 몸을 덜덜 떨었다. 매극렴은 자기도 모르게 검을 뽑을 뻔했다.

"……."

천수관음 노군상은 잠시 눈을 감았다. 방금 본 것을 다시 되새기기 위해서였다. 그렇게 모두가 침묵하는 중에, 양이락이 말을 더듬으며 입을 열었다.

"……내공, 내공을 썼구나."

양이락은 자신을 향하는 강사들의, 그리고 학생들의 어이없다는 시선을 향해 변명을 늘어놓듯 주절주절 말했다.

"하하. 그 짧은 순간에 검기를 사용해 도풍을 잘라내다니, 훌륭한 임기응변이었소. 학생 한 명이 치솟는 혈기를 이기지 못하고 내공을 쓴 모양인데, 덕분에 다치지 않았으니 얼마나 다행인지 모르겠군. 부디 너그러운 마음으로 저 학생을 용서해 주시기 바라오. 그, 그나저나 대단하시군. 그 마지막에 외공은 아니지만, 그 검초는 상당히…… 좋았소."

외공은 아니지만……. 하하. 그 말이 메아리처럼 울려 퍼졌다.

즉, 외공 수업인데 내공을 써서 위기를 모면했다는 것. 그게 양이락이 하고 싶은 말이었다. 조금이라도 백수룡을 깎아내리고자 하는 필사적인 노력이었다.

그러나 그것마저 소용이 없었다.

"제가 내공을 썼다고요? 정말 그렇게 생각하십니까?"

백수룡이 부드럽게 웃으며 물었다. 그 눈웃음에 일부 여학생들이 입을 틀어막고 꺅꺅거렸다.

양이락이 울컥해서 말했다.

"방금 도풍을 자를 때 검기를……."

"내공은 쓰지 않았소."

양이락은 또다시 자신의 말을 끊은 사람을 원망하듯 바라봤다. 어느새 눈을 뜬 노군상이 감탄 어린 시선으로 백수룡은 바라보고 있었다.

"그야말로 신검합일(身劍合一)에 이른 놀라운 기예였소. 단 한 톨의 내공도 사용하지 않고 그토록 완벽한 초식을 펼쳐 도풍을 가르다니. 이 늙은이가 다 부끄러워지는군."

백대고수의 입에서 나온 말이니만큼, 그 말의 진정성에 대해서는 의심할 여지가 없었다. 그제야 사람들은 자신이 방금 백수룡의 검을 보고 충격을 받은 이유를 깨달았다.

노군상에 이어서 입을 연 사람은 놀랍게도 남궁수였다.

"……흔히 외공은 힘을 키우고 몸을 단단히 하는 것이 전부라고 아는 경우가 있는데, 근육과 뼈의 움직임은 물론, 신체의 모든 부위를 완벽히 통제하며 투로를 따라 초식을 펼치는 과정 전부를 외공이라 할 수 있습니다. 방금 전 백수룡 지원자가 펼친 검식은……."

남궁수가 잠시 말을 멈췄다. 그러자 백수룡을 향했던 모두의 시선이 남궁수를 향했다.

'이것 보게? 저 녀석도 제법이군.'

백수룡이 피식 웃자, 순간 눈썹을 꿈틀댄 남궁수가 정중하게 포권을 취하며 말했다.

"실로 멋진 외공이었습니다."

청룡학관 일타강사인 남궁수마저 백수룡을 인정했다. 졸지에 바보가 된 양이락이 시뻘게진 얼굴로 입을 꾹 다물었다.

"……."

"수업은 이제 그만해도 될 것 같군."

주위를 스윽 둘러본 노군상은 모두에게 들으란 듯이 목소리에 내공을 담아 말했다.

"이것으로 시범 강의를 종료하겠소. 지원자들 모두 수고하셨소. 이제 돌아가서 내일 있을 대련을 준비해 주시기 바라오."

"수고하셨습니다!"

그렇게 모든 시범 강의가 끝나고, 지원자들은 흩어져 각자 숙소로 돌아갔다. 시범 강의에 대한 성적은 따로 발표하지 않았지만, 이날의 주인공이 누구인지는 모두가 알고 있었다.

'백수룡……'

모두의 시선이 단 한 사람을 향하고 있었다.

그의 모습이 청룡학관에서 사라질 때까지.

42화
하고 싶은 말 있나?

"아까는 진짜 얼마나 조마조마했는지 알아요? 형님 때문에 내가 진짜……. 으읍!"

"귀 뚫리겠다. 잔소리 그만하고 이거나 먹어라."

나는 쉴 새 없이 잔소리를 쏟아내는 악연호의 입을 큼직한 만두로 틀어막았다. 그 옆에서는 명일오가 술잔을 홀짝이며 킥킥 웃었다.

"연호한테 뭐라고 하지 마십시오. 연호가 형님 순서를 미뤄 달라고 안 했으면, 지금쯤 여기서 위로주를 마시고 있을 겁니다."

"으읍……. 옳소! 나한테 고마워하라고요!"

만두를 꿀꺽 넘긴 악연호가 미간을 험상궂게 모으며 말했다. 그래 봤자 기생오라비가 인상을 쓴 꼴이라 무섭기는커녕 우스워 보일 뿐이었다. 나는 피식 웃으며 악연호의 잔에 술을 채워 주었다.

"그래. 고마워서 이렇게 술 사는 거 아니냐."

시범 강의를 마치고 돌아온 우리는 내 방에서 상다리가 부러지게 차려 놓은 음식과 술을 시켜 부어라 마셔라 하고 있었다.

"그런데 대체 뭘 하다가 이렇게 늦으신 겁니까?"

명일오의 질문에 나는 지난 며칠간의 고생을 떠올리고는 한숨을 길게 쉬었다.

"말도 마라. 사람 좀 만나러 갔다가……."

위지천의 주화입마를 해결하고, 위지열, 위지천과 함께 남창으로 온다는 계획 자체는 좋았다.

'문제는 둘 다 수배범이라서 산길로 빙 돌아 움직일 수밖에 없었다는 거지.'

혹시나 모를 무림맹, 혹은 위지천에게 가짜 무극검의 비급을 건넨 흑립인의 추적을 피하기 위해, 우리는 최대한 인가를 피해 산길로 움직일 수밖에 없었다. 당연히 예정보다 시간이 더 지체되었다.

겨우 남창에 도착해서는 도시 밖에서 청천에게 연통을 넣어 불러내고, 여차여차 임시 호패를 발급받아서 겨우 도시로 들어올 수 있었다.

나는 이 모든 이야기를 자세히 하지는 못하고, 대충 아는 사람 일을 도우러 갔다가 고생하고 돌아왔다고만 이야기했다.

"……덕분에 오는 길에 경공 연습은 죽어라 했다."

내가 한숨을 내쉬며 고개를 절레절레 젓자, 명일오가 짓궂게 웃으며 악연호를 바라봤다.

"하마터면 진짜 백룡학관 터를 알아볼 뻔했네요."

"백룡학관?"

"전에 형님이 그렇게 말했다면서요? 떨어지면 청룡학관 반대편에 떡하니 학관을 지을 거라고. 아까 연호가 그 얘길 할 때 학생 주임 선생님 표정이 어찌나 볼 만하던지……."

"크흠! 사람 민망하게 왜 다 끝난 얘기를 하고 그래요?"

내가 없을 때 악연호가 활약한 이야기를 하자, 악연호가 민망한지 헛기침을 해댔다. 나는 기특한 짓을 한 악연호의 술잔을 다시 가득 채우며 말했다.

"짜식. 오늘은 내가 한턱낼 테니까 마음껏 마셔라."

"헤헤. 제가 또 주는 건 거절하지 않죠. 형님도 한잔 받으세요."

우리가 주거니 받거니 마시고 있는데, 명일오가 살짝 걱정되는 표정으로 말했다.

"그런데 두 사람. 내일 비무 대련하는 건 잊지 않고 있죠?"

청룡학관 신입 강사 실기시험은 총 두 가지였다.

첫 번째는 오늘 마친 시범 강의. 두 번째는 내일 있을 비무 대련.

'비무 대련'이란 신입 강사 지원자가 기존 강사 중 한 명과 겨루어 무공 수위를 증명하는 것으로, 반드시 이겨야 할 필요는 없었다.

'반대로 말하면, 당연히 이기는 게 합격에 유리하다는 말이지.'

하지만 이 비무 대련에서 누가 누구와 붙게 될지 당사자들은 당일까지 모른다. 그 대진표는 전통적으로 학관주가 짜기 때문이다.

'천수관음 노군상.'

혈교가 활동하던 수십 년 전에도 백대고수로 명성을 떨치며, 사파의 수많은 고수를 처죽인 무인. 과거에는 원수에 가까운 인간이었는데, 지금은 의아할 정도로 나에게 호의적이었다.

'나한테 뭔가 바라는 게 있나?'

하지만 그렇다고 하기엔, 지금의 내가 가진 건 보잘것없었다.

"흐음……. 기껏해야 잘생기고 유능하다는 것뿐인데……."

"허어. 이 형님, 심각하게 혼잣말로 잘난 척하는 것 좀 보게."

나는 혀를 차는 명일오의 잔에 표면이 찰랑거리도록 술을 부어 주며 말했다.

"대련이라고 뭐 별거 있겠냐."

"맞아요. 그까짓 거, 누가 나오든 해치워 버리면 되지!"

역천신공이 3성에 도달한 나는 대련에 대해서 큰 걱정이 없었고, 겉보기에는 덜떨어져 보이는 악연호도 나름 절정의 고수였다.

"둘 다 여유로워서 좋겠군……."

"그러게 무공 좀 열심히 익히지 그랬냐?"

실력이 애매한 명일오만 혼자서 술잔을 꺾어 마시며 한숨을 내쉬는 가운데, 나와 악연호는 녀석을 놀리며 낄낄댔다.

"헤헤헤……. 형니이임, 아까 진짜 멋있었다니까요?"

……맞다. 이놈 술이 약했지.

어느새 취한 악연호가 음흉하게 히죽히죽 웃으며 내 옆에 찰싹 들러붙었다.

"아까 말이야아아. 도풍 갈랐을 때요. 그때 여학생들 표정 봤어요? 아주 그냥 다들 좋아 죽더라. 형님도 좋았죠? 꺅꺅거리는 소리 들으면서 속으로 좋아해찌이?"

"……수혈 짚기 전에 당장 떨어져라."

나는 자꾸만 엉겨 붙는 악연호의 얼굴을 손으로 밀어냈다. 제대로 취했는지 녀석이 허우적거리다가 뒤로 발라당 넘어졌다.

내가 자리에서 일어나자 악연호가 울 것 같은 표정으로 날 바라봤다.

"형니이이임. 또 어디 가요오?"

"뒷간 간다. 따라올래?"

"부, 부끄럽게 무슨 소리야……. 그렇다고 또 늦게 오면 안 돼! 빨리 와야 돼!"

"너, 네가 무슨 말 하는지는 알고 떠드는 거냐?"

어째 주사가 점점 드는 것 같은데.

한숨을 내쉰 나는 명일오에게 신신당부했다.

"일오야. 이 녀석 나 따라서 못 나오게 잘 붙잡고 있어라."

"……노력은 해 보겠습니다만, 제 무공이 약해서 힘들 수도 있습니다."

저 녀석도 은근히 속이 좁단 말이지. 뒷간에 들러 무사히 볼일을 보고 돌아오는 길에, 나는 익숙한 기척을 느끼고 천천히 뒤를 돌아봤다.

'이 기척은…….'

꿀꺽. 침을 삼킨 나는 시범 강의 때도 한 적 없었던 긴장한 얼굴로 말했다.

"……할아버님?"

"팔자가 늘어졌구나. 벌써 최종 합격이라도 한 줄 아는 게냐?"

북풍한설처럼 차가운 냉기를 몰고 다니는 노인. 매극렴이 싸늘한 시선으로 나를 노려보자, 알딸딸했던 취기가 단숨에 날아가는 기분이었다.

"고얀 놈. 술 좋아하는 것이 역시 애비를 닮았구나……."

매극렴의 눈썹이 꿈틀대고 팔뚝의 핏줄이 꿈틀대는 순간, 나는 곧바로 겸손하고 공손한 자세로 태세를 전환했다.

"하하. 하루의 피로를 풀 겸 가볍게 한잔했습니다……. 그런데 할아버님이 여긴 어쩐 일로……?"

"왜? 내가 못 올 곳이라도 왔느냐?"

"……."

"조부가 왔는데 앉으라는 말 한마디 안 하는구나."

"이봐 점소이! 여기 차 한 잔 내오게! 할아버님. 여기가 경치가 좋으니 앉으시지요."

나는 점소이가 오기도 전에 탁자를 소매로 반들반들하게 닦아 놓았다.

못마땅한 표정으로 자리에 앉은 매극렴은 내 얼굴을 빤히 보다가 툭 내뱉듯이 물었다.

"다친 데는 없느냐?"

"……예?"

"아까 도풍을 자른 그 초식. 네 몸으로 펼치기에는 무리한 것으로 보였다."

"……."

과연 뛰어난 검수답게, 매극렴은 아까 내가 펼친 검이 몸에 꽤 무리가 간다는 것을 알고 있었다.

사실 근육이 꽤 뻐근한 것은 사실이었다.

하지만 평소 녹림십팔식을 열심히 수련한 덕에 무리라고 할 정도는 아니었다. 그러니까 이렇게 술도 마시고 있었지.

"괜찮습니다."

"젊다고 과신하지 마라."

매극렴은 나를 노려보더니, 이내 작게 한숨을 내쉬었다.

"……네 어미는 몸이 약했다. 강호를 다 뒤져서 용한 의원을 찾아다녀도 건강하게 만들 방도를 찾지 못했다. 처음 봤을 때, 네 몸도 그리 건강해 보이지는 않더구나."

덤덤해 보이는 눈빛. 그러나 그 깊은 곳에서 짙은 회한이 느껴졌다.

"챙겨 두어라. 언제가 쓸모가 있을 것이다."

매극렴이 품에서 무언가를 꺼내 내게 내밀었다. 종이에 곱게 포장된 환약이었다. 은은한 향이 흘러나오는 것이, 한눈에 봐도 귀한 물건 같았다. 나는 양심에 조금 찔려서 일단 튕겨 보았다.

"저 진짜로 몸 괜찮습니다만……."

"어른이 주면 그냥 받아라."

"……감사히 받겠습니다."

뭐, 주는데 계속 거절하는 것도 예의가 아니니까.

볼일을 마친 매극렴은 바로 자리를 털고 일어났다. 점소이가 내온 차에는 입에도 대지 않은 상태였다.

"이만 가 보마."

"벌써요? 뭐라도 드시고 가시지……."

"일이 바쁘다. 너도 술은 적당히 마시고."

잠시 물끄러미 나를 바라보던 매극렴이 입을 열었다.

"네게 도풍을 날린 학생을 너무 미워하지 말거라. 오기 전에 내가 충분히 혼을 냈다. 젊은 혈기에 욱해서 그랬다고 하니…….”

나는 씩 웃으며 말했다.

"걱정 마십시오. 학생한테 화풀이할 정도로 속이 좁지 않습니다."

대신, 학생한테 그걸 시킨 놈한테 충분히 화풀이를 할 생각이지만 말이지. 그런 내 생각을 알 리 없는 매극렴은 기특하다는 표정으로 고개를 끄덕였다.

"그러하냐. 알았다."

"제가 학관까지 배웅해 드리겠습니다. 같이…….”

"됐다. 쓸데없는 짓 하지 마라."

엄한 눈으로 나를 제지한 매극렴이 몸을 돌려 휘적휘적 걸어갔다. 나는 그의 등에 대고 허리를 숙였다.

"할아버님. 살펴 가십시오."

"…….”

매극렴은 대꾸도, 한 번도 돌아보지도 않고 객잔을 나섰다. 나는 그 모습을 바라보다가, 내 손에 남겨진 그가 주고 간 환약을 바라봤다.

"당장 먹을 필요는 없을 것 같고…….”

그때였다.

"허어. 둘이 조손 관계인 줄은 몰랐군."

갑자기 들려온 목소리에 나는 화들짝 놀라서 몸을 돌렸다.

'이렇게 가까이 올 때까지 기척을 못 느꼈다고?'

그러나 상대를 확인하니 그럴 만도 했다.

청룡학관의 관주, 천수관음 노군상이 내 뒤에 신선처럼 웃으며 서 있었다.

"미안하네. 엿들으려고 한 것은 아니었다네. 분위기가 진지해 보여서 끼어들 눈치를 보다가 그만……. 허허."

과거 사파인들에게 마귀라 불렸던 무인이, 민망한 듯 허허로운 웃음을 짓고 있었다.

· ❖ ·

김이 피어오르는 찻잔을 사이에 두고, 나는 노군상과 마주 앉았다. 찻잔을 든 노군상은 천천히 향을 음미하더니, 한 모금 마시고는 미간을 구겼다.

"으음. 이 나이 먹도록 차가 정말 맛있는 건지 모르겠군."

"……점소이한테 술상을 내오라고 할까요?"

"허허. 괜찮네. 이런 늙은이와 술 마시는 것도 고역이 아닌가."

"그렇지 않……."

"무공은 누구에게 배웠나?"

갑자기 치고 들어오는 질문에 나는 눈을 가늘게 떴다.

'설마 뭔가를 눈치챈 건가?'

그러나 노군상이 뭔가를 눈치챘다고 해도 나는 걸릴 것이 없었다. 지금껏 혈교의 무공은 사용한 적이 없었고, 수상한 짓도 하지 않았다. 때문에 나는 당당히 대답했다.

"아버지에게 배웠습니다."

"혹시 부친도 과거 청룡학관에서 공부하셨는가?"

"예. 한 삼십 년 전에 망나니로 아주 유명했다고 들었습니다."

"크흠."

내 대답이 지나치게 솔직했는지, 노군상은 잠시 말문이 막힌 모습이었다. 그러나 곧 피식 웃더니 다음 질문을 던졌다.

"왜 지금껏 강호에 나서지 않았나?"

여러 가지 질문으로 해석할 수 있는 질문이었지만, 나는 이렇게 해석했다.

'그 정도 실력으로 어째서 무림에 이름을 떨치지 않았나?'

백대고수나 되는 무인의 칭찬이었기에, 감사의 읍을 하며 대답했다.

"어릴 때는 몸이 약해 나설 수 없었고, 철이 들어서는 목숨을 걸고 누가 더 강한지 비교하는 것이 부질없다는 것을 깨달았습니다."

"허허……."

노군상은 진심으로 당황한 듯 웃었다.

"그거 알고 있나? 나 또한 그 부질없음에 매달리고 있는 사람이라네."

"사람마다 생각이 다르니까요. 저는 무공으로 싸우는 것보다는 가르치고 배우는 것을 더 좋아합니다. 이왕이면 그걸로 잘 먹고 잘살고 싶고요."

"요컨대…… 강호의 복잡한 은원에 엮이는 것이 싫다, 이것이로군."

"비슷합니다."

노군상은 내 말을 곰곰이 생각해 보는 듯하더니 말했다.

"간혹 자네와 비슷한 이들이 있네. 사람의 생명을 앗는 것이 무서워서, 혹은 목숨을 잃는 것이 두려워서 강사가 되겠다고 학관을 찾아오는 이들. 나는 그들을 비난하거나 무시할 생각이 없네."

"이해해 주셔서 감사합……."

"하지만 자네는 그들과 달라."

순간 노군상의 눈빛이 매섭게 변했다. 사람의 마음을 꿰뚫어 볼 듯 날카로운 눈빛이었다.

"자네는 피를 흘리는 걸 무서워할 사람으로 보이지 않아. 오히려……."

"……"

"어쩐지 피를 아주 많이 흘려 봐서 질린 사람 같은 느낌이 드는군. 허허허."

노군상은 웃으면서 나를 똑바로 보았고, 나 역시 그의 시선을 피하지 않았다. 아무리 날 본다고 해도, 알아낼 수 있는 건 없을 테니까.

"……."

"……."

허공에서 우리의 눈빛이 부딪치고, 잠시 침묵이 흘렀다. 그렇게 한동안 나를 가늠하던 노군상은 결국 묘한 웃음을 짓더니 눈길을 거뒀다.

맛없는 차를 한 모금 더 마신 그가 내게 물었다.

"……마지막 질문이네. 내게 하고 싶은 말이 있나?"

있었다. 나는 망설이지 않고 대답했다.

"내일 있을 비무 대련에서, 남궁수와 싸우게 해 주십시오."

노군상은 내가 그럴 줄 알았다는 듯 웃었다.

43화
주워들은 이야기

"그건 안 되네."

어느 정도는 예상했던 대답. 그래도 나는 그 이유를 노군상에게 직접 듣고 싶었다.

"어째서 안 됩니까?"

"남궁 선생은 우리 학관의 기둥이자 얼굴이네. 자네 말고도 그와 대련을 원하는 지원자는 많아. 사실상 모두라고 할 수 있지. 그렇다고 모든 지원자를 남궁 선생과 대련하게 해서야 되겠나?"

"훌륭한 변명이군요. 미리 준비해 오신 겁니까?"

"이런 자리에 있으면 적당히 둘러대는 법만 늘기 마련이지."

노군상은 맛없는 차를 홀짝이며 부드럽게 웃었다.

"어쨌든 남궁 선생과의 대련은 불가하네."

단호한 말투였지만, 나는 쉽게 단념하지 않았다.

"영원한 건 없습니다. 학관의 일타강사가 계속 일타강사라는 법도 없죠. 장강의 뒷물결이 앞선 물결을 밀어내듯, 세대교체의 흐름도 자연스러운 것입니다."

내 말에 노군상이 찻잔을 내려놓고 껄껄 웃었다.
"자네가 남궁수를 제치고 새로운 일타강사가 될 거라, 이건가?"
"불가능할 거라고 보십니까?"
내가 여유롭게 웃으며 묻자, 노군상도 씩 웃으며 말했다.
"아니. 충분히 가능하리라 생각하네."
"……."
"하지만 아직은 시기상조야. 그렇기 때문에 지금은 더더욱 안 되는 것이고."
"그 말씀은 제가 남궁수와의 대련에서 이기지 못할 거란 뜻입니까?"
"흐음. 글쎄……."
노군상이 팔짱을 끼더니, 잠시 눈을 감고 명상에 잠겼다. 나는 지금 노군상의 머릿속에서 나와 남궁수가 가상의 대결을 펼치고 있음을 알 수 있었다. 경지에 이른 고수들이 종종 하는 심상(心象) 수련의 일종. 잠시 후, 눈을 뜬 노군상의 입가에 짓궂은 악동 같은 미소가 그려졌다.
"재미있군."
나는 그 결과가 궁금해서 묻지 않을 수 없었다.
"누가 이겼습니까?"
"알려 주면 재미가 없지."
"상관없습니다. 저도 결과를 알고 있으니까요."
"오호라?"
이건 오만이 아니라 자신감이었다. 나는 노군상이 나를 파악한 것보다 훨씬 많은 것을 숨기고 있으니까. 노군상은 마치 손주의 재롱을 지켜보는 할아버지처럼 웃으며 말했다.
"미안하지만 자네의 상대는 이미 정해 두었네. 이제 와서 바꿔 줄 순 없어."
"그렇다면 어쩔 수 없죠. 알겠습니다."

나는 어깨를 으쓱하곤 고개를 끄덕였다. 안 된다는데 어린애처럼 계속 떼를 쓸 생각은 없었다.

노군상이 부드럽게 웃으며 내게 물었다.

"자네는 일타강사가 되고 싶나?"

"예. 그러려고 청룡학관에 온 것이니까요."

"자네가 생각하는 일타강사란 무엇인가?"

갑작스러운 질문에, 나는 고개를 갸웃거리면서도 평소 나의 생각을 말했다.

"무공을 가장 잘 가르치는 강사입니다. 그 능력을 인정받아 훈련생, 아니 학생들과 조직의 신임을 받을 수 있는 사람이겠죠."

과거 혈교에서는 그런 용어가 없었지만, 만약 있었다면 나는 분명 혈교의 일타강사였다. 수천 명의 훈련생이 내 손을 거쳤고, 그중에는 훗날 이름을 날린 고수도 여럿 있었다.

내 거침없는 대답에 노군상은 모호한 표정으로 웃으며 말했다.

"일정 부분 동의하네. 하지만 내 생각은 조금 다르다네."

"무엇이 다릅니까?"

그 순간, 노군상이 현기 가득한 눈으로 나를 바라보며 말했다.

"가르치기만 잘한다고, 또는 단순히 무공이 강하다고 일타강사가 될 수는 없네. 예를 들면 자네의 외조부는 어떤가? 그만한 검객은 무림을 다 뒤져도 쉽게 찾을 수 없네. 부관주의 도법 또한 무림일절이지. 하지만 청룡학관의 일타강사는 남궁수 한 명뿐이야. 그 이유를 알고 있나?"

그야 당연히 알고 있었다.

"남궁수는 젊고 잘 생겨서 학생들에게 인기가 많지 않습니까. 물론 저도 그렇고요."

"……헐."

내 반박에 노군상은 잠시 말문이 막힌 듯 괴상한 소리를 냈다.

이 양반이 나한테 뭔가 가르침을 주고 싶은 것 같은데…… 마음대로 안 되자 답답한 모양이다.

결국 노군상이 한숨을 길게 내쉬며 말했다.

"……내가 말하고 싶은 건 그런 게 아니야."

"그럼 뭡니까? 일타강사가 되는 비법이 따로 있습니까?"

"내가 그걸 어찌 아나?"

"……예?"

"그걸 알면 내가 일타강사를 하고 있었겠지."

"……."

이 양반이 지금 나랑 장난하나.

내가 어처구니없다는 표정으로 바라보자, 노군상은 스스로도 멋쩍은 듯 내 시선을 피하며 애먼 찻잔을 만지작거렸다.

"내가 하고 싶은 말은 이거라네. 자네는 분명 능력 있고 자신감 넘치는 청년이야. 일타강사가 될 가능성이 충분해. 하지만…… 그것만으로 일타강사가 되는 건 쉽지 않은 일이야."

"……."

"서두르지 말고, 조급해하지 말게. 나는 자네에게 큰 기대를 걸고 있어. 그러니 이렇게 직접 찾아온 것 아니겠나."

자리에서 일어난 노군상이 내 어깨를 가볍게 두드렸다.

"주변에서 나에 대해 어떤 말을 하는지 알고 있으나, 나는 청룡학관의 과거의 명성을 되찾길 바라는 사람이네. 그런 내 눈에 자네는 오랜만에 보는 뛰어난 인재야."

"감사합니다."

"그런데 말이야……. 자네를 보면 남궁 선생을 처음 만났을 때가 떠올라. 닮았어."

"대체 어디가……."

"하지만 나는 지금의 남궁 선생은 별로 좋아하지 않네. 물론 그 친구도 학관을 위해 최선을 다하고 있지만……. 그 이유를 짐작해 볼 수 있겠나?"

노군상이 조금은 흐려진 눈빛으로 나를 바라봤다.

나는 솔직하게 대답했다.

"모르겠습니다."

"……그런가."

나는 면접장에서부터 나에게 호의를 베풀던 노군상의 모습을 떠올렸다. 노골적으로 나를 싫어하는 남궁수로부터 나를 보호해 주고, 시범 강의 때도 내 실력을 부각시켜 주던 그의 모습을 떠올렸다. 그리고 오늘, 직접 나를 찾아와 이렇게 긴 이야기를 늘어놓고 있었다.

'학관 내의 정치적인 이유인가? 나를 자기편으로 끌어들여서 남궁수를 견제하려는?'

그러나 고작 그런 이유라고 하기에는, 눈앞의 노고수는 너무 대단한 인물이었다.

"관주님. 저한테 이렇게까지 잘해 주시는 이유가 있습니까?"

노군상은 뒷짐을 진 채로 나를 물끄러미 보더니 고개를 끄덕였다.

"일타강사가 되기 전에, 먼저 좋은 선생님이 되어 주었으면 하는 마음에서 하는 잔소리라네."

"……."

나는 잠시 대답할 말을 찾지 못해 가만히 있었다.

노군상이 피식 웃더니 고개를 절레절레 저었다.

"미안하네. 술 한 잔도 마시지 않고 너무 떠들었군. 나는 이만 가 봐야겠어."

나는 노군상을 객잔 밖까지 배웅했다. 걷는 내내 그와 나눈 대화들이 머릿속을 맴돌았다.

"이만 들어가 보게나. 친우들이 또 늦는다고 걱정하겠군."
"알아서 잘 마실 놈들이니 신경 안 써도 됩니다."
"좋은 친우들이니 아끼게. 자네 걱정을 많이 했어. 그럼 내일 보세나."
"……관주님."
달빛 아래로 휘적휘적 걸어가던 노군상이 몸을 돌려 나를 바라봤다.
"좋은 선생이 되라는 말씀……. 굳이 제가 그렇게 되어야 하는지 의문입니다."
"……강요할 생각은 없네. 자네의 선택인 것이지."
잠시 우리의 눈이 마주쳤다. 노군상은 한동안 내 표정을 살피더니 피식 웃었다.
"내일도 기대하겠네."
"예."
"다음번엔 맛없는 차 말고 술 한잔하면서 이야기하세나."
"미리 좋은 술을 준비해 놓겠습니다. 살펴 가십시오."
고개를 꾸벅 숙였다가 들자, 노군상은 홀연히 나타났던 것처럼 홀연히 자취를 감춰 사라지고 없었다. 나는 몸을 돌려 객잔으로 돌아왔다.
'좋은 선생이라…….'
나는 혈교에서 첫손에 꼽히는 무공 교관이었다. 하지만 한 번도 선생, 스승, 혹은 사부라고 불려 본 적이 없었다. 훈련생들은 대부분 나를 교관, 교두, 악마, 마귀, 원수, 개새끼 등으로 불렀다. 순간 입가에 쓴웃음이 지어졌다.
'그 녀석들도 나를 사부라고 부르진 않았지.'
무림 정복을 위한 혈교의 비밀병기로 키워진 네 명의 아이. 내게서 네 사부의 무공을 배운 그 녀석들은, 어릴 때부터 철저하게 인격이 말살되고 명령에만 복종하는 훈련을 받았다.
나는 마뇌의 감시 아래에서 그 아이들에게 무공을 가르쳤다.

-교관님!
-교관니임!
-……교관님.
-교관……님.

어차피 훗날 혈교에서 탈출할 생각이었기에, 나는 그 녀석들에게 정을 붙이지 않았다.
오히려 다른 훈련생보다 더 가혹하게 몰아붙였다.

-일타강사가 되기 전에, 먼저 좋은 선생님이 되어 주었으면 하는 마음에서 하는 잔소리라면 어떤가?

아까 노군상과 대화를 나눌 때 불쑥 그 녀석들이 떠올랐다.
……그 아이들과 그 아이들을 가르치던 악마 같았던 내 모습을.

-교관님. 너무 힘들어서 그러는데 잠시만 쉬면 안 될…….
-쉬고 싶다고? 어차피 뒈지면 평생 쉴 텐데, 그렇게 만들어 줄까?
-교, 교관님! 저 팔에 감각이 없습니다. 뭔가 잘못된 건 아닌지…… 아아아악!
-아픈 걸 보니 멀쩡하네? 한 번만 더 엄살 부리면 내가 아예 부러뜨려 주지.
-교, 교관님…… 제발…….
-지금 단체로 반항하나? 당장 일어나, 이 새끼들아!!
-……교관님. 저희가 포기하면 어떻게 되나요?
-너희 말고도 교에 대체할 인력은 차고 넘친다. 폐기된 후에 버려지겠지.

—…….
—오늘 배운 것 중에 더 궁금한 건 없나?
—…….
—좋아. 그 눈빛이다. 이제야 좀 쓸 만해졌군.

아무리 떠올려 봐도 영 좋지 않은 기억들뿐이었다.
"……젠장. 술이 다 깨는군. 점소이!"
객잔으로 돌아온 나는 점소이에게 독주 한 병을 달라고 한 후, 내 방으로 가는 길에 병째 들고 벌컥벌컥 마셨다.
"나보고 좋은 선생이 되라고?"
혈교에서는 누구도 내게 그런 말을 하지 않았다. 나는 누구보다 효율적이고 빠르게 고수들을 키워 낸 교관이었다. 혈교에서는 그것이 최고의 가치였고, 나는 경쟁자들에게 늘 부러움과 질시의 대상이었다.

—나는 지금의 남궁 선생은 별로 좋아하지 않네. 물론 그 친구도 학관을 위해 최선을 다하고 있지만……. 그 이유를 짐작해 볼 수 있겠나?

사실은 알고 있었다. 남궁수를 처음 본 순간부터 '제법'이라는 생각을 했으니까. 녀석에겐 과거의 나와 비슷한 구석이 있었다. 물론 나만큼 거칠게 학생을 다루지는 않겠지만, 생각하는 방식은 과거의 나와 크게 다르지 않을 것이다. 그런 내게, 노군상은 다른 방식은 없느냐고 묻고 있었다.
"……다른 방식은 생각해 본 적이 없는데."
이것저것 생각하다 보니 어느새 내 방문 앞이었다. 방문을 열고 안으로 들어가자 술 냄새가 진동했다.
"앗? 형니이임~ 또 어디 갔었어요~"

방바닥에서 개헤엄을 치고 있던 악연호가 날 보더니 몸을 벌떡 일으키며 달려들었다.

휘익! 나는 옆으로 한 걸음 움직여 악연호를 슬쩍 피한 후, 검지와 중지를 모아 검결지를 만들어 녀석의 견정혈을 노렸다.

"!"

그 와중에도 절정고수라고, 내가 혈도를 노리자 악연호도 몸을 돌려 본능적으로 반격했다.

파바바밧! 손가락과 손바닥이 부딪치고, 권과 장이 어우러지며 우리는 수십 합을 교환했다.

"……형님?"

"이제 술 좀 깼냐?"

나는 의아한 얼굴로 나를 바라보는 악연호에게 씩 웃어 준 후, 의자에 기대어 입을 헤 벌리고 자는 명일오에게 빈 술병을 던졌다.

따악!

……피하거나 막을 줄 알았는데 이마에 제대로 명중했다.

"아악! 어떤 새끼야!"

이마가 뻘겋게 부어오른 명일오가 벌떡 일어나더니 씩씩대며 주위를 둘러봤다.

나는 가볍게 손을 흔들어 주었다.

"……형님?"

"잠 깼으면 나가서 몸이나 좀 풀자."

나는 두 사람을 데리고 객잔 뒤쪽에 있는 마당으로 나갔다. 푸른 달무리가 달 언저리에 구름처럼 뿌옇게 맺혀 있었다.

옛 생각에 좀처럼 잠이 오지 않을 것 같은 밤. 나는 그 뿌옇고 흐린 달을 올려보며 말했다.

"이건 어디서 주워들은 이야기다."

"……."

"옛날, 한 남자에게 열과 성을 다해 가르친 제자들이 있었다. 하지만 남자는 제자들에게 정을 붙이지 않았어. 제자들이 무공을 완성하는 날 자신이 죽을 운명이라는 것을 알았거든."

"……."

"남자는 그걸 알면서도 제자들을 가르칠 수밖에 없었다. 아주 혹독하게 가르쳤지. 제자들은 인성이 말살된 채 하루하루 강해졌고, 결국 무공을 완성하는 날이 되었다."

눈을 감으니 한 명 한 명 얼굴이 선연히 떠올랐다. 겁 많던 소년, 소녀들은 시간이 지날수록 점점 어른이 되었고, 다양하던 표정은 점점 줄어들었다.

"……결국 남자는 살기 위해 도망쳤다. 꽤 오랫동안 준비한 계획이었지. 하지만 계획은 중간에 틀어졌고, 도망치던 남자 앞을 제자들이 가로막았다."

살기조차 없었다. 단지 명령에 의해 나를 죽이려 하던 무표정한 얼굴들이 있었다.

"남자는 자기 손으로 제자들을 죽여야 하는 상황이었다. 그의 곁엔 동료들이 있었고, 싸움이 벌어졌다."

말을 마치고 나는 침묵했고, 궁금증을 참지 못한 악연호가 조심스럽게 물었다.

"그다음엔 어떻게 됐나요? 남자는 도망쳤나요? 제자들은 모두 죽었어요?"

"……누군가는 죽고, 누군가는 살아남았겠지. 정확히는 기억이 안 난다, 라고 주워들었다."

"이상한 이야기네요."

"이상한 이야기지."

스르릉. 나는 월영을 뽑았다. 무극검의 기수식을 취했다가, 녹림십팔식을 펼쳤다가, 빙월신녀의 보법으로 하늘로 뛰어올라 광마의 초식으로 달을 찔렀다.

네 명의 사부가 내게 남긴 무공, 내가 옛 제자들에게 가르쳤던 무공들을 연달아 펼치며 나는 밤새 그들을 애도했다.

다음 날, 우리는 마지막 남은 실기시험을 치르기 위해 청룡학관으로 향했다.

44화
제갈소영

꾸르륵……. 심상치 않은 소리에 옆을 돌아보니, 얼굴이 샛노래진 악연호가 엉거주춤한 자세로 배를 움켜쥐고 있었다.

"혀, 형님. 저 뒷간에 좀……!"

"또?"

"……일오 형 대련 시작하기 전에 돌아올게요!"

악연호는 한 손으로 엉덩이를 틀어막은 기묘한 자세로 경공을 펼쳐 인파 속으로 사라졌다. 나는 순식간에 작아지는 뒷모습을 바라보며 혀를 찼다.

"저런 놈도 절정고수라고……."

전날에 술 좀 먹었다고 아침부터 설사를 한다는 게 말이나 되는 소리인가. 그 정도로 술이 몸에 안 받으면 안 마실 법도 한데, 술은 또 엄청 좋아하는 걸 보면 저놈도 정상은 아니었다.

'그나저나 많이도 보러 왔군.'

나는 고개를 돌려 비무대 주변 관객석을 꽉 채운 학생들을 둘러봤다.

웅성웅성. 세상에서 가장 재미있는 것이 싸움 구경인 만큼, 학생들이 잔뜩 몰려와 있었다. 듣기로는 학생회에서 학생들이 가까이에서 신입 강사들을 평가할 수 있도록 관객석을 준비했다고 한다. 그러니, 저기 있는 녀석들이 전부 심사관인 셈이었다.

……게다가 그중 꽤 많은 시선이 내게 꽂히고 있어서 얼굴이 따가울 지경이었다.

"선생님! 여기 좀 봐 주세요!"

"여기도요! 손 한 번만 흔들어 주세요!"

대충 손을 흔들자 일부 여학생들이 자지러질 듯 소리를 질러 댔다.

"꺄아아아!"

"무슨 신기한 동물도 아니고……."

고개를 절레절레 저은 나는 관객석에서 고개를 돌려 내 주변을 둘러봤다. 대기 중인 지원자들은 긴장한 표정으로 대련이 진행 중인 비무대를 주시하거나, 각자만의 방식으로 긴장을 풀고 있었다.

"후우……."

그중에는 명일오도 있었는데, 바로 다음 차례라서 우리와 떨어진 곳에서 홀로 가부좌를 틀고 앉아 천천히 심호흡을 하고 있었다.

'긴장하지 말고 제 실력만 발휘해라.'

사실 우리 셋 중에 합격할 가능성이 가장 애매한 사람이 명일오였다. 악연호는 배탈이 난 와중에도 기존 강사를 상대로 가볍게 승리를 거뒀고(서둘러 뒷간에 가기 위한, 그야말로 엄청난 강공이었다.) 나 또한 누가 나온다고 하더라도 자신 있었다. 그래서 어젯밤 명일오에게 따로 몇 가지 조언을 해 주기도 했다.

'상대가 아주 난적만 아니라면 이길 가능성도…….'

그때였다.

"억! 윽! 엑!"

"……일단 저 웃기지도 않는 대련이 빨리 끝나야 할 텐데."

비무대에서 들려오는 괴상한 소리에, 나는 혀를 차며 비무대를 바라봤다. 그곳에서는 안쓰러울 정도로 일방적인 싸움이 벌어지고 있었다.

"다, 당숙! 살살 좀……."

"이노오옴! 누가 당숙이냐! 부관주님이라 불러라!"

곽두용이 식은땀을 줄줄 흘리며 도망 다니다시피 공격을 피하고, 부관주 곽철우가 그 뒤를 쫓아다니며 회초리 휘두르듯 도를 휘둘렀다.

후우웅! 후웅! 후웅! 그 도에 담긴 속도와 힘이 보통이 아니었기에, 한 번 공격을 막거나 피할 때마다 곽두용은 거의 생사를 오가는 중이었다.

"똑바로 못 하겠느냐! 가문 망신을 혼자 다 시키는구나!"

"제, 제가 뭘 어쨌다고…… 나름 열심히……."

"닥쳐라!"

……누가 봐도 집안의 어르신에게 혼나는 모양새. 곽두용과 아무 상관도 없는 내가 봐도 안쓰러울 지경이었다.

"허어. 저러다 사람 잡겠군."

"적당히 좀 하시지……."

"부관주님한테 안 걸린 게 천만다행이군."

다른 지원자들도 같은 생각인지, 다들 딱하다는 눈빛으로 곽두용을 바라봤다. 그 순간 나는 비무대 왼편, 강사석 정중앙에 앉아 있는 노군상을 바라봤다.

'하여튼 짓궂은 양반이라니까.'

부관주 곽철우와 지원자 곽두용. 둘은 같은 가문 출신이었다. 그래서 노군상은 두 사람을 대련 상대로 붙인 것이 틀림없었다. 모두가 보는 앞에서 같은 가문 사람인 곽철우가 저렇게 몰아붙여야, 훗날 어떤 결과가 나오더라도 잡음이 적을 테니까.

곽철우도 그것을 알기에 인정사정없이 몰아치는 것이었다.

"갈! 각오가 서 있지 않다면 당장 포기해라! 강사가 어디 쉬운 일인 줄 아느냐?"

"이 일은 정말 하고 싶습니다! 저 정신 차렸습니다!"

"앞으로 술도 끊을 것이냐?"

"……노, 노력해 보겠습니다!"

애매한 대답에 진심으로 화가 난 듯, 곽철우의 기세가 순식간에 일변했다.

"이놈이 아직도 정신을 못 차렸구나!"

화르르륵! 곽철우의 도가 불꽃에 휩싸였다. 그의 별호이자 성명절기인 화염도(火焰刀)였다. 도신 위로 일렁이는 불꽃을 본 곽두용의 얼굴이 새파랗게 질렸다.

"다, 당숙!"

"네가 이곳에서 학생들을 가르치고 싶다면 그만한 각오를 보여야 할 것이다."

"으으……."

곽두용은 다리가 후들거리면서도 용케 포기하지 않았다. 순간 두 사람이 똑같은 자세를 취하더니, 동시에 바닥을 박차며 서로에게 달려들었다. 물론 결과는 천양지차였다.

까아아앙! 곽철우는 부딪친 자리에서 한 걸음도 물러나지 않은 반면, 손에서 도를 놓친 곽두용은 꼴사납게 바닥을 굴렀다. 찢어진 그의 손바닥에서 피가 줄줄 흘러내렸다. 곽철우가 한심하다는 표정으로 주저앉은 곽두용을 바라봤다.

"못난 놈. 당장 집으로 돌아가라."

"시, 싫습니다."

"그래도 이놈이? 정녕 끝까지 말을 안 듣겠다면……."

"부관주. 그만하시게."

어느새 경신법을 펼쳤는지, 노군상이 두 사람 사이에 유령처럼 스르륵 나타났다.

"이, 이형환위?"

"어떻게 움직이는지 보이지도 않았어."

"과연 백대고수……."

강사고 학생이고 다들 놀라서 감탄하는 가운데, 노군상은 쓰러진 곽두용을 일으켜 세웠다. 그리고 고개를 돌려 현기 가득한 눈으로 곽철우를 바라봤다.

"곽두용 지원자의 실력은 이만하면 충분히 보았네. 이 이상은 과한 것 같군."

"관주님! 이 녀석 실력으론 청룡학관에 누만 끼칠 것이 뻔한……."

싸늘해진 노군상의 눈빛에 곽철우가 입을 다물었다.

"그걸 판단하는 것은 자네 혼자가 아니네. 언제까지 공정해야 할 시험에 사적인 감정을 끼워 넣을 것인가?"

"……죄송합니다."

곽철우가 고개를 푹 숙이고 물러났다. 곽두용도 비틀거리며 비무대에서 내려갔다. 노군상이 주위를 둘러보며 잠시 소란스러워진 장내를 수습했다.

"비무대를 정리한 후 곧바로 다음 대련을 시작하겠소. 다음 차례인 명일오 지원자는 지금 몸을 풀어 두시오."

"후우……."

가부좌를 틀고 앉아 있던 명일오가 자리에서 일어나 천천히 몸을 풀었다. 그 모습을 확인한 노군상이 고개를 돌려 강사들이 모여 있는 곳을 바라봤다.

"명일오 지원자와 대련을 펼칠 강사를 지목하겠소."

명일오라면 상대가 누구라도 쉽게 지지 않을 것이다. 나는 멀리서 눈빛으로 녀석을 응원했다.

'가서 실력을 보여 줘라.'

방금 부관주가 대련에 나섰으니 또 부관주를 부르진 않을 것이고, 매극렴은 학생들을 관리하느라 오늘 대련에는 나서지 않는다. 그 외에 강사들이라면 명일오에게도 어느 정도 승산이 있었다.

'그런데 왜…… 이상하게 불안한 거지?'

내 불안감의 실체는 곧 밝혀졌다. 노군상의 입에서 내가 예상 범위 안에 넣지 않았던 문제가 나온 것이다.

"남궁수 선생. 준비해 주시오."

지금까지 한 번도 불리지 않았던 남궁수의 이름이 불리자, 기대감으로 관객석이 웅성거리기 시작했다.

명일오의 표정은 긴장으로 잔뜩 굳었다.

"예."

짧게 대답한 남궁수가 자리에서 일어나 몸을 풀기 시작했다. 나는 황당하다는 눈으로 노군상을 바라봤다. 마침 그 순간 나와 마주친 노군상이 빙긋 미소를 지었다.

나는 작게 혼잣말을 중얼거렸다.

"못된 늙은이. 나한텐 안 된다더니……."

"……관주님 보고 한 말인가요?"

"그럼 누구겠냐…… 어?"

당연히 악연호가 돌아온 줄 알고 대답했는데, 고개를 돌려보니 처음 보는 여자가 서 있었다.

'학생인가?'

그런 생각이 들 정도로 어려 보이는 여자였다. 스무 살이나 겨우 넘겼을까? 두 팔로 흉기로 써도 될 법한 커다란 책을 가슴에 안고 있고, 왼쪽 허리춤에는 판관필이 매달려 있었다. 체구는 가녀렸다. 들고 있는 커다란 책 때문에 서 있는 것이 불안해 보일 정도로. 하지만 입고 있는 옷이며 걸음걸이, 호흡은 상당히 안정적이었다.

'명문가의 자식이로군.'

내 반말에 기분이 나빴는지, 여자가 표정을 찌푸리며 말했다. 그러니까 더 애 같았다.

"그쪽이 저보다 연상이신 것 같지만, 그래도 초면에 반말은 좀……."

"미안하오. 뒷간에 간 아는 동생이 돌아온 줄 알았소."

"제 목소리가 남자 같단 말인가요?"

"아니. 내가 아는 동생 목소리가 여자 같단 말이오."

"…….."

그나저나 용기가 대단한 여자였다. 어제 시범 강의에서 한 짓이 있는 터라, 지금 내 주변에는 아무도 다가오려고 하지 않았다. 학생들의 과도한 관심, 그리고 적지 않은 강사들의 못마땅한 눈빛이 나를 향하고 있었으니까. 지금만 봐도, 혼자 덩그러니 있던 내게 여자가 다가오자 시선들이 몇 배 더 따가워졌다. 그러나 여자는 남의 시선 따윈 신경 쓰지 않는다는 듯 내게 다가왔다.

"……나한테 무슨 볼일이라도?"

"실례인 줄은 알지만 궁금한 게 있어서요. 여쭤봐도 괜찮을까요?"

나는 잠시 생각하다 고개를 끄덕였다.

"내가 대답해 줄 수 있는 거라면."

내 말에 여자는 기쁜 듯이 눈을 초롱초롱하게 빛내며 말했다.

"어제 마지막에 도풍을 가른 검법이요. 혹시 모용세가의 검법인가요?"

"…….."

순간 나는 대답을 하지 못하고 표정을 굳혔다.

'뭐지, 이 여자?'

내가 어제 도풍을 가른 검법은 무극검의 무리를 기반으로 한 초식이었다. 그리고 무극검의 창시자인 검존은 모용세가 출신이었다.

'하지만 그 흔적을 알아보는 건 거의 불가능한데······.'
"아니오. 나는 모용세가에 가 본 적도 없소."
거짓말은 하지 않았다. 나는 실제로 모용세가 근처에도 가 본 적이 없었다. 또한 검존 사부도 모용세가와 인연을 끊은 사람이었으니, 무극검을 모용세가의 검법이라고 할 수는 없었다.
"정말인가요?"
"그렇소."
여자는 내 대답이 만족스럽지 못한지 고개를 갸웃하더니, 다음 질문을 했다.
"그럼 곤륜파의 검법인가요?"
"······."
이쯤 되니 여자의 정체가 궁금해졌다. 왜냐하면, 검존 사부는 곤륜의 은거기인과 오랜 기간 친분을 맺었고, 자신의 검을 완성하는 데 많은 영향을 받았기 때문이다. 내가 펼친 검법을 보고 그 사실을 알아냈다는 건, 무공을 보는 눈이 정말 보통이 아니라는 의미였다.
"······곤륜의 검도 아니오. 내 검법은 아버지에게 배우고, 내가 이것저것 깨달으며 스스로 완성한 검이오."
이건 당연히 거짓말이다. 여자도 믿지 않는 눈치였다.
"말도 안 돼. 그 정도의 검법을 스스로 깨우쳤다고요?"
"아버지한테도 배웠다니까."
"그쪽 아버지가 천하제일의 고수라도 되나요?"
"시골에서 작은 무관을 하고 계시오."
"······대답하기 싫으면 싫다고 하세요. 그게 거짓말보다 낫겠네요."
황당하다는 표정으로 나를 바라보는 여자에게, 나는 한숨을 작게 내쉬며 설명했다. "다시 말하지만 내 검법은 모용세가의 것도, 곤륜의 것도 아니오. 애초에 그 두 곳의 검법은 성질이 완전히 다르지."

"……어떻게 다른데요?"

정말 몰라서 묻는다기보다는, 내가 아는지 시험해 보려는 눈빛이었다.

'이것 봐라?'

살면서 무공에 관한 수많은 질문을 받아온 교두로서, 나는 훈련생의 도전적인 질문을 그냥 넘긴 적이 없었다.

"모용세가의 검은 부드럽고 느리지. 유능제강(柔能制剛), 후발제인(後發制人). 많이 들어 보았을 거요. 상대의 힘을 이용하거나 상대의 공격을 본 후에 움직이는 것이 모용세가가 추구하는 검도(劍道)라고 할 수 있소."

내 본격적인 검론 강의에 여자의 눈동자가 살짝 커졌다.

"반면 곤륜의 검은 수백 년 전부터 천마신교와 피비린내는 역사를 쌓아 가며, 또 그 후예인 혈교와 싸워 오며 완성한 실전적인 검이오. 그들은 도인이라고 믿을 수 없을 만큼 거칠고 사나운 기질을 지니고 있지. 상대가 공격을 시작하기도 전에 숨통을 끊는 것, 그것이 곤륜의 검도(劍道)라 할 수 있소. 여기에도 몇 가지 갈래가 있는데……."

"……"

곤륜파와는 혈교 시절 여러 번 부딪쳐 보고 실제로 그들의 비급도 많이 보았기에, 마음만 먹으면 종일도 말할 수 있었다.

"……따라서 모용세가와 곤륜의 검은 상극에 가깝고, 섞이는 것이 불가능하다는 것이 나의 결론이오. 반박해 보겠소?"

실제로 검존 사부도 곤륜의 은거기인과 수많은 논쟁을, 그리고 비무를 치렀다고 했다. 그리고 서로 상극인 두 가지를 기어이 하나로 합쳐 만든 것이 무극검이었다.

'일반적으론 불가능하지만, 천재니까 가능하지.'

불가능한 것을 가능하게 만드는 것. 그것이 천재의 영역이고, 검존은 내가 본 최고의 천재 중 한 명이었다.

"자, 잠깐만요! 좀 적을게요!"

여자는 입을 살짝 벌린 채 내 말을 듣고 있더니, 쪼그려 앉아서 들고 있던 책을 무릎에 펼치고 무언가를 적어 내려가기 시작했다.

'설마 필기를 하는 건가?'

좀처럼 보기 힘든 참된 학생의 태도인지라, 나는 흐뭇하게 고개를 끄덕였다.

"저기, 아까 해 주신 말 중에 궁금한 게 있는데……."

그렇다고 계속 수업을 해 줄 생각은 없었다. 슬슬 주변에서 쳐다보는 시선들도 부담스럽고 말이지.

"미안한데 검론 강의는 여기까지요. 다음 수업을 듣고 싶으면 강의실에서 봅시다."

"저, 저도 신입 강사 지원자예요!"

발끈한 여자가 나를 올려보며 외쳤다.

혹시나 했는데……. 너무 어려 보기기에 학생인가 했더니, 신입 강사 지원자인 모양이다.

"어려 보여서 학생인 줄 알았는데."

"……학관을 졸업한 지 얼마 안 되긴 했지만."

"학관이면 이곳 청룡학관?"

"아니요. 천무학관 출신이에요. 그러고 보니 저희 아직 통성명도 안 했네요."

필기를 다 끝낸 여자가 자리에서 일어나더니 내게 포권을 취했다.

"제갈소영이에요. 올해 신입 강사 모집에 기관진식(機關陣式) 및 무림사(武林史) 강사로 지원했어요."

제갈소영이 눈을 반짝반짝 빛내며 나를 바라봤다.

45화

이기고 싶냐?

'제갈세가 출신이었군.'

어쩐지 명문세가 출신인 것 같더라니, 오대세가 중 하나인 제갈세가의 여식이었다.

나도 마주 포권을 취하며 말했다.

"백수룡이오."

"알고 있어요. 올해 청룡학관 신입 강사 지원자들 가운데 가장 유명한 분이니까요."

"……."

"……."

대화가 끊기고 잠시 어색한 침묵이 감돌았다. 딱히 더 할 이야기도 없었기에, 나는 고개를 돌려 비무대 위를 바라봤다.

이제 막 남궁수와 명일오의 대련이 시작되려 하고 있었다.

"두 사람은 준비되었으면 시작하시오."

노군상의 말이 떨어지기 무섭게, 명일오가 보법을 밟아 전진하며 대련용 목봉으로 남궁수의 명치를 찔렀다.

따악!

남궁수가 그 공격을 목검으로 간단히 쳐 내며 대련이 시작됐다.

"하아압!"

기합을 넣은 명일오는 남궁수의 주변을 빙글빙글 돌며 다양한 초식으로 공격했고, 남궁수는 거의 제자리에서 그것을 막았다.

"어떻게 될 것 같아요?"

제갈소영이 눈을 초롱초롱하게 빛내며 내게 물었다.

'볼일 다 봤으면 갈 것이지…….'

뭔가를 받아 또 적으려는 건지 두꺼운 서책을 펼쳐 한쪽 팔로 단단히 받치고 붓을 꺼내든 모습.

나는 턱을 긁적이다가 말했다.

"뭐, 당연히 남궁수가 이기겠지."

내심 명일오가 한 방 먹여 주길 바라지만, 지금 녀석의 실력으론 어림도 없었다.

"결과는 저도 알아요. 제 질문은 명일오 지원자가 몇 합이나 버틸 수 있을까, 이거였어요."

"아마 남궁수가 얼마나 봐주느냐에 따라 달라질 거요."

지금도 명일오는 필사적으로 덤비고 있는 반면, 남궁수는 무표정한 얼굴로 대충 검을 휘두르는 게 눈에 보일 지경이었다.

'마음만 먹으면 오십 합 안에 끝낼 수 있을걸…….'

하지만 남궁수는 그러지 않았다.

마치 고수가 하수에게 한 수 가르침을 내리듯, 여유롭게 공격을 막고, 반격하고, 종종 훈수까지 두었다.

"하단이 비었군. 조금 더 보법에 신경을 쓰십시오."

"……감사합니다."

"손목에 힘이 과하게 들어갔습니다. 힘을 빼는 게 좋겠군요."

"……아, 네."
"조급해. 방금 같은 경우는 머리를 노려선 안 됩니다."
"……."
 조언해 주는 것도 한두 번이지, 계속해서 학생 가르치듯이 말을 하자 명일오의 얼굴이 시뻘겋게 달아올랐다.
 웅성웅성.
"역시 남궁 선생님……."
"압도적이구나."
"오늘따라 무표정한 얼굴 너무 멋있지 않니?"
"그런데 상대 지원자는 실력이 너무 떨어지는 거 아냐?"
"열심히는 하는 것 같은데……. 으음……."
 학생들은 압도적인 실력을 보여 주는 남궁수의 모습에 감탄했지만, 반면에 전력을 다해도 남궁수의 옷깃 하나 건드리지 못하는 명일오에겐 실망하고 있었다. 저런 부분은 학생평가에 영향을 줄 것이 분명했다. 나는 눈을 가늘게 뜨고 남궁수를 바라봤다.
'저 자식…….'
 이 대련의 목적은 신입 강사 지원자의 실력을 보는 것이다. 대부분은 기존 강사들이 신입 강사 지원자들보다 강하기에, 어느 정도는 상대를 봐주는 것이 당연했다. 하지만 그것도 어느 정도지, 저렇게 어린애 대하듯 행동하면 명일오로서는 자존심이 상할 수밖에 없었다. 그는 학생이 아니라 강사로 저 자리에 서 있는 것이니까. 하지만 남궁수는 명일오를 같은 강사로 대우할 마음이 없어 보였다. 강사로 대우하긴커녕…….
"자기 평판을 올리기 위해 상대를 이용하는군."
"……부정은 못 하겠네요."
 제갈소영이 씁쓸한 목소리로 한숨을 쉬었다. 그녀는 복잡한 표정으로 남궁수를 바라봤다.

"예전엔 착하고 친절한 사람이었는데……."

"남궁수와 친하오?"

"어릴 때 종종 만났어요. 그리 친하진 않았지만요."

같은 오대세가이니 아마도 가문 간에 교류가 있었던 모양이다. 저 남궁수가 착하고 순진한 시절이 있었다니, 잘 상상이 되진 않지만…….

"하아아압!"

그 순간, 물러난 명일오가 기합을 넣으며 큰 공격을 준비했다.

명일오의 무복이 내공에 부풀어 오르고, 비무대 바닥에 족적이 선명하게 남았다. 명일오의 목봉이 수십 개의 잔상을 남기며 남궁수의 전신을 찔렀다.

따다다다닥! 남궁수는 물러서지 않고 그 공격을 하나하나 침착하게 막아 냈다. 그러다 한순간, 명일오가 눈을 빛냈다. 마지막까지 숨겨 둔 최후의 한 수를 꺼내든 것이다.

하지만…….

"조금 빨라."

나는 안타까움에 중얼거렸으나, 그 말은 명일오에게 닿지 않았다.

쐐애애액! 명일오가 수많은 허초 속에 숨겨 둔 마지막 찌르기가 남궁수의 옆구리를 노렸다. 그 순간 남궁수가 눈을 살짝 크게 뜨며 중얼거렸다.

"제법."

따아아악! 결국 회심의 공격도 막히고, 그 반탄력에 명일오가 뒤로 주르륵 밀려났다. 남궁수도 역시 뒤로 몇 걸음 밀려나다가 억지로 힘을 줘서 제자리에 멈춰 섰다.

'뭐지?'

나는 그 부자연스러운 움직임에 고개를 갸웃거렸다. 조금 전, 남궁수는 몇 걸음 더 뒷걸음질 치며 명일오의 공격에 담긴 힘을 흘려 냈어야

했다. 그런데 굳이 억지로 힘을 줘서 제자리에 버텼고, 그 탓에 얼굴색이 조금 불편해 보였다. 아마 기혈이 조금은 뒤틀렸을 것이다.

"그 몇 걸음 더 물러나는 것도 지존심이 상한다고 생각한 건가?"

"……비슷하지만 달라요. 남궁 오라버니는 자기만의 규칙을 정해 놓고 싸우고 있어요."

고개를 옆으로 돌리자, 제갈소영이 어두운 표정으로 한숨을 내쉬고 있었다.

"자기만의 규칙이라니?"

"모르셨어요? 남궁 오라버니는 대련을 시작할 때부터 가상의 원을 그어 놓고, 그 밖으로 벗어나지 않으며 싸우고 있어요."

나는 어이가 없어서 제갈소영에게 물었다.

"대체 왜 그런 짓을 하는 겁니까?"

제갈소영은 정말 모르냐는 표정으로 나를 바라봤다.

"왜냐면 어제 누가 학생들을 상대로 비슷한 일을 했으니까요."

"……나 말이오?"

내가 손가락으로 나를 가리키며 묻자 제갈소영이 고개를 끄덕였다.

"남궁 오라버니는 어릴 때부터 자존심이 강했어요. 누군가 무공으로 멋진 모습을 보여 주면, 그걸 꼭 따라 하곤 했죠."

그 말은 즉, 내가 외공 시범 강의 때 학생들을 상대로 원 밖으로 나가지 않으며 상대한 것을 지금 남궁수가 따라 하고 있다는 의미였다.

"진짜 이상한 놈이로군."

"……그런 승부욕이 남궁 오라버니를 일타강사로 만들었다고 생각해요."

우리는 다시 비무대 위로 고개를 돌렸다. 그곳에는 두 사람이 명백하게 희비가 갈린 표정으로 서 있었다.

남궁수가 입가에 은은한 미소를 지으며 명일오에게 말했다.

"마지막 한 수는 좋았소. 하지만 허초 속에 숨겨 둔 실초를 드러내는 시기가 너무 빨라 의도가 노골적으로 보였지. 좀 더 열심히 수련하면 좋아질 것이오."

"……감사합니다."

친절을 가장하고 있지만, 내 귀에는 "너 따위는 무슨 짓을 해도 내 옷깃 하나 건드릴 수 없다."라고 들렸다. 아마 명일오에게도 비슷하게 들렸을 것이다.

"……."

대련은 이미 끝난 분위기였다. 학생들은 남궁수의 실력에 감탄하며 손뼉을 쳤고, 강사들도 역시 남궁 선생이라며 고개를 끄덕였다. 명일오만이 분한 표정을 숨기기 위해 이를 악물고 고개를 숙이고 있었다.

'저렇게 평가받을 녀석이 아닌데.'

나는 명일오가 청룡학관의 강사가 되기 위해 얼마나 많은 준비를 했는지 안다. 몇 달이나 일찍 이 도시에 와서 정보를 조사하고, 학생들의 특징이나 성격을 정리해서 족보를 만들 정도로 열심인 녀석. 무공 실력은 조금 부족할지 몰라도, 강사로서의 자질이라면 충분한 녀석이었다.

남궁수는 그것을 모른다. 알고 싶은 생각도 없을 것이다.

"계속하시겠습니까? 더 보여 줄 것이 남았다면 받아들이겠습니다만."

"저는……."

남궁수는 명일오에게 선심 쓰겠다는 듯 물었다. 명일오는 망설이고 있었다. 자신이 실력을 제대로 보여 주지 못했으니까. 상대가 그럴 기회조차 주지 않았으니까.

"아쉬운 마음은 알지만, 제 생각엔 더 한다 해도 큰 의미는 없을 것 같군요."

"저는……."

명일오의 눈빛이 흐려졌다. 어깨가 축 늘어지고, 목봉을 든 손에서 힘이 빠져나갔다. 잠시 후면, 저 입에서 포기의 말이 나올 거라는 사실을 모두가 예상했다.

"저는……."

그런데 그 순간, 남궁수가 고개를 슬쩍 돌려 나를 바라봤다.

피식. 입가에 피어난 은은한 비웃음. 그 웃음의 의미를 파악한 순간, 나는 저 재수 없는 얼굴에서 웃음기를 지워 버리기로 결심했다.

"……아까 명일오가 몇 합이나 버틸 수 있을 것 같냐고 물었소?"

"네? 아, 네. 그랬죠. 하지만 이제 다 끝난……."

"나랑 내기 하나 하지 않겠소?"

"네?"

당황한 표정으로 바라보는 제갈소영에게, 나는 곧바로 본론을 꺼냈다.

"지금부터 딱 오십 합. 그 안에 명일오가 남궁수를 바닥에 넘어뜨릴 거요."

"……말도 안 돼."

"난 된다는 쪽에 걸지."

"……."

"진 사람은 이긴 사람한테 소원 하나 들어주기로 합시다."

"……좋아요. 전 안 된다고 걸죠."

제갈소영은 뭔가 비장한 표정으로 고개를 끄덕였다.

나는 곧바로 명일오에게 전음을 보냈다.

[일오야. 이기고 싶냐?]
[형님? 갑자기 무슨…….]
[저 재수 없는 놈한테 한 방 먹이고 싶냐고.]
[……당연하죠.]
[그럼 지금부터 묻지도 따지지도 말고 내가 시키는 대로 할 수 있겠

나?]

고민하는지 잠시 대답이 없었다.

[……예. 이기고 싶습니다.]

목봉을 쥔 손에 힘이 들어가고, 눈빛이 서서히 되살아났다.
으득. 이를 악문 명일오가 내게 전음을 보냈다.

[저 자식을 때려눕힐 수 있게 도와주십시오.]
[좋아. 준비해.]

명일오의 대련은 지금부터였다.

· ❖ ·

"더 하겠습니다."
명일오의 입에서 그 말이 나온 순간, 남궁수를 비롯한 모든 강사들과 학생들이 놀랐다. 방금까지만 해도 전의를 잃은 표정이었던 명일오가 두 눈을 활활 빛내며 남궁수를 노려봤다.
"아직 보여 드릴 것이 남았습니다."
"……의외로군요."
앞서 해 둔 말이 있는 터라, 결과가 이미 나왔음에도 남궁수는 그만하자고 할 수 없었다.
'이쯤 하면 포기할 줄 알았더니……. 생각보다 멍청하군.'
우우우우우! 관객석에서 야유가 쏟아졌다. 이미 다 끝난 대련인데 승복하지 못하냐는 등의 비난이 쏟아졌다.

"오십시오."

명일오가 목봉을 중단에 세운 채 보법을 밟으며 다가왔다. 처음과 전혀 다르지 않은 그 자세를 보며, 남궁수는 속으로 조용히 혀를 찼다.

'나쁘진 않지만…… 당신처럼 어중간한 강사는 이미 많아.'

눈빛이 바뀌었으나 다른 것은 크게 다르지 않았다. 명일오의 힘, 속도, 내공, 초식. 남궁수는 이미 상대의 것을 파악하고 있다고 생각했다.

그런데 어째서.

'뭐지?'

목덜미가 서늘해지는 이 오싹한 감각은 뭐란 말인가.

쐐애애액! 목봉이 공기를 찢으며 남궁수의 어깨를 노렸다. 남궁수는 익숙해진 상대의 투로를 보며 목검을 찔러 넣었다. 명일오의 초식을 사전에 차단하면서, 곧바로 반격할 수 있는 위치로.

'조금 전의 감각은 착각이었나 보군.'

결국 달라진 것은 없었다. 상대의 독기에 잠시 놀랐을 뿐이다.

그런데 그 순간.

휘리릭! 목봉이 뱀처럼 휘더니 목검을 타고 올라오며 남궁수의 손목을 노렸다.

"무슨!"

놀란 남궁수가 목봉을 급히 떨쳐내고, 한 걸음 뒤로 물러섰다. 명일오는 악착같이 쫓아가며 연달아 목봉을 찔러 넣었다.

따다다닥! 목봉과 목검이 쉴 새 없이 부딪쳤다. 명일오의 파상공세에 강사들이 눈을 크게 뜨고, 야유하던 학생들이 입을 다물었다.

'감히!'

자신이 당황했다는 사실에 남궁수의 표정이 일그러졌다. 게다가 두 걸음만 더 물러나면, 자신이 만든 가상의 원에서 물러나게 되는 상황.

남궁수는 다리에 힘을 줘 제자리에서 버텼다. 그것이 최악의 판단이었다. 마치 그 움직임을 예상이라도 한 것처럼 명일오가 움직인 것이다.

스윽.

단 한 걸음. 자신의 간격 안으로 파고드는 상대의 보법에 남궁수의 눈이 부릅떠졌다. 목봉을 든 무인이 목검을 든 무인을 상대로 간격을 좁힌다는 것 자체가 예상을 벗어난 행동이었다.

'이런!'

남궁수는 상대를 물러나게 하려고 급히 검을 찔러 넣었다. 그러나 억지로 움직임을 비튼 탓에 검에 제대로 된 힘과 속도가 실리지 않았고.

휘익! 남궁수의 목검이 처음으로 허공을 때렸다. 그리고 그렇게 생겨난 빈틈으로, 목봉을 아주 짧게 쥔 명일오가 파고들었다.

"갑니다."

"!"

따다다다다다닥!

지금까지와는 전혀 다른 소리.

쉴 새 없이 쏟아지는 공격에, 남궁수의 몸이 뒤로 넘어질 듯 크게 휘청거렸다.

46화
여기서 해 버려?

남궁수는 쉴 새 없이 쏟아지는 명일오의 공격을 막아 내느라 정신이 없었다.

'갑자기 무슨!'

이해할 수 없는 일이 눈앞에서 벌어지고 있었다. 자신의 옷깃 하나 스치지 못하던 신입 강사 지원자가, 갑자기 환골탈태한 듯한 실력으로 자신을 몰아붙이고 있었다.

따다다다닥! 목검과 목봉이 연달아 부딪쳤다. 한 번 남궁수의 자세가 흐트러진 순간부터 명일오는 숨도 쉬지 않고 파상공세를 퍼부었다.

'빌어먹을······.'

그전까지 백 합을 넘게 겨루면서 땀 한 방울 흘리지 않았는데, 지금은 불과 십여 합 만에 등이 식은땀으로 젖어 들었다.

'이 이상은 물러설 수 없다.'

이를 악문 남궁수는 억지로 제자리에서 버티며 검을 휘둘렀다. 몇 걸음만 물러나면 호흡을 가다듬고 반격할 수 있었다. 하지만 남궁수는 그렇게 할 수 없었다.

가상의 원. 누구에게도 말한 적은 없지만, 비무대에 올라왔을 때부터 이 원을 벗어나는 순간 자신이 패배한 것으로 여기기로 했으니까.

"하압!"

처음으로 남궁수의 입에서 기합이 터져 나왔다.

휘이익. 그의 목검이 크게 부드러운 원을 그리자, 비처럼 쏟아지던 명일오의 공격이 그 궤적 안에서 모조리 튕겨 나갔다. 그 즉시 명일오가 서둘러 뒤로 물러났다.

"오오! 역시 남궁 선생!"

"이렇게 끝날 리가 없지!"

남궁수의 절묘한 한 수에 강사들과 학생들이 감탄을 터트렸다. 그러나 정작 남궁수의 표정은 좋지 않았다.

'……방금 내 공격을 미리 읽고 물러났다.'

원래는 조금 전의 공격으로 명일오의 공격을 걷어내고, 동시에 한 걸음 내디디면서 반격을 가할 생각이었다. 그런데 명일오는 그보다 반 박자 앞서 공격을 거두었고, 뒤로 빠르게 물러나 거리를 벌렸다.

"후우……. 후…….""

간격 밖에서 호흡을 천천히 정리하는 명일오를 바라보며, 남궁수는 자신이 스스로 만든 가상의 원 안에 갇혔음을 깨달았다.

"다시 가겠습니다."

"……."

목봉을 중단에 겨눈 명일오가 다시 달려들었다. 남궁수는 미처 호흡을 다 정리하지 못한 순간이었다.

따다다다다닥! 명일오의 공세는 매서웠다. 남궁수가 가상의 원을 벗어나지 못한다는 점을 이용해 교묘하게 치고 빠지기를 반복했다.

휘익! 휙휙휙! 처음에는 그 간격이 그리 정확하지 않았으나, 시간이 지날수록 자로 잰 듯 정확한 간격으로 위협적인 공격을 해 왔다. 게다가 하필이면 상대의 무기는 목봉. 목검에 비해 거리 조절이 훨씬 더 용이한 무기였다. 남궁수는 그야말로 외통수에 걸린 기분이었다.

'이자가 정말 아까와 같은 사람이라고?'

이건 실력을 숨긴 수준이 아니다. 마치 다른 누군가가 명일오의 몸을 조종해서 대신 싸우는 것 같았다.

'아니, 기분이 그런 게 아니라…… 실제로 누군가가 돕고 있다.'

처음에는 그저 놀랐을 뿐이지만, 익숙해질수록 그런 확신이 들었다. 자신의 움직임에 확신에 찬 눈빛, 공격일변도인 보법을 밟고 과감하게 공격을 하면서도 한 치의 망설임도 없는 행동력.

'움직임에 낭비가 없으니 효율이 극대화된다.'

아까와 같은 속도, 같은 힘으로 휘두르는 목봉이지만, 위력이 천지 차이인 것은 그 때문이었다.

'하지만 대체 누가…….'

휘익! 이번에도 명일오는 보지도 않고 고개만 틀어 남궁수의 공격을 피했다. 공교롭게도 명일오가 고개를 젖힌 뒤편으로 한 청년의 모습이 보였다.

'백수룡?'

씨익. 두 사람의 눈이 마주친 순간, 백수룡의 입꼬리가 올라갔다.

'네놈이었구나!'

백수룡의 입가에 맺힌 미소를 본 순간, 남궁수는 이 모든 상황이 어떻게 된 것인지 깨달을 수 있었다.

으득! 머리끝까지 화가 난 남궁수가 몸을 부르르 떨었다. 그의 두 눈에서 불꽃이 활활 피어올랐다. 그러나 그 찰나의 순간 생긴 빈틈을.

"대련 중에 어딜 보십니까?"

"!"

백수룡과 명일오는 놓치지 않았다.

휘익! 단숨에 가상의 원 안으로 파고든 명일오가 목봉으로 목검을 봉쇄하고, 발로 남궁수의 오금을 걸었다. 남궁수의 몸이 뒤로 기울었다.

당황한 남궁수와 얼굴을 마주한 명일오가 씩 웃었다.

"이걸로 끝입니다."

그리고 명일오는 온 힘과 내공을 실어 목봉을 휘둘렀다.

쾅! 뒤로 넘어진 남궁수의 등이 비무대 바닥에 처박혔다. 아니, 처박혔다고 모두가 생각했다. 승리를 너무 빨리 확신한 것이 그날 명일오의 유일한 실수였다.

"뭐가 끝났다는 거지?"

남궁수는 넘어진 것이 아니었다. 두 다리에 힘을 주고 허리를 뒤로 크게 젖힌 상태로 목봉을 막아 내고 있었다.

놀라운 균형 감각과 하체, 복부의 힘이 있어야 펼칠 수 있는 철판교(鐵板橋)의 수법.

"대련이 끝나는 순간은."

스산한 목소리로 중얼거린 남궁수는 그 상태로 뒤로 두세 걸음 물러나더니, 허리를 튕겨 몸을 일으켰다.

"제, 젠장!"

명일오가 서둘러 뒤로 물러나려 했으나, 그 순간 남궁수는 이미 검에 내공을 잔뜩 불어넣고 있었다.

"내가 결정한다."

치직, 치지직! 그의 검에 눈부신 백색(白色)의 검기가 맺혔다.

내기를 시작하고 얼마 지나지 않아, 제갈소영이 넋이 나간 얼굴로 내게 물었다.

"……대체 무슨 짓을 하신 거예요?"

"뭘 말이오?"

제갈소영의 길고 하얀 손가락이 비무대 위에서 싸우고 있는 두 사람을 향했다.

"저것 말이에요. 명일오 지원자가 어떻게 남궁 오라버니를 몰아붙일 수 있는 거죠?"

"실력을 숨기고 있었나 보지."

나는 어깨를 으쓱하며 태연한 표정으로 대답했지만, 사실은 전음으로 쉴 새 없이 명일오에게 지시를 내리는 중이었다.

[좌로 이보 이동. 우측에서 베기가 온다.]
[일보 후퇴 후 좌상단 막아. 직후 상대의 허벅지를 노려.]
[우로 삼보 후 일보 전진. 찔러!]
[길게 잡고 튕겨 내. 상대는 어차피 안 쫓아와.]

한 번씩 반응이 늦을 때도 적도 있었지만, 명일오는 대체로 내 지시를 잘 따랐다. 반면 남궁수는 스스로 커다란 불리함을 안고 싸우고 있었다.

'슬슬 가상의 원이 어디까지인지 보이는군.'

가상의 원. 그 안에서 벗어나면 안 된다는 강박이, 남궁수가 제 실력을 반도 발휘하지 못하게 만들고 있었다.

바보 같은 짓이다. 내가 학관의 애송이들과 외공만으로 싸울 수 있었던 것은 과거의 내가 같은 훈련을 수없이 해 봤고, 말 그대로 외공만을 (마지막엔 아니었지만) 사용했기 때문이었다.

하지만 명일오는 내공을 자유롭게 쓸 수 있는 상황이었다.

'스스로 무덤을 판 거지 뭐.'

당황한 남궁수의 손발이 점점 어지러워지는 것이 보였다.

휘익! 명일오가 고개를 젖혀 남궁수의 검을 피한 순간, 우연히 남궁수와 나의 시선이 마주쳤다. 나는 남궁수를 심리적으로 흔들 생각으로 씩 웃어 주었다.

"!"

예상대로, 놈의 표정이 볼 만하게 일그러졌다. 나는 즉시 명일오에게 전음을 보냈다. 슬슬 제갈소영과 내기한 오십 합이 끝나가고 있었다.

[이번 공격으로 끝내자.]

휘익! 간격을 좁힌 명일오가 목검을 봉쇄하고, 오금을 걸어 남궁수를 밀었다. 동시에 강력한 내공이 담긴 목봉을 위에서 아래로 휘둘렀다.

후우웅!

나는 씩 웃으며 고개를 끄덕였다.

"끝났군."

하지만 원숭이도 가끔은 나무에서 떨어지는 법이고, 살다 보면 예상치 못한 일이 종종 벌어지는 법이다.

콰앙! 남궁수가 철판교의 수법으로 버티며 목봉을 막아 낸 순간 내 미간이 찌푸려졌고, 허리를 튕겨 벌떡 몸을 일으킨 순간 혀를 찼으며, 그걸 보고 놀라 물러나는 명일오를 보며 낮게 한숨을 쉬었다.

'놀라서 뒤로 물러나면 어쩌자는 거냐. 죽인다는 각오로 계속 덤볐어야지.'

하긴 이 정도로 해 준 것만 해도 명일오는 내가 생각했던 것보다 훨씬 잘해 주었다. 하지만 설마, 그 순간에 남궁수가 대련용 목검에 검기를 씌울 줄은 상상도 못 했다.

치직, 치지지직! 그것은 선명한 백색의 검기였다. 그걸 본 순간 어떤 강사인가 학생인가가 소리쳤다.

"천뢰검법(天雷劍法)!"

오대세가 내에서도 수위를 다투는 남궁세가의 유명한 신공절학 중 하나. 동시에 나도 소리치며 비무대 위로 뛰어 올라갔다.

"저런 미친놈이!"

그러나 한발 늦었다. 비무대를 하얗게 물들인 검기가 폭발했고, 잠시 후 명일오의 비명이 터져 나왔다.

"커헉!"

명일오가 피를 토하며 튕겨 날아왔다. 나는 허공으로 뛰어올라 날아오는 녀석의 몸을 부드럽게 받아 낸 후 지상에 착지했다.

"혀, 형님……. 커헉!"

"말하지 마라."

명일오의 몸은 피투성이였다. 검기를 겨우 막아 내면서 산산히 조각난 목봉의 나뭇조각이 몸 곳곳에 박혔다. 간신히 요혈은 다 방어한 모양이지만, 하루 이틀 요양으로 나을 부상이 아니었다.

파바박! 나는 명일오의 수혈과 혈도 몇 군데를 짚었다. 스르륵 잠이 든 명일오를 내 옆으로 달려온 제갈소영에게 넘겼다.

"괘, 괜찮아요?"

"목숨에는 지장 없으니 잠깐 데리고 있다가 의원이 오면 보여 주시오. 난 저쪽하고 얘기를 좀 해야겠어."

제갈소영에게 명일오를 맡긴 나는 고개를 돌려 남궁수를 노려봤다. 마침 남궁수도 나를 바라보고 있었다.

"죽일 작정이었나?"

"……미안하오. 긴박한 상황이다 보니 나도 모르게 검기를 사용하고 말았소."

남궁수는 난감한 표정으로 한숨을 쉬었으나, 나는 그것이 녀석의 연기라는 것을 알고 있었다.

"미안해?"

나는 킬킬 웃으며 비무대 위로 성큼성큼 걸어 올라갔다. 나도 모르게 혈교 시절의 말투가 나왔다.

"미안하면 끝나? 방금 공격으로 일오가 죽었어도 무덤 앞에서 미안하다고 한마디하고 끝낼 거야? 세상 참 편하게 사시는구만."

"……지금 뭐 하자는 거지?"

나는 남궁수와 불과 몇 걸음 떨어진 자리에 멈춰 섰다. 남궁수도 물러서지 않고 나를 노려봤다.

예상치 못한 부상자가 발생하면서 긴장감이 높아진 상황. 관객 모두의 시선이 우리를 주시하고 있었다.

'여기서 해 버려?'

나는 자리에 서서 남궁수의 실력을 가늠해 보았다. 확실히, 방금 보여준 무공은 내가 예상했던 것보다 강했다. 실력을 감추는 데 능숙하단 소리다. 어쩌면 이 이상 숨기고 있을지도 몰랐다. 그렇다고 내가 이기지 못할 정도는…….

"그만!"

내공이 담긴 쩌렁쩌렁하게 목소리가 비무대를 뒤흔들었다. 휘리릭 날듯이 비무대 위로 올라온 노군상이 엄한 눈으로 우리를 질책했다.

"백수룡 지원자. 남궁수 강사. 둘 다 자리로 돌아가시오. 더 이상의 소란은 용납하지 않을 것이오."

"……."

"……."

우리는 둘 다 움직이지 않았고, 그 행동은 천수관음 노군상의 심기를 거슬리게 했다.

"……둘 다 내 말이 들리지 않는가?"

드드드드드! 노군상의 몸에서 피어난 기세가 숨이 막힐 듯한 압력으로 우리 두 사람을 짓눌렀다.

"큭……."

"윽……."

가공할 압력에 나와 남궁수의 표정이 동시에 일그러졌다. 그뿐만 아니라, 그 기의 여파만으로도 주변의 강사들과 관객석의 학생 중 일부도 창백하게 질렸다.

"마지막 경고다. 둘 다 제자리로 돌아가라."

그 엄중한 목소리에, 남궁수가 먼저 몸을 획 돌렸다.

'새끼. 운 좋은 줄 알아라.'

나는 남궁수의 뒤통수를 쏘아본 후 천천히 몸을 돌렸다.

어쩐지 저 녀석과는 악연이 길어질 것 같다는 예감이 들었다.

47화
다음 차례요!

"아이고 우리 일오 형! 이게 대체 무슨 일이에요!"

"……골 아프니까 흔들지 마라."

온몸에 고약을 붙이고 붕대로 둘둘 만 명일오가 침상에 일자로 누워 있었고, 그 옆에 악연호가 곧 눈물이라도 쏟을 것 같은 얼굴로 명일오의 몸을 마구 흔들어 댔다.

"잠깐 뒷간 다녀온 사이에 산송장이 되다니이! 형님! 형니임! 복수는 제가 꼭 해 드릴게요!"

"……백 형. 이 자식이 지금 저 약 올리는 거 맞죠?"

"그러게 아까 뒷간 자주 간다고 적당히 놀리시 그랬냐."

"……."

"아이고, 우리 일오 형! 장가도 못 가 보고 이대로 총각 귀신이 되면……."

"……그만해, 이 자식아! 너 때문에 화병으로 죽겠다!"

결국 울컥한 명일오가 벌떡 일어나 팔을 휘둘렀고, 악연호가 후다닥 도망치면서 한바탕 난동이 벌어지려는 찰나.

"두 분 다 얌전히 못 계시겠습니까! 붕대에 피가 배어나지 않습니까!"

"죄송합니다……."

"예……."

결국 의원에게 한마디 듣고 나서야 둘이 얌전해졌다. 나는 철없는 둘의 모습을 보며 혀를 찼다.

"다 큰 놈들이 하는 짓 하곤……."

다시 침상에 누운 명일오가 고개만 들어 나를 바라봤다. 녀석이 한숨을 푹 내쉬며 말했다.

"……형님. 기껏 도와주셨는데 면목이 없습니다."

"됐다. 거기서 천뢰검법이 나올 줄 누가 알았겠냐."

"재수 없는 면상에 한 방 크게 먹일 수 있을 줄 알았는데……. 제가 꼴사납게 져 버렸네요."

"저쪽은 그렇게 생각 안 할걸."

나는 피식 웃으며 명일오의 어깨를 두드려 주었다. 명일오에겐 미안한 말이지만, 남궁수에게 명일오는 안중에도 없던 사람이었다. 그런 상대에게 잠시지만 쩔쩔매고 가문의 신공인 천뢰검법까지 사용했으니, 그 대단한 자존심에 금이 쩍쩍 갔을 것이다.

"지금쯤 이를 갈고 있을 거다. 입사하면 너나 나나 앞으로 고생 좀 할 거야."

내 말에 명일오가 히죽 웃었다. 우리와 어울리다 보니 이 녀석도 조금은 변한 것 같다.

"각오하고 있습니다."

우리 둘이 마주 보며 씩 웃고 있으니, 악연호도 싸구려 악당 같은 미소를 지으며 대화에 끼어들었다.

"흐흐흐……. 저도 마찬가지입니다."

"너 뒷간은 이제 안 가도 괜찮은 거냐?"

"……조금만 더 있다가 가려고요."

악연호가 헛기침을 하며 엉덩이를 들썩일 때였다.

"우와아아아아!"

건물 밖에서 학생들의 우렁찬 함성이 들려왔다. 아직 실기시험 대련이 끝나지 않았으니, 아마 지원자와 강사 간의 대결 중에 명승부를 펼친 모양이었다.

명일오가 내 눈치를 보며 물었다.

"곧 형님 차례도 돌아올 텐데, 안 가 보셔도 됩니까?"

"때 되면 부르겠지."

나는 시큰둥하게 대답했다. 상대가 남궁수가 아닌 이상, 누구와 붙더라도 큰 의미는 없었다.

'상대가 부관주나 매극렴이라면 또 모르겠지만……. 노군상이 그럴 것 같지는 않고. 아마 그놈이겠지.'

나는 내 상대를 대충 예상하고 있었다. 대련이 진행되는 동안 계속 날 노려보고 있었던 걸 생각하면, 그쪽도 이미 알고 있는 것 같고.

끼이익.

그때 의원의 문이 열리고 내가 아는 얼굴이 안으로 들어왔다. 두 팔로 커다란 서책을 안고 의원 안을 둘러보는 여자, 제갈소영이었다.

"앗."

곧 나를 발견한 제갈소영이 빠른 걸음으로 다가오며 물었다.

"환자분은 좀 괜찮으세요?"

"괜찮소. 대련은 어쩌고 여길?"

내가 의아한 표정으로 묻자, 제갈소영이 방긋 웃으며 말했다.

"조금 전에 끝나서 바로 왔어요."

잠깐만. 조금 전에 끝났다면…….

"조금 전에 학생들의 함성이 장난 아니던데……. 혹시 제갈 소저의 대련이었소?"

"아, 그게. 운이 좀 좋았던 것 같아요."

제갈소영은 쑥스러운지 잔머리를 귀 뒤로 넘기며 내 시선을 피했다. 천무학관을 졸업하고 이제 막 스무 살을 넘겼다고 들었는데, 그 모습만 보면 영락없는 어린 학생이었다. 하지만 내 눈에 들어오는 건 제갈소영의 얼굴이 아니었다.

'어떻게 싸우는지 한번 보고 싶군.'

아무리 관찰력이 좋아도, 겉모습을 살피는 것만으로 상대의 무공을 다 알 수는 없다.

제갈소영은 명문세가 출신답게 몸의 중심이 잘 잡혀 기본기가 튼튼해 보였지만, 그 외엔 어떤 무공을 익혔고 어떤 무기를 사용하는지 추측하기가 어려웠다.

'무기는 판관필 하나만 다루는 건가?'

때마침 그녀가 가슴에 안고 있는 커다란 서책이 들어왔다. 살인적인 두께나 질겨 보이는 가죽으로 된 표지를 보니, 웬만한 병기보다 무겁고 튼튼할 듯했다.

'설마 책을 둔기처럼 휘두르는 건 아니겠지?'

책을 향하는 내 시선을 느꼈는지, 제갈소영이 두 팔로 책을 더 꽉 끌어안으며 경계하는 표정으로 물었다.

"왜 그렇게 빤히 보세요?"

"혹시 모서리에 피가 묻어 있나 해서……."

"……네?"

"아무것도 아니오. 그래서, 병문안을 온 거요?"

"그것도 있지만……."

이때는 몰랐다. 제갈소영이 이렇게까지 눈치가 없는 여자라는 사실을. 어떻게 생글생글 웃으면서 이런 걸 물어볼 수 있단 말인가.

"우리 내기는 어떻게 된 건지 궁금해서요."
"……내기?"
"무슨 내기요?"
낯선 여인의 등장에 그때까지 숨소리조차 죽이고 있던 명일오와 악연호가 동시에 고개를 홱 돌려 나를 바라봤다. 나는 남궁수와 마주 섰을 때도 나지 않던 식은땀이 등에 흐르는 것을 느꼈다.
"내, 내기? 무슨 소리를 하는 건지……."
나는 겉으로는 모른 척하는 동시에 제갈소영에게 전음을 보냈다.

[이보시오, 소저. 그 얘긴 나중에 따로…….]

하지만 내 전음보다 빠르게, 눈을 동그랗게 뜬 제갈소영이 그걸 기억 못 하냐며 친절하고 빠르게 다 설명했다.
"오십 합 안에 명일오 지원자가 남궁 오라버니를 쓰러뜨리는 거로 내기했잖아요! 벌써 잊으셨어요?"
"……."
어색한 침묵이 의원 안에 감돌았고, 잠시 후 명일오가 배신당한 얼굴로 내게 말했다.
"형님……. 그래서 절 도와준 거였습니까?"
"그, 뭐냐……. 겸사겸사……."
명일오가 상처 입은 표정으로 나를 외면했고, 악연호가 그 옆에서 상처에 소금을 뿌렸다.
"와, 어쩜 그래. 그러니까 일오 형님이 목숨을 걸고 싸울 때, 수룡 형님은 그걸로 내기했다는 거잖아요?"
"솔직히 목숨까지 걸진 않았지."
"와, 이 형님이 아직도 반성은 안 하고……."

"……."

나는 할 말이 없어서 입을 다물었고, 두 녀석은 신이 나서 나를 물어뜯었다. 내 표정이 썩어 가는 것을 본 제갈소영이 소심하게 물었다.

"혹시 제가…… 뭔가 실수한 건가요? 그, 그렇다면 죄송해요. 평소에도 뭔가 하나에 빠지면 눈치가 없어진다는 얘기를 자주 들어서……."

제갈소영이 작은 어깨를 움츠리자, 나를 비난하던 악연호와 명일오가 당황해서 동시에 고개를 저었다.

"아, 아닙니다!"

"소저는 잘못 없습니다! 잘못이 있다면 전부 수룡 형님 잘못입니다!"

……내가 이런 것들도 동생이라고.

어쨌든 제갈소영이 움츠러든 덕분에, 이때다 싶어서 실컷 날 놀리던 두 녀석도 더 이상 함부로 입을 놀리지 못했다.

"다음부턴 조심할게요. 그런데요. 그 내기 말인데요……."

조심하겠다고 하면서도 할 말은 끝까지 하는 여자. 그것이 제갈소영이었다.

그 집념에 나는 한숨을 푹 내쉬며 말했다.

"알겠소. 오십 합 안에 남궁수를 쓰러뜨리지 못했으니 내기는 내가 진……."

"제가 졌어요."

"……음?"

나는 입을 다물고 제갈소영을 바라봤다. 그러자 제갈소영이 내 눈을 똑바로 바라보며 말을 이었다.

"남궁 오라버니가 마지막에 사용한 초식. 그건 신입 강사 지원자의 실력 확인이 목적인 이 대련에선 사용해선 안 될 초식이었다고 생각해요. 하마터면 지원자가 크게 다칠 뻔했으니까요."

제갈소영은 고개를 돌려 명일오를 바라봤다. 그의 몸에 난 수많은 상처를 본 그녀의 표정이 어두웠다.

"……그 순간 남궁 오라버니가 천뢰검법을 사용하지 않았다면 분명 뒤로 넘어졌을 거예요. 그걸 몰랐다면 모를까, 알면서도 제가 이 내기에서 이겼다고 말할 정도로 염치가 없진 않아요."

"음……."

사실 나로서는 이해가 잘 안 되는 주장이었다. 남궁수가 어떤 행동을 했건 그건 그쪽 사정이지, 넘어지지 않은 것은 분명한 사실이니까. 제갈소영은 얼마든지 자신이 이겼다고 주장할 수 있었다. 하지만 그녀는 그렇게 하지 않았다.

'자기만의 소신이겠지.'

어쨌든 나야 거절할 이유가 없었다. 게다가 내기에 걸린 상품이…….

"제가 졌으니 내기 내용대로 소원을 한 가지 들어드릴게요. 제 능력으로 들어드릴 수 있는 것이라면 그 무엇이든!"

"음."

제갈소영은 부담스러울 정도로 초롱초롱하게 눈을 빛내며 말했다. 내가 고개를 끄덕이는데, 그 순간 동시에 양쪽에서 전음이 들려왔다.

[……소원이라고요?]
[무엇이든 들어주는?]
[자신이 할 수 있는 건 뭐든지 한다고…….]
[그, 그 어떤 것도…… 그렇다면…….]

고개를 돌려보니, 둘 다 무슨 생각을 하는지 악연호와 명일오가 붉어진 얼굴로 침을 꼴깍꼴깍 삼키고 있었다.

……이 자식들이.

[이런 배신자!]

[혼자서 저런 어여쁜 소저랑!]

이 자식들 머릿속에 들어 있는 끈적끈적한 망상 때문에 한숨이 절로 나왔다.

"니들 적당히 좀 해라 진짜. 내가 제갈 소저 앞에서 부끄러워서 고개를 못 들겠다."

"네? 부끄럽다니 뭐가요?"

순진한 눈망울로 나를 바라보는 제갈소영의 시선을, 나는 감히 똑바로 마주할 수 없었다.

"흠흠. 소원은 나중에 말하겠소. 사실 지금은 생각해 둔 것도 없고."

아주 없는 것은 아니지만, 이 자리에서 말할 만한 종류의 소원은 아니었다.

"아, 네! 그럼 언제든지 생각나면 말해 주세요!"

"고맙소. 그 말을 하러 굳이 여기까지……."

"사실 그 말만 하러 온 건 아닌데……. 물어보고 싶은 것도 있고요."

"물어볼 것?"

제갈소영은 책을 꼭 껴안은 채 맞닿은 두 손가락을 꼼지락거리며 내게 물었다.

"외공 강사에 지원하신 거로 아는데, 혹시 무림사 쪽에도 조예가 깊으신가요?"

"무림사라면?"

"아까 모용세가의 검과 곤륜파의 검을 비교해 주실 때, 양쪽 역사에 모두 해박하신 것 같아서……."

"뭐…… 기본은 안다고 생각하오. 예전부터 관심이 조금 있어서."

혈교의 무공교관으로서, 언젠가 무너뜨려야 할 구파일방과 오대세가의 무공, 그리고 역사를 공부했으니까.

내 말에 제갈소영이 반가운 표정을 지었다.

"역시 그렇군요! 요즘엔 다들 무공만 익히지, 그 유래나 역사에는 관심이 없다니까요? 제가 천무학관에서 전공한 무림사 수업들도 수강생이 거의 없어서 몇 번이나 폐강했어요. 정말 관심 있는 학생이나 학점이 필요해서 듣는 학생들이 아니면 아무도 들으려고 하질 않아서……. 이게 말이 되나요? 그들에게 이런 말을 해 주고 싶어요. 역사를 잊은 무인에게 깨달음은 없다!"

숨 쉴 틈도 없이 빠르게 쏟아내는 말에 나는 어안이 벙벙해서 고개를 끄덕였다.

"어……. 뭐, 그렇지."

"저처럼 무림사에 관심이 있는 선생님이라니! 정말 너무 반가워요! 사실 기대도 안 했는데……."

얼마나 흥분했는지, 제갈소영의 얼굴이 붉게 상기돼 있었다. 내가 여자였으면 두 손을 마주 잡고 폴짝폴짝 뛰었을 기세였다.

"저희 다음에 또 대화할 기회가 있겠죠? 그땐 지금보다 더 깊이 있는 대화를……."

잔뜩 기대하는 얼굴에 대고 차마 귀찮다고 말할 수가 없었다.

"음. 우리 둘 다 신입 강사에 합격한다면 그렇겠지?"

"그럼 걱정 안 해도 되겠네요."

제갈소영이 안도의 한숨을 내쉬었다.

그녀는 조금 더 나와 대화하고 싶은 눈치였으나, 명일오와 악연호를 슬쩍 보고는 얼굴을 붉혔다.

"또 저 혼자서 너무 신나서 떠들었네요. 환자분도 계신데……. 전 이만 가 볼게요."

"살펴 가시오."

"네! 다음에 또 뵐게요."

선생님에게 인사하는 학생처럼 꾸벅 고개를 숙인 제갈영이 몸을 돌려 의원을 나갔다. 그 발걸음이 가볍고 쾌활해서 절로 웃음이 새어 나왔다.

"졸업한 지 얼마 안 돼서 그런가."

어쩐지 강사라기보다는 가르치는 학생에 가까운 느낌이었다. 내가 피식 웃으며 고개를 절레절레 젓는데, 내 옆에서 으스스한 목소리들이 들려왔다.

"형님."

"형니임……."

제갈영이 있을 땐 한마디도 제대로 못 하던 두 녀석이 기다렸다는 듯 말을 쏟아냈다.

"뭡니까 혼자! 저희도 좀 친해집시다!"

"저렇게 아름다운 소저랑 언제 친분을……."

"내가 뒷간에 가고 일오 형이 쥐어터지고 있을 때? 그때 수작을 부린 겁니까?"

"될 놈은 된다더니. 항상 남자 셋이 모여서 청승맞게 술을 마셨는데 어느새 혼자……."

"앞으론 저분도 같이 먹자고 해요!"

……이놈들은 글렀어.

내가 혀를 차며 질척하게 달라붙는 놈들을 밀어낼 때였다.

"백수룡 지원자! 여기 있습니까?"

제갈소영이 나가며 닫혔던 의원의 문이 열리고, 청룡학관에서 근무하는 일반 무사 중 한 명이 들어왔다.

그가 날 보더니 한숨을 내쉬었다.

"여기 있었군. 서둘러 준비하시오! 다음 대련 차례요!"

48화
역린

"올해 지원자들의 수준은 어떤 것 같나?"
 학생들을 위해 마련된 관객석. 그중에 비무대와 가장 가까운 자리에는 일필휘지로 이렇게 쓰여 있었다.

학생회장석(學生會長席)

 눈썹이 짙고 강인한 인상의 청년이, 비무대 위 강사들의 움직임을 낱낱이 살피고 있었다. 그가 올해 청룡학관 학생회 회장, 독고준이었다.
 "대부분은 수준 미달이지만, 몇 명은 꽤 좋은 평가를 받고 있습니다."
 독고준의 바로 옆자리에는 차가운 눈매를 지닌 여인, 학생회의 부회장이자 지낭(智囊)인 당소소가 있었다. 그리고 두 사람의 주위로 학생회 간부들이 둘러앉아, 비무대 위에서 자신의 실력을 증명하고자 하는 신입 강사 지원자들을 냉철하게 살폈다.
 올해부터 청룡학관 신입 강사 실기시험에는 학생 평가가 반영되기에, 지원자들은 학생들의 눈치를, 특히 영향력이 막강한 학생회의 눈치를 볼 수밖에 없었다.

"몇 명이라……. 구체적으로 듣고 싶군."

독고준이 팔짱을 끼며 묻자, 당소소가 옆에 있던 서류를 들어 보이며 사무적으로 말했다.

"대체로 높은 평가를 받은 지원자들을 말씀드리면 산동악가의 악연호, 명가장의 명일오, 제갈세가의 제갈소영, 그리고 곽가방의 곽두용……."

"곽두용? 부관주님의 오촌?"

독고준이 그 이름이 왜 나오냐는 눈빛으로 묻자, 당소소가 어깨를 으쓱했다.

"……이상하게 평가가 나쁘지 않았어요. 제 기준에선 솔직히 미달이지만……."

"학생들의 평가가 좋다?"

"주로 남학생들에게 평가가 좋은 편이에요. 가문의 어른에게 당당히 맞서는 모습에 울컥했다는 의견이 많네요."

학생회에서는 매번 대련이 시작되기 전에 관객석에 있는 학생들에게 〈신입 강사 평가지〉를 돌렸다. 그 서류들을 모아 정리한 것이 지금 당소소가 손에 들고 있는 서류였다.

독고준이 낮게 한숨을 내쉬며 말했다.

"신입 강사를 뽑는 거지, 인기투표가 아닌데 말이야."

"인기도 무시할 순 없어요. 학생들에게 호감을 얻는 강사일수록 학생들도 더 배우려고 하는 법이니까요."

"강사로서 실력만 있으면 호감은 얼마든지 얻을 수 있어."

"회장 말도 틀리진 않지만, 그만큼의 실력도 있는 강사는 흔치 않아요. 실력 외적인 요소도 생각해야 해요."

독고준이 이상주의자라면, 당소소는 현실주의자였다. 주어진 상황 내에서 냉철한 판단으로 최선의 결과물을 내는 것이 그녀의 성격이자 역할

이었다.

물론, 그녀가 항상 냉철한 이성을 유지하는 것은 아니었다.

"그리고 가장 주목해야 할 한 분이 있어요. 바로……."

당소소는 손에 들고 있던 서류를 내팽개치듯 내려놓고, 품 안에 고이 넣어 두었던 용모파기를 꺼내 들었다.

거기에는 푸른 무복을 입은 잘생긴 청년의 상반신이 그려져 있었다.

"바로 이분. 백수룡 선생님……. 모든 면에서 완벽한 분……. 하아……."

얼음장 같았던 당소소의 표정이 흐물흐물하게 녹아내렸다. 그녀는 백수룡의 용모파기를 두 뺨에 대고 조심스럽게 비볐다. 독고준은 누가 볼세라 용모파기에 코를 대고 킁킁거리는 그녀의 얼굴을 소매로 가렸다.

"부회장! 정신 안 차릴래?"

"하아. 너무 잘생겼어……. 게다가 무공도 고강하시고……. 아까 들으니 무림사에 해박하시기까지……."

백수룡의 용모파기를 볼 때마다 정신을 반쯤 놓는 것이 일상이 된 당소소였다.

"중증이군. 중증이야."

"어쩌다 우리 부회장이……."

"왜? 뭐!"

학생회 간부들이 그 모습을 보며 혀를 차자, 당소소가 눈을 치뜨며 그들을 째려봤다.

"문무겸비에 시선을 한 번에 끌어당기는 잘생긴 얼굴. 게다가 시범 강의에서 보여 준 완벽한 검법까지. 이 이상 완벽한 합격자가 있어?"

"……."

"흥. 아무도 반박 못 하겠지?"

코웃음을 친 당소소는 학생회의 선도부를 담당하는 쌍둥이, 청룡쌍걸을 돌아보며 말했다.

"선도부는 오늘 백수룡 지원자에게 낮은 점수를 주는 학생들은 따로 명부를 만들어 두도록 하세요. 타 학관의 간자일 확률도 있으니까요."

"……."

"……."

그 황당한 지시에 청룡쌍걸이 독고준을 바라보자, 독고준이 얼굴을 가리고 한숨을 쉬었다.

"그만해, 부회장. 진담인 것 같아서 무서우니까."

"회장. 저는 항상 진담입니다. 만약 백수룡 선생님이 다른 학관으로 간다면 우리가 얼마나 손해를 보게 될지 생각해 보셨나요?"

"그건……."

흐물흐물하게 녹아내렸던 당소소의 표정이 다시 차갑게 굳었다.

"솔직하게 말씀드릴까요? 저분 실력이면 오대학관 중 어디에서도 환영할 겁니다. 제가 알아보니 단지 인맥이 부족해서 청룡학관에만 지원했을 뿐이에요."

"그건……."

"만약 저분이 주작학관이나 백호, 현무학관에 간다고 하면 우리가 잡을 방법이 있을까요?"

"……."

당소소는 지금 매우 현실적인 이야기를 하고 있었다.

청룡학관은 무림 오대학관으로 명성을 날리고 있지만, 최근 십 년 동안 그 명성은 점점 추락하고 있었다. 연말에 열리는 오대학관 최대의 공동 행사, '천무제(天武祭)'에서 십 년 연속 최하위를 한 것이 가장 큰 이유였다.

─쯧쯧. 청룡학관도 한물갔군.

-한때는 천무제에서 수위를 다투었는데…….
-그곳 학생들도 강사들도 예전 같지 않더라고.

매년 그들의 선배들은 그런 수군거림을 들으며 청룡학관으로 돌아왔고, 그런 일이 십 년 이상 되풀이되었다.
더 이상, 무림에서 촉망받는 후기지수들은 청룡학관에 입관하려 하지 않았다. 최고의 강사들도 청룡학관에서 학생들을 가르치려 하지 않았다.
"……."
누구보다 그 사실을 잘 아는 것이 학생회의 학생들이었다. 당소소는 그들의 역린을 사정없이 건드리고 있었다.
"우리만 따질 때가 아니에요. 좋은 강사님이 있다면 어떻게든 데려와야 해요. 청룡학관이 과거의 영광을 되찾도록 하는 것. 그게 우리의 가장 큰 목표 아니었나요?"
그제야 그녀의 말을 이해한 학생회 학생들이 굳은 표정으로 고개를 끄덕였다. 독고준도 어느새 진지한 표정으로 그녀를 바라보고 있었다.
"부회장의 말은 이해했어. 그래도 명부를 만드는 건 과한 것 같군. 일단 상황을 좀 더 지켜보지. 아직 그의 대련이 시작된 것도 아니니까."
"……네."
"알겠습니다."
대화는 조금 처진 분위기로 마무리되었고, 각자 생각으로 머릿속이 복잡한지 잠시 침묵이 흘렀다.
독고준은 다시 비무대로 고개를 돌렸다.
"하아압!"
비무대 위에서 이름 모를 신입 강사 지원자가 열심히 싸우고 있었지만, 독고준은 그 지원자를 보고 있지 않았다.

'백수룡은 이다음, 마지막 차례인가.'

시범 강의에서 마지막 순서였던 백수룡은 대련에서도 마지막 순서였다.

'시범 강의에서 보여 준 실력은 분명 놀라웠다.'

작은 원을 그려 놓고, 그 안에서 벗어나지 않고 열 명의 학생들의 공격을 일각 동안 버텨 냈다.

그냥 열 명이 아니다. 팽사혁과 현원강, 그리고 당소소가 포함된 열 명이었다. 아무리 그들이 내공을 사용하지 않았다고 해도, 보통 실력으로 가능한 일이 아니었다. 백수룡은 그것만으로 합격에 충분한 실력을 보여 줬다.

'이번에도 상대로 누가 올라와도 합격할 만한 실력을 보여 주겠지.'

동료를 다치게 했다는 이유로 남궁수에게 덤비려 했던 인물이다. 노군상이 올라오지 않았다면 정말 충돌했을 것이다.

둘이 대련으로 붙는다면 어떻게 될까?

독고준은 머릿속에서 가상의 대결을 펼쳐 보려 했지만, 아직 그의 경지로는 어려운 일이었다.

'어쨌든 뛰어난 강사가 늘어나는 것은 좋은 일이다. 훌륭한 교육이 뒷받침되고, 학생들이 열심히 수련한다면…… 내 대에서 반드시!'

으득. 독고준은 조용히 이를 악물었다. 나이 차이가 많이 나는 그의 첫째 형님도, 세 살 터울의 둘째 형님도, 그리고 독고준의 아버지도 과거에 청룡학관을 졸업했다.

절강에 위치한 독고세가는 대대로 청룡학관을 졸업했고, 그 사실에 큰 자부심을 여겨왔다. 하지만 그 자부심은 언제부터인가 부끄러움으로 변했다.

—청룡학관에 다닌다고? 음…….

―차라리 주작학관이나 현무학관 입관 시험을 보지 그랬느냐?
―거긴 다른 사대학관에 갈 실력이 안 되는 아이들이 마지못해 간다는 말이 있던데…….

분했다. 아버지와 형님들이 자랑스럽게 여기던 청룡학관이 이런 취급을 받는다는 것이, 독고준은 참을 수 없이 화가 났다. 때문에 다른 학관에 충분히 갈 수 있었음에도 불구하고, 그는 청룡학관을 택했다.
'스스로 바뀌지 않는다면, 내 손으로 바꾸겠다.'
이대로 이삼 년만 더 지나면, 청룡학관은 더 이상 천무제에 참여하지 못하게 될 수도 있었다.
'이번엔 다르다. 절대 천무제에서 최하위가 되도록 내버려 두지 않아!'
독고준이 굳은 각오를 다지는 사이 대련이 끝났다.
이름 모를 지원자는 나름대로 열심히 싸웠으나, 강사와의 실력 차이를 절감하고 스스로 패배를 선언했다.
잠시 후 비무대 위로 올라온 노군상이 관객석을 죽 둘러보며 웃었다.
"어느덧 마지막 대련만 남았군. 많은 학생들이 기대하는 듯한데."
"예! 기다리고 있습니다!"
"빨리 시작해 주세요!"
성격 급한 학생들의 반응에 노군상이 껄껄 웃더니, 마지막 대련에 나설 두 사람을 호명했다.
"배수룡 지원사. 그리고 양이락 선생은 비무대 위로 올라오시오."
"누구?"
"양이락?"
관객석에서 왜 백수룡의 상대가 남궁수가 아니냐는 불만이 잠시 터져 나왔다. 하지만 백수룡이 비무대 위로 올라오자 곧바로 잠잠해졌다.
저벅저벅. 느긋한 걸음걸이. 고작 걸어오는 것만으로 모두의 시선을 끌어모은 그가 비무대 중앙에 섰다.

"백수룡입니다."

백수룡이 몸을 돌려 관객석을 향해 포권을 취하자, 그 헌앙한 모습에 일부 여학생들이 입을 틀어막았다.

반면 그 반대편에서 올라온 양이락에겐 아무도 관심이 없었다.

"양이락이오. 인기가 대단하시군."

한눈에 보아도 양이락의 얼굴에는 백수룡에 대한 적대감이 가득했다. 실력을 확인하기 위한 대련이 아니라, 상대를 박살 내겠다는 마음이 독고준에게까지 전해질 지경이었다.

찌이이익! 무복을 찢어내듯 벗어던진 양이락이 근육으로 꽉 찬 육체를 자랑하며 히죽 웃었다.

"공교롭게도 외공을 가르치는 사람들끼리 만났군. 이것도 인연인데, 우리 사내답게 무기는 내려놓고 권각으로 겨루는 것이 어떻소?"

'사내답게? 무슨 말도 안 되는······.'

머릿속까지 근육으로 꽉 찬 것이 문제지만, 양이락의 저 육체로 펼치는 권각술은 무림일절이라 불리기에 부족함이 없었다.

반면에 백수룡은 뛰어난 검수였다. 양이락의 제안은 검수에게 검을 놓고 팔다리로만 싸우자는 말이었다.

"그런 저급한 도발에 걸려들지 마시오. 당신의 실력을 제대로······."

독고준은 안타까운 마음에 백수룡을 바라보며 중얼거렸으나, 백수룡은 흔쾌히 고개를 끄덕였다.

"좋습니다. 무기 없이 하죠."

양이락의 안색이 대번에 밝아졌다. 그냥 한번 던져 본 미끼에 백수룡이 걸려든 것이다.

"흐흐. 과연 몸을 단련하는 사내답게 호쾌한 맛이 있군. 마음에 들어."

"이제 시작해도 됩니까?"

"천천히 즐기면서 하자고. 어차피 우리가 마지막이라 다음 차례가 있는 것도 아니고…….."

"관주님. 시작해도 됩니까?"

"……둘 다 준비가 끝난 것 같으니 시작하시게."

"어이!"

자신의 말을 무시하고 노군상에게 묻는 백수룡의 모습에, 양이락의 목에 핏대가 섰다. 그가 전신 근육을 울룩불룩 꿈틀대며 백수룡에게 성큼성큼 걸어갔다.

"애송이가 하늘 높은 줄 모르는군. 일단 좀 맞아야 얌전해질……."

그 순간, 백수룡의 모습이 양이락의 시야에서 사라졌다.

"뭐, 뭐야! 어디로…….."

당황한 양이락이 주위를 두리번거릴 때, 바로 그의 등 뒤에서 백수룡의 목소리가 들려왔다.

"내가 오면서 생각을 해 봤는데 말이야. 어떤 식으로 이기든, 너 같은 걸 이겨 봤자 모두에게 큰 인상을 주긴 힘들 것 같더라고."

"꿀꺽…….."

양이락은 제자리에 가만히 선 채로 꼼짝도 할 수 없었다.

왜냐하면 어느새 자신의 등에 닿아 있는 백수룡의 손바닥에 실린 무시무시한 기운이, 조금이라도 움직였다간 등뼈를 박살 낼 것이 확실했으니까.

"그러니까 그냥 빨리 끝낼게. 응?"

"사, 살려…….."

"에이. 누가 죽인대? 옛날 직장 같았으면 죽이거나 병신으로 만들었겠지만, 여긴 그러면 안 되는 곳이잖아."

"휴…….."

겨우 안도의 한숨을 내쉬는 양이락의 귓가에 대고, 백수룡이 악마처럼 킬킬 웃으며 작게 속삭였다.
"누가 안심하래? 안 죽인다고 했지, 안 때린다고는 안 했는데."
"그, 그건……!"
빠아아아아아악! 어마어마한 소리와 함께, 비무대 밖으로 튕겨 날아간 양이락은 정확히 남궁수 앞에 떨어졌다.
한동안 몸을 꿈틀대던 양이락이 축 늘어졌다.
"……이게 뭐 하는 짓이지?"
남궁수가 활활 타오르는 시선으로 백수룡을 노려봤다. 이것이 아까 자신이 명일오에게 한 행동에 대한 보복이라는 것을 모르지 않았다.
백수룡이 어깨를 으쓱하며 말했다.
"왜 그렇게 놀랍니까? 보면 알겠지만 안 죽었습니다. 워낙 튼튼해서 뼈도 무사하고. 근육이 좀 파열되긴 했겠지만 몇 달 정양하면 괜찮아질 겁니다."
"몇 달이라니. 그럼 그동안 양 선생의 수업은……."
"뭐가 걱정이야. 내가 하면 되지."
"……."
순간 두 사람의 시선이 허공에서 부딪혀 불꽃이 튀는 듯했다.
노군상이 둘 사이로 끼어들며 불호령을 내렸다.
"그만하게! 자네들 또……!"
"여러분에게 하고 싶은 말이 있습니다."
몸을 빙글 돌린 백수룡이 관객석의 학생들을 바라봤다. 학생들을 쭉 훑던 그의 시선이 정확히 독고준에게서 멈췄다.
"제가 이곳까지 오면서 청룡학관에 대해 들었던 말이 어떤 것인지 아십니까?"
"……."
독고준에게는 그 말이 마치, 자신에게 직접 하는 말처럼 들렸다.

"예전 같지 않다. 한물갔다. 더 이상 무림 오대학관에 포함시켜서는 안 된다는 말이었습니다."

"……."

백수룡이 싸늘한 표정으로 내뱉는 몇 마디에, 그 자리에 있던 모든 사람의 표정이 얼어붙었다.

학생들을 쭉 둘러본 백수룡이 혀를 차며 차갑게 다음 말을 내뱉었다.

49화

선전포고

"니들은 그런 말을 듣고도 밥이 넘어가냐?"
나는 그렇게 말한 다음 관객석에 있는 학생들의 반응을 살폈다.
처음에는 다들 '내가 잘못 들었나?' 하는 표정이었다.
그때 나와 눈이 마주친 학생회장의 표정이 분노로 일그러지는 것이 보였다.
'독고준이라고 했나. 반응 한번 좋네.'
다른 학생들의 반응은 그보다 조금씩 늦었다.
"……지금 뭐라고 한 거야?"
"밥이 넘어가냐고?"
"하. 어이가 없어서 진짜…….."
"벌써 강사라도 된 줄 아는 모양이지?"
순식간에 민심이 들끓기 시작했다. 공기가 뜨거워지고, 몇몇은 내게 분노를 넘어 살기를 내뿜었다. 내게 무조건적인 호의를 보내던 여학생들마저 표정이 딱딱하게 굳어 있었다.
덕분에 나는 오히려 안심했다.

'이 정도면 아직 최악은 아니군.'

고개를 돌려 강사들을 모여 있는 곳을 바라보니, 그들도 비슷한 표정을 짓고 있었다.

노군상이 당황한 표정으로 내게 물었다.

"자네 지금 무슨 말을 하는 건가?"

"오면서 들었던 말을, 그리고 제 생각을 솔직하게 말했을 뿐입니다."

"……이 자리에서 그런 말을 해야 하는 이유가 있나?"

"예. 이유가 있습니다."

단호하게 고개를 끄덕인 내가 말을 이어 나가려 할 때, 공기가 얼어붙을 듯 싸늘한 목소리가 울려 퍼졌다.

"당장 거기서 내려와."

남궁수였다. 녀석은 명일오에게 천뢰검법을 사용할 때도 짓지 않았던 살기 가득한 표정으로 나를 노려보고 있었다.

"내 손으로 끌어내기 전에."

"내가 틀린 말이라도 했나?"

"청룡학관은 네놈이 멋대로 평가해도 될 곳이 아니다."

"……"

나는 가만히 남궁수를 바라보았다. 자존심과 승부욕으로 똘똘 뭉쳐 있는 인간. 아마 방금 내가 한 말이 그 무엇보다 듣기 싫었을 것이다. 마치 과거의 나를 보는 듯해서, 절로 쓴웃음이 나왔다.

"진짜 못났군."

"……내 인내심의 한계를 시험해 보고 싶은 건가?"

"항상 이런 식으로 현실을 외면해 왔나 본데, 이래선 아무것도 바꿀 수 없어."

"아무것도 모르는 자들은 속 편하게 지껄여 대지. 이곳의 모두가 필사적으로 노력하고 있다."

"필사적? 여기 있는 누구도 죽을 것처럼 보이진 않는데."

"되지도 않는 말장난을······."

우리의 설전을 지켜보던 노군상이 내공을 담아 소리쳤다.

"둘 다 그만하게!"

우리가 동시에 입을 다물자, 노군상이 부리부리한 눈으로 나를 노려보며 말했다.

"백수룡 지원자는 하려던 말을 계속해 보게."

"학관주님!"

"남궁 선생은 가만히 있으시게. 그의 말이 도를 넘는다 싶으면 내 손으로 직접 끌어낼 것이니."

나는 노군상의 시선을 피하지 않고 똑바로 마주 봤다. 그것은 어젯밤 내게 "좋은 선생이 되어 주길 바라네."라고 말하던 사람의 눈빛이 아니었다. 청룡학관의 최고 책임자이자 고강한 경지에 이른 위대한 무인이, 나를 꿰뚫을 듯한 시선으로 노려보고 있었다.

"하고 싶은 말이 있다면 한번 해 보게. 허나 만약 그 의도가 청룡학관과 나를 기만하려는 것이라면······ 내 직접 그 죄를 물을 것이야."

츠츠츠츳! 노군상의 몸에서 피어오른 무시무시한 기세에, 내 온몸의 솜털이 바짝 곤두섰다.

'이거 까딱했다간 목을 내놓아야 할 수도 있겠는데.'

물론 그럴 일은 없을 것이다. 이 모든 상황이 내가 의도한 그림이니까.

"기회를 주셔서 감사합니다."

노군상에게 정중하게 포권을 취한 뒤, 나는 고개를 돌려 관객석을 응시했다.

'그래. 이 정도는 되어야지.'

대부분의 학생들이 불쾌한 표정으로 나를 쏘아보고 있었다. 이제부터 저들은 나의 한마디 한마디를 평가하고 심판하려 할 것이다.

"방금 제 말이 여러분에겐 불쾌하게 들렸을 것을 압니다. 하지만 잠시만 제 이야기를 들어주셨으면 합니다."

나는 학생들에게 가볍게 포권을 취한 후, 목소리에 내공을 실어 말하기 시작했다.

"저는 사람을 관찰하는 것이 특기이자 취미입니다. 어릴 때부터 살아남기 위해 눈치를 보던 것이 어느새 습관이 되어 버렸습니다."

"……?"

"무슨 소리야?"

갑자기 뜬금없는 이야기를 하자, 학생들의 표정에 의아함이 어렸다.

나는 개의치 않고 말을 이었다.

"사람의 언행과 모습을 자세히 관찰하다 보면 말이죠. 그 사람의 무공과 성격, 살아온 인생도 대충은 짐작이 가능합니다."

"하! 신입 강사가 아니라 점쟁이가 오셨군."

누군가의 말에 여기저기 비웃음이 터져 나왔다. 불쾌한 시선들에 비아냥거림과 조롱이 더해진다.

나는 신경 쓰지 않고 이야기를 계속했다.

"이곳까지 오는 길에 꽤 많은 사람을 만났습니다."

나는 고개를 돌려 한 사람을 찾았다.

지원자들 사이에 멀뚱멀뚱 서 있던 곽두용이 나와 눈이 마주치자 의아한 표정을 지었다. 나는 그를 향해 피식 웃어 주었다.

"누군가는 청룡학관을 무시하며, 주작학관이 최고라고 하더군요. 그는 자신이 청룡학관 강사가 되는 것쯤은 간단한 일이라며 자신만만했습니다."

꿀꺽. 마른침을 삼킨 곽두용이 흔들리는 눈빛으로 고개를 좌우로 저었다. 제발 그 사람이 자신이라는 사실을 제발 말하지 말아 달라는 간절한 눈빛. 피식 웃은 나는 곽두용에게서 고개를 돌려, 그 주변에 있는 다른 지원자들을 바라봤다.

"또 이런 일도 있었습니다. 어쩌다 보니 다른 지원자들과 함께 돈 많은 부잣집 학생에게 술을 얻어먹게 되었는데…… 글쎄 강사라는 자들이 그 학생에게 간도 쓸개도 다 빼줄 것처럼 비위를 맞추지 뭡니까?"

"……!"

그날 술자리에 함께 있었던 지원자들의 얼굴이 하얗게 질렸다.

나는 그들을 한 명 한 명 노려보며 말했다.

"자존심도 없는지 선생이 학생에게 굽신대며 잘 봐달라고 하질 않나, 심지어 술을 따르는 자도 있더군요."

"무, 무슨……."

"우리가 언제……."

다들 내가 자신들을 진흙탕으로 끌어들일까 걱정되는지 초조한 표정이었다.

몇 명은 나를 죽일 듯이 노려보면서 전음으로 협박, 애원, 욕설을 퍼부었다.

[이러고도 무사할 것 같소?]
[백 선생. 동종업계 종사자끼리 이러지 맙시다…….]
[야 이 개새끼야! 나한테 무슨 억하심정이 있어서 지랄이야!]

대부분은 그냥 무시했는데, 한 사람의 전음만은 무시할 수 없었다.

매극렴이 초조한 표정으로 전음을 보냈다.

[대체 뭘 하려는 게냐. 다 끝난 이야기를 왜 다시 꺼내서…….]
[할아버님. 걱정하지 마십시오. 학관에 해가 되는 행동을 하려는 게 아닙니다.]

나는 학생들에게 신입 강사 지원자들이 얼마나 한심한 자들인지, 그 민낯을 고발하려고 이 자리에 선 것이 아니었다.

"강사들에 대한 이야기는 여기까지 하지요. 이제 여러분들에 관한 이야기를 좀 해 보겠습니다."

나는 관객석에 앉은 학생들을 쭉 둘러봤다. 대부분 낯선 얼굴이었지만, 그중에는 익숙한 얼굴들도 간혹 보였다.

'저 녀석도 있군.'

마침 삐딱한 시선으로 멀리서 날 내려 보고 있는 헌원강과 눈이 마주쳤다.

"이곳에 와서 대단한 재능을 가진 친구를 본 적 있습니다. 술에 취해서 행패를 부리고 있었는데, 주변에서 하는 소리를 들으니 학관에서 유명한 망나니라고 하더군요."

"저 새끼가……!"

주변에서 모여드는 시선에 헌원강이 화난 얼굴로 나를 노려봤다. 알 만한 사람은 다 아는 이야기. 아무리 얼굴이 두꺼운 녀석이라고 해도, 대놓고 자신을 망나니라고 부르는데 아무렇지 않을 리 없었다.

나는 이를 박박 갈며 나를 노려보는 헌원강에게 대놓고 들으란 듯이 말했다.

"그 학생은 엄청난 재능을 가지고도 인생을 낭비하고 있었습니다. 어린놈이 인생 다 산 노인 같은 얼굴을 하고 있더군요."

"닥쳐! 나에 대해 뭘 안다고 지껄여!"

"물어보면 알려 줄 건가?"

"빌어먹을!"

자리에서 벌떡 일어난 헌원강이 관객석을 박차고 떠났다. 나는 그 작아지는 뒷모습을 바라보며 말했다.

"저 친구뿐만이 아닙니다. 이곳에 와서 재능 있는 친구들을 여럿 보았습니다."

 나는 차례대로 독고준, 당소소, 팽사혁을 보았다. 팽사혁은 내 시선이 자신에게 머문 것을 느끼자 거북하다는 표정을 지었다.

 "좋은 집안에서 태어난 어떤 학생은 예비 강사들을 초대해 은근히 자신의 권력을 과시하더군요."

 "……."

 팽사혁은 애써 태연한 표정을 짓고 있었지만, 내 눈에는 무릎 위에 올린 두 주먹을 불끈 쥐고 있는 것이 보였다.

 "왜 그럴까 생각해 봤습니다. 태생부터 못된 놈이라서? 학관을 장악하고 유치한 권력 놀이를 하고 싶어서? 글쎄요……. 제 생각엔 다 아닙니다."

 조용히 이를 악문 팽사혁의 어깨가 위아래로 천천히 들썩였다. 주변의 학생들이 팽사혁의 눈치를 보았다.

 그 모습을 본 나는 가볍게 혀를 차며 말을 이었다.

 "바로 열등감 때문입니다."

 "감히……!"

 나는 팽사혁의 살기 어린 시선을 무시하며 고개를 돌렸다. 그리고 아직 이름은 모르는 수많은 학생들에게 눈길을 주었다.

 "제 눈으로 직접 본 청룡학관은 소문과 다르게, 젊고 재능 있는 후기지수들의 화수분이었습니다."

 "……."

 하지만 한 가지 커다란 문제가 있었다. 나는 그 문제를 지적하고 싶어 이 자리에 섰다.

 "여러분의 공통점이 뭔지 아십니까?"

 다들 처음과는 조금 달라진 시선으로 내 말을 듣고 있었다. 여전히 불쾌감과 싸늘함이 더 많지만, 그중에는 호기심과 어떤 희망적인 기대로 나를 바라보는 학생들도 있었다.

그 순간, 나는 싸늘하게 웃으며 말투를 바꿨다.

"오대학관 중 최하위라는 열등감과 패배 의식에 젖다 못해, 바뀔 수 있다는 생각조차 하지 않고 있다는 거야."

독설을 내뱉으며, 어떤 희망적인 이야기를 듣고 싶었을 학생들의 일말의 기대감마저 박살 냈다.

"현실을 바꿀 수 없다는 생각에 술에 취해 주정이나 부리고, 강사들을 괴롭히며 나는 이런 쓰레기 같은 학관에 다닐 인재가 아니라고 자위하며, 매일 변명이나 늘어놓으면서, 스스로를 기만하고 있지."

쾅! 땅을 울리는 진각과 함께 한 학생이 자리를 박차고 일어났다.

"그 말은 틀렸습니다!"

학생회장 독고준이 날 태워죽일 듯한 눈빛으로 쏘아보고 있었다.

"올해의 우리는 다릅니다. 죽을 각오로 노력할 준비가 되어 있고, 그 노력의 결과물을 올해야말로 보여 줄 겁니다!"

당당한 포부는 마음에 들었지만, 포부만으로는 결과물을 내지 못한다. 나는 독고준에게 물었다.

"학생회의 올해 목표는 뭐지?"

"천무제에서 작년보다 높은 성적을 거두는 겁니다."

"구체적으로 몇 위를 노리고 있는지 물어봐도 되나?"

"그건……."

독고준이 머뭇거리자, 그 옆에 있던 당소소가 눈을 빛내며 말했다.

"현실적으로 백호학관을 이기는 것을 목표로 삼고 있어요."

백호학관은 작년 천무제에서 종합 성적 4위를 기록했다.

고작 꼴찌에서 벗어나는 게 목표라니…….

나는 한숨을 푹 내쉬었다.

"……왜 한숨을 내쉬시죠? 강사님도 저희가 못 할 거라고 생각하시나요?"
 당소소가 입술을 질끈 깨물며 나를 바라봤다. 나는 그녀를 바라보다가, 고개를 돌려 독고준과 다른 학생회 간부들의 표정도 살폈다.
 '다들 불안해하고 있군.'
 그들은 자신들이 내세운 목표를 스스로도 믿지 못하고 있었다. 나는 고개를 돌려 다른 학생들도 살폈다.
 '천무제'라는 말이 나온 순간부터, 대부분의 학생들의 표정이 흐려져 있었다.
 '대체 다른 학관들과 얼마나 격차가 심하단 말이야?'
 천무제(天武祭). 이 도시에 도착한 후로, 여기저기서 그와 관련된 이야기를 하는 것을 들었다.

 ─젠장. 십 년 연속 최하위라고…….
 ─올해는 다르다면서 학생회에서 벼르고 있던데.
 ─그렇게 바뀔 거였으면 진작 바뀌었지. 작년에는 4등하고도 점수 차이가 두 배였다고. 그야말로 압도적인 최하위였지.
 ─그래도 독고준이라면…….

 내 눈으로 직접 보지 않았기에, 청룡학관과 다른 학관들의 정확한 격차를 알 수는 없다. 하지만 확실한 것은, 이들은 천무제라는 행사 자체에 공포를 느끼고 있다는 사실이었다.
 학생들의 겁먹고 주눅 든 모습을 바라보며, 나는 천천히 입을 열었다.
 "여러분. 저는 이곳에 일타강사가 되기 위해 청룡학관에 왔습니다."
 갑작스러운 내 말에 강사들과 학생들이 황당하다는 표정을 지었다.
 "일타강사가 되는 거. 별로 어려운 일은 아니라고 생각했습니다."
 이어진 내 말에 대부분이 코웃음을 치고 비아냥거렸다.

나는 개의치 않고 말을 이었다.

"그런데 어떤 분이 제게 그러더군요. 일타강사가 되기 전에 좋은 선생이 되라고요."

"……."

지난밤 노군상이 던진 화두는 밤새 내 머릿속을 떠나지 않았다. 동시에 내가 과거에 키운 제자들의 얼굴도 떠나지 않았다.

"좋은 선생이란 게 뭘까 밤새 생각했습니다. 일타강사가 되는 것보다 어려운 건 확실하더군요. 일타강사는 그냥 고수만 많이 만들면 될 것 같은데, 그랬다간 좋은 선생 소리 듣긴 힘들 것 같고……."

혈교에서 하던 방식대로 가르치면 일타강사 소리는 금방 들을 수 있을 것이다. 하지만 그래서야 과거의 실수를 반복하는 것밖에 되지 않을 테지.

"그래서 다시 계획을 세우기로 했습니다. 일타강사도 되고, 좋은 선생도 한번 돼 보기로요."

나는 씩 웃으며 앞으로 내가 가르치게 될지도 모를 학생들을 바라봤다. 아직은 서로 잘 모르지만, 함께 배우고 가르치고 뒹굴고 하다 보면 많은 것을 알아가게 될 것이다.

"그래서 말인데……."

앞으로 일 년 후, 이 녀석들이 날 어떻게 생각하게 될지 궁금했다.

'일단 너희들의 열등감부터 없애 주마.'

나는 대수롭지 않은 투로, 하지만 모두가 들을 수 있도록 목소리에 내공을 가득 담아 말했다.

"올해 천무제, 제가 책임지고 청룡학관을 우승시키겠습니다."

- 2권에 계속

일타강사 백사부 1

1판 1쇄 인쇄 2025년 6월 2일
1판 1쇄 발행 2025년 6월 18일

지은이 간짜장
펴낸이 김영곤
펴낸곳 ㈜북이십일 아르테팝

편집팀 정지은 김지혜 이영애 김경애 박지석
출판마케팅팀 남정한 나은경 한경화
영업팀 한충희 장철용 강경남 황성진 김도연
제작팀 이영민 권경민
디자인 크리에이티브그룹디헌

출판등록 2000년 5월 6일 제406-2003-061호
주소 (우 10881) 경기도 파주시 회동길 201(문발동)
대표전화 031-955-2100
팩스 031-955-2151
이메일 book21@book21.co.kr

㈜북이십일 경계를 허무는 콘텐츠 리더
아프테팝 채널에서 도서 정보와 다양한 영상자료, 이벤트를 만나세요!
페이스북 facebook.com/21artepop 트위터 twitter.com/21artepop
인스타그램 instagram.com/21artepop 홈페이지 artepop.book21.com

Naver Series ⓒ2020. 간짜장 All rights reserved.

ISBN 979-11-7357-310-1 04810
     979-11-7357-309-5 04810(세트)

-책값은 뒤표지에 있습니다.
-이 책 내용의 일부 또는 전부를 재사용하려면 반드시 (주)북이십일의 동의를 얻어야 합니다.
-잘못 만든 책은 구입하신 서점에서 교환해 드립니다.